KB141743

탄탈로스의 시학

- 시와 시인에 대한 글쓰기 -

탄탈로스의 시학

– 시와 시인에 대한 글쓰기

초판 1쇄 발행   2017년 6월 16일
초판 2쇄 발행   2019년 8월 30일

지은이 | 박민영
펴낸이 | 지현구
펴낸곳 | 태학사
등   록 | 제406-2006-00008호
주   소 | 경기도 파주시 광인사길 223
전   화 | (031)955-7580~1(마케팅부)·955-7587(편집부)
전   송 | (031)955-0910
전자우편 | thaehaksa@naver.com
홈페이지 | www.thaehaksa.com

저작권자 (C) 박민영, 2017, Printed in Korea.
이 책은 저작권법에 의해 보호를 받는 저작물이므로
저자와 출판사의 허락 없이 내용의 일부를 인용하거나
발췌하는 것을 금합니다.

값은 뒤표지에 있습니다.

ISBN 978-89-5966-787-1   93810

탄탈로스의

시학

박민영 저

태학사

시에 대한 오래된 갈망으로 또다시 한 권의 책을 출간한다.

지난 가을 학기 연구년을 받아 영국에 도착했을 때, 내가 서울에서 가져온 읽을거리는 논문집 초고가 전부였다. 하루걸러 비가 오던 긴 겨울 내내 나는 소아스 도서관에서 묵은 원고를 읽었다. 한 달이면 충분할 것이라고 생각했던 퇴고 작업은 학교 앞 러셀 스퀘어에 수선화가 개나리처럼 피어날 때까지 끝나지 않았다. 단조롭고 지루한 작업이었다.

나는 그동안 무엇을 쓰고 무엇에 대해 연구한 걸까. 이용악 시를 읽을 때쯤 든 생각이었다. 한 마디로 요약하기가 어려웠다. 그저 시가 좋아 전공으로 삼은 것이 벌써 삼십 년 전의 일이다. 시를 강의한 날 보다 시 아닌 것을 강의한 날이 더 많았고, 시에 대한 글보다 시 아닌 것에 대한 글을 더 자주 썼다. 그래도 시는 그 자리에 한결같은 모습으로 존재했다. 시는 손을 내밀면 물러섰지만, 그렇다고 아주 사라지지도 않았다. 그런 시에게 다가서는 유일한 길이 시와 시인에 대한 글쓰기였다. 낡은 책장과 색이 바랜 활자 뒤에 세상에서 가장 풍요로운 시인의 상상력이 있음을 나는 의심치 않았다.

책의 1부에는 시와 시인에 대한 논문을 수록했다. 최남선에서 정지용과 서정주를 거쳐 김현승에 이르기까지, 한국 현대시사에 개성적인 위치를 차지하고 있는 시인들의 시를 분석했다. 2부에서는 시집을 중심으로 시인의 시세계를 살펴봤다. 『님의 침묵』을 비롯해, 『하늘과 바람과 별과 시』 『풀잎단장』 『청마시초』 등의 작품집을 대상으로 했다.

나는 한 편의 시를 최대한 꼼꼼히 읽었다. 시인의 자서는 물론, 유사한 주제의 문학작품을 교차 강독하면서 작품 이해의 폭을 넓혔다. 각종 사전과 도감을 참고하고, 영화와 그림의 이미지도 사용했다. 시에 대한 무한애정이 바탕이 된 이러한 시 읽기의 태도는 앞으로 문학 연구 전반에 적용될 수 있을 것이다.

더 늦기 전에 책을 낼 수 있어서 다행이다. 런던에 있을 날이 얼마 남지 않았다. 낯선 도시에서 분에 넘치는 평온함을 누렸다. 아들 현종 덕분이다. 연구년을 아들과 함께 한 것은 정말 행운이었다. 남편의 격려 역시 큰 힘이 되었다. 고마울 따름이다.

책 출간을 흔쾌히 허락해주신 태학사 지현구 대표님, 그리고 여덟 번째로 표지 작품을 만들어주신 한림성심대학 현영호 교수님께 깊이 감사드린다. 방문학자로 머무는 동안 따뜻하게 배려해주신 소아스 런던대학교의 연재훈 교수님과 샬롯 홀릭 한국학 센터장님께도 이 자리를 빌려 감사의 뜻을 전한다. 머지않아 이곳 런던이 많이 그리울 것 같다.

2017년 5월
소아스 도서관에서, 박민영

••1부••

•

뱀과 달의 상상력
- 서정주 대표시 「화사」와 「동천」

1. 공감의 시읽기

시 「화사(花蛇)」와 「동천(冬天)」[1]은 서정주의 대표작이다. 두 시는 각각 시인의 초기시와 중기시를 대표하며[2], 그런 까닭에 서정주의 시를 논하고 교

---

[1] 「화사」와 「동천」을 대상으로 서정주 시의 변모과정을 살펴본 연구로는 김재홍의 「하늘과 땅의 변증법」이 있으며, 이 글을 보강해 '생의 상승'의 관점에서 살펴본 연구가 「미당 서정주-대지적 삶과 생명에의 비상」이다. 이 논문에서는 김재홍은 "「화사」에서의 대지적, 육감적 사랑과 동물적 상상력은 「동천」에 이르러 천상적, 정신적 사랑과 우주적 상상력으로 변모됐다."고 하면서 서정주 시인의 「화사」에서 「동천」에 이르는 약 30년의 고된 역정은 바로 육신의 무게, 운명의 조건들을 극복하려는 치열한 몸부림과 고통의 과정이었으며 예술적인 상승의 몸짓을 보여준 지난한 시기였다고 했다. 김재홍, 「하늘과 땅의 변증법」, 『월간문학』, 1971.5; 김재홍, 「미당 서정주-대지적 삶과 생명에의 비상」, 『미당 연구』, 민음사, 1994.
[2] 서정주 시의 시기 구분은 김학동 등이 전기(『화사집』-『질마재 신화』)와 후기(『떠돌이 시』-『80소년 떠돌이 시』)로 나누었으며, 박순희 등은 1단계(습작기-『화사집』)·2단계(『귀촉도(歸蜀途)』-『서정주 시선』)·3단계(『신라초(新羅抄)』-『질마재 신화』)·4단계(『떠돌이 시』-『80소년 떠돌이 시』로 나누었으나, 대체적으로 초기·중기·후기의 세 시기로 나누는 것이 일반적이다. 『화사집』과 『귀촉도』에 실린 시들이 초기시에 해당한다면, 중기시는 『서정주 시선』 이후 『신라초』와 『동천』의 시들이 포함된다. 후기시는 『질마재 신화』 이후의 시들을 가리킨다. 김주연, 「신비주의 속의 여인들…시? 시-서정주 후기시의 세계」, 『작가세계』, 1994. 봄; 김학동 외, 『서정주 연구』, 새문사, 2005. 4면; 박순희, 「미당 서정주 시 연구」, 성신여자대학교 박사논문, 2005.

육하는데 빠짐없이 등장한다. 그러나 시 「화사」와 「동천」은 지금까지 여러 연구자에 의해 무수히 논의되었음에도 불구하고 여전히 해석상의 풀리지 않는 부분이 있다. 필자는 두 시를 텍스트로 하여, 시어 하나하나를 짚어가며 꼼꼼히 읽음으로써 지금까지 해석에 문제를 보였던 시어들을 새롭게 해석하고자 한다. 그러기 위해서는 무엇보다 선입관 없이 시를 대하는 태도가 중요하며, 다양한 시

서정주(1915-2000)

각과 보조 자료 또한 필요하다. 그래서 필자는 강의시간 학생들과 대화와 토론을 통해 시를 읽고 해석한 내용 일부를 이 연구에서 활용하고자 한다. 아울러 각종 사전과 도감은 물론, 여러 장르의 문학작품들을 교차 강독함으로써 작품 이해의 폭을 넓히고자 한다.

시 「화사」와 「동천」은 각각 뱀과 달을 소재로 했다. 뱀은 허물을 벗고 다시 태어난다는 점에서, 달은 차오름과 이지러짐을 반복한다는 점에서 재생과 순환의 생명력이라는 공통분모를 갖고 있으며, 그런 점에서 이 둘은 여성성을 상징한다. 필자는 초기시에서 뱀에 비유되었던 여성성이 그 이후 달로 변모되는 과정도 살펴보겠다.

이 연구는 지금까지 익숙하게 알려진 시작품을 정독함으로써 기존 시해석의 문제점을 보완하는 것을 목적으로 한다. 그 과정에서 필자는 시인과 독자의 상상력이 만나 얼마나 풍요로운 상상력의 세계가 펼쳐질 수 있는지 실제 작품 분석을 통해 보여주고자 한다. 이러한 시 읽기의 태도가 향후 우리

12-13면: 이광호, 「영원의 시간, 봉인된 시간 ─ 서정주 중기시의 '영원성' 문제」, 『작가세계』, 1994. 봄; 육근웅, 『서정주 시 연구』, 국학자료원, 1997, 12면; 정현종, 「식민지 시대 젊음의 초상 ─ 서정주의 초기시 또는 여신으로서의 여자들」, 『작가세계』, 1994. 봄; 허윤회, 「서정주 시 연구」, 성균관대학교 박사논문, 2001 등.

문학 교육 전반에 적용돼, 한 편의 문학 작품이 열린 텍스트로서 시인과 교사와 학생이 서로 교감하고 공감하는 장이 되기를 기대한다.

2. '사향'은 방초다

시 「화사」는 『시인부락』 2호(1936.12)에 발표된 시로, 서정주의 초기시를 대표하는 작품이다. 시인은 이 작품의 제목을 따서 첫 시집의 이름을 『화사집(花蛇集)』(1941)으로 했다. 『화사집』은 프랑스 시인 보들레르에게 영향을 받은 세기말적 악마성과 토속적인 원시성이 조화를 이룬 작품집으로 평가되며,[3] 후일 서정주를 생명파 시인으로 분류하는 단초를 제공하기도 했다.[4] 시 「화사」의 전문은 다음과 같다.

---

[3] 김우창은 서정주가 『화사집』 무렵 보들레르의 영향을 받았을 것으로 추측하면서, "「화사」라는 제목도 보들레르의 「악의 꽃」을 연상케 한다. 그것은 「악의 꽃」과 마찬가지로 아름다운 것(꽃)과 추한 것(뱀, 악)을 결합하고 있다."고 했다. 김학동은 "서정주의 초기시에 나타난 마약과 죄악과 치욕과 나체 등 강렬한 원색적 표현과 육체적 관능은 다분히 보들레르적 속성이기도 하다."고 했다. 황현산은 서정주가 보들레르로부터 읽은 것은 "육체적 관능의 현기증과 그에 대한 죄의식 따위에 불과한 것이 아니라, 중요한 것은 그 존재 이유를 잃어버린 것처럼 보이는 석화된 삶을 어떤 새로운 전환의 출발점으로 삼으려는 창조 의식과, 세상의 몰이해를 어떤 예외적인 삶의 표지로 삼으려는 시인으로서의 운명 의식과 소명감"이라고 했다. 김화영은 "특히 「화사」가 서정주 시인을 생명파라고 일컫고 또 때로는 보들레르적이라고 해석하게 만들었다."고 했다. 육근웅은 "30년대 전반기의 순수문학과 모더니즘의 시들로부터 서정주를 확연하게 구분시켜주는 『화사집』의 새로움은 보들레르적 감성을 바탕으로 한 고뇌의 목소리에 있다."고 했다. 박순희는 『화사집』에서 서정주 시인은 보들레르를 통해 시적 자의식을 확립했다고 했다. 반면, 송욱은 서정주의 초기 작품이 보들레르를 연상시키기는 하나, 시 「화사」를 비롯해 「대낮」 「정오의 언덕에서」 「설움의 강물」 등의 시는 이른바 '정열의 리듬'이 용두사미 격으로 돼 있어 보들레르와 같은 "강렬한 육체적인 정열을 들여다보고 처리할 수 있는 명쾌하고도 투명한 지성이 결여되어 있다."고 했다. 김우창, 「한국시와 형이상」, 『미당 연구』, 민음사, 1994, 29면; 김학동, 「서정주의 시에 미친 보들레르의 영향」, 박철희 편, 『서정주』, 서강대학교출판부, 1995, 196면; 박순희, 앞의 글, 34-50면; 송욱, 「서정주론」, 『미당 연구』, 19면; 육근웅, 앞의 책, 12면; 황현산, 「서정주, 농경 사회의 모더니즘」, 앞의 책, 594면.

麝香 薄荷의 뒤안길이다.

아름다운 베암…….

을마나 크다란 슬픔으로 태여났기에, 저리도 징그라운 몸뚱아리냐

꽃다님 같다.

너의할아버지가 이브를 꼬여내던 達辯의 혓바닥이

소리잃은채 낼룽그리는 붉은 아가리로

푸른 하눌이다. ……물어뜯어라. 원통히무러뜯어,

달아나거라. 저놈의 대가리!

돌팔매를 쏘면서, 쏘면서, 麝香芳草ㅅ길

저놈의 뒤를 따르는것은

우리 할아버지의안해가 이브라서 그러는게 아니라

石油 먹은듯…… 石油 먹은 듯…… 가쁜 숨결이야

바눌에 꼬여 두를까부다. 꽃다님보단도 아름다운 빛……

크레오파투라의 피먹은양 붉게 타오르는 고흔 입설이다…… 슴여라! 베암.

우리순네는 스물난 난 색시, 고양이같이 고운 입설…… 슴여라! 베암.

—「花蛇」[5] 전문

4 서정주는 「한국 현대시의 사적 개관」에서 '생명파'에 대한 설명으로, 1936년 출간된 『시인부락』의 김동리·오장환·서정주 시인에 대해 "질주하고 저돌하고 향수하고 원시 회귀하는 시인들의 한 때가 왔다."고 하면서, 그들의 공통 정신인 "사람의 값을 다시 한 번 가장 근원적인 것으로 성찰하기 시작한 점"은 자신의 처녀시집 『화사집』이 내포하고 있는 바와 일치한다고 했다. 서정주, 「한국 현대시의 사적 개관」, 『서정주문학전집 2』, 일지사, 1972, 134-135면 참조.

서정주의 초기시를 논할 때 빠짐없이 등장하는 이 시는 수많은 연구자에 의해 무수히 논의 됐다. 김화영은 이 시에는 육체와 감각을 통해서 지각될 수 있는 밀도 짙은 모든 상황들이 동원돼 있으며, 폭발 직전에 이른 관능을 극적으로 압축시켜 놓았다고 했다.[6] 장석주는 "한국 현대시의 절창 중 하나인 미당의 「화사」는 강렬하게 분출하는 생명의 율동으로서의 성과 차가운 정신의 억제, 우리 무의식 속에 잠재된 도덕적 금기의 대상인 혐오스럽고 부정적인 성의 모순 위에서 꿈틀거린다."라고 했다.[7] 남진우는 시 「화사」의 심층적 해석으로 화사는 남녀 양성을 가졌으며, 반대되는 이미지를 한 몸에 지닌 모순된 존재라고 하면서, "뱀은 화자의 성적 욕망의 화신(남자)이자 동시에 그 대상(여성)이다. 뱀은 순네인 동시에 순네를 뒤따르는 화자 자신이다."라고 했다.[8]

이렇게 화사가 원시적인 생명력을 상징하며, 서정주 초기시의 지향성을 함축하는 이미지로 간주된다는 사실에 대해서는 대체로 의견이 일치한다. 그러나 시어 하나하나를 꼼꼼히 짚어가며 읽을 때 여전히 해석상의 의문점이 발견된다. 예컨대 "사향 박하의 뒤안길"의 실체와, 시의 6, 7연에서 화자의 말 "슴여라! 베암"의 의미, 그리고 시적 화자가 그토록 화사에 집착하는 이유에 대해서는 좀 더 다양한 시각에서 다시 생각해 볼 필요가 있다. 정리하면 다음과 같다.

① "사향 박하의 뒤안길", 혹은 "사향방초ㅅ길"은 어떤 공간일까.
② "슴여라! 베암"은 무슨 의미일까.

5 서정주, 『미당 시전집 1』, 민음사, 1995. 이후 서정주 시는 출처를 따로 표기한 것을 제외하고는 이 책을 텍스트로 했다.
6 김화영, 「한국인의 미의식」, 『미당연구』, 235면 참조.
7 장석주, 「뱀의 시학」, 『풍경의 탄생』, 인디북, 2005, 79면.
8 남진우, 「남녀 양성의 신화」, 『미당연구』, 209면.

③ 시적 화자가 화사에게 집착하는 이유는 무엇일까.

　필자는 시를 분석하고 화사의 상징성을 고찰함에 있어 위의 세 문제를 중심으로 논의를 전개시키고자 한다.

2.1. '사향 박하의 뒤안길'의 실체

　이 시의 제목이자 시적 대상은 '화사'다 먼저 화사에 대해 알아보자. 화사는 산무애뱀을 한방에서 이르는 말이다. 국어사전에는 산무애뱀에 대해 다음과 같이 설명돼 있다.

산무애뱀

뱀과에 속하는 무독(無毒)의 뱀. 길
이 1.4m 가량이고, 체린(體鱗)은 19-
21 열(列)임. 몸빛은 갈색 바탕에 네
개의 흑색 줄무늬가 머리에서 꼬리
까지 있으며 온몸에 흑색 또는 갈색

화사

의 많은 가로무늬가 있고 사다리 모양의 반문(斑紋)이 있으나 성장함에
따라 가로 무늬가 불명(不明)하게 됨. 개체(個體)에 따라 색상(色相)이 여
러 가지 있는데, 온 몸이 흑색인 것을 '먹구렁이'라고도 함. 개구리·쥐·
도마뱀·새 등을 포식하고, 겨울에는 10~100여 마리가 모여 동면(冬眠)
함. 얕은 산·풀밭·습지·물가에 서식하는데, 한국·중국·일본 등지에 분
포함. 한방(韓方)에서 '화사(花蛇)'라 되어 문둥병·풍약(風藥)보신 강장
제로 씀. 건비사(乾鼻蛇). 기사(蘄蛇). 백화사(白花蛇). 화사(花蛇).[9]

---

9 이희승 편저, 『국어대사전』, 민중서림, 2010, 1861면.

산무애뱀은 우리나라에서 흔히 볼 수 있는 뱀의 한 종류다. 이 흔한 뱀이 서정주 시의 소재가 되면서 모순과 갈등을 불러일으키는 강렬한 존재로 거듭난다. 시인은 산무애뱀을 굳이 한자어인 '花蛇'라고 표기해, 꽃과 뱀이 결합된 모순의 존재임을 강조하고 있다. 이 긍정과 부정의 이중적 속성을 갖고 있는 시적 대상은 그것을 대하는 화자의 마음에 갈등을 불러일으킨다.[10] 화사를 꽃으로 보고 따라가는 마음과, 뱀으로 보고 물리치려는 마음이 그것이다. 화사를 향한 화자의 모순된 행동은 이미 시적 대상의 모순된 속성으로 예견된 것이다.[11]

화사가 처음 등장하는 시적 공간은 "사향 박하의 뒤안길"이다. 이 시를 강의하며 사향 박하의 뒤안길이 어떤 길이겠느냐고 학생들에게 물어보면, 대부분 사향과 박하의 향기가 감도는 외떨어진 산길이라고 대답한다. 한마디로 인가에서 멀리 떨어진 숲속 길을 연상하는 것이다. 그도 그럴 것이 사향의 향기가 나는 곳이라면 숲속 중에서도 아주 깊은, 심산유곡 쯤 될 것이다. 그런데 국어사전에서 이 '뒤안길'을 찾아보면 우리가 짐작하고 있는 의미와는 거리가 있는 설명이 나온다.

---

10 이러한 화자의 모순된 마음의 상태에 대해 천이두는 "저주와 찬탄의 이율배반적 반응"이라고 했고, 이어령은 "하나의 대상을 향해서 다가서려는 것과 도망치려는 이중의 복합의 감정"이라고 했으며, 김화영 역시 "혐오와 매혹의 이율배반"이라고 했다. 이승훈은 아리스토텔레스의 비극론에 나오는 '연민과 공포'로 해석했다. 김재홍은 "젊은 날에 육체에 눈떠감으로써 정신과 육신, 이상과 현실, 자유와 운명의 갈등 속에서 자아를 발견하고 확립해 가는 모습을 꽃뱀을 통해 조명해 보는 것"이라고 하면서, 이 시에서의 화자는 시적 페르소나의 대리 자아인 동시에 '존재의 거울'로서의 의미를 지닌다고 했다. 김재홍, 「미당 서정주」, 『미당 연구』, 168면; 김화영, 『미당 서정주 시에 대하여』, 민음사, 1984, 24면; 이승훈, 「서정주의 초기시에 나타난 미적 특성」, 위의 책, 464면; 이어령, 「피의 해체와 변형 과정」, 『시 다시 읽기』, 문학사상사, 1995, 326면; 천이두, 「지옥과 열반」, 『미당 연구』, 53면 참조.
11 최현식은 화사에 대한 시적 화자의 "매혹과 거절, 순응과 거부의 분열적 심리는 화사의 양가성에 의해 촉발된 것이다."고 했다. 최현식, 『서정주 시의 근대와 반근대』, 소명출판, 2003, 57면.

뒤안길

① 한길이 아닌 뒷골목의 길. 늘어선 집들의 뒤곁 쪽으로 통하는 길.

② 햇볕을 못 보는 초라하고 음침한 생활.[12]

　뒤안길은 '뒤안(뒤곁의 방언)'과 '길'이 결합된 말로 ①에서와 같이 집의 뒤쪽 길을 이른다. 사실 우리는 ①보다는 ②의 의미로 뒤안길을 많이 사용하는데, 역사의 뒤안길이라든가 인생의 뒤안길, 그리고 서정주의 시 「국화 옆에서」의 "머언 먼 젊음의 뒤안길" 등이 그 용례다. ①이 구체적인 공간이라면 ②는 추상적인 의미의 공간이다.

　시 「화사」의 뒤안길을 ②의 의미로 해석하기에는 무리가 있다. 사향 박하의 뒤안길은 뒤에 '사향방초ㅅ길'로 다시 반복되면서 이 길이 추상적인 공간이 아닌 구체적인 길임을 나타내 보이기 때문이다.

　실제로 국어학자인 이익섭은 이 '뒤안길'에 대해 직접 서정주 시인에게 그 의미를 물어보았다고 한다.

이게 궁금하여 미당 선생에게 전화로 여쭈어 본 적이 있습니다. 뒤안길이 구체적으로 어떤 곳을 가리키냐고. 그분의 대답은 그랬습니다. 뒤안에는 으레 장독대가 있는데 거기로 장이랑 푸러 다니다 보면 희미하게 길이 나는데 그게 뒤안길이 아니겠냐고.

그래서 제가 평소에 머리에 그리던 뒤안길을 말해 보았습니다. 우리 고향에 이에 해당하는 이름은 없지만 평소 이런 곳이 뒤안길이 아닐까 생각하던 것이 있었기 때문입니다. 우리 고향은 집 뒤가 대개 산이어서 집 위쪽으로는 보통은 길이 없는데 이웃 친구네는 뒤안(뒌) 위로 나무가 울타리가 있고 그 뒤로 희미한 길이 하나 있었습니다. 여간해서 사람들이 다니

12 이희승 편저, 앞의 책, 1011면.

지 않는 길이었지만 그 뒤쪽 밭과 울타리 사이에 나 있는 이 길로 다니며 우리 남매는 그 집 밤나무 밑에서 알밤을 주어오곤 하였지요. 이런 길이 혹시 뒤안길이 될 수 없느냐고 여쭈었더니 아, 그것도 뒤안길이겠네요 하더군요.[13]

시인 스스로도 밝혔듯이 「화사」에서의 뒤안길은 실제 집 뒤곁면으로 나있는 길이다. 그렇다면 사람들이 살고 있는 집 뒤에 사향의 향기가 진동한다는 것은 어딘지 어울리지 않는다. 우리가 흔히 머스크(musk)라고 부르는 사향은 해발 1,000미터 이상의 산악지대에서 서식하는 사향노루에게서 얻기 때문이다. 한방의학서인 『동의보감』을 보면 사향의 종류에 대해 다음과 같이 말하고 있다.

> 사향에는 세 가지가 있다. 그 첫째는 생향(生香)인데, 사향노루가 여름에 뱀과 벌레를 많이 먹으면 겨울에 가서 향이 가득 들어차게 된다. 그런데 봄이 되면 갑자기 아파서 사향노루가 발톱으로 긁어서 떨어지게 한다. 생향이 떨어진 부근의 풀과 나무는 다 누렇게 마른다. 생향을 얻기는 아주 어렵다. 진짜 사향을 가지고 오이나 과수밭을 지나가게 하면 열매가 달리지 않는다. 이것으로 진짜 사향을 알 수 있다. 둘째는 제향(臍香)인데, 이것은 사향노루를 산 채로 잡아서 떼낸 것이다. 셋째는 심결향(心結香)인데, 사향노루가 무엇에 쫓기어 미친 것같이 달아나다 저절로 죽은 것에서 떼어낸 것이다. 『본초』[14]

뒤안길에 사향이 있다면, 그것은 인위적으로 떼어낸 제향이나 심결향이

13 이익섭, 『우리말 산책』, 신구문화사, 2010, 168면.
14 허준, 『신대역 동의보감』, 동의문헌연구실 역, 법인문화사, 2009, 1870면.

아니라 저절로 떨어진 생향이어야 한다. 그러나 뒤안길 주변에 박하와 같은 풀들이 누렇게 말라있다는 말도 없거니와, 사향노루의 생태에 미루어 집 뒤에 생향이 떨어져 있을 리도 없다. 그렇다면 여기서 사향은 무엇일까.

이는 두 가지로 나누어 살펴볼 수 있다. 먼저 사향 박하를 박하의 일종인 꿀풀과(Lamiaceae family)의 식물 머스키민트(musky mint)로 보는 것이다. 부시민트(bushmint)로도 불리는 이 풀의 학명은 Hyptis alata이며, 습지나 들에서 자생한다고 한다.[15]

둘째는 필자가 보다 유력하게 보는 것으로, 사향 박하에서 사향이 사향초(麝香草)를 이른다는 것이다. 역시 꿀풀과의 여러해살이 풀인 사향초는 특유의 강한 향기가 백리까지 퍼진다고 해서 백리향(百里香)이라고도 부른다. 우리나라에서는 관상용으로, 혹은 해충이나 뱀을 퇴치하기 위해 심었다고 한다. 서양에서는 사향초를 타임(thyme)이라고 하는데, 성모 마리아와 아기 예수의 침상에 깔려있었던 풀이 바로 이것이라 하여 성모에게 바쳐지기도 한다. 또한, 고대 그리스에서는 제단에 제물을 드릴 때 뱀이나 전갈을 쫓기 위해 타임을 태웠다고 한다.[16]

"사향 박하의 뒤안길"에서 사향을 사향초로 본다면 뒤의 박하와도 자연스럽게 어울린다. 박하는 우리가 잘 알고 있듯이 향료나 약재의 원료가 되는 꿀풀과의 여러해살이 풀이다. 박하는 열을 내리고 사독(邪毒)을 물리치는 효능이 있으며, 특히 뱀에 물렸을 때 잎을 찧어 붙이면 해독할 수 있다고 한다.[17]

---

15 "Hyptis alata (musky mint, or clustered bushmint) is a shrub species of flowering plant in the Lamiaceae family, the mint family. The genus Hyptis is commonly known as the bushmints. It is a native species throughout the southeastern United States from Texas to Florida; it is found in wetlands, prairies, pond margins and wet flatwoods. Hyptis alata is the southeastern United States analog to the Southwestern deserts H. emoryi, the Desert Lavender." Hyptis alata, From Wikipedia, the free encyclopedia

16 김태정, 『한국의 야생화와 자원식물 4』, 서울대학교출판부, 2008, 255면 참조; 최영전, 『허브 대사진』, 예가, 2008, 603-604면 참조.

사향초(백리향)   박하

　이와 같은 사실들을 종합해 볼 때 사향 박하는 머스크와 박하가 아닌, 머
스키민트 혹은 사향초와 박하다. 이 시의 공간인 뒤안길은 예로부터 뱀이 자
주 출몰하는 곳이었으며, 그래서 사람들은 뱀을 퇴치하고자 집 뒤에 머스키
민트, 혹은 사향초와 박하를 심었을 것으로 유추할 수 있다. 사향 박하의 뒤
안길은 뒤에 "사향방초ㅅ길"로 반복되면서, 사향이 머스크가 아니라 방초,
즉 향기로운 풀의 일종임을 다시 한 번 확인시킨다.
　사향이 방초의 일종으로 쓰인 용례는 비슷한 시기에 쓰인 조지훈의 시에
서도 나타난다.

> 麝香 울타릿길 너머로 흐르는 건 하얀 달이요 조상이 가리켜 준 다못 薔
> 傃가 처녀를 부르는 휘파람이었소. 창 밖에는 보얀 눈이 폭폭 나려 쌓이
> 는 밤 화롯불 우에 도토리묵이 보글보글 끓어오르고 메케한 몬지 냄새에
> 막걸리를 마시면 (…)
>
> 　　　　　　　　　　　　　　　　　- 조지훈, 「鄕語」 부분, 『白紙』 10호, 1939.

　서정주의 사향초가 뒤안길에 우거져있다면, 조지훈의 사향초는 울타릿길
을 이루고 있다. 당시 사향초가 인가 근처에서 흔히 볼 수 있었던 식물이었

---

17 김태정, 앞의 책, 260면 참조; 다음 문화원형사전 http://culturedic.daum.net 참조.

음을 알 수 있다.

따라서 사향을 머스크로 간주해 "사향 박하의 뒤안길"을 관능적인 향기가 가득한 은밀한 공간으로 해석한 것은 잘못된 것이다.[18] 그것은 화사의 강렬한 관능적 이미지가 선입관으로 작용해 다른 해석의 가능성을 일찌감치 차단시킨 결과다. 뱀이 육체성을 상징한다면, 사향 박하의 뒤안길은 뱀과는 대적적인 위치에서 향기로써 뱀을 퇴치하는 반 육체적인 공간이다.

2.2. '스밈'의 의미

집 앞의 길이 일상적 공간이며 밖으로 드러난 인간의 의식을 상징한다면, 집 뒤의 길은 마음 속 깊이 숨겨진 무의식을 상징한다. 이 무의식의 공간에 사향초와 박하가 우거져 있다는 것은 뱀에 대한 잠재된 두려움을 나타낸다. 공포는 억압을 낳고 억압이 만들어낸 금기는 역설적으로 강렬한 매혹의 힘을 발산한다. 이브가 뱀의 유혹에 넘어간 것도 금기가 있었기 때문이었다. 사향초와 박하의 향기는 뱀을 쫓는 향기임과 동시에, 오히려 뱀을 매혹적으로 만드는 장치다.

1연에서 시적 화자는 사향초와 박하가 우거진 뒤안길에서 뱀을 발견한다. 있을 수 없는 장소에 나타난 뱀의 존재는 마치 전위작품이 그렇듯 경이와 충격의 대상이다. 화자는 그 대상을 '아름답다'고 인식한다. 화려한 무늬의 이 뱀은 사향초와 박하 사이에서 다른 한 포기의 식물, 그러니까 이름 그대로 '꽃'처럼 보였을 것이다.

---

18 천이두는 '사향 박하의 뒤안길'이 "인간의 관능을 황홀하게 자극하는" 곳이라고 했다. 김재홍은 "사향과 박하는 두 가지가 다 관능적인 쾌락과 욕망을 암시"한다고 했다. 남진우는 "사향과 박하, 둘 다 관능적이고 호사스런 향기를 내뿜는 것으로, 이 내음은 성적 자극을 촉발하는 매개 역할을 한다."고 했다. 이들과는 구별되게 김승종은 사향은 동물성이자 최음제로, 박하는 식물성이자 각성제로 대조적인 성질을 갖고 있다고 보았으나, 사향을 머스크로 간주한 것은 동일하다. 김승종, 「사향의 질곡과 박하의 윤리」, 『서정주』, 글누림, 2011, 50면 참조; 김재홍, 앞의 글, 168면; 남진우, 앞의 글, 205면; 천이두, 앞의 글, 53면.

그러나 이러한 긍정은 곧 번복된다. "을마나 크다란 슬픔으로 태어났기에 저리도 징그러운 몸뚱아리냐"라고 그 아름다움은 부정되며, 시적 화자는 화사가 꽃이 아닌 뱀임을 자각한다. 여기서 음성모음 'ㅡ'가 4번이나 반복된 "을마나 크다란 슬픔"은 'ㅡ'가 가지고 있는 어두운 음상이 슬픔이라는 정서와 만나 한층 더 부정적인 분위기를 만드는, 소리와 의미가 효과적으로 상호작용을 한 예다.[19] 또한 뱀을 "베암……"으로 늘려 말한 것 역시 뱀의 긴 몸체를 연상시킨다는 점에서 소리와 의미, 나아가 시각적인 요소가 성공적으로 결합한 예다. 이 시에서 무려 7번이나 쓰인 말줄임표(……) 또한 시의 호흡을 늘이면서, 시각적으로 뱀의 모습을 연상하게 한다. 문장부호가 시의 리듬과 의미에 영향을 줄 수 있음을 보여주는 예다.

아름다움에서 징그러움으로 번복된 시적 화자의 시각은 2연에서 "꽃다님 같다"고 다시 좀 더 강한 긍정을 한다. 단순히 보기에만 아름다운 것이 아니라, 바지 끝을 여미던 색대님의 감촉을 떠올리며 한 번 만져 보고 싶은 촉각의 감각을 보태는 것이다. 이 만지고 싶은 욕망은 뒤에 "두를까부다"의 한층 강한 밀착의 욕망으로 이어진다.

색대님의 긍정은 "붉은 아가리"라는 좀 더 강한 부정으로 이어진다. 기독교적인 원죄의식과 맞물려 뱀은 이브를 꼬여내던 사악한 존재가 되고, 그 형벌로 소리를 잃었다는 사실을 기억해 낸다. '혓바닥', '아가리', 그리고 3연의 '대가리' 등의 비속어는 의식적으로 뱀을 경원시하는 화자의 마음을 반영한다.

시적 화자는 4연에서 스스로 뱀의 죄를 응징하기 위해 돌팔매질을 한다. 돌팔매를 쏘는 장소가 사향방초ㅅ길이라는 것은 사향초가 뱀을 퇴치하는

---

19 이어령은 "사람들은 징그러울 때에는 누구나 어금니를 물고 몸서리를 친다. 어금니를 물고 징그러운 정감을 나타내는 소리가 바로 '으'음이다."라고 하면서, "을마나 크다란 슬픔"의 네 개의 '으'음은 징그러운 '그'와 마주치면서 어금니에서 새어 나오는 징그러운 정표의 메아리를 만들어 낸다고 했다. 이어령, 앞의 글, 325면 참조.

풀이자, 성모 마리아에게 바치는 성스러운 풀임을 상기할 때 시사하는 바가 크다. 이 시에는 표면상으로 드러난 이브·클레오파트라·순네와 같은 육정적인 여인들 이면에 기독교적 정신성을 상징하는 성모 마리아의 모습이 내재해 있으며, 이는 육체성에 대한 긍정과 부정의 갈등을 심화시킨다.

돌팔매질이라는 뱀에 대한 적극적인 부정은, 다음 행에서 "저놈의 뒤를 따르는 것"이라는 적극적인 긍정으로 또다시 바뀐다. 그는 돌팔매질로 뱀을 쫓아버린 것이 아니라, 사실은 달아나는 뱀을 뒤따르고 있었다. 여기서 뱀은 마치 시 「대낮」에서 "능구렝이같은 등어릿길로,/님은 다라나며 나를 부르고……"의 님이나, 시 「입마춤」에서 "가시내두 가시내두 가시내두 가시내두/콩밭 속으로만 작구 다라나고/울타리는 막우 자빠트려 노코/오라고 오라고 오라고만 그러면"의 가시내처럼, 달아남으로써 화자의 잠재된 욕망을 일깨운다.

대상과의 거리가 점차 가까워지면서, 화자는 석유를 먹은 듯 가쁜 숨을 내쉰다. 여기서 석유 냄새가 치밀어 오를 것 같은 가쁜 숨은 사향초와 박하의 서늘한 향기와 대립된다. 석유는 액화된 불로, 다음에 나오는 클레오파트라의 피와 연결되면서 뜨겁게 타오르는 욕망을 상징한다.

5연에서 화자는 마침내 뱀을 몸에 두르고 싶다고 말한다. 그리고 그 빛이 "꽃대님보단도" 더 아름답다고 한층 강한 긍정을 한다. 1연부터 4연까지 화자는 실제로 화사를 발견하고, 돌팔매질을 하며 쫓아갔으나, 5연부터는 행동이 아닌 말로써 자신의 내면세계를 드러낸다. 즉, 화자는 실제로 화사를 잡아 바늘에 꿰여 몸에 두른 것은 아니지만, "…ㄹ까부다"고 말함으로써 뱀과 밀착되고 싶은 속마음을 표출한다. 그는 상상력 속에서 이미 뱀과 한 몸이 돼가고 있음을 알 수 있다. 그러면서 붉은 아가리라고 경멸했던 뱀의 입은 클레오파트라의 피를 먹은 양 붉게 타오르는 고운 입술로 인식된다.

클레오파트라는 스스로 독사에게 물려서 자살을 했다. 클레오파트라의 관능성은 그 피를 맛본 뱀에게 그대로 전이된다. 화자에게 뱀은 이브나 클레오파트라와 같이 원형적인 유혹녀들이 투사된 대상이다. 성모 마리아와 정반대에 위치한 이 여성들은 마치 화사와도 같이 두려우면서도 아름다운 관능적인 존재들이다. 이 유혹녀들은 그의 상상력 속에서 스물 난 색시 순네의 모습으로 되살아난다. 고양이의 입술에 비유된 순네는 고양이가 그렇듯 날카로움과 부드러움이 공존하는 관능적이며 육정적인 여성을 대표한다.

필자는 사향 박하의 뒤안길이 시적 화자의 무의식을 의미한다고 말했다. 화사는 아름답지만 위험한, 무의식 속의 억압된 욕망을 상징한다. 시의 6, 7연에서 시적 화자는 이 화사에게 "슴여라! 배암"이라고 명령한다.

화자는 뱀에게 어디에 스며들라고 말하는 것일까. 이 대목에 대해, 이승훈은 "뱀에게 땅으로 스미라고 명령하는 것"이라고 말하며 하강의 지향성과 연계시킨 바 있다.[20] 그러나 그 보다 많은 연구자들은 언급을 피하거나, 에로티시즘으로 에둘러 설명했다. 다만 몇몇의 연구자들이 화사가 스미는 곳은 두 번 다 순네의 입술이라고 말하며, 그것을 남성적인 욕망과 연계해 해석했다.[21] 뱀을 남성성으로 한정해 해석하는 것은 문제가 있다. 화사는 이미 남성 화자인 '나'를 매혹시킨 바 있거니와, 이 부분에서 뱀을 남성의 상징으로 해석한다면 의미상의 혼란이 되기 때문이다. 여기서 화사는 남성 혹은 여성이라는 성별을 떠나, '관능성' 그 자체로 해석하는 것이 적절하다.

그러면 두 번의 스밈은 어떤 대상을 지향하는 것일까. 필자는 6연과 7연에서의 스밈은 각각 그 대상이 다르다고 생각한다. 마지막 연인 7연을 먼저 살펴보자. "우리순네는 스물난 색시, 고양이같이 고운 입설…… 슴여라! 배암."은 순네의 입술에 앞 행에서의 뱀의 입이 겹쳐지면서, 뱀이 스미는 대상은 순네임이 분명해 진다. 고양이같이 고운 입술로 이미 관능의 유전자를 타고난 이 여인에게 뱀의 관능성이 더해진다면 그의 육체는 거듭 만개할 것이다. 널리 알려진 것처럼 서정주 초기시에는 다음과 같이 뱀에 비유된 여성들

---

20 이승훈, 「서정주 초기 시에 나타난 미적 특성」, 『미당연구』, 465면.

이 등장한다.

속눈섭이 기이다란, 게집애의 年輪은
댕기 기이다란, 붉은댕기 기이다란, 瓦家千年의銀河물구비……푸르게
만 푸르게만 두터워갔다.

어느 바람속에서도 부끄러운 열매처럼 부끄러운 게집애.
靑蛇.
뽕나무에 오디개 먹은 靑蛇.

-「瓦家의 傳說」부분

땅에 누어서 배암같은 게집은
땀흘려 땀흘려
어지러운 나-ㄹ 엎드리었다.

-「麥夏」부분

21 송욱은 시 「화사」에 나타난 뱀을 수식하는 이미지들은 "이 뱀을 스무 살 난 색시의 '고양이같이 고흔 입설'로 연결시키는 수단이 될 뿐이다."라고 하여, 뱀이 스미는 곳이 순네의 입술임을 간접적으로 시사 했다. 김재홍은 "성애의 황홀경을 표현한 것"이라고 했으며, 이남호 역시 두 번의 "슴여라! 베암"은 화자가 지닌 성적 욕망의 과감한 표현이라고 했다. 그는 6연의 "크레오파투라의 피먹은양 붉게 타오르는 고흔 입설"과 7연의 "고양이같이 고흔 입설"은 모두 "우리순네"의 관능적인 입술을 의미한다고 했다. 화자는 관능적인 순네의 입술을 상상하며, 자신의 성욕이 그곳에 스며들기를 바란다는 것이다. 장석주는 보다 직설적으로 "남녀의 성적 합일, 원시적 생명력의 분출"이라고 했다. 남진우는 이 시의 화자가 "물이 땅 속으로 스며들 듯 뱀으로 하여금 순네의 입술 속으로 스며든다는 것이다. 뱀의 미끄럽고 유연한 몸체가 여자 성기 속으로 삽입되는 것을 상상하면 이 표현의 관능성이 어느 정도인지 알 수 있다."고 했다. 이민호는 "뱀은 피 묻은 여자의 입 속으로 스며들어 스스로 화형 당함으로써 새로운 삶의 길을 모색한다."고 했다. 김재홍, 「미당 서정주」, 위의 책, 170면; 남진우, 앞의 글, 210면; 송욱, 「서정주론」, 위의 책, 18면; 이남호, 『서정주의 『화사집』을 읽는다』, 열림원, 2003, 43면; 이민호, 「고열한 생명의식과 존재의 타자성」, 『서정주 연구』, 새문사, 2005, 20면; 장석주, 앞의 글, 82면.

『화사집』에는 시「와가의 전설」에서의 "청사(靑蛇)"와 시「맥하(麥夏)」에서의 "배암같은 계집"과 같이 관능적인 여성들이 뱀의 모습을 빌려 나타난다. 서정주 초기시의 이 여성들은 뱀의 유혹에 넘어간 이브의 딸들이자, 뱀이 스며든 순네의 분신들이다.

그러면 그 앞 6연의 "크레오파투라의 피먹은양 붉게 타오르는/고흔 입설이다…… 슴여라! 베암."은 어떤 대상을 지향하는 것일까. 앞에서도 말했듯이, 클레오파트라의 피 먹은 양 붉게 타오르는 고운 입술은 화사의 입이다. 이러한 입을 가진 화사는 시의 마지막 7연에서 순네에게 스며들었고, 그 결과 인용시에서와 같이 '배암 같은 계집들'을 탄생시켰다. 그러나 순네 이전, 6연에서 시적 화자는 다른 대상에게 화사가 스며들기를 원했다. 필자는 그것이 화자 자신이라고 생각한다.

시의 1연에서 4연까지, 시적 화자와 화사와의 거리는 '보다 → 따르다'로 점차 가까워졌고, '만지고 싶다'를 거쳐 5연의 '두르고 싶다'로 밀착됨을 지향했다. 여기에 한 걸음 더 나아가 화자는 화사가 자신에게 스며들기를 원함으로써, 주체와 대상과의 거리가 사라진 완전 일체화의 경지를 꿈꾼다. 피를 매개로 뱀과 클레오파트라의 모습이 넘나들 듯이, 화자는 상징적으로 화사의 기운을 몸에 스미게 함으로써 뱀과 하나가 되고자 한다.

필자는 선행 연구자들이 '뱀의 스밈'에 대해 단순한 성적 욕망의 해소로 국한시켜 설명하는 것에 대해 문제를 제기했다. 5연부터는 화자의 상상력 속에서 전개된 허구의 상황이므로 보다 다양한 해석이 가능하다. 화자는 뱀을 몸에 두르고 있는 것을 상상하고 있으며, 그 상태에서 뱀의 입에 주목한다. 그리고 붉은 그 입에서 독사에게 물려죽은 클레오파트라를 연상해 낸다. 뱀의 관능성은 그 독으로 인해 치명적인 매혹의 힘을 갖는다. 화자는 이러한 뱀과 하나가 되면서 무의식 속에 억압된 욕망을 해방시킨다. 시「대낮」은 뱀의 기운이 스며든 남녀주인공들의 모습이 직정적으로 묘사된 의미 있는 작품이다.

따서 먹으면 자는 듯이 죽는다는
붉은 꽃밭새이 길이 있어

핫슈 먹은듯 취해 나자빠진
능구렁이같은 등어릿길로,
님은 다라나며 나를 부르고……

強한 향기로 흐르는 코피
두손에 받으며 나는 쫓느니

밤처럼 고요한 끌른 대낮에
우리 둘이는 웬몸이 달어……

- 「대낮」 전문

　　인용시 「대낮」의 공간과 인물의 행동은 시 「화사」와 같은 구조를 이룬다.
뒤안길은 등어릿길에, 달아나는 화사는 님에 대응되고, '나'는 화사를 따라
가듯이 님을 쫓아가고 있다. 그러나 시 「대낮」의 화자는 시 「화사」에서처럼,
욕망의 부정과 긍정 사이에서 갈등하지 않는다. 그는 욕망 그 자체가 됐다.
욕망을 제어하는 공간이었던 사향 박하의 뒤안길은 "따서 먹으면 자는 듯이
죽는다는/붉은 꽃밭새이 길", 혹은 "핫슈 먹은듯 취해 나자빠진/능구렁이같
은 등어릿길"이라는 환각과 도취의 길로 대체되었으며, 시의 마지막 연에서
"밤처럼 고요한 끌른 대낮에/우리 둘이는 웬몸이 달어……"의 열락의 공간
으로 변모했다.
　　따라서 시 「화사」에서 뱀을 두고 '유혹하는 여성이다.' '남성성의 상징이
다.', 더 나아가 '양성이다.' 등으로 의미를 성별에 한정시켜 논하는 것은 무
의미하다. 화사는 욕망의 대상으로 역할이 고정된 것이 아니기 때문이다.

그것은 자신을 욕망하는 자에게 스며듦으로써, 시「대낮」에서처럼 욕망의 주체로 거듭난다. 화사는 시적 화자의 욕망이 투사된 대상인 동시에, 역으로 주체에 스며듦으로써 욕망 그 자체가 되는 것이다.

2.3. 화사와 문둥이

그렇다면 왜 시인은 이토록 화사에 집착하는 것일까. 화사는 다만 꽃처럼 아름답고 뱀처럼 징그러운 모순된 대상에 불과할까. 그리고 자신에게 뱀의 기운이 스며들기를 원한다는 것은 궁극적으로 무엇을 지향하는 것일까.

필자는 서정주 시집『화사집』(남만서고, 1941)을 원형 그대로 복간한 전원출판사의『화사집』(1991)에서 시「화사」를 찾아보다가, 이 시 뒤에 시「문둥이」가 배치돼 있는 것을 보았다.[22] 화사와 문둥이의 지면상 만남이 예사로워 보이지 않았다.

해와 하늘 빛이
문둥이는 서러워

보리밭에 달 뜨면
애기 하나 먹고

꽃처럼 붉은 우름을 밤새 우렀다

-「문둥이」전문

[22] 1941년 남만서고에서 간행된 시집『화사집』은 출간 50주년 기념으로 1991년 전원출판사에서 원형 그대로 복간됐다. 이 시집에서 시「화사」는 서시격인 시「자화상」에 이어 두 번째로 나온다. 이 시는 전체 4면에 걸쳐 실려 있고(11-14면), 시「문둥이」는 그 다음 5번째 면(15면)에 이어 나온다. 즉, 시「화사」의 6연 후반부 "고흔 입설이다…슴여라! 배암."부터 마지막 연까지가 시「문둥이」전문과 마주보고 있다. 참고로,『화사집』에는 면수가 따로 명기돼 있지 않다.

인용시에서 문둥이는 살기 위해 죄 없는 다른 생명을 죽여야 한다. 지독한 역설이며, 그렇게 생명을 이어가야한다는 것 자체가 천형이다. 이 시에는 문둥이의 생명에 대한 집착과 자의식, 그리고 그에 따른 죄책감이 잘 드러나 있다.

문둥이가 아이를 잡아먹는다는 속설은 옛이야기의 단골소재다. 허준의 일대기를 소재로 한 소설 이은성의 『소설 동의보감』(1990)에도 문둥이가 어린 아이를 잡아먹는 장면이 나온다.

> 눈이 뒤집힌 김민세가 아들의 이름을 절규하며 마루에 뛰어오르며 방문
> 을 열어 젖혔다.
> 그 방안에서 눈으로 발견하기보다 먼저 코끝에 맡아진 건 속이 뒤집힐 듯
> 이 진한 마늘냄새였고 방도 부엌도 한데 이어진 그 거적바닥에는 상상했
> 던 중년의 두 환자가 이팔이 넘었을 여자아이 둘과 국솥을 싸고 둘러앉아
> 있었다.
> 아들은 방안 어디에도 보이지 않았다.
> "이 아이 어디 갔나!"
> 김민세가 아들의 신발짝을 내보이며 외쳤다. 순간 한 눈이 빠진 환자의
> 정한 외눈이 김민세를 향해왔다. 뒤이어 들고 있던 여자 환자의 국사발이
> 무릎에 떨어졌고 딸아이가 울음을 터뜨렸다. 목쉰 소리였다. 무릎이 꺾여
> 주저앉았던 김민세가 짐승 같은 소리를 지르며 방을 뛰쳐나왔다. 이어 그
> 김민세가 돌각담 앞 잿간 위에 엎어졌다. 그리고 그 손에 들고 일어난 건
> 아들의 신을 집어들 때 눈에 비친 쇠스랑이었다.
> 김민세가 다시 방으로 뛰어들었을 때 문둥이 부부는 서로 한데 쓸어안고
> 그 김민세를 무저항으로 멍하니 바라보고 있었다.[23]

23 이은성, 『소설 동의보감 – 중』, 창작과 비평사, 1990, 45면.

소설 속 주인공 허준의 절친한 친구인 김민세는 이렇게 문둥이 가족에게 어린 아들을 잃는다. 서정주의 시에서와 같이, 소설 속 문둥이들은 꺼져가는 생명을 부지하기 위해 김민세의 아이를 삶아먹었던 것이다. 그 당시만 하더라도 문둥병은 인육을 먹어야만 나을 수 있는 사실상 불치의 병으로 잘못 알려졌었다. 그러나 그러한 문둥병에도 특효약은 있었다. 바로 화사다. 화사는 앞에서도 말했듯이 산무애뱀을 한방에서 이르는 말로, 허준의 『동의보감』 중 「탕액편」을 보면 화사가 풍병이나 문둥병을 다스리는 약효가 있다고 나와 있다.

> 백화사(白花蛇, 산무애뱀): 성질은 따뜻하고, 맛은 달면서 짜며, 독이 있
> 다. 문둥병과 갑자기 생긴 풍증(風症)으로 가려운 것, 중풍(中風)으로 입
> 과 눈이 삐뚤어지고 한쪽 몸을 쓰지 못하는 것, 뼈마디가 아픈 것, 그리고
> 백전풍(白癜風) 연주창 두드러기 풍비(風痺) 등을 치료한다.[24]

만약 시집에서 시 「화사」의 뒤편에 시 「문둥이」가 우연히 배치 됐다면, 그 것은 참으로 절묘한 우연이다.

죽어가는 문둥이를 되살릴 수 있는 치료약이 바로 화사이듯이, 시 「화사」에서 시적 화자는 화사와 하나가 됨으로써 생명력이 소진돼 있는 자신의 몸에 원시적인 생명의 불길을 지피고자 했던 것이다. 이브를 유혹하고, 클레오파트라를 독살하고, 소리 잃은 채 낼룽거리는 붉은 아가리로 푸른 하늘을 감히 물어뜯는 반기독교적이고 악마적인 화사의 힘은 천형을 받은 문둥이를 살려내는 강력한 생명의 힘이기도 하다. 이러한 화사의 양면성은 서정주 초기시의 상상력의 지향성을 함축적으로 보여주는 상징이다.

---

24 허준, 앞의 책, 1911면.

3. 겨울 하늘에 뜬 아침 달

시 「동천」은 1966년 5월 『현대문학』에 발표한 시로, 같은 제목의 시집 『동천』(1968)에 수록됐다. 이미 수많은 평자들이 시 「동천」을 논했거니와, 그 내용과 평가는 차이가 있으되 이 시가 서정주의 또 다른 대표 작품임에는 이견이 없을 것이다.

> 내 마음 속 우리님의 고운 눈썹을
>
> 즈문밤의 꿈으로 맑게 씻어서
>
> 하늘에다 옴기어 심어 놨더니
>
> 동지 섣달 나르는 매서운 새가
>
> 그걸 알고 시늉하며 비끼어 가네
>
> －「冬天」 전문

겨울 하늘에 떠 있는 눈썹 같은 달과, 그 달을 비끼어 날고 있는 새의 모습은 한 폭의 동양화와도 같이 신비롭다. 그러나 이 작품은 읽으면 읽을수록 알 수 없는 시가 돼버리는 것은 무슨 이유일까. 다섯 행에 불과한 비교적 짧은 이 시를 이해하기 위해서는 서정주 시 전반을 다시 훑어보아할 정도로 시 「동천」은 보기보다 어렵고, 생각했던 것보다 복잡한 수수께끼 같은 시다.

먼저, '눈썹 같은 달'의 실체는 무엇일까. 많은 연구자들이 이 달을 초승달로 보고 있으나,[25] 눈썹 같은 달이 초승달이냐 그믐달이냐에 대해서는 좀 더 논의할 필요가 있다.

그 다음은 '씻음'의 의미다. 시 「동천」의 달은 시적 화자의 마음속에 있었던 님의 눈썹이었다. 화자는 님의 고운 눈썹을 맑게 씻어서 하늘에 옮겨 심는다. 여기서 고운 눈썹이란, 미인을 일컫는 '아미(蛾眉)'라는 말도 있듯이, 아름다운 여인을 제유하는 시어다. 그렇다면 그 여인을 맑게 씻는다는 것은 무슨 의미인가. 즈믄 밤의 꿈으로 맑게 씻어야 했던 이 여인의 즈믄 밤 이전의 모습은 어땠을까.

끝으로 '매서운 새'의 실체다. 여기서 매서운 새란 구체적으로 어떤 새를 가리키는 것일까. 그 새가 시늉하며 비끼어 난다는 것은 무엇의 모양을 흉내내는 것이며, 왜 그렇게 나는 것일까. 그리고 달이 뜬 밤에 이 시의 화자는 어떻게 새가 날아가는 모습을 볼 수 있었을까.

수업 시간에 시 「동천」을 강의하며 내가 이러한 질문을 하면, 단순히 겨울 밤하늘에 떠 있는 달과 새의 이미지를 상상하던 학생들은 난감해 한다.

'눈썹 같은 달'과 '씻음'의 의미, 그리고 시늉하며 비끼어가는 '매서운 새'의 실체와, 시적 화자는 어떻게 그 새가 날아가는 모습을 볼 수 있었을까 하는 시의 시간적 배경에 대한 문제는 시 「동천」을 이해하는데 반드시 짚고 넘어가야할 중요한 사항이다. 정리하면 다음과 같다.

① '눈썹 같은 달'은 초승달일까, 그믐달일까.
② 맑게 씻음의 의미는 무엇일까.

---

25 기존의 연구에서 시 「동천」의 '눈썹 같은 달'은 초승달로 보는 견해가 압도적으로 우세하다. 이어령·오탁번·최동호·박호영·이남호·윤지영·조용훈 등 다수의 연구자가 이 달을 초승달로 보았고, 천이두는 "우리님의 고은 눈썹은 일차적으로 만월을 지향하는 초승달이고, 즈믄밤의 꿈이란 만월에 이르기까지의 초승달의 무수한 변신과정"으로 보았다. 이 시에서의 달을 보름달로 본 것이다. 송하선 역시 눈썹 같은 초승달이 천일을 지나 보름달이 됐다고 했다. 황동규는 초승달이나 그믐달이라는 구별 없이 그냥 '조각달'이라고 했으며, 김재홍은 '초승달, 또는 그믐달'로 해석의 가능성을 열어 뒀다. 김화영은 '그믐달'이라고 했으나, 왜 그것이 그믐달인지는 밝히지 않고 있다. 김재홍, 「미당 서정주」, 『미당연구』, 195면; 김화영, 「한국인의 미의식」, 『미당연구』, 249면; 박호영, 『서정주』, 건국대학교출판부, 2003, 87면; 송하선, 『미당평전-연꽃 만나고 가는 바람같이』, 푸른사상사, 2008, 146, 277면; 오탁번, 『현대시의 이해』, 나남, 1998, 44면; 윤지영, 「욕망과 체념적 도피의 갈등적 구조」, 『서정주 연구』, 새문사, 2005, 132면; 이남호, 앞의 책, 27면; 이남호, 「겨레의 말, 겨레의 마음」, 『미당 연구』, 411면; 이어령, 앞의 글, 345면; 조용훈, 「자기부정과 존재의 전이」, 『서정주 연구』, 207면; 천이두, 앞의 글, 98면; 최동호, 『시읽기의 즐거움』, 고려대학교출판부, 108면; 황동규, 「탈의 완성과 해체」, 『미당 연구』, 141면.

③ 매서운 새는 어떤 새이며, 이 시의 시간적 배경은 언제인가.

필자는 시를 분석하고 '달'과 '눈썹'의 상징성을 고찰함에 있어 위의 세 문제를 중심으로 논의를 전개시키고자 한다.

3.1. '눈썹 같은 달'의 실체

시 「동천」의 시간적 배경은 겨울 중에서도 가장 춥고 밤이 긴 동지 섣달이다. 시적 화자는 이 춥고 어두운 겨울날, 마음속에 담아두었던 님의 눈썹을 맑게 씻어서 하늘에다 옮기어 심어 놓는다. 그러자 여인의 눈썹은 하늘에서 달이 되고, 그 곁으로 매서운 새가 비끼어 날아간다.

수업시간, 이 시를 읽을 때마다 필자는 맨 먼저 학생들에게 '눈썹 같은 달'이 무슨 달이겠냐고 물어본다. 눈썹을 옮겨 심은 것이니 보름달은 아니고, 그러면 초승달일까 그믐달일까.

이에 대부분의 학생들은 초승달이라고 말한다. 사랑하는 님의 눈썹임으로 오래돼 빛이 시들어가는 그믐달보다는 신생하는 초승달에 비유했을 것이라는 이유에서다. 그믐달이라는 의견은 소수다. 과연 누구의 대답이 맞을까. 초승달이든, 그믐달이든 시인은 둘 중 하나의 달을 마음속에 그리며 이 시를 썼을 것이다. 시인은 어느 달을 염두에 두고 이 시를 썼을까.

초승달은 음력 3일 이후 저녁 시간 서쪽 하늘에서 볼 수 있는 달이다. 초승달은 점점 부풀어 올라 7일 이후 상현달이 되고, 14-15일 보름달을 기점으로 다시 가늘어진다. 이 달은 22-23일 이후 하현달을 거쳐, 음력 27일 이전 그믐달이 된다. 그믐달은 새벽녘 동쪽 하늘에서 올라와 아침나절 떠 있다.[26]

시 「동천」을 읽고 초승달을 떠올린 사람에게 이 시의 시간적 배경은 오후에서 저녁이 되고, 그믐달을 떠올린 사람에게는 반대로 새벽에서 오전이 된

---

26 뉴턴프레스 편, 『달세계 여행』, 뉴턴코리아, 2010, 36면 참조.

다. 그러니까 눈썹 같은 달이 초승달이냐 그믐달이냐의 문제는 시적 화자가 님을 생각하는 그 시간이 언제인가로 정리할 수 있겠다.

　님을 생각하는 시간은 저녁이 될 수도 있고 새벽이 될 수도 있다. 그러나 그 시간이 새벽이라면 그의 마음에는 외로움의 깊이가 더해진다. 그는 님을 생각하며 밤새도록 잠 못 드는 사람이기 때문이다. 새벽까지 깨어있는 사람만이 그믐달을 볼 수 있다. 여기서 그믐달에 대한 두 편의 글을 읽어보자.

　① 나는 그믐달을 몹시 사랑한다. 그믐달은 요염하여 감히 손을 댈 수도 없고 말을 붙일 수도 없이 깜찍하게 어여쁜 계집 같은 달인 동시에 가슴이 저리고 쓰리도록 가련한 달이다. 서산 위에 잠깐 나타났다 숨어버리는 초생달은 세상을 후려 삼키려는 독부가 아니면, 철모르는 처녀 같은 달이지마는 그믐달은 세상의 갖은 풍상을 다 겪고 나중에는 그 무슨 원한을 품고서 애처롭게 쓰러지는 원부(怨婦)와 같이 애절하고 애절한 맛이 있다. 보름에 둥근 달은 모든 영화와 끝없는 숭배를 받는 여왕과 같은 달이지마는 그믐달은 애인을 잃고 쫓겨남을 당한 공주와 같은 달이다. 초생달이나 보름달은 보는 이가 많지마는 그믐달은 보는 이가 적어 그만큼 외로운 달이다. 객창 한등에 정든 님 그리워 잠 못 들어 하는 이나 못 견디게 쓰린 가슴을 움켜잡은 무슨 한있는 사람이 아니면 그 달을 보아주는 이가 별로이 없을 것이다. 그는 고요한 꿈나라에서 평화롭게 잠들은 세상을 저주하며 홀로이 머리를 풀어뜨리고 우는 청상(靑孀)과 같은 달이다. 내 눈에는 초생달빛은 따뜻한 황금빛에 날카로운 쇳소리가 나는 듯하고 보름달은 쳐다보면 하얀 얼굴이 언제든지 웃는 듯하지마는 그믐달은 공중에서 번듯하는 날카로운 비수와 같이 푸른 빛이 있어 보인다. 내가 한있는 사람이 되어서 그러한지는 모르지마는 내가 그 달을 많이 보고 또 보기를 원하지만 그 달은 한있는 사람만 보아주는 것이 아니라 늦게 돌아가는 술주정과 노름하다 오줌 누려 나온 사람도 보고, 어떤 때는 도둑놈도 보는

것이다. 어떻든지, 그믐달은 가장 정있는 사람이 보는 중에, 또는 가장 한 있는 사람이 보아주고 또 가장 무정한 사람이 보는 동시에 가장 무서운 사람들이 많이 보아준다. 내가 만일 여자로 태어날 수 있다 하면 그믐달 같은 여자(女子)로 태어나고 싶다.[27]

② 말을 세워 강 위를 멀리 바라보니, 붉은 명정은 바람에 펄럭거리고 돛 대 그림자는 물위에 꿈틀거렸다. 언덕에 이르러 나무를 돌아가더니 가리 어져 다시는 볼 수가 없었다. 그런데 강 위 먼 산은 검푸른 것이 마치 누 님의 쪽진 머리 같고, 강물 빛은 누님의 화장 거울 같고, 새벽달은 누님의 눈썹 같았다.[28]

초승달과 그믐달은 이지러진 방향만 다를 뿐 같은 모양이다. 같은 모양의 달을 언제, 누가 보느냐에 따라서 이렇게 그 의미가 달라진다. 첫 번째 인용 문은 나도향의 수필 「그믐달」의 전문이다. 이 글에서 나도향이 초승달을 독 부나 철모르는 처녀와도 같은 달이라고 본 것도 재미있거니와, 그믐달을 정 든 님 그리며 잠 못 들어 하거나 한 많은 사람이 보는 애절하고 처연한 달이 라 한 데는 많은 공감이 간다.

두 번째 인용문은 연암 박지원이 죽은 누이를 위해 쓴 「백매증정부인박 씨묘지명(伯妹贈貞夫人朴氏墓誌銘)」의 부분이다. 「새벽달은 누님의 눈썹 같았 네」라는 제목으로 번역된 이 묘지명은, 먼저 세상을 뜬 큰 누님에 대한 추억 이 애잔하게 표현돼 있다. 인용한 부분은 죽은 누이의 상여가 떠나가는 모습 을 묘사한 것인데, 박지원은 상여 뒤로 보이는 새벽달을 누님의 눈썹에 비유

27 나도향, 「그믐달」, 『나도향전집 1』, 집문당, 1988, 431면.
28 박지원, 「새벽달은 누님의 눈썹 같았네」, 이승수 편역, 『옥같은 너를 어이 묻으랴』, 태학사, 2001, 47면.

했다. 여기서 새벽달(그믐달)은 누이에 대한 그리움임과 동시에, 그 그리움마 저 넘어선 영원한 사랑을 표상한다.

이렇게 서정주 시 「동천」에서의 눈썹 같은 달과, 나도향이 사랑했던 그믐 달과, 박지원의 새벽달은 외로움과 그리움의 시간을 견뎌낸 이들의 감정이 이입 됐다는 공통점을 갖고 있다. 이것이 필자가 「동천」의 달을 초승달이 아 닌 그믐달로 보는 이유 중에 하나다. 이 달이 그믐달인 이유에 대해서는 뒤 에서 다시 살펴보기로 한다.

3.2. '씻음'의 의미

마음속의 눈썹은 "즈문밤의 꿈"으로 씻어 비로소 맑아졌다. 여기서 "즈 문"은 천(千)의 옛말 '즈믄'의 오기(誤記)다.[29] 눈썹이란 원래 검은 것이며, 그 눈썹을 하얀 달로 만들기 위해서는 그렇게 긴 시간이 필요했을 터이다. 즉, 『화사집』에서 『동천』까지 서정주의 시세계는 검은 눈썹이 희게 변화하는 과 정이라고 정리할 수 있다.[30]

첫 시집 『화사집』에는 "속눈섭이 기이다란 게집애"(「와가의 전설」)와 "눈섭 이 검은 금女 동생"(「수대동시」)이 나온다. 전자가 관능적이고 매혹적인 여성 이라면, 후자는 젊음의 생명력이 넘치는 여성이다. 관능과 매혹, 젊음의 생 명력은 모두 육체성에서 비롯된, 결국은 같은 것이다. 앞에서 살펴본 화사 역시 관능성과 생명의 힘을 동시에 가진 존재였다. 뱀이 스며든 여인인 "순

---

29 시 「동천」이 처음 발표된 『현대문학』 1966년 5월호에는 "즈문"이 '즈믄'이라고 표기 돼 있다.
30 서정주 시의 눈썹 이미지에 주목한 연구로는 천이두, 오탁번의 연구가 있다. 천이두는 『화사 집』에서 『동천』까지의 시세계를 "눈썹에서 만월까지"로 요약하고 "초기의 눈썹이 여성을 의미하 며 대체로 서술적, 직유적인 뜻 이상으로 쓰이지 않았는데 반하여, 시집 『동천』에서는 은유적, 상 징적인 쓰임새로 달라졌다."고 하면서, 시 「동천」에서도 눈썹은 초승달을 은유한다고 했다. 오탁 번은 미당 시에서 '눈썹'은 '달', '시간' 등으로 변용돼가고, 아울러 여타의 다채로운 심상과 부딪 치며 호응하면서 개성적인 시적의미를 창조해낸다고 했다. 오탁번, 「미당시의 비유와 모성심상」, 앞의 책, 102~109면 참조; 천이두, 앞의 글, 92~99면 참조.

네"(「화사」)와 "배암 같은 게집"(「맥하」)도 그렇다. 이들이 바로 시 「동천」에서 즈믄 밤의 꿈으로 맑게 씻어야 했던 그 여인의 즈믄 밤 이전의 모습이다. 이렇게 시집 『화사집』에서 눈썹은 여인의 육체성을 상징한다.

두 번째 시집 『귀촉도』에서 눈썹은 달의 이미지와 만난다.

눈썹같은 반달이 중천에 걸리는
七月 七夕이 도라오기까지는,

검은 암소를 나는 먹이고
織女여, 그대는 비단을 짜ᄒ세.

　　　　　　　　　　　　　　　　-「牽牛의 노래」 부분

여기서 눈썹 같은 반달, 즉 음력 7월 7일 날 뜨는 상현달은 직녀에 대한 견우의 그리움을 표상한다. 눈썹의 육체성이 달의 이미지와 만나면서 그리움이라는 정신적인 요소를 갖게 됐다. 이와 함께 여성의 이미지는 직녀와 같은, 이별의 아픔을 감내하고 다시 만날 날을 소망하는 전통적인 여인상으로 변모한다.

이 여성이 시집 『동천』에 이르면 지극히 고결한 존재가 된다. 님을 향한 시인의 마음도 육체적 욕망을 이겨내고, 세속적인 그리움도 초월한 것처럼 보인다. 시 「동천」에서 즈믄 밤의 꿈으로, 마치 치성을 드리듯 오랜 시간 눈썹을 맑게 씻는 행위는 욕망의 더께를 걷어내고, 종내는 그리움조차 승화시키고자 하는 시인의 마음을 반영한다. 마음속 뜨거운 욕망을 잠재우고 즈믄 밤의 꿈으로 씻고 또 씻어 밤하늘에 서늘하게, 한 포기 풀처럼 심어놓은 달. 이렇게 시집 『동천』에서 눈썹은 식물적이며 초월적인 이미지로 변모한다. 이는 『화사집』에서 뱀에 비유되었던 여인의 긴 속눈썹과 대조된다.

시 「동천」에서 시적 화자의 눈썹을 씻는 행위는 뱀에서 달로 변모한 여인의 모습에서 알 수 있듯이, 육체적 욕망에서 정신적 초월을 지향하는 서정주 시인의 시적 여정을 함축한다.

그러면 시인은 이 시로써 님을 향한 욕망과 그리움을 완전히 초월한 것일까.

서정주는 1966년 5월 『현대문학』에 발표한 시 「동천」을 약 7개월 뒤인 같은 해 12월 『예술원보』에 개작해 재수록 한다. 다음이 그 전문이다.

내 마음 속 우리님의 고은 눈썹을

즈믄 밤의 꿈으로 밝게 씻어서

하늘에다 옴기어 심어 놨더니

동지 섯달 날르는 매서운 새가

그걸 알고 시늉하며 비끼어 가서

수무살쯤 더 있다 눈 감으면

그때는 감기리라 생각 하나니.

–「冬天」³¹ 전문

『예술원보』에 실린 개작시 「동천」은 전체 7행으로 이뤄져 있으며, 행과 행사이는 1행 씩 띄어져 있다. 1행이 1연이 된다. 앞의 5연은 행이 연으로 됐다

---

31 『예술원보』 제10호, 예술원, 1966.12, 94면.

는 것 이외에는 『현대문학』에 실린 시와 크게 다르지 않다. '맑게→밝게' 정도의 변화가 있을 뿐이다. 결정적인 변화는 개작시의 6, 7연이다. 이 부분은 『현대문학』본 시에 두 행을 추가한 것으로, 시늉하며 비끼어 간 매서운 새의 생각이 드러나 있다. 그 생각이 "수무살쯤 더 있다 눈 감으면//그때는 감기리라"다.

겨울 하늘에서 날고 있는 새를 '시늉하며 비끼어간다'라고 바라 본 시적 화자의 시선이 새 안으로 들어가 그것과 하나가 되었다. 새에게 자신의 생각을 투사한 것이다. 지금 화자는 감을 수 없는 눈을 뜨고 있으며, 그 눈을 감기 위해서는 이십 년이나 되는 긴 시간을 필요로 하고 있다.

따라서 개작시 「동천」에는 두 개의 '나'가 존재한다. 님의 눈썹을 즈믄 밤의 꿈으로 밝게 씻어서 하늘에 심어놓은 '나'와, 그것을 비껴가고는 있지만 눈을 감기 위해서는 이십년이란 세월을 필요로 하는 '또 다른 나'가 그것이다. 여기서 눈을 감는 행위를 세속적 욕망의 초월로 해석한다면, 이 눈 뜬 새는 욕망과 초월 사이에서 갈등하는 불완전한 인간의 모습을 상징한다. 화자는 마음속 님의 눈썹을 달로 만들었지만, 정작 달을 향한 그의 마음은 여전히 초월과 욕망 사이에서 갈등하고 있었다.

1968년 시집 『동천』에는 개작시가 아닌 『현대문학』본 「동천」이 실린다. 『현대문학』본 「동천」이 절제미와 시적 완성도에서 보다 우수하다고 판단되었을 것으로 추측된다. 동시에 님을 향해 여전히 갈등하고 번민하는 시적 화자의 속마음 또한 더 이상 드러내 보이고 싶지 않았을 것이다. 개작시 「동천」이 사라지고 『현대문학』본 「동천」이 정본이 되면서 이 시는 시인, 혹은 시적 화자의 방황과 갈등을 종결하는 이른바 '욕망의 초월시'로 자리매김 된다. 동시에 '씻음'의 의미 역시 육체적 욕망을 극복하고 정신적 초월을 완성한 서정주 시인의 시적 성과로서 간주된다. 그러나 『예술원보』에 실린 개작시 「동천」에 나왔던 것처럼 달을 비껴가고 있는 매서운 새가 사실은 눈을 감지 못하고 있음을, 즉 시적 화자는 여전히 번민하고 갈등하고 있음을 기억해야할 것이다.

3.3. 매서운 새와 아침의 시간

시 「동천」의 5행 중 마지막 두 행에는 눈썹 같은 달 옆으로 매서운 새가 등장한다. 동지 섣달이라는 구체적인 계절도 나온다. 이 새는 달이 화자의 마음속 눈썹이라는 것을 마치 알고 있는 듯이 시늉하며 비끼어 난다.

'매서운 새가 시늉하며 비끼어간다'는 의미에 대해, 천이두는 "하늘의 달을 시늉하는 '매서운 새'는 영원과 무한을 동경하는 인간의 꿈과 시를 상징하는 것"이라고 하면서, 무한과 영원을 동경하여 줄기차게 그 세계로의 접근을 시도하면서도 그 세계를 시늉해보다 별수 없이 지상으로 되돌아올 수밖에 없는 새의 모습에서 덧없는 인간의 자기구도의 한계를 읽었다.[32] 송하선 역시 '매서운 새'를 "만월까지는 도달하지 못하고 지상으로 귀환하고 마는 존재"로 보면서, 이 새가 "시의 화자와 함께 천상세계로 날아오르려는 그리움과 동경, 그리고 그 숙명적인 한계상황을 공유하고 있다."고 했다.[33] 반면, 김재홍은 "'시늉하며 비끼어가는' 새의 모습은 지상의 구속과 운명의 무게로부터 자유로워진 영혼의 모습을 반영한다."고 했다.[34]

매서운 새가 시늉하는 대상이 달이며, 그것은 인간의 영원과 무한으로의 지향성을 상징한다는 해석은 어느 정도 타당한 것처럼 보인다. 그러나 '비끼어간다'를 "달에 도달하지 못하고 지상으로 귀환하는 것"이라는 해석은 부적절하다. 시늉과 비껴감은 순차적으로 일어나는 것이 아닌 동시에 이루어지는 것이며, '비껴감'이란 도달하지 못하는 것이 아니라, 앞의 '그걸 알고' 스스로 도달하지 않는 것으로 읽어야 하기 때문이다.

---

32 천이두, 앞의 글, 99면.
33 송하선, 앞의 책, 148면.
34 김재홍, 「미당 서정주」, 『미당 연구』, 194면.

이에 필자는 매서운 새의 실체와 '시늉하며 비끼어 가는' 그 새의 나는 모습에 대해서 좀 더 논의해보고자 한다. 매서운 새는 구체적으로 어떤 새를 가리키는 것일까. 그리고 이 새는 왜 그렇게 나는 것일까.

'시늉하며 비끼어 난다'는 것의 의미는 이 새가 '매서운 새'라는 것에 주목하면 의외로 쉽게 풀린다. 매서운 새란 시집 『신라초』에서 나왔던 매〔鷹〕(「사소 두 번째의 단편」 「신라의 상품」)와 같이, 맹금류(猛禽類)에 속하는 새를 지칭한다. 맹금류는 다른 동물을 사냥하여 포식하는 육식성 조류로서, 날카로운 발톱과 부리, 잘 발달된 감각기관과 강한 날개를 가지고 있다.[35] 맹금류에 속하는 새 중 일반적으로 널리 알려진 참매에 대해 살펴보면 다음과 같다.

참매(매목수리과)

특징: 몸길이는 수컷 50cm, 암컷 56cm 정도이며 날개를 편 길이는 105~130cm에 이르는 드문 겨울철 새이다. 몸의 윗면은 어두운 청회색이고 아랫면은 흰색 바탕에 회갈색 가로무늬가 빽빽하게 있다. 흰색의 눈썹선이 뚜렷하고 날개는 폭이 넓

선회하는 참매

다. 꼬리는 길어 보이고 4개의 흑갈색 줄무늬가 뚜렷하다. 어린 새는 윗면은 갈색이고, 아랫면에는 갈색의 굵은 세로줄이 있다. 눈썹 선이 뚜렷하지 않다. 먹이를 찾을 때는 날갯짓을 하거나 기류를 타고 선회한다. 먹이를 발견하면 먹이 가까이까지 다가간 후 다리를 쭉 뻗어 날카로운 발톱으로 낚아채듯이 잡는다. 잡은 먹이는 털을 뽑은 후 날카로운 부리로 찢어 먹고, 소화되지 않는 뼈와 털은 토해낸다. 길을 들여 토끼나 꿩 사냥에 이

---

35 채희영 외, 『한국의 맹금류』, 드림미디어, 2009, 15면 참조.

용해 왔다. (…)

분포: 시베리아 동부, 아무르지방, 만주, 사할린, 일본 등 아한대에서 툰
드라 지대까지 분포하고 번식하며 일부가 겨울에 한국이나 중국 남부, 일
본 남부 지방으로 이동하여 월동한다.[36]

참매는 겨울철새이며, 주로 기류를 타고 선회(旋回)한다. 그런데 이것은
참매만의 특징이 아니다. 독수리, 말똥가리 등 다수의 맹금류가 겨울철새로
서 우리나라에서 월동을 한다. 이 시의 시간적 배경인 동지 섣달과 그들의
생태가 일치한다. 또한 대부분의 맹금류는 범상(汎翔, soaring)과 활공(滑空,
gliding)을 반복하면서 이동한다. 여기서 범상이란 상승기류를 이용해 날개를
편 채 상승하는 것이며, 활공은 날갯짓을 하지 않고 공중에 미끄러지듯이 나
는 비행형태다.[37] 범상으로 상승한 새가 날개를 펴고 활공하는 모습은 마치
그믐달, 혹은 초승달과 같은 부드러운 곡선이다. 화자의 눈에는 활공하는
새의 모습이 달의 모양을 흉내 내어 따라하는 것처럼 보였던 것이다.

'시늉하며 비끼어 간다'는 것은 새가 기류를 타고 달의 모양으로 활공하는
모습이다. 그 모습을 보고 시적 화자는 이 새가 마음속의 눈썹을 즈믄 밤의
꿈으로 씻어서 하늘에다 심어놓은 사실을 '알고' 그렇게 날고 있다고 생각
한다. 원근법을 무시한 화자의 이러한 시선은 자연스럽게 매서운 새에 감정
이입을 유도 한다. 사실 눈썹이 갖고 있던 육정적인 욕망을 모두 씻어버리고
맑은 식물성으로 심겨져 있는 달이 육식성 조류이인 맹금류의 관심을 자극
할 수도 없을 터이지만, 화자는 겨울 하늘을 나는 매서운 새 조차도 즈믄 밤
들인 정성을 알아서 비껴가고 있다고 생각한다.[38]

피천득이 시 「동천」을 영역한 것을 살펴보면, '비끼어 간다'는 것이 '비껴

36 김수일 외, 『한국조류생태도감 2』, 한국교원대학교출판부, 2005, 41면.
37 위의 책, 7-71면 참조.

서 건드리지 않는다'는 것을 의미함을 알 수 있다.

> With the dreams of thousand nights I bathed the brows of my loved one
> I Planted them in the heavens, That awful bird, that swoops through the
> winter sky Saw, and knew them, and swerve aside not to touch them!
>
> -"Winter Sky"[39]

서정주가 피천득의 번역시를 읽고 그 내용에 별다른 문제를 제기하지 않았던 것으로 보아 이 번역은 시인의 생각과 크게 다르지 않다고 볼 수 있다.[40] 따라서 '시늉하며 비끼어 간다'는 것은, 천이두나 송하선처럼 달의 세계로 접근을 시도 하다 지상으로 되돌아온다는 의미보다는 '아예 접근조차 하지 않고 피해간다'로 읽어야 한다.

그러면 마지막 질문. 달이 뜬 밤에 화자는 새가 날아가는 모습을 어떻게 볼 수 있었을까. 그것은 이 시의 시간적 배경이 밤이 아니기 때문이다. 앞에서도 말했듯이 이 시의 눈썹 같은 달은 그믐달이고, 그믐달은 아침까지 떠 있다. 하늘엔 아침 달이 떠 있고 그 옆을 매나 독수리가 비껴가고 있는 것이다. 즈믄 밤의 꿈으로 시작한 밤의 시간은 그믐달이 돋아난 새벽의 시간을 지나, 달 옆으로 맹금류가 활공하는 아침의 시간으로 펼쳐진다.

실제로 서정주는 1974년 『월간문학』에 연재한 글 「속·천지유정(續 天地有情) 2」에서 시 「동천」의 시상을 어느 겨울 날 아침 산보에서 떠올렸다고 밝히

---

38 이에 대해 육근웅은 "'시늉'할 줄도 알고 달을 물어뜯거나 공격하지도 않는 '매서운 새'는 매서움이 정화된 존재로 나타난다."고 보았다. 육근웅, 앞의 책, 126면.

39 서정주의 「속·천지유정 4」에 나온 피천득의 영역(英譯) 시다. 시인의 말에 따르면, 피천득은 서정주 자신의 시 「동천」을 본문에서와 같이 영어로 번역했다고 한다. 서정주, 「속·천지유정 4」, 『월간문학』, 1974.5, 142면.

40 서정주, 위의 글, 142면 참조.

고 있다.

> 나는 겨울이 되면 이 딱한 내 感情을 데불고, 우리집 孔德洞에서 과히 멀
> 지 않은 西江의 얼어붙은 漢江가의 언덕으로 나를 달래며 아침마다 눈길
> 을 헤매가기도 했다.
> (…중략…) 내 시 「동천」의 처음 詩想이 떠오른 것도 사실은 이런 겨울의
> 내 西江 쪽의 아침 散步 속에서였다.
> 이 시는 훨씬 더 세월이 지난 뒤에 이 다섯 줄로 빚어졌지만, 그 겨울 하늘
> 을 내 머리위에서 날던 새, 그것과의 사실의 相逢과 그런 느낌은 이 때의
> 겨울 아침 눈길 위의 散策에서 새로 얻은 것이다.[41]

시인의 이러한 진술은 시 「동천」의 시간적 배경이 겨울 아침이며, 따라서
눈썹 같은 달이 아침 시간에 떠있는 달, 그러니까 그믐달임을 다시 한 번 확
인시켜준다.

그런데 여기서 주목해야 할 것이 있다. 바로 맨 앞에 나온 '딱한 내 감정'
이란 말이다. 이 글에서 시인은 40세가 넘어 "연정의 지랄병"을 앓게 되었는
데, 그는 그 여인을 삼사년을 족히 혼자서만 좋아했다고 한다. 시에 나오는
즈믄 밤, 즉 천 일 밤과 일치한다. 시인의 말에 따르면 그 여인에 대한 감정
을 "그 상대 본인에게는 물론, 이 땅위의 어떤 사람에게도 말하지 않기를 깊
은 바다속에 차돌 하나 던진 것처럼" 안으로 삭여냈다고 한다.[42] 앞 장에서
살펴보았던 『예술원보』본 「동천」에서 "수무살쯤 더 있다 눈 감으면//그때는
감기리라 생각 하나니."는 이 당시 시인의 갈등하던 마음이 은연중에 표출
된 것이라 볼 수 있다. 시 「동천」에는 뜨거운 욕망을 즈믄 밤의 꿈으로 정화

---

41 서정주, 「속·천지유정 2」, 『월간문학』, 1974.3, 57면.
42 위의 글, 57면.

46 탄탈로스의 시학

시키고, 그것에 접근조차하지 않고 비껴갔던 시인의 마음이 고스란히 담겨
져 있음을 알 수 있다.

4. 상상력의 행복한 만남

필자는 이 글에서 서정주 시인의 대표작인 「화사」와 「동천」을 꼼꼼히 읽
음으로써 지금까지 서정주 시 해석의 문제점을 보완하고자 했다. 그러기 위
해서는 무엇보다 선입관 없이 시를 읽고자 했다. 또한 다양한 시각의 시해석
을 위해 실제 수업시간 학생들과 대화와 토론한 내용을 일부 도입했으며, 각
종 사전과 도감은 물론 여러 장르의 문학작품을 교차 강독 했다.

먼저, 시 「화사」에서는 '사향 박하의 뒤안길'의 실체와 '스밈'의 의미, 그
리고 '화사와 문둥이'와의 관계에 대해 살펴보았다.

'사향 박하의 뒤안길'에서 사향 박하는 머스크와 박하가 아니라 꿀풀과의
식물인 머스키민트, 혹은 사향초와 박하를 이른다. 이 시의 공간인 뒤안길
은 집 뒤편의 길이며, 사람들은 뱀을 퇴치하고자 그곳에 머스키민트, 혹은
사향초와 박하를 심었을 것으로 추측된다. 지금까지 이것을 머스크로 해석
한 것은 화사의 강렬한 관능적 이미지가 선입관으로 작용해 다른 해석의 가
능성을 차단해 버린 결과다. 뱀이 육체성을 상징한다면, 사향 박하의 뒤안
길은 뱀과는 대척적인 위치에서 향기로써 뱀을 퇴치하는 반 육체적인 공간
이다.

'스밈'의 대상은 두 가지로 해석할 수 있다. 지금까지 뱀이 스미는 곳은
'순네의 입술'이라고 지극히 한정적으로 해석됐다. 그러나 뱀에 대한 긍정
과 부정이 교차하면서 화자와 뱀과의 거리가 좁혀지는 시의 맥락을 고려할
때, 첫 번째 스밈의 대상은 화자라고 보는 것이 타당하다. 두 번째 스밈의 대
상은 순네다. 이미 관능의 유전자를 타고난 이 여인에게 뱀의 관능성이 더해

짐으로써 그의 육체성은 만개된다. 화사는 자신을 욕망하는 자에게 스며듦으로써 욕망의 주체로 거듭난다. 즉 화사는 시적 화자의 욕망이 투사된 대상인 동시에, 역으로 주체에 스며듦으로써 욕망 그 자체가 된다.

화사는 한방에서 문둥병을 다스리는 약효가 있다고 알려졌다. 죽어가는 문둥이를 되살릴 수 있는 치료약이 화사이듯이, 시 「화사」에서 시적 화자는 화사와 하나가 됨으로써 생명력이 소진돼 있는 자신의 몸에 생명의 불길을 지피고자 한다. 반기독교적이고 악마적인 화사의 힘은 강력한 생명의 힘이기도 하다. 이러한 화사의 양면성은 서정주 초기시의 상상력의 지향성을 함축적으로 보여주는 상징이다.

시 「동천」에서는 '눈썹 같은 달'의 실체와 '씻음'의 의미, 그리고 '매서운 새와 아침의 시간'에 대해 살펴보았다.

이 시에서 눈썹 같은 달이 초승달이냐, 혹은 그믐달이냐 하는 문제는 시적 화자가 님을 그리워하는 시간이 저녁이냐, 새벽이냐로 정리할 수 있다. 님을 그리워하는 시간이 새벽이라면 그의 마음에는 외로움의 깊이가 더해진다. 그는 님을 생각하며 밤새도록 잠 못 드는 사람이기 때문이다. 새벽까지 깨어있는 사람만이 그믐달을 볼 수 있다. 실제로 이 시는 서정주 시인이 아침 서강의 얼어붙은 한강 가를 산책할 때 시상을 떠올렸다고 한다. 따라서 이 시의 눈썹 같은 달은 그믐달로 보는 것이 타당하다.

마음속의 눈썹은 즈믄 밤의 꿈으로 씻어 비로소 맑아졌다. 여기서 씻음의 의미는 욕망을 상징하는 검은 눈썹을 희게 정화시키는 과정으로 해석할 수 있다. 이 과정에서 눈썹이 상징했던 여성은 뱀에서 달의 모습으로 변모한다. 달은 정신적이며 초월적인 존재를 상징한다. 그러나 『예술원보』에 실린 개작한 시 「동천」에서 시적 화자가 '눈 감지 못하는 매서운 새'와 동일화되었듯이, 그의 마음은 여전히 번민하고 갈등하고 있음을 간과해서는 안 된다.

시 「동천」에서의 '매서운 새'는 매와 같은 맹금류를 이른다. 그것이 "시늉하며 비끼어" 나는 모습은 맹금류가 날개를 펴고 활공하는 모습이라 볼 수 있다. 그리고 시적 화자가 그 모습을 볼 수 있는 것은 이 시의 시간적 배경이 밤이 아닌 낮, 즉 그믐달이 떠 있는 아침의 시간이기 때문이다.

이렇게 필자는 시 「화사」와 「동천」을 되풀이해 꼼꼼히 읽음으로써 시인과 독자의 상상력이 만나 얼마나 풍요로운 상상력의 세계가 펼쳐질 수 있는지 실제 작품분석을 통해 보여주고자 했다. 시에 대한 무한 애정이 바탕이 된 이러한 시 읽기의 태도는 서정주 시 뿐만이 아니라 문학 전반에 적용될 수 있을 것이다. 이 연구를 계기로 '이미 널리 알려진 시'가 흔히 갖고 있는 고정관념이나 해석상의 오류를 수정하고, 다양한 각도에서 새롭게 읽혀질 수 있게 되기를 기대한다.

한국 근대시에 나타난
일본 체험 양상

1. 시적 공간으로서 일본

최초의 근대시로 일컬어지는 최남선의 「해(海)에게서 소년(少年)에게」
(1908) 이후 한국 근대시의 전개는 1910년 한일 강제병합 이후 시작된 일제
강점기와 시기를 같이 한다. 이 사실은 우리 근대시가 일본의 영향에서 자유
로울 수 없었다는 것을 의미한다. 실제로 당시 많은 시인들이 일본을 통해
근대사상을 접했으며, 유학생 신분으로 직접 일본을 체험하기도 했다. 그러
면 그들의 시에 나타난 일본은 어떤 모습으로 그려지고 있으며, 일제강점기
일본이라는 시적 공간 속에서 시인의 상상력은 어떻게 전개되었을까.

이러한 의문을 출발점으로, 필자는 이 논문에서 일제강점기 근대 시인이
가진 상상력의 한 특성을 작품에 나타난 일본 체험 양상을 중심으로 살펴보
고자 한다. 여기서 일본 체험 양상이란 시의 배경 혹은 그 시를 쓴 공간으로
서 작품에 나타난 일본의 모습이며, 좀 더 정확히 말하면 시인의 상상력으로
재현된 일본의 풍경이다. 물론 이것은 시인이 실제로 경험한 일본의 한 장소
일 수도 있고, 그것과는 어느 정도 구별되는 상상력이 투사된 내면의 풍경일
수도 있다.

이 연구를 위한 분석 대상 작품은 다음과 같은 기준으로 선택했다. 첫째, 시적 공간이나 대상으로서 일본의 지명이 구체적으로 나타난 경우. 둘째, 시인 스스로 후기 등에서 일본의 특정 장소를 배경으로 썼다고 밝힌 경우. 셋째, 시작 시기나 발표지면 등에 미루어 시의 배경이 일본임을 유추할 수 있는 경우다.

이러한 기준에서 필자는 정지용과 임화, 윤동주의 시를 선택했다. 한국 근대 문학기에 실제로 일본에 유학했거나 체류했던 시인이 상당수에 이름에도 불구하고 일본을 배경으로 시를 쓴 시인은 드문 편이나, 이들 세 시인의 시에는 앞에서 말한 1, 2, 3항에 해당하는 일본의 모습이 비교적 구체적으로 드러나 있다. 특히 정지용의 초기시와 윤동주의 후기시에는 그들의 유학시절 일본 체험이 잘 나타나 있다. 임화 역시 영화를 공부하기 위해 일본에 체류한 적이 있으며, 이때의 도일(渡日) 경험은 시집 『현해탄(玄海灘)』(1938)의 바탕을 이룬다.

정지용과 임화, 그리고 윤동주 시에 나타난 일본 체험에 대한 선행 연구로는 먼저 김윤식의 저서 『청춘의 감각, 조국의 사상』을 들 수 있다. 그는 이 책에서 교토(京都)의 도시샤대학(同志社大學) 유학생이었던 정지용과 윤동주의 당시 행적을 추적하면서 그들의 작품을 해석하고 있는데, 정지용의 시 「석류」「압천(鴨川)」「해협」, 그리고 윤동주 유고 시집의 서문 등이 분석 대상이 됐다.[1] 이 책에는 정지용·윤동주뿐만 아니라 염상섭·오상순·이양하 등 일제강점기 교토 유학생 문인들의 작품과 행적 또한 실려 있다. 한국 근대문인들의 일본 체험을 교토를 중심으로 본격적으로 연구한 저술로 평가된다.

정지용의 일본 체험을 집중적으로 추적한 논문은 심경호의 「정지용과 교토」다. 그는 이 글에서 정지용의 교토 생활을 '시인이 도시샤대학을 선택한 이유' '가모가와(鴨川)와 시조(四條) 번화가의 추억' '가톨릭 입문과정' 등으

---

1 김윤식, 『청춘의 감각, 조국의 사상』, 솔, 1999.

로 나누어 살펴보고 있다. 특히 '가모가와와 시조 변화가의 추억'에서는 교토를 배경으로 한 정지용의 시 「압천」「조약돌」「홍춘(紅椿)」을 살펴보면서, 1932년 『동방평론』에 발표된 시 「봄」도 교토 가모가와에서의 추억을 노래한 것이라고 했다.[2]

임화 시에 나타난 일본 체험에 대한 연구는 현해탄과 관련된 작품을 논의하는 과정에서 부분적으로 언급됐다. 김윤식은 「해협의 로맨티시즘」을 분석하면서, 임화가 갖고 있는 이른바 현해탄 콤플렉스를 '실천으로서의 계몽주의형'으로 분류했다.[3] 임화의 대표시 중에 하나인 「우산 밧은 요꼬하마의 부두」는 주로 일본 시인 나카노 시게하루(中野中治)의 시 「비날이는 품천역(品川驛)」과의 관련성을 중심으로 김윤식·김용직 등에 의해 연구됐다.[4]

윤동주의 일본 체험에 대한 연구는 독서력(讀書歷)을 중심으로 살펴본 오오무라 마스오(大村益夫)의 「윤동주의 일본 체험」이 있다. 그는 윤동주가 백석·서정주 등 국내 시인으로부터 많은 것을 배움과 동시에 일본어를 통해 서구 시인들과 일본 시인들을 접했다고 했다. 특히 릴케·잠·발레리의 일역 작품집과 『사계』『세르팡』『백과 흑』 등의 문예잡지를 읽으며 윤동주는 시대의 흐름 속에서 스스로를 성장시켰다고 했다.[5]

윤동주 시작품에 나타난 일본 체험 연구는 시적 공간을 살펴보는 논문에서 주로 '방의 이미지'를 중심으로 진행됐다. 이명찬은 「윤동주 시에 나타난 '방'의 상징성」에서 "「쉽게 씌어진 시」에서의 방은 존재의 위기감과 그것을

---

2 심경호, 「정지용과 교토」, 『동서문학』, 2002 겨울.
3 김윤식은 임화의 시와 함께 정지용의 시 「해협」도 분석했는데, 여기서 그는 정지용을 '내면화된 계몽주의형'으로 분류했다. 김윤식, 앞의 책, 28면.
4 김윤식, 「현해탄의 사상과 品川驛의 사상」, 『한국근대문학사상사』, 한길사, 1984; 김윤식, 「中野中治와 비나리는 品川驛」, 『임화연구』, 문학사상사, 1989; 김용직, 「임화 시의 첫째 단계」, 『임화 문학연구』, 새미사, 1999.
5 오오무라 마스오, 「윤동주의 일본 체험-독서력(讀書歷)을 중심으로」, 『윤동주와 한국문학』, 소명출판, 2001.

넘어서려는 자아의 고투를 드러낸 상징"으로 파악했다.[6] 남송우도 방의 이미지를 중심으로 윤동주의 일본 유학 시절에 쓴 시를 분석했다.[7]

정지용·임화·윤동주 시에 나타난 일본 체험 양상은 이렇게 특정 이미지를 중심으로 논의되거나, 시인의 전기적 사실을 논하는 자리에서 부분적으로 언급되었으며, 작품 자체에 나타난 일본의 모습보다는 주로 시인의 실제적인 체험 사실에 무게를 두고 연구됐다.

필자는 이들 세 시인의 시작품을 살펴보는데 있어서 기존의 논의를 바탕으로 시 자체의 이미지 분석을 통해, 일본이라는 시적 공간이 작품 안에서 어떻게 표현되고 있으며, 시인의 상상력에 어떠한 작용을 했는지 알아보고자 한다. 이 연구의 의미는 일제강점기 근대 시인이 가진 상상력의 한 특성을 작품에 나타난 일본 체험 양상을 통해 살펴보고자 한다는 데 둘 수 있을 것이다.

2. 「카페·으란스」와 교토의 거리

정지용은 1923년에서 1929년까지 일본 교토의 도시샤대학 영문학과에서 공부했다. 이때의 체험으로 그는 「카페·으란스」「슬픈 기차」「이른 봄 아침」「황마차(幌馬車)」「압천」 등의 시를 썼으며, 현해탄을 오간 경험은 「갑판우」「선취(船醉)」「해협」과 같은 항해시의 바탕이 됐다. 이 장에서는 「카페·으란스」를 중심으로 정지용 시에 나타난 교토 체험 양상을 살펴보겠다.

시 「카페·으란스」는 정지용이 교토에 유학 중이던 1926년에 쓰였으며, 교

6 이명찬, 「윤동주 시에 나타난 '방'의 상징성」, 『국어국문학』 137권, 2004.9, 372면.
7 남송우, 「윤동주 시에 나타난 공간 인식의 한 양상-일본 유학 시절의 시를 중심으로」, 『한국문학논총』 40집, 2005.8.

정지용(1902-1950)

토 유학생 회지인 『학조(學潮)』 창간호에 실렸다. 이 시의 공간이 교토인 것에 대해 선행 연구자들의 의견은 대체적으로 일치한다. 사나다 히로꼬(眞田博子)는 "지용이 교토에 유학 중이었다는 점, 그리고 시적 화자가 '나는 나라도 집도 없단다'고 깊은 고독감을 나타내고 있는 점 등을 감안하면 이 시의 무대는 일본에 있는 카페라고 생각하는 게 타당하다."라고 했으며,[8] 박호영도 "카페 프란스는 지용의 행동반경으로 미루어 볼 때 유학지인 교토에 있었던 카페일 가능성이 크며, 적어도 경성에 있던 곳은 아니다."라고 했다.[9] 심경호 역시 「카페·쯔란스」의 배경을 교토라고 보면서 이 시에 나오는 페이브먼트는 "교토의 번화가이자 유흥가인 시조 도리(四條通)를 연상시킨다."라고 했다.[10]

시 「카페·쯔란스」에는 '뿌리 없는 삶의 모습'으로 함축할 수 있는 정지용 초기시 경향이 잘 나타나 있다. 그는 시 「향수(鄉愁)」(1923)에서 시인으로서의 상상력의 근원이 "흙에서 자란 내 마음", 즉 대지에 있음을 노래했다. 이 시에서 시적 화자는 흙으로 상징되는 세계와 조화를 이루고 있었다. 그러나 고향을 떠나면서 그는 점차 세계와 불화하기 시작한다. 특히 그의 교토 유학 시절은 흙에서 자란 마음이 뿌리내릴 대지를 잃어버리고 떠도는 '나그네의 삶'으로 요약할 수 있거니와, 시인은 이러한 마음을 시 「카페·쯔란스」에서 이국의 밤거리에서 방황하는 청년들의 모습으로 형상화한다.

8 사나다 히로꼬(眞田博子), 『최초의 모더니스트 정지용』, 역락, 2002, 112면.
9 박호영, 「'카페·프란스'에 대한 해석의 방향」, 『무명화를 위한 변명』, 국학자료원, 2008, 110-111면.
10 심경호, 앞의 글, 385면; 심경호, 「교토학의 구상」, 『자기 책 몰래 고치는 사람』, 문학동네, 2008, 87면.

옴겨다 심은 侏櫚나무 밑에

빗두루 슨 장명등,

카페·으란스에 가쟈.

이놈은 루바쉬카

또 한놈은 보헤미안 넥타이

뺏적 마른 놈이 압장을 섰다.

밤비는 뱀눈 처럼 가는데

페이브멘트에 흐늑이는 불빛

카페·으란스에 가쟈.

이 놈의 머리는 빗두른 능금

또 한놈의 心臟은 벌레 먹은 薔薇

제비 처럼 젖은 놈이 뛰여 간다.

※

『오오 패롯(鸚鵡) 서방! 꿋 이브닝!』

『꿋 이브닝!』(이 친구 어떠하시오?)

鬱金香 아가씨는 이밤에도

更紗 커-틴 밑에서 조시는구료!

나는 子爵의 아들도 아모것도 아니란다.

남달리 손이 히여서 슬프구나!

나는 나라도 집도 없단다

大理石 테이블에 닷는 내뺨이 슬프구나!

오오, 異國種강아지야

내발을 빨어다오.

내발을 빨어다오.

- 정지용, 「카페 · 쯔란스」¹¹ 전문

인용시는 ※를 중심으로 카페 밖과 안 두 부분으로 나눠져 있다. 먼저 카페 밖 풍경이다. 시는 '옮겨다 심은 종려나무'에서 시작한다. 종려나무는 규슈(九州)가 원산지인 열대식물로, 카페 앞 종려나무는 원래 자생하던 땅에서 그곳으로 옮겨 심은 것이다. 종려나무 밑에는 장명등이 비뚤게 서 있다. 카페 앞 종려나무와 장명등은 처음부터 무언가 부자연스럽고 왜곡돼 있는 느낌을 불러일으킨다.

일본 규슈 원산의 종려나무.
'왜종려'라고도 한다.

작품에 등장하는 청년들은 앞서거니 뒤서거니 하며 일견 들뜬 모습으로 비 내리는 밤거리를 헤매고 있다. 이 청년들이 모두 몇 명이냐에 대해서는 2연의 '루바쉬카를 입은 놈' '보헤미안 넥타이를 맨 놈' '뼛적 마른 놈'과 4연의 '머리가 빗두른 능금 같은 놈' '심장이 벌레 먹은 장미 같은 놈' '제비처럼 젖은 놈', 그리고 그들을 바라보는 화자까지 합치면 최대한 7명에, 그들이 서로 겹쳐질 수 있다는 것을 고려하면 최소한 3명으로 정리할 수 있다.¹² 그러

---

11 이숭원 편, 『원본 정지용 시집』, 깊은샘, 2003. 이후의 정지용 시는 이 책에서 인용했다.

나 전체적으로 볼 때 세 사람으로 보는 것이 자연스럽다. 루바쉬카를 입은 머리가 비뚤어진 능금 같은 놈과, 보헤미안 넥타이를 맨 심장이 벌레 먹은 장미 같은 놈[13], 그리고 그들을 바라보는 화자다. 뺏쩍 마른, 혹은 제비처럼 젖은 놈은 앞의 두 사람 중 하나이며, 그는 동일인 수도 있고 각기 다른 이일 수도 있다. 즉 2연에서는 루바쉬카(빗두른 능금)와 보헤미안 넥타이(벌레 먹은 장미) 중에 하나인 뺏쩍 마른 놈이 앞장을 서고, 비가 오는 3연을 지나, 4연에서는 그 두 사람 중 제비처럼 젖은 놈이 뛰어간 것이다. 화자는 그 두 사람에 대해 이야기 한다.[14] 이를 표로 정리하면 다음과 같다.

시 「카페·프란스」에 나오는 인물

인물	옷차림	신체	외모와 행동
화자 '나'		하얀 손	(바라보다. 말하다.) 엎드리다.
이 놈	루바쉬카	머리: 빗두른 능금	뺏쩍 마른 놈 : 앞장 서다. 제비처럼 젖은 놈 : 뛰어가다.
또 한 놈	보헤미안 넥타이	심장: 벌레 먹은 장미	

12 여기에 대해는 이미 김신정이 "두 명에서 일곱 명"이라고 말한 바 있으나, 그는 최소한의 인원에서 '이 놈'과 '또 한 놈'을 바라보는 시적 화자 '나'를 염두에 두지 않은 듯하다. ※를 중심으로 후반부에서 구체적인 모습을 드러내는 '나'는 실제로는 시의 전반부부터 청년들 무리에 끼어 그들에 대해 이야기하는 시적 화자의 역할을 하고 있었다. 김신정, 「결핍으로서의 기호들」, 『다시 읽는 정지용 시』, 월인, 2003, 11면 참조.

13 사나다 히로꼬는 "러시아의 민속의상인 루바쉬카는 좌익사상을, 보헤미안 넥타이는 예술을 상징한다."고 했다. 그렇다면 이것과 짝을 이루는 빗두른 능금과 벌레 먹은 장미는 곡해된 사회주의 사상과 병든 예술을 각각 나타낸다. 박호영은 이 두 사람이 각각 박팔양과 박제찬이라고 했다. 사나다 히로꼬, 앞의 책, 113-116면; 박호영, 앞의 글, 112-116면.

14 최미숙도 이 시의 청년들을 세 사람으로 보았으나, 화자를 빼고, 루바쉬카(빗두른 능금)·보헤미안 넥타이(벌레 먹은 장미)·뺏쩍 마른 놈(제비처럼 젖은 놈)을 각각 1인으로 보았다. 박호영 역시 같은 견해를 피력했다. 최미숙, 『한국 모더니즘 시의 글쓰기 방식과 시 해석』, 소명출판, 2000, 259-260면; 박호영, 위의 글, 111면.

루바쉬카나 보헤미안 넥타이와 같은 청년들의 이국적인 옷차림은 시의 첫머리에 나오는 '옮겨다 심은 종려나무'의 상징과 동일한 맥락에서 이해할 수 있다. 종려나무가 원래 뿌리내리고 있었던 흙을 잃어버리고 낯선 도시에 서있는 것처럼, 청년들도 이국땅에서 자신의 정체성에 혼란을 느끼고 있음을 짐작할 수 있다. 이 젊은이들은 마치 옮겨다 심은 식물이 낯선 토양에서 병들어 가는 것처럼 "머리는 빗두른 능금/심장은 벌레 먹은 장미"의 왜곡된 모습으로 표현돼 있다.

밤비는 마치 뱀눈처럼 가늘게 내린다. 여기서 뱀눈은 가늘다는 사실 외에도 뱀이 환기하는 부정적인, 혹은 관능적인 정서를 나타낸다. 그래서 이 젊은이들은 카페 프란스라는 따뜻하고 아늑한 공간으로 들어가기로 한다.

※ 다음에는 카페 안 풍경이 펼쳐진다. 카페 여급은 젊은이들을 "패롯 서방"이라고 부르며 반갑게 맞아주는 것처럼 보인다. 젊은이들은 정말 앵무새처럼 여급의 말을 흉내 내며, 이 친구 어떠냐고 같이 온 친구를 소개한다.[15] 패롯 서방이라고 불리는 이 젊은이들은 남의 나라에서 남의 말이나 따라하고 있다는 점에서 정말 앵무새의 처지와 다를 바 없어 보인다.

앵무새가 아무리 유창하게 말을 잘 해도 그것은 앵무새의 말일 따름이다. 누군가의 말을 아무 생각 없이 따라 하는 앵무새는 루바쉬카를 입고 다니며 사회주의 사상을 논하고, 보헤미안 넥타이를 매고 예술을 동경하는 청년들

---

15 "『오오 패롯(鸚鵡) 서방! 꾿 이브닝!』//『**꾿 이브닝!**』(이 친구 어떠하시오?)"에 대해 박호영·이숭원·최미숙·사나다 히로꼬 등은 고딕체 부분이 앵무새의 따라하는 소리를 나타낸 것이라고 했다. 청년들이 앵무새에게 말을 건네자, 앵무새가 그 말을 받아 되풀이했다는 것인데, 그렇다면 뒤의 "(이 친구 어떠하시오?)"는 해석이 되지 않는다. 이에 대해 권영민은 "카페 여급이 달려나오며 하는 반가운 인사에 세 사람이 한 목소리로 '꾿 이브닝!'이라고 답한다. 이 부분을 고딕체로 처리한 것은 세 사람이 함께 호기 있게 큰 소리로 인사를 받는 모습을 강조하기 위해서이다"라고 하면서, ( ) 속에 들어 있는 '이 친구 어떠하시오?'는 새로 온 친구를 은근히 여급에게 소개하는 것이라고 했다. 박호영, 위의 글, 116-119면 참조.; 이숭원 편, 『원본 정지용 시집』, 깊은 샘, 2003. 65면 참조; 최미숙, 위의 책, 260면 참조; 사나다 히로꼬, 앞의 책, 117면 참조; 권영민, 『정지용 시 126편 다시 읽기』, 민음사, 2004. 53면.

이 사실은 그 누군가를 흉내내고 있음에 불과함을 암시한다. 패롯 서방은 일제강점기 일본 유학생의 자의식을 드러내는 탁월한 이미지다.

밖에는 선득거리는 비가 내리고, 밤은 깊어간다. 울금향(鬱金香)이라고 불리는 아가씨는 마치 화분에 담겨 시들어가는 튤립 꽃처럼 '경사(更紗)커튼'[16] 아래서 졸고 있다. 카페 여급들이 대개 그렇듯, 그 여자도 고향을 떠나 이 도시로 흘러들어왔을 것이다.

옮겨다 심은 종려나무·빗두른 능금·벌레 먹은 장미, 그리고 졸고 있는 울금향 등 뿌리내릴 토양을 상실하거나 병이 든 식물의 이미지는 '남달리 하얀 손'이라는 무력한 지식인의 모습과 연계된다. 나라도 집도 잃어버린 일제강점기의 청년은 삶의 뿌리, 즉 존재의 근원을 잃어버리고 시들어 가는 식물과 동일시되고 있다. 백수(白手)의 무능력한 이 젊은이는 술에 취해 차가운 대리석 테이블에 엎드리고 만다.

뿌리 내릴 대지를 잃어버린 시적 화자는 부평초와도 같이 떠돌 수밖에 없다. 여기에 수반되는 물의 이미지는 삶의 유동성을 가속화시킨다. 비가 내림으로써 도시의 거리는 더 이상 대지의 역할을 하지 못한다. "페이브멘트에 흐늙이는 불빛", 즉 포장된 거리엔 불빛이 비춰 보일 정도로 물이 괴인다. 교토의 밤거리는 뿌리내리는 곳이 아니라 흘러 다니는 곳임을 다시 한 번 확인시킨다.

뿌리 없이 흘러 다니는 삶의 모습은 이후 정지용의 시에서 '굴러다니는 조약돌'에 비유된다. 이국의 밤거리에 내리는 비는 뿌리 없는 삶을 흐르게 하며, 마침내 그의 혼마저도 해체시킨다.

---

16 사나다 히로꼬는 "경사(更紗)는 포루투갈어 '사라사'에 일본에서 취음(取音)으로 한자를 붙인 것"이라고 했다. 여기서 사라사란 "인물, 화조(花鳥), 동물, 기하학적 무늬를 날염, 또는 손으로 그린 무명 또는 비단으로 남만무역을 통해서 일본에 전해지고 옷감, 보자기, 이불 등 일상적으로 많이 사용되었다."고 했다. 사나다 히로꼬, 앞의 책, 119면.

조약돌 도글 도글……

그는 나의 魂의 조각 이러뇨.

알는 피에로의 설음과

첫길에 고달픈

靑제비의 푸념 겨운 지줄댐과,

꾀집어 아즉 붉어 오르는

피에 맺혀,

비날리는 異國거리를

歎息하며 헤매노나.

조약돌 도글 도글……

그는 나의 魂의 조각 이러뇨.

　　　　　　　　　　　　　- 정지용, 「조약돌」 전문

　인용시 「조약돌」에서도 시적 화자는 비 내리는 이국의 밤거리를 헤매고 있다. 그의 혼은 조약돌 조각처럼 해체되며, 이는 낯선 땅에서 겉돌기만 하는 한 젊은이의 피폐한 정신 상태를 보여준다.

　'나'의 혼은 다음 연에서 다시 "알는 피에로"에 비유된다. 고통스럽게 앓고 있으면서도 남들 앞에서는 우스꽝스러운 모습으로 익살을 떨어야 하는 피에로의 비극은 루바쉬카와 보헤미안 넥타이로 멋을 부렸지만 "머리는 빗두른 능금/심장은 벌레 먹은 장미"로 병들어가고 있는 「카페·ㅇ란스」의 청년들과 동일한 운명이다.

　시 「카페·ㅇ란스」보다 한층 더 불안한 내면의식이 투사된 작품으로 시 「황마차」가 있다. 시작연표를 보면 이 시는 1925년 11월 교토에서 쓰였으며, 『조선지광』 69호에 발표된 것으로 나온다. 이 시 역시 비 내리는 밤거리

를 배경으로 하고 있는데, 시적 화자는 자신을 둘러싼 세계가 뒤섞여 흘러가
는 의식의 혼돈상태에 빠져들고 있다.

그 고달픈 듯이 깜박 깜박 졸고 있는 모양이-가여운 잠의 한점이랄지요-
부칠데 없는 내맘에 떠오릅니다. 쓰다듬어 주고 싶은, 쓰다듬을 받고 싶
은 마음이올시다. 가엾은 내 그림자 검은 喪服처럼 지향없이 흘러나려 갑
니다. 촉촉이 젖은 리본 떨어진 浪漫風의 帽子밑에는 金붕어의 奔流와
같은 밤경치가 흘러 나려갑니다. 길옆에 늘어슨 어린 銀杏나무들은 異國
斥候兵의 걸음제로 조용 조용히 흘러 나려갑니다.

슬픈 銀眼鏡이 흐릿하게
밤비는 옆으로 무지개를 그린다.

이따금 지나가는 늦인 電車가 끼이익 돌아나가는 소리에 내 조고만魂이
놀란듯이 파다거리나이다. 가고 싶어 따뜻한 화로갛를 찾어가고싶어. 좋
아하는 코-란經 을 읽으면서 南京콩이나 까먹고 싶어, 그러나 나는 찾어
돌아갈데가 있을나구요?
                                    - 정지용, 「幌馬車」 부분

  인용시에서 시적 화자는 비 내리는 거리의 혼돈 속에서 자신의 그림자를
발견한다. 융 심리학에 의하면 그림자는 자아의 분신으로 인격의 무의식적
인 부분을 상징하는데, 이 그림자를 상복에 비유함은 그의 무의식 속에 죽음
이 도사리고 있음을 암시한다.
  이렇게 시적 화자인 '나'가 자신의 무의식에 잠재돼 있던 죽음을 인식하
면서 이국 거리의 밤경치는 어둠 속에서 분류(奔流)와도 같이 혼돈의 상태로
뒤섞인다. 어린 은행나무도 뿌리를 잃고 떠내려가는 것처럼 보인다.

죽음과 혼돈, 불안함 속에서 그가 궁극적으로 떠올리는 것은 따뜻한 화롯가다. 이것은 비 내리는 이국의 거리와 상대적인 위치에 있는, 고향집을 상징한다.

인용시 「황마차」는 모든 것이 흘러다니는 질어터진 거리에서 황마차를 기다리는 것으로 마무리된다. "뱀눈알 같은 것이 반짝 반짝"(「황마차」) 어리는 이 비에 젖은 길은 공교롭게도 시 「카페 · 프란스」에서 '뱀눈 같이 가는 비'가 내리는 페이브먼트를 연상시킨다.

'고향집 따뜻한 화롯가'에 가고 싶지만 고향은 예전의 고향이 아니고, 그래서 그는 찾아갈 고향이 없다. 화자인 '나'는 이 시에서 고향에 돌아가는 대신, 마차를 타고 비 내리는 교토의 거리를 떠돌아다닐 것임을 암시하고 있다. '고향: 되돌아가다(뿌리내리다)'를 지향하던 시 의식은 이 시에서 '타향: 떠돌다'로 전환된다.

여기서 정지용의 나그네 의식이 드러난다. 그는 압천 십리ㅅ벌에서도 "나그네의 시름"(「압천」)에 잠긴다고 노래했다. '나그네'는 정지용의 초기시에서 빈번히 등장하는 시어 중에 하나로,「압천」 외에도 「오월소식」에서는 "어린 나그내 꿈"이,「말 3」에서는 "나그내ㅅ길"이 나온다. 이렇게 뿌리 없는 삶의 모습과 그에 따른 나그네 의식은 정지용의 일본 체험 시의 근간을 이루는 개성이다. 그는 "금단초 다섯개 달은 자랑스러움"(「선취 2」)으로 유학을 왔지만, 일본에서 그는 어느 곳에도 뿌리내릴 수 없는 나그네일 따름이었다.

이렇게 정지용의 일본 체험 시들은 일제강점기 잃어버린 고향에 대한 인식에서 시작하며, 뿌리를 잃고 떠돌아다니는 삶의 모습으로 구체화된다. 나그네 의식 · 서러움 · 시름 · 외로움과 같은 부정적인 정서는 이 당시 시인의 심경을 대변하며, 그것은 모든 것이 뒤엉켜 흐르는 비오는 교토의 밤거리로 형상화된다. 시 「카페 · 프란스」와 「조약돌」「황마차」는 이국땅에서 뿌리를 잃고 떠도는 삶을 표상함과 동시에, 역설적으로 뿌리 곧 '자기'를 찾기 위한 시적 여정의 출발시라고 볼 수 있다.

3. 비 내리는 요코하마의 부두

임화가 일본에서 생활 한 것은 1929년에서
1931년까지 만 1년 여, 비교적 짧은 기간 동
안이다. 그는 박영희의 도움으로 영화를 공
부하기 위해 도쿄(東京)에 갔으며, 거기서 이
북만이 주재한 도쿄 유학생 잡지 『무산자(無
産者)』 편집 일을 돕는 한편, 카프 도쿄 지부
에서 생활했다. 이 당시 임화는 김기진이 명
명했던 이른바 '단편서사시' 창작에 크게 활
기를 띠고 있었다. 임화의 대표작이자 카프

임화(1908-1953)

시를 대표하는 것으로 평가되는 「네거리의 순이」(1929) 「우리 옵바와 화로」
(1929) 「우산 밧은 요꼬하마의 부두」(1929) 「양말 속의 편지」(1930) 등이 이
시기를 전후로 창작됐다.

이 작품들 중 이 글에서 다루고자 하는 「우산 밧은 요꼬하마의 부두」는 김
윤식·김용직 등에 의해 심도 있게 연구됐다. 김윤식은 일본 시인 나카노 시
게하루의 「비날이는 品川驛」(『개조(改造)』, 1929.2)이 『무산자』 3권 1호에 번
역됐다는 사실에 주목하여 그 번역자가 임화라고 추측하면서, 약 7개월 뒤
에 발표된 임화의 시 「우산 밧은 요꼬하마의 부두」가 나카노 시게하루의 시
에서 촉발됐다고 했다.[17] 김용직 역시 나카노 시게하루의 작품이 『개조』와

---

17 김윤식, 『한국근대문학사상사』, 한길사, 1984, 333-344면; 김윤식, 『임화연구』, 문학사상
사, 1989, 238-270면.

『무산자』에 실렸을 때 임화가 도쿄에 체재 중이었다는 점을 들어 임화가 나카노의 작품에 제작 동기를 얻었을 가능성이 크다고 보았다. 그 외에도 두 시의 배경이 모두 비 내리는 날씨였다는 점, 이별의 정념을 읊고 있다는 공통점을 들었다.[18]

이숭원은 '투쟁의 선동과 리듬의 주술성'이라는 관점에서 이 시를 해석했다. 시의 화자는 요코하마의 계집애를 설득하고 교시하는 당당한 자세를 보여주고 있는데, 자신이 처한 상황에서 오는 분한 마음이 투쟁의식으로 바뀌면서 저항행위의 분출을 유도하고 있다고 했다. 또한 이 시의 처연하고 유장한 리듬은 쫓겨가는 사람의 슬픔과 그들이 처한 상황의 비정함을 환기하고, 그러한 처연한 상황 속에서도 솟아나는 투쟁의 선연함을 부각시킨다고 했다.[19]

정효구는 주로 단편서사시에 나타난 방법적 특성이라는 관점에서 이 시를 보았다. 그는 시 「비날이는 品川驛」의 형식 역시 편지 형식의 대화적인 구조를 지니고 있는 점을 지적하고, 또 다른 한편으로 1920년대 우리 문단에서 편지 형식은 하나의 문학 양식으로 중요하게 대접받았다고 하면서, 임화는 당대의 일본 문단과 한국 문단과 관련을 맺으며 편지 형식을 도입한 독특한 형태의 단편서사시를 창작했다고 보았다.[20]

단편서사시에는 인물과 사건, 그리고 배경이라는 서사적인 요소들이 하나의 이야기를 구성하고 있다. 임화는 추상적인 관념이나 객관적인 현실의 묘사보다는 한 집단의 전형으로 설정된 허구의 인물을 등장시켜 그들로 하여금 이야기를 이끌어가게 하는데, 이 방식은 메시지의 효과적인 전

---

18 김용직, 앞의 글, 51-56면.
19 이숭원, 「임화 시와 격정·고뇌의 가락」, 『한국 현대시 감상론』, 집문당, 1996, 74-76면 참조.
20 정효구, 「임화의 단편 서사시에 나타난 방법적 특성」, 『20세기 한국시의 정신과 방법』, 시와 시학사, 1995, 36-37면 참조.

달을 위해 사용하는 오늘날의 스토리텔링 기법과 닮아있다. 즉, 임화는 노동자 계급의 투쟁심을 고취하기 위해 한 편의 드라마틱한 이야기시를 만들었다.

필자는 앞의 논의들을 바탕으로 시 「우산 밧은 요꼬하마의 부두」에 나타난 임화의 일본 체험 양상에 대해 살펴보겠다.

港口의 계집애야! 異國의 계집애야!
'독크'를 뛰어오지 마러라 '독크'는 비에 저젓고
내 가슴은 떠나가는 서러움과 내어쫓기는 분함에 불이 타는데
오오 사랑하는 港口 '요꼬하마'의 계집애야!
'독크'를 뛰어오지 마러라 란간은 비에 저저 잇다

"그남아도 天氣가 조흔 날이엇드라면?"
아니다 아니다 그것은 所用없는 너만이 불상한 말이다
너의 나라는 비가 와서 이 '독크'가 떠나가거나
불상한 네가 울고 울어서 좁드란 목이 미여지거나
異國의 반역 靑年인 나를 머믈너두지 안으리라
불상한 港口의 계집애야 - 울지도 말어라

追放이란 標를 등에다 지고 크나큰 이 埠頭를 나오는 너의 산아회도 모르지는 안는다
네가 지금 이 길노 도라가면
勇敢한 산아희들의 우슴과 아지 못할 情熱 속에서 그 날마다를 보내이든
조그만 그 집이
인제는 구두발이 들어나간 흙자죽박게는 아무것도 너를 마즐 것이 업는
것을

나는 누구보다도 잘 알고 생각하고 잇다

　　　　　　　　　　　　– 임화, 「雨傘 밧은 요꼬하마의 埠頭」[21] 부분

　시 제목에 나와있는 바와 같이 인용시의 배경은 일본의 요코하마 부두다.
이 시의 화자는 반역죄로 강제 추방당하는 조선인 청년이며, 그에게는 가요
라는 이름의 일본인 연인이 있다. 청년은 가요에게 떠나가는 서러움과 내쫓
기는 분함에 대해 이야기 한다. 서러움이 안으로 잦아드는 정서라면 분함은
밖으로 터져나가는 감정이다. 청년은 자신의 분노를 이별의 서러움에 다만
눈물을 흘리고 있는 연인의 마음에 전이시키고자 한다. 그래서 그는 용감한
사나이들에 대해 이야기한다. 그들은 시에 직접 등장하지는 않지만, 청년과
가요 두 사람이 지향하는 삶을 미래에 함께 성취할 사상의 동지들이다. 이들
을 함께 묶어주는 공통분모는 '근로하는 형제', 즉 노동자 계급이라는 사실
이다.

　화자와 청자, 그리고 이야기 속 인물이라는 3원적 체계는 임화의 단편서
사시에 공통적으로 나타나는 구조다.[22] 「네거리의 순이」에서는 공장직공(화
자)이 순이(청자)에게 용감한 사내에 대해 이야기하는 것으로, 「우리 옵바와
화로」에서는 소녀(화자)가 오빠(청자)에게 영남이와 오빠 친구들에 대해 이
야기 하는 것으로 구성돼 있다. 화자가 청자에게 말을 건네는 지금 이곳은
비록 착취와 궁핍의 부당한 세계지만, 용감한 그들이 존재함으로써 화자는
계급투쟁의 승리를 확신한다.

　대화체로 현상적 청자를 설정하고 그에게 직접 말을 건네듯이 이야기 하
는 이 시의 기법은 대중을 선동하는 데 매우 효과적이다. 또한 민족을 넘어

---

21 김재용 편, 『임화 문학예술전집 1. 시』, 소명출판사, 2009. 이 시를 포함하여 이후의 임화 시
는 이 책의 제3부 '시 원문'에서 인용했다.
22 이승훈, 「한국 프로시의 미적 구조」, 『한국 현대시의 이해』, 집문당, 1999, 202면 참조.

서 계급적 연대감으로 묶인 조선인 청년과 일본인 소녀와의 로맨스 또한 많은 사람들의 관심을 끌기에 충분하다. 특히 임화의 분신이라고도 할 수 있는 청년의 강한 어조와 이별을 슬퍼하며 눈물을 흘리는 소녀의 여린 모습, 그리고 세찬 비바람과 부서지기 쉬운 종이우산의 대비는 이 시를 더욱 극적으로 만들고 있다.

> 雨傘이 부서질나-
> 오늘 - 쫓겨나는 異國의 靑年을 보내주든 그 우산으로 來日은 來日은 나
> 오는 그 녀석들을 마주러
> '게다' 소리 높게 京濱街里를 거러야 하지 안켓느냐
>
> 오오 그럼은 사랑하는 항구의 게집애야
> 너는 그냥 나를 떠내보내는 스러움
> 사랑하는 산아회를 離別하는 작은 생각에 주저안질 네가 아니다
> 네 사랑하는 나는 이 땅에서 쫓겨나지를 안는가
> 그 녀석들은 그것도 모르고 갓쳐 잇지를 안은가 이 생각으로 이 생각으로
> 이 憤한 事實로
> 비달기갓흔 네 가슴에 발갓케 물들어라
> 그리하야 하얀 네 살이 뜨거서 못견딜 때
> 그것을 그대로 그 얼골에다 그 대가리에다 마음것 메다 쳐버리어라
> 　　　　　　　　　　　 - 임화, 「雨傘 밧은 요꼬하마의 埠頭」 부분

종이우산은 현재의 청년과 미래의 동지를 연결해주는 역할을 한다. 사실 그것은 세찬 비바람을 막기에 역부족이다. 독자들은 당연히 종이우산을 들고 있는 소녀에게 안타까움과 애처로움을 느낄 수밖에 없으며, 역설적으로 이러한 마음이야말로 독자들을 심리적으로 강하게 결속시키는 작용을 한다.

추방당하는 청년의 분한 마음은 시의 말미에 이르러 소녀의 마음을 붉게 물들인다. 그리고 그 뜨거운 불길은 '그 얼굴 그 대가리'라는 특정한 인물을 향해 격렬하게 표출된다. 그러니까 이 시는 청년의 마음에 불타던 분노의 불길이 이국 소녀에게로 전이돼 적개심을 불러일으키고 행동화시키는 과정까지를 그리고 있다. 이 시만을 두고 볼 때, 분노의 대상은 일본에서 그를 추방한 세력, 구체적으로 자본가 혹은 지배계급으로 상정할 수 있다.[23] 청년은 일본의 노동자들에 대해서는 오히려 "두 개의 다른 나라의 목숨이 한가지 밥을 먹엇든 것"이라고 강한 연대감을 과시한다. 즉, 임화는 카프의 시인으로서 민족주의에 선행하는 사회주의적 계급투쟁의 메시지를 이 시에 담고 있다.

임화의 사회주의적 사상의 일면을 엿볼 수 있는 시로 「자장자장」(1930)을 들 수 있다. 이 시는 1930년 『별나라』에 발표한 시로, 임화의 도쿄 체류 당시의 체험을 소재로 하고 있다. 시의 배경은 도쿄를 가로질러 흐르는 우전천(隅田川)이다.

동경의 복판으로 흘으는 우전천(隅田川) 물결 위에는 배에서 나서(出生)
배에서 자라나는 소년소녀들이 잇슴니다.
그들은 자긔들의 부모가 새벽부터 밤중까지 돗대와 노의 매달녀서 겨우
먹고사는 그 사히에 어린 동생들을 보와줍니다.
강언덕 푸른풀난 조붓한 길도 고흔 옷 입고 학교 가는 아희들의 뒤모양을
보면서 쓸쓸한 목소리로 자장가를 불늠니다.

---

23 김윤식은 임화의 「우산 밧은 요꼬하마 부두」와 나카노 시게하루의 「비날이는 品川驛」과의 연계성을 논하면서, '그 얼굴 그 대가리'가 천황을 가리킨다고 했다. 이 표현이 가능했던 것은 임화가 『무산자』에 우리말로 발표된 「비날이는 品川驛」을 읽었기 때문이라는 것이다. 그러나 이 시만 볼 때 분노의 대상을 천황으로 한정시킬 필요는 없다고 본다. 김윤식, 『임화연구』, 문학사상사, 1989, 252-253면 참조.

자장자장 우리애기 자장

무럭무럭 자라서 힘세게되라

긔운차게 무섭게 작구 자라라

- 임화, 「자장자장」 전문

　인용시 「자장자장」에서 시적 화자는 도쿄 우전천을 터전으로 힘겹게 살아가는 도시 빈민들에 대해 이야기하고 있다. 이 시는 "강언덕 프른풀난" 육지의 삶과 우전천 배 위에서의 고달픈 삶이 "고흔 옷 입고 학교 가는 아희들"의 모습과 그 뒷모양을 보면서 쓸쓸한 목소리로 자장가를 부르는 빈민 아이들의 모습으로 대비된다. 화자는 이들의 쓸쓸한 자장가에서 분노의 목소리를 듣는다. 무럭무럭 자라 힘세고 되고, 그리고 또 '긔운차게 무섭게' 자꾸 자라라는 것. 이것은 지배계급에 대한 화자의 분노가 투사된 목소리다. 정지용이 해 저무는 압천 십리ㅅ벌에서 "수박 냄새 품어오는 저녁 물바람"과 "오랑쥬 껍질 씹는 젊은 나그네의 시름"(「압천」)을 느꼈다면, 임화는 우전천변에서 지배계급에 대한 분노와 저항을 키웠다.

　이렇게 임화의 시에서 비 내리는 요코하마의 부두나 도쿄의 우전천은 그의 정서가 투사된 서러움과 분노의 공간이자, 사상을 전파하는 저항의 공간이다.

　따로 학교에 적을 두지는 않았으나, 1930년을 전후로 임화가 영화를 공부하기 위해 체류한 1년간의 도쿄 체험은 1938년 출간한 시집 『현해탄』의 바탕이 된다. 이 시집에 나타난 일본의 모습은 일제강점기 적국으로서의 의미보다는, 오히려 신문물을 접할 수 있고 자신이 꿈꾸는 사회주의 사상을 배워올 수 있는 이상향으로서의 의미가 강조되고 있다. 『현해탄』에 실린 시편들은 한 마디로 '일제강점기 유학생의 꿈'으로 요약할 수 있거니와, 그 대표적인 시가 「해협의 로맨티시즘」(1938)이다.

　이 시는 3인칭 청년을 주인공으로 하여 시적 화자가 그를 관찰하는 서사

시 형식을 취하고 있다. 다만 앞에서 살펴본 「우산 밧은 요꼬하마의 부두」를 비롯하여 1929-30년에 씌어진 단편서사시가 편지글의 형식을 도입해 주인공이 직접 시적 화자가 되어 청자에게 말을 건네고 있다면, 이 시에서 화자는 주인공을 관찰하거나 그의 속내를 읽을 뿐 전면에 드러나지 않는다. 소설의 전지적 시점에 해당하는 이러한 기법은 마치 영화 속 한 장면처럼 주인공을 생생하게 부각시킨다.

이 청년에게 도쿄는 "꿈꾸는 사상이 높다랗게 굽이치는"(「해협의 로맨티시즘」) 곳이다. 김윤식이 지적했듯이, 임화는 사상을 근대 자체로 보았다. 즉 근대성이란 서양에서 들어온 '제도'의 일종이었는데, 임화의 시에서는 이 제도가 도쿄 한복판에 커다랗게 놓여 있으며 그 속에서 모든 것이 움직이고 있었다.[24] 이에 비해 고향은 어두운 한밤중으로 그려지며, 그래서 그는 일본의 근대사상을 배워 와 고향의 어둠을 밝히는 별이 되겠다고 다짐한다.

임화의 시에서 별은 미래를 꿈꾸는 청년의 희망과 신념을 상징한다. 그가 별을 노래하는 것은 주로 현해탄을 건너 일본으로 가는 배 위에서였다. "현해(玄海) 바다 저 쪽 큰 별 하나"(「밤 갑판 위」)가 청년들의 머리 위에 비치기도 하고, "일본 열도 저 위/지금 큰 별 하나"(「해상에서」)가 번쩍이기도 한다. 그러나 임화는 그 별들이 "곱다란 연락선 갑판 위/성장한 손들 머리 위"(「다시 인젠 천공에 성좌가 있을 필요가 없다」)에서나 빛날 따름이며, 북구주(北九州) 해안으로 향하는 주린 동포들을 실은 조그만 배 위에서는 더 이상 빛나지 않음을 깨닫는다. 그가 현해탄을 건너며 마음속으로 그렸던 이상향으로서의 도쿄는 현실에서 "돌아갈 집도 멀고,/걸을 길도 아득한"(「행복은 어디 있었느냐」) 곳으로 그려진다.

　　돌아갈 집도 멀고,

---

24 김윤식, 앞의 책, 300면.

걸을 길도 아득한,

나의 젊은 마음아.

외딴 郊外의 푸랫트폼 위

너의 따르는 꿈은 무엇이냐?

(…중략…)

밤은 깊고,

그는 드디어 오지 않았구나.

구름이 쫓기듯 밀려가,

별빛마저 흐린 동경만 위

어둔 하늘 아래

아아, 너는

아무데고 하룻밤

안식의 잠자리를 구해야겠다.

– 임화, 「향복은 어디 있었느냐」 부분

　인용시에서 '나'는 시적 화자와 '나의 젊은 마음'으로 분열돼 있으며, 화자는 젊은 마음을 '너'라고 부른다. 너는 꿈을 상징하는 '그'를 기다리고 있으나, 그는 오지 않는다. 시적 화자인 나는 너를 위로하고 격려하는데, 사실상 이것은 상처 입은 자신의 마음을 스스로 다잡고 있는 것이다.

　나의 젊은 마음인 너는 구름이 쫓기듯 밀려가 별빛마저 흐린 동경만 위 어둔 하늘 아래 있다. 너는 아무 데고 하룻밤 안식의 잠자리를 구하고자 하나 그것마저 여의치 않다. 시인 임화에게 일본은 꿈을 기다리다 지친 청년이 남루한 안식의 잠자리를 구하는 초라한 공간으로 변모했음을 짐작할 수 있다.

　그런데 인용시에서 너라는 사람은 돌아가지도 못하고, 그렇다고 선뜻 앞으로 나아가지도 못한 채 동경만 위에 서있다. 이 상황을 시적 화자는 비바람 속 어린 나무가 "위도 아니고 옆도 아니고, 오로지/곤란한 앞을 향하여"(「행복은 어디 있었느냐」) 뻗어나가려고 하는 모습에 비유한다.

「우산 밧은 요꼬하마 부두」나 「행복은 어디에 있느냐」에 나오는, 비바람 속에서 흔들리면서도 강한 의지로 자신의 신념을 실천하고자 하는 시의 인물들은 일제강점기 고단했던 삶을 살은 임화 시인의 자의식을 그대로 반영하고 있다.

4. 등불을 밝힌 육첩방

윤동주(1917-1945)

'암흑기 하늘의 별'[25]로 일컬어지는 윤동주는 1942년 4월 일본 도쿄의 릿교대학(入敎大學) 문학부 영문학과에 입학했으며, 같은 해 10월 교토 도시샤대학교 영문학과에 다시 입학했다. 그리고 이듬해인 1943년 7월 독립운동 혐의로 검거돼, 징역 2년을 선고받고 후쿠오카(福岡) 형무소에 투옥, 1945년 2월 29세의 나이로 그곳에서 옥사했다. 그러니까 그가 실제로 일본에서 공부한 기간은 1년 3개월에 불과하다. 윤동주는 그보다 더 긴 시간을 형무소에 갇혀있었으며, 끝내 조국의 광복을 보지 못하고 순절했다.

윤동주는 릿교대학 시절인 1942년 4-6월에 시 「흰 그림자」 「흐르는 거리」 「사랑스런 추억」 「쉽게 씌어진 시」 「봄」 등의 시를 당시 서울에 살았던 대학

---

25 백철, 「암흑기 하늘의 별」, 윤동주, 『하늘과 바람과 별과 시』, 정음사, 1994, 200면.

동기 강처중에게 우송한다. 그 이후에 쓴 작품들은 1943년 검거 시 압수됐다고 하므로,[26] 이 다섯 편의 시들은 윤동주가 일본에 와서 처음 쓴 작품이자, 우리가 볼 수 있는 마지막 작품이 된다.

윤동주가 남긴 마지막 시가 사실은 마지막으로 쓴 시가 아니라, 오히려 일본에 와서 처음 쓴 시라는 것은 우리에게 시사하는 바가 크다. 그의 시에 나타난 일본의 모습은 거듭되는 일상 속에서 생활로 체험된 일본이라기보다는 아직은 관념 속의, 한두 달 전 떠나온 고향에 대한 대립항으로서 존재한다. 따라서 본격적으로 유학생활을 하기 전 이른바 '적응기'에 쓰인 윤동주의 일본 체험 시를 살펴보는 데 있어서, 이전에 쓴 시와의 연계성을 추적해보는 일은 당연하고도 중요하다. 이 장에서는 시 「쉽게 씌어진 시」를 중심으로 윤동주의 마지막 시작품에 나타난 일본 체험 양상을 도일 이전 시와 이미지의 연계성을 중심으로 살펴보고자 한다.

작품 연보에 따르면, 윤동주가 쓴 최초의 시는 「삶과 죽음」「초 한 대」「내일은 없다」인데, 이중 「초 한 대」는 윤동주가 은진중학교 2학년에 재학 시절인 1934년 성탄전야에 쓴 시로, 자신을 불태워 방안의 어둠을 밝히는 촛불에 대해 노래하고 있다.

그림자 하나 없는 방 안이 자아, 곧 의식의 세계라면 암흑의 공간인 방 밖은 어둠이 뒤엉켜 있는 무의식의 세계라 볼 수 있다. 그곳에는 분열된 자아와 함께 억압을 상징하는 검은 그림자들이 존재한다.[27] 시 「초 한 대」를 쓴

---

26 연보에 의하면, 1943년 도시샤대학 여름방학 중인 7월 14일, 귀향길에 오르려던 윤동주는 독립운동 혐의로 시모가모(下鴨) 경찰서에 검거되고, 그때 많은 책과 작품, 일기가 압수됐다고 한다. 윤동주, 앞의 책, 255~256면 참조.

27 윤동주 시에 나타난 그림자 이미지를 살펴본 연구로는 김은자의 논문이 있다. 그는 시 「거리에서」를 분석하면서, "(人魚라는) 이중적이고 복합적인 존재양태가 '둘 셋의 그림자'를 만든다. 그리고 이 육체의 그림자는 당연히 같은 수의 마음의 그림자를 갖게 된다. 이 낱말은 융의 무의식의 '그림자'와 부합된다."고 했다. 김은자, 「그림자의 시학-윤동주 시의 내면의식」, 『일포스티노와 빈대떡』, 고려대학교출판부, 2009, 193면.

이후, 대략 7-8년의 기간 동안 윤동주의 작품에는 분열된 자아들이 등장하는데, 그것은 바로 나에게서 비롯된 '그림자'가 인격화된 것이다.[28] 나는 "한 몸에 둘셋"(「거리에서」)이나 되는 검은 그림자가 드리워진 거리를 지나 일본 도쿄의 하숙집으로 거처를 옮긴다. 일본 유학을 시작한 것이다.

　윤동주가 일본 유학 시절 처음으로 쓴 시는 「흰 그림자」다. 이 시의 완성 날짜는 1942년 4월 14일로, 윤동주는 이 시를 4월 2일 릿교대학에 입학한 직후 썼다. 이 시에서 시인은 "오래 마음 깊은 속에/괴로워하던 수많은 나를/하나, 둘 제고장으로 돌려보냄"으로써, 그동안 갈등하고 분열하던 자아를 평정한다.

　　이제 어리석게도 모든 것을 깨달은 다음
　　오래 마음 깊은 속에
　　괴로워하던 수많은 나를
　　하나, 둘 제고장으로 돌려보내면
　　거리모퉁이 어둠속으로
　　소리없이 사라지는 흰 그림자,

　　흰 그림자들
　　연연히 사랑하던 흰 그림자들,
　　내 모든 것을 돌려보낸 뒤
　　허전히 뒷골목을 돌아
　　黃昏처럼 물드는 내방으로 돌아오면

　　信念이 깊은 으젓한 羊처럼

---

28 김은자, 앞의 글, 194-195면 참조.

하루종일 시름없이 풀포기나 뜯자.

- 윤동주, 「흰 그림자」[29] 부분

초기시 「거리에서」에서 "달과 전등에 비쳐/한 몸에 둘 셋의 그림자"로 분열하여 "한 갈피 두 갈피 피어나는 마음의 그림자"로 이행했던 무의식의 어두운 그림자는 이 시에 이르러 '흰 그림자'로 변모한다. 흰 그림자는 억압된 무의식을 나타내는 검은 그림자와 구별되는 의식화된 무의식이다. 윤동주의 그림자는 이렇게 의식화를 거쳐, 마침내 사라진다. 이와 함께 마음 깊은 곳에서 괴로워하고 갈등하던 '수많은 나'는 평정된다.

이 시의 화자인 '나'는 거리에서 자신의 방으로 돌아와 "하루종일 시름없이 풀포기나 뜯는" 절대의 평화와 안식을 맞이한다. "암흑이 창구멍으로 도망한/나의 방"(「초 한 대」)에서 "달밤의 거리"(「거리에서」)로 나와 그림자의 생성을 인식함으로써 시작되었던 자기성찰의 시적 여정은, 이 시에서 "소리없이 사라지는 흰 그림자"를 바라보다 "허전히 뒷골목을 돌아/황혼처럼 물드는 내 방으로" 돌아옴으로써 마무리된다. 그는 자아 분열을 극복하고 "신념이 깊은 으젓한 양처럼" 한층 성숙해진 모습으로 거듭나고자 하는 것이다.

윤동주 시에서 방은 진정한 나를 찾고자 하는 자기탐구의 시적 여정에서 출발점이자 귀착점이 된다. 이 귀착점, 특히 도쿄의 육첩방에서 그는 다시 한 번 내면의 성숙을 위해 자기성찰을 시작하는데, 이는 시인이 산문 「종시(終始)」(1941)에서 "종점이 시점이 되고, 다시 시점이 종점이 된다. (…) 나는 종점을 시점으로 바꾼다"[30]고 말한 것과 동일한 상상력의 패턴을 보여준다.

윤동주가 마지막으로 남긴 시 중에 하나인 「쉽게 씌어진 시」(1942)는 분열된 자아의 통합을 보여주고, 시인으로서의 천명(天命)을 재확인한 중요한 작

---

29 윤동주, 『하늘과 바람과 별과 詩』, 정음사, 1994. 이후의 윤동주 시는 이 책에서 인용했다.
30 윤동주, 산문 「종시」, 앞의 책, 188-196면.

품이다. 필자는 이 시를 분석함으로써 윤동주 시에 나타난 일본 체험의 양상
과 더불어 상상력의 지향성을 가늠해보고자 한다.

窓밖에 밤비가 속살거려
六疊房은 남의 나라,

詩人이란 슬픈 天命인줄 알면서도
한줄 詩를 적어 볼가,

땀내와 사랑내 포근히 품긴
보내주신 學費封套를 받아

대학 노-트를 끼고
늙은 敎授의 講義 들으러 간다.

생각해 보면 어린때 동무들
하나, 둘, 죄다 잃어 버리고

나는 무얼 바라
나는 다만, 홀로 沈澱하는 것일까?

人生은 살기 어렵다는데
詩가 이렇게 쉽게 씌어지는 것은
부끄러운 일이다.

六疊房은 남의 나라

窓밖에 밤비가 속살거리는데,

등불을 밝혀 어둠을 조금 내몰고,
時代처럼 올 아침을 기다리는 最後의 나,

나는 나에게 작은 손을 내밀어
눈물과 慰安으로 잡는 最初의 握手.

- 윤동주,「쉽게 씌어진 詩」 전문

인용시는 조선인 유학생으로서 일상생활이 다른 네 편의 시보다 비교적 구체적으로 드러나 있는 작품이다. 이 시는 윤동주가 릿교대학에서 수학한 지 두 달 남짓 지난 시점인 1942년 6월 3일에 완성됐다.

이 시에서 시적 화자는 비오는 어느 날 밤 도쿄의 하숙방에서 홀로 생각에 잠겨있다. 육첩방(六疊房)은 당시 윤동주가 유학생 신분이었던 것을 고려하면 결코 작은 방이 아니다. 즉 육첩방은 작고 초라한 방이라기보다는 오히려 빈 공간이 강조되는 외로운 방이다. 그 방은 등불을 켜지 않은 어두운 방으로서, 방 밖의 밤의 공간인 '남의 나라'와 구별되지 않는다. 그래서 육첩방은 남의 나라다.

그는 시인이란 천명을 슬프다고 인식하면서도, 어쩔 수 없이 그 천명으로 시를 쓴다. 3연 "땀내와 사랑내 포근히 품긴…"에서 6연 "…나는 다만, 홀로 침전(沈澱)하는 것일까?"까지가 바로 시 안에서 시적 화자가 쓴 시다.

이 시 안의 시에는 고향을 떠난 외로움의 정서와 유학 생활에 대한 회의가 그대로 담겨 있다. 그것을 한 마디로 표현한 단어가 '침전'이다. 침전은 다음 연에서 시 쓰기와, 그에 따른 부끄러움으로 이어진다.

그는 부조리한 현실을 거부하는 대신, 오히려 그 속에 가라앉음으로써 한 편의 시를 쓰게 된다. 척박한 현실 속에서 그렇게 시를 쓸 수밖에 없다는 것은 분명 부끄러운 일이다. 그러나 그렇다고 시 쓰기를 포기할 수는 없다. 그것은 천명이기 때문이다. 시인은 어쩔 수 없이 그렇게라도 시를 쓸 수밖에 없으며, 그렇기 때문에 윤동주에게 시인이란 '슬픈' 천명이다. "목에 맷돌을 달고/끝없이 침전하는 프로메테우스"(「간」)처럼, 그는 한 편의 시를 쓰기 위해 '다만, 홀로 침전하는' 고통을 운명으로 받아들여야 하는 것이다.

등불을 밝힌 육첩방은 시적 화자가 자신의 천명을 받아들이고 시를 쓰는 정체성 회복의 공간이다. 현실의 어둠은 시의 등불을 빛나게 해준다. 살기 어려운 현실 속에서 쉽게 한 편의 시가 써지면서, 분열된 자아는 "눈물과 위안으로 잡는 최초의 악수"를 한다.[31] "오랜 마음 속에/괴로워하던 수많은 나"(「흰 그림자」), "내가 우는 것이냐/백골이 우는 것이냐/아름다운 혼이 우는 것이냐"(「또다른 고향」) 등에서 볼 수 있는 것처럼, 지금까지 윤동주 시에 등장했던 분열된 자아는, 오직 시를 씀으로써만이 화해를 이룰 수 있다. 즉 시 쓰기만이 그가 '진정한 자기'에 이를 수 있는 유일한 길이다. 거듭 말하거니와, 그것이 시인의 천명이기 때문이다.

이미지 중심으로 이 시를 다시 한 번 읽어보면, 밤비의 어둡고 차가운 물의 이미지는 '나'의 침전을 유도한다. 그러나 시가 쓰임으로써 그는 물에서 등불이라는 불의 이미지를 획득하게 되며, 이는 밤의 어둠 속에서 아침의 빛을 기약하는 힘으로 발전한다. 윤동주가 일본에서 쓴 시 중에 하나인 「흐르

---

31 이남호는 두 개의 자아가 악수를 하는 것에 대해, 지금까지 고뇌하고 사유하던 내면적 자아가 시대적 양심을 실천할 행동적 자아에게 손을 내미는 것이라고 하면서, 윤동주는 "시대적 양심을 실천하고자 하는 마음의 준비는 이미 끝내고, 행위의 준비에 들어갔다."고 보았다. 즉 악수를 하는 행위를 현실에 대한 일종의 저항으로 본 것인데, 이에 대한 논의는 윤동주 시가 저항시다, 아니다의 지극히 오래된 논쟁으로 귀결될 것이다. 이 논문의 목적은 윤동주 시에 나타난 '일본 체험 양상'을 살펴보는 것이므로, 저항성 논의는 다음으로 미루고자 한다. 다만 "윤동주의 비극적 죽음과 문학사가 요구하는 환상에 힘입어 그를 투쟁적 저항시인이라는 문맥 안에 규정지어서는 안 된다."라는 김은자의 견해는 윤동주 시를 선입관 없이 이해하는 데 매우 유효한 길잡이가 되리라 생각한다. 이남호, 「윤동주 시의 의도연구」, 고려대학교 박사논문, 1987, 103면; 김은자, 「'자화상'의 동굴모티브」, 『현대시의 공간과 구조』, 문학과비평사, 1988, 204면.

는 거리」(1942)에서도 시적 화자는 "으스름히 안개가 흐르는 거리"에 서서 "밤을 새워 기다리면 금휘장에 금단추를 삐었고 거인처럼 찬란히 나타나는 배달부"를 노래했다. 부정 속에서 긍정을 발견하는 역설의 상상력은 윤동주 시의 가장 큰 특징이거니와, 그의 상상력의 질서 속에서 죽음은 언제나 생명을 탄생시킨다. 그래서 그는 생명을 찬양하는 대신, 모든 죽어가는 것을 사랑한다.(「서시」) 그것이 시인 윤동주에게 주어진 길이며, 곧 시인으로서의 슬픈 천명이다.

1947년 2월 13일 「경향신문」에 정지용의 소개문과 함께 유고시로 발표된 윤동주의 「쉽게 씌어진 시」

그는 시를 씀으로써 자신을 성찰하고, 마침내 진정한 시인으로서의 자기 정체성을 확립했다. 그가 쓴 "눈물과 위안으로 잡은 최초의 악수"의 시는 최후의 시 「봄」[32]으로 이어진다.

---

32 시 「봄」은 윤동주가 강처중에게 편지와 함께 우송한 다섯 편의 시 중 마지막 작품으로, 끝 부분은 편지를 폐기할 때 함께 폐기됐다고 한다. 이 시를 쓴 날짜는 알 수 없으나, 작품 배열순으로 볼 때 「쉽게 씌어진 시」 이후에 완성됐다고 볼 수 있다.

봄이 血管속에 시내처럼 흘러

돌, 돌, 시내 가차운 언덕에

개나리, 진달래, 노오란 배추꽃

三冬을 참아온 나는

풀포기처럼 피어난다.

즐거운 종달새야

어느 이랑에서나 즐거웁게 솟처라.

푸르른 하늘은

아른아른 높기도 한데……

- 윤동주, 「봄」 부분

인용시에서 봄은 시인의 "혈관 속에 시내처럼 흐르는" 내면의 풍경으로
그려진다. "풀 한 포기 나지 않던 길"(「길」)에는 개나리·진달래·노오란 배
추꽃들이 피어나고, "내 이름자 묻힌 언덕 위에도/자랑처럼 풀이 무성하듯
이"(「별헤는 밤」) 삼동을 참아온 '나'는 풀포기처럼 피어난다. "도망쳐 날아간
종달새"(「꿈은 깨어지고」)는 이 시에서 어느 이랑에서나 즐겁게 솟치는 종달새
의 모습으로 돌아온다.

　종달새는 봄을 맞이하여 아름다운 노랫소리로 새 생명의 계절을 일깨운
다. 윤동주가 시인으로서 자기 정체성을 회복함과 동시에, 잃어버린 자아
를 상징했던 종달새 역시 본연의 모습을 회복한 것이다. 「쉽게 씌어진 시」에
서 침전했던 시인은 이 시에서 종달새의 모습을 빌려 수직으로 솟구친다. 시
「봄」에서의 종달새는 분열된 자아를 극복하고 "눈물과 위안으로 잡은 최초
의 악수"가 만들어낸 화해의 상징이자, 천명을 실천하는 진정한 시인의 모

습을 표상한다.

5. 새로운 가치 탄생의 공간

지금까지 정지용·임화·윤동주의 일본 유학시절 시작품을 중심으로 한국 근대시에 나타난 일본 체험 양상을 살펴보았다. 일제강점기 일본은 이들 시인에게 적국임과 동시에 앞선 사상과 문물의 선진국이었다. 특히 유학생의 신분으로 일본을 체험한 시인들에게 일본이라는 나라는 이러한 이중적 속성으로 인해 시의 배경이 되거나, 특정 지명이 언급되는 정도의 비교적 소극적인 양상으로 쓰였다.

정지용 시의 경우 교토에서의 유학시절은 한 마디로 '뿌리내릴 대지를 잃어버리고 떠도는 삶'으로 요약할 수 있다. 시인은 이러한 마음을 시「카페·프란스」에서 이국의 밤거리를 헤매고 다니는 청년들의 모습으로 형상화했다. 나그네 의식·서러움·외로움과 같은 부정적인 정서는 이 당시 시인의 심경을 대변하며, 그것은 모든 것이 뒤엉켜 흐르는 비오는 밤거리로 그려진다. 정지용의 초기시에 속하는 이같은 일본 체험의 시들은 뿌리를 잃고 떠도는 삶을 표상함과 동시에, 뿌리 곧 '자기'를 찾기 위한 시적 여정의 출발시라고 볼 수 있다.

임화의「우산 밧은 요꼬하마의 부두」는 일본을 배경으로 한 대표적인 단편서사시다. 이 시는 오늘날의 스토리텔링의 방식과 같이 메시지의 효과적인 전달을 위해 한 편의 드라마틱한 이야기를 들려주고 있다. 대화체로 현상적 청자를 설정하고 그에게 직접 말을 건네듯이 이야기를 하는 이 시의 기법은 대중을 선동하는 데 매우 효과적이다. 즉, 임화는 카프의 시인으로서 사회주의 계급투쟁의 메시지를 이 시에 담고자 했다. 비 내리는 요코하마의 부두는 그의 정서가 투사된 분노의 공간이자, 사상을 전파하는 저항의 공간이었다.

윤동주 시에서 '방'은 '진정한 나'를 찾고자 하는 자기탐구의 시적 여정에서 출발점이자 귀착점이 된다. 특히 시 「쉽게 씌어진 시」의 도쿄 육첩방은 내면 성찰의 공간으로서 시인의 천명을 확인한 중요한 장소다. 현실의 어둠은 시의 등불을 빛나게 해준다. 살기 어려운 현실 속에서 쉽게 한 편의 시가 쓰이면서, 분열된 자아는 '눈물과 위안으로 잡는 최초의 악수'를 한다. 윤동주 시에 자주 등장하는 분열된 자아는, 오직 시를 씀으로써만이 진정한 화해를 모색할 수 있었다.

이렇게 정지용·임화·윤동주 시에 나타난 일본 체험의 양상은 '떠돎: 나그네 의식' '추방: 분노와 저항' '침전: 자기성찰'의 모습으로 각각 요약된다. 떠돌거나 쫓겨나거나 가라앉는 제각기 다른 방향성은 일제강점기 지식인으로서 진정한 가치를 찾기 위한 시도로 읽을 수 있다. 또한 일제강점기 일본이라는 공통분모를 제외하고는 서로 다른 시간과 공간에 살았던 시인들의 시에서 공통적으로 발견되는 '비 내리는 풍경'은 역설적으로 새로운 가치를 탄생시키기 위한 혼돈의 상징으로 이해할 수 있다.

근대시와
바다의 이미지

1. 바다의 상징성

한국 근대시는 바다의 심상으로부터 시작한다. 최초의 근대시로 일컬어
지는 최남선의 시 「해(海)에게서 소년(少年)에게」(1908)가 바다를 소재로 쓰
였기 때문이다. 이후 바다의 이미지는 일제강점기 민족의식과 맞물려 근대
화에 대한 열망, 혹은 좌절의 시의식의 함축하는 대표적 이미지로 부각된
다. 필자는 본 연구에서 근대시에 나타난 바다의 이미지가 어떻게 변용되고
있으며 근대화를 향한 시인의 자의식을 어떻게 반영하고 있는지 그 변모양
상에 대해 살펴보고자 한다.

근대시와 바다 이미지에 대한 연구는 '바다 이미지를 중심으로 근대시를
논한 연구'와 '근대시인의 시작품을 바다 이미지를 중심으로 분석한 연구'
로 나눌 수 있다. '근대시에 나타난 바다 이미지 연구'와 같은 논문이 전자에
속한다면, '정지용 시 연구-바다 이미지를 중심으로-'와 같은 연구는 후자
에 속한다.

먼저, 바다 이미지를 중심으로 근대시를 논한 연구로 오세영과 박호영, 그
리고 강현국의 논문을 들 수 있다. 오세영은 고전문학에서부터 근대시에 이

르기까지 바다에 대한 인식의 변모를 논하면서 바다의 문학사적 의미와 그 중요성을 강조했다.[1] 박호영은 소재적 차원에서 최남선의 바다가 장만영과 서정주로 이어지며 내적 체험으로 심화되는 과정을 살펴보았다. 그는 신문학사 이후 최남선의 시에서 바다가 비로소 시의 소재로 등장했으며, 서정주와 장만영에 이르러 본격적인 인식의 매체로 등장했다고 말했다.[2] 강현국은 일제 강점기에 작품 활동을 한 시인들을 10년 단위로 나누어 그들의 시에 나타난 바다 이미지의 양상과 시대적 의미를 1910년대는 개화 욕구의 표출로, 1920년대는 좌절과 혼돈으로, 1930년대는 생명과 구원의 의미로 해석했다.[3]

그밖에 1930년대 시에 나타난 바다 이미지를 정지용과 김기림 시를 중심으로 살펴본 연구와 정지용과 임화를 중심으로 살펴본 연구가 있다. 이희경·이인호는 1930년대 모더니즘 시의 경향을 정지용과 김기림의 바다 시를 대상으로 살펴보고 있는데, 두 시인의 바다는 빛과 밝음을 공통점으로 지니되, 정지용은 고독과 소외감을, 김기림은 불안과 위기의식을 지향한다고 했다.[4] 허치범은 정지용의 바다 시가 소외와 도피의 시의식을, 김기림의 바다 시가 불안과 초월의 시의식을 드러낸다고 했다.[5] 양미란은 현상학적인 공간론에 의거해 정지용의 초기시와 임화의 후기시에 나타난 바다를 각각 불안과 절망의 공간으로 읽었다.[6]

근대 시인의 시작품을 바다의 이미지를 중심으로 분석한 논문은 주로 정

---

1 오세영, 「한국 문학에 나타난 '바다'」, 『현대문학』 1977.7, 287면.

2 박호영, 「현대시에 나타난 '바다'의 양상」, 『한국시문학의 비평적 탐구』, 삼지원, 1985.

3 강현국, 「한국 근대시의 '바다' 이미지 연구」, 경북대학교 박사논문, 1988.

4 이인호, 「1930년대 모더니즘 시에 나타난 '바다' 이미지 연구—정지용과 김기림의 시세계를 중심으로—」, 강릉대학교 석사논문, 1998; 이희경, 「1930년대 모더니즘 시에 나타난 '바다' 이미지 연구—정지용과 김기림 시를 중심으로—」, 아주대학교 석사논문, 1999.

5 허치범, 「정지용과 김기림의 '바다' 시 비교 연구」, 청주대학교 석사논문, 2007.

6 양희란, 「1930년대 시에 나타난 바다심상 연구」, 부산외국어대학교 석사논문, 1993.

지용과 김기림의 시작품을 대상으로 이뤄졌다. 그러나 두 시인의 경우 일반적으로 바다 이미지의 단독 연구보다는 시인의 전체 시세계를 다루는 과정에서 한 부분으로 더 많이 연구됐다.

이렇게 지금까지 근대시와 바다의 이미지에 대한 연구는 특정 시인에 국한돼 논의되거나, 시대별로 나누어 연구됐다. 개별 시인의 시작품을 대상으로 한 연구 역시 전체 시세계의 일부로서 제한적으로 다뤄졌다. 근대시에 나타난 바다의 이미지가 주로 개별 시인이나 시대 별로 고찰된 것이다.

필자는 본 연구에서 근대시에 나타난 바다의 이미지를 이미지 자체가 상징하는 바를 중심으로 살펴보고자 한다. 한국 근대시사에서 바다에 대한 시를 쓴 대표 시인으로는 최남선을 비롯해 정지용·임화·김기림, 그리고 서정주를 들 수 있다. 이 시인들의 작품에서 바다는 제목으로나 주요 이미지로서 지속적으로 등장하며, 대부분 완성도 높은 시적 성취를 이루고 있다. 임화의 『현해탄(玄海灘)』이나 김기림의 『바다와 나비』처럼 시집 표제가 바다인 경우도 있다. 바다 시는 이 시인들의 대표작 중에 하나로 간주되며, 각기 우리 근대시사에 중요한 위치를 차지하고 있다.

필자는 이 논문에서 각 시인들의 바다에 대한 시를 대상으로 바다가 상징하는 바를 '힘과 가능성' '이상향' '침몰'이라는 주제로 나누어 살펴보겠다. 이러한 작업은 지금까지 개별 시인이나 시대 별로 연구되었던 바다 시를 이미지의 상징성을 중심으로 고찰한다는 데 의미를 둘 수 있을 것이다.

2. 힘과 가능성의 바다

최남선은 자신이 만든 잡지 『소년』 창간호 권두에 시 「해에게서 소년에게」를 실었다. 1908년, 지금으로부터 백여 년 전의 일이다. 당시 사람들은 이를 두고 신체시(新體詩), 또는 신시(新詩)라고 불렀다.

최남선(1989-1957)

신체시란 한국의 신문학 초창기에 쓰인 새로운 형태의 시가다. 과거의 창가와 현대의 자유시 사이에 나타난 중간 단계의 시가로, 최남선은 신체시라는 시 형식 속에 전근대적인 사상에서 벗어나 변화와 자유로움을 추구하는 근대정신을 담아내고자 했다.

이러한 서구사상의 수용의지는 바다를 시적 화자로 하여 소년에게 말을 건네게 한다. 최남선의 시에서 바다는 능동적이고 적극적인 변화의 메시지를 발신하며, 소년은 이를 수신한다. 이 땅의 젊은이들이 앞선 서양의 문물을 최대한 받아들여야 한다는 최남선의 주제의식과 일치한다.[7] 이 시의 제목이 '소년에게서 해에게'가 아니라, '해에게서 소년에게'인 것도 같은 이유에서다. 최남선은 계몽주의자로서의 주제의식을 제목과 화자의 설정을 통해 이미 피력한 것처럼 보인다.

1

텨……ㄹ썩, 텨……ㄹ썩, 텩, 쏴……아.

싸린다, 부슨다, 문허바린다,

泰山갓흔 놉흔뫼, 딥태갓흔 바위ㅅ돌이나

요것이무어야, 요게무어야,

나의큰힘, 아나냐, 모르나냐, 호통까디하면서,

싸린다, 부슨다, 문허바린다,

텨……ㄹ썩, 텨……ㄹ썩, 텩, 튜르릉, 콱.

7 이어령, 『디지로그』, 생각의 나무, 2006, 173면 참조.

2

텨……ㄹ썩, 텨……ㄹ썩, 텩, 쏴……아.

내게는, 아모것, 두려움업서,

陸上에서, 아모런, 힘과權을 부리던者라도,

내압헤와서는 꼼싹못하고,

아모리큰, 물건도 내게는 행세하디못하네.

내게는 내게는 나의압헤는.

텨……ㄹ썩, 텨……ㄹ썩, 튜르릉, 콱.

3

텨……ㄹ썩, 텨……ㄹ썩, 텩, 쏴……아.

나에게, 덜하디, 아니한者가,

只今까디, 업거던, 통긔하고 나서보아라.

秦始皇, 나팔륜, 너의들이냐,

누구누구누구냐 너의亦是 내게는 굽히도다.

나허구 겨르리 잇건오나라.

텨……ㄹ썩, 텨……ㄹ썩, 텩, 튜르릉, 콱.

4

텨……ㄹ썩, 텨……ㄹ썩, 텩, 쏴……아.

됴고만 山모를 依支하거나,

됴ㅅ쌀 갓흔 덕은섬, 손ㅅ벽만한 쌍을가디고,

고속에 잇서서 영악한톄를,

부리면서, 나혼댜 거룩하다하난자者,

이리둄 오나라, 나를보아라.

텨……ㄹ썩, 텨……ㄹ썩, 텩, 튜르릉, 콱.

5

텨……ㄹ썩, 텨……ㄹ썩, 텩, 쏴……아.

나의 쌱될이는 한아잇도다,

크고길고, 널으게 뒤덥흔바 뎌푸른하날.

뎌은是非 뎌은쌈 온갓모든 더러운것업도다.

됴따위 世上에 됴사람텨럼,

텨……ㄹ썩, 텨……ㄹ썩, 텩, 튜르릉, 콱.

6

텨……ㄹ썩, 텨……ㄹ썩, 텩, 쏴……아.

뎌世上 뎌사람 모다미우나

그中에서 쏙한아 사랑하난 일이 잇스니,

膽크고 純精한 少年輩들이,

才弄텨럼, 貴엽게 나의품에 와서안김이로다.

오나라 少年輩 입맛텨듀마.

텨……ㄹ썩, 텨……ㄹ썩, 텩, 튜르릉, 콱.

-최남선, 「海에게서 少年에게」[8] 전문

『소년』 제1년 1권(1908.11)에 실린 시 「해에게서 소년에게」는 1연 7행,
총 6연 42행으로 이뤄져 있으며, 각 연의 시작과 끝 행에는 똑같이 의성어
"텨……ㄹ썩, 텨……ㄹ썩, 텩, 쏴……아."와 "텨……ㄹ썩, 텨……ㄹ썩, 텩,
튜르릉, 콱."을 넣어 파도치는 소리를 형상화하고 있다. 다만 2연의 끝 행은
"텨……ㄹ썩, 텨……ㄹ썩, 튜르릉, 콱."으로 '텩'이 빠져있는데, 이는 최남
선의 의도라기보다는 편집 과정의 실수라 판단된다.

---

[8] 최남선, 『육당 최남선 전집 1. 문학』, 역락, 2003. 이후 최남선의 시는 이 책에서 인용했다.

이 시는 기존의 시조와 가사, 그리고 창가의 엄격한 형식을 대담하게 깨뜨렸다. 1연만 살펴보더라도 "텨……ㄹ썩, 텨……ㄹ썩, 텩, 쏴……아"와 같은 의성어의 사용, "싸린다, 부슨다, 문허바린다"의 점층법. "태산갓흔 놉흔뫼, 딥태갓흔 바위ㅅ돌"과 같은 직유적 과장법, "요것이무어야, 요게무어야"처럼 친숙한 구어체 문장은 기존의 시에서는 찾아볼 수 없는 시도다. 그리고 전체적으로 말줄임표와 쉼표, 의성어의 반복에 의한 속도감과 역동적인 리듬감은 파도의 움직임을 연상시키는 효과를 낸다. 전통시에서는 드물게 등장했던 바다와, 시적 주체에서 소외되었던 소년을 전면에 내세워 새 세대의 상징으로 삼은 것도 이 시가 지니고 있는 개성일 것이다. 그러나 각 연은 마치 노래의 1절과 2절처럼 그 행의 음수가 일치하고, 이를 위해 음수의 조작까지 나타난 것, 과감한 비유를 사용하고 있으되 그 내용이 신선하지 못한 것은 이 작품이 기존의 전통적인 시가와 본격적인 현대시의 과도기적 작품이었음을 알려준다.

이 시는 1연에서 4연까지 바다의 위력과 속성에 대해 노래하고, 5-6연은 소년에 대한 사랑을 노래하고 있다. 바다가 무한한 가능성을 지닌 데 비해 육지의 것들은 보잘 것 없다. 태산 같은 높은 뫼와 집채 같은 바윗돌, 힘과 권세를 부리던 자들, 그리고 적은 시비 적은 쌈을 하는 범부들은 물론, 진시황과 나폴레옹 같은 역사 속의 영웅들조차 바다 앞에서 왜소하기 짝이 없다. 바다는 그들을 미워하며, 오로지 담 크고 순정한 소년들만을 사랑한다. 여기서 바다의 거칠 것 없는 힘은 소년의 잠재력과 만나 미래에 대한 희망으로 연결된다.

이렇게 최남선의 시에서 바다는 무한한 힘이자, 소년들이 받아들여야할 가능성의 세계로 나타난다. 그는 "큰 것을 보고자하난자, 넓은것을 보고자하난자, 긔운찬것을보고자하난자, 끈기잇난것을 보고자하난자는 가서 시원한바다를 보아라!"라고 말하며 『소년』에 「교남홍조(嶠南鴻爪)」(1909)라는 기행문을 썼다.⁹ 그에게 바다는 힘과 가능성의 세계이자, 크고 넓고 기운차며

끈기 있는 것을 구하는 소년들이 지향할 최고의 대상이었다. 이러한 최남선의 의식은 이 글의 다음과 같은 구절에서 다시 한 번 강조된다.

> 큰 사람이 되려하면서 누가 바다를 아니보고 可하다 하리오마는 더욱 우리 三面에 바다가 둘닌 大韓國民=將次이 바다로써 活動하난 舞臺를 삼으려하난 新大韓少年은 工夫도 바다에 求하지 아니하면 아니되고 遊戱도 바다에 구하지 아니하면 아니될 터인즉 바다를 보고 볼쑨만 아니라 親하고 親할쑨 아니라 부리도록함에서 더 크고 緊한 일이 업난지라 新大韓少年에게 있어서 바다를 보지 못하얏다 하난 것이 最大恥辱이요 最大愁傷인 것처럼 그 반대로 바다를 보앗다 안다 하난 것처럼 榮光스럽고 快悅한 일이 업나니라.
>
> – 최남선, 「嶠南鴻爪」 부분, 『少年』 제2년 9권[10]

바다는 신대한 소년이 공부를 구하는 곳이요, 유희도 구하는 곳이다. 뿐만 아니라 바다는 소년이 '보고, 친하고, 부려야' 할 것이다. 여기서 바다는 '태산 같은 높은 뫼와 집채 같은 바윗돌, 힘과 권세를 부리던 자들, 그리고 적은 시비 적은 쌈을 하는 범부들은 물론, 진시황 나폴레옹 같은 역사 속의 영웅들' 같은 구시대 유물과 대비되는 근대문명의 상징임이 선명하게 드러난다. 바다는 구시대의 유물을 쓸어버림과 동시에 신대한 소년이 받아들여야할 근대문명으로 자리매김한다.

최남선이 「바다위의 용소년(勇少年)」이라는 장시를 비롯해, 바다를 소재로 「무제(천만길 깁흔 바다…)」 「삼면환해국(三面環海國)」 등의 시를 쓰고, 『소

---

9 최남선이 1909년에 『소년』에 발표한 「교남홍조」는 경부선 열차를 시승하고 쓴 부산 기행문이다. '교남(嶠南)'은 문경새재 이남 지역의 별칭이고, '홍조(鴻爪)'는 손가락을 활짝 펼친 것처럼 넓은 낙동강 끝부분을 가리키는 표현으로, 곧 부산만과 김해만 일대 삼각주 지역을 지칭한다.
10 최남선, 『육당 최남선 전집 2. 문학』, 역락, 2003.

년』 창간호부터 3년 6권(1910.6)에 이르기까지 「해상대한사(海上大韓史)」를 특집으로 실었으며, 「거인국표류기(巨人國漂流記)」(1년 1권-2권) 등의 해양작품을 번역해 연재한 것도 이러한 생각과 같은 맥락에서 이해할 수 있다. 다음은 장시 「바다위의 용소년」의 도입부다.

여긔잇난 세少年은 바다아해니
韓半島가 나서길은 만흔목숨中
가장크고 거룩히될 寧馨兒니라

廉恥업시 왼하날을 휩쓸녀하난
물기동의 이러서서 뛰노난모양
저러트시 洶湧하고 험상스런데

네보아라 그들이탄 좁고적은배
외상앗대 겨오달닌 '쌔오트'어늘
活氣에찬 그의얼골 조곰怯업시

쇠뭉치의 팔을 쏩내 金剛力으로
이놈이리 접어뉘고 저넘저리해
물결치난 세찬 勇氣 놀나웁도다

　　　　　　　　　－ 최남선, 「바다위의 勇少年」 부분

　최남선이 시의 첫머리에서 한반도가 나서 기른 많은 목숨 중 가장 크고 거룩히 될 '영형아'[11]인 세 소년은, 박호영에 따르면 "육당 자신과 벽초(碧初), 고주(孤舟)를 지칭하는 것"이라고 한다.[12] 세 소년은 물기둥 일어서서 뛰노는 흥용하고 험상스런 거친 바다를 외 상앗대(삿대) 겨우 달린 좁고 작은 보트를 타고 건너고 있다. 이렇게 위태로운 상황이지만 소년들의 얼굴은 활기에 차있으며 조금도 겁내지 않고 용감하게 바다를 헤쳐 나가고 있다. 마치 시 「해에게서 소년에게」의 후속작처럼 느껴지는 이 시는 근대문명을 받아들이는 데서 한 걸음 더 나아가, 그것에 뛰어들어 개척해야 한다는 최남선의 계몽의식이 강하게 표현돼 있다.

바다를 소재로 한 최초의 근대시 「해에게서 소년에게」는 우리 민족의 선구자로서 최남선의 계몽주의 사상을 담은 작품이다. 이 작품은 과도기적 형태의 시가였던 만큼 기존 시가의 정형화된 율조를 완전히 벗어나지 못했으며, 진부한 비유나 미숙한 표현으로 미학적인 완성도가 떨어진다. 테니슨과 바이런 시의 표절이 제기될 만큼 독창성이 미흡한 것도 사실이다.[13] 무엇보다 근대화를 위한 계몽이라는 목적의식이 너무 강한 반면, 정작 근대시의 요건인 자아의 각성이나 서정성은 매우 부족하다. 그러나 이러한 여러 가지 문제점에도 불구하고, 시 「해에게서 소년에게」는 바다의 심상으로 근대시의 새로운 장을 연 중요한 작품임에 틀림이 없다.

---

11 진송(晉宋) 시대의 속어로, '이와 같은 아이'라는 감탄사로 쓰이는 말이었는데, 후대에는 아이를 칭찬하는 말로 쓰였다. 출전은 『진서(晉書)』 권43 「왕연전(王衍傳)」.

12 박호영, 앞의 글, 277면.

13 시 「해에게서 소년에게」의 1, 2행 "텨……ㄹ썩, 텨……ㄹ썩, 텩, 쏴……아./따린다, 부슨다, 문허바린다."가 테니슨의 바다에 대한 시 「부서져라, 부서져라, 부서져라(Break, Break, Break)」의 첫 행 "beak, break, break,"와 비슷하다는 지적이 있다. break가 부순다는 의미와 더불어, 파도소리를 '나타내는 의성어로 쓰였다는 점을 고려하면 테니슨과 최남선의 시 도입부는 매우 닮은 셈이다. 여기서 한 단계 더 나아가 이 시가 최남선의 순수한 창작물이 아니라, 바이런의 「대양(The Ocean)」을 표절한 것이 아니냐는 문제도 제기됐다. 「대양」은 장시 「해롤드 공자의 순례(Child Harold's Pilgrimage)」(1812)의 끝부분에 해당하는 작품이다. 「대양」은 『소년』 창간호가 나오고 약 2년 뒤인 3년 6권(1910.6)에 원문대조로 번역됐다. 그러나 이러한 주장은 최남선의 입장에서 볼 때 지극히 무의미한 것이다. 그는 다만 권두시로 「해에게서 소년에게」를 제시했을 뿐, 이 시를 자신의 창작이라 주장한 적이 없기 때문이다. 이재호, 「육당의 시 '해에게서 소년에게'와 바이런의 시 '대양'의 비교 연구」, 『이대학보』, 1968.3.18. 참조; 김윤식, 『근대한국문학연구』, 일지사, 1973, 53면 참조.

3. 이상향으로서 바다

　바다는 1930년대 모더니즘 시인들에게 떠오르는 태양과 함께 밝고 생명력이 넘치는 공간으로 변주된다. 아침 바다의 빛나는 모습은 "주름 잡히는 은빛 휘장에서 부스러 떨어지는 금박"(김기림, 「상아의 해안」)으로 묘사되기도 하고,[14] "정오 가까운 해협은/백묵흔적이 적역한 원주!//마스트 끝에 붉은기가 하늘 보다 곱다./감람(甘藍) 포기 포기 솟아 오르듯 무성한 물이랑이어!"(정지용, 「다시 해협」)와 같이 싱싱한 감람(양배추)에 비유되기도 한다.[15] 뿐만 아니라, "바다는 뿔뿔이/달어 날랴고했다.//푸른 도마뱀떼 같이/재재발렀다."(정지용, 「바다 2」)거나, "비눌/돛인/해협은/배암의 잔등/처럼 살아났고"(김기림, 「세계의 아침」) 등에서 볼 수 있는 것처럼, 바다는 관념이 아닌 감각으로 표현돼 한층 더 역동적으로 그려진다. 그들에게 바다는 넓고 자유롭고, 그리고 평화로운 이상향으로 간주됐다.

　다음은 정지용의 대표시 「바다 1」(1930)이다.

　　고래가 이제 橫斷한뒤

　　海峽이 天幕처럼 퍼덕이오.

　　……힌물결 피여오르는 아래로 바독돌 자꼬 자꼬 나려가고,

　　銀방울 날리듯 떠오르는 바다종달새……

　　한나잘 노려보오 홀켜잡어 고 빩안살 빼스랴고.

14 김기림, 『김기림 전집 1. 시』, 심설당, 1988. 이후 김기림의 시는 이 책에서 인용했다.
15 이숭원 편, 『원본 정지용 시집』, 깊은샘, 2003. 이후 정지용의 시는 이 책에서 인용했다.

※

미역닢새 향기한 바위틈에
진달래꽃빛 조개가 해ㅅ살 쪼이고,
청제비 제날개에 미ㄲ러져 도네
유리판 같은 하늘에.
바다는-속속 드리 보이오.
청대ㅅ닢처럼 푸른
바다
봄

※

꽃봉오리 줄등 켜듯한
조ㄱ만 산으로-하고 있을까요.

솔나무 대나무
다옥한 수풀로-하고 있을까요.

노랑 검정 알롱 달롱한
블랑키트 두르고 쪼그린 호랑이로-하고 있을까요.

당신은 '이러한風景'을 데불고
흰 연기 같은
바다
멀리 멀리 航海합쇼.

　　　　　　　　　　　－정지용,「바다1」전문

『정지용시집』(1935) 첫머리에 실려 있는 인용시는 두 개의 ※표시를 중심으로 세 부분으로 나뉘어져있다. 첫 번째 부분은 고래가 지나간 뒤 "해협이 천막처럼" 퍼덕이는 모습과, 그 위로 떠오르는 바다종달새가 원거리 풍경으로 묘사돼 있다.

두 번째 부분에서 바다는 마치 산속의 풍경처럼 펼쳐진다. 미역은 향기로운 산나물인양 바위틈에 돋아있고, 그 사이로 햇볕을 쬐는 조개가 진달래꽃빛으로 보인다. 그 다음에는 유리판 같이 맑은 하늘에 미끄러지듯이 돌고 있는 청제비가 나온다. 청제비, 그러니까 푸른 제비는 정지용 시 「조약돌」에서도 "청제비의 푸넘 겨운 지줄댐"으로 등장하는 새다. 인용시 「바다 1」에서의 청제비는 해안가를 날고 있는 실제 제비일 수도 있고, 시 앞부분에 나오는 "바다종달새"처럼 바닷새를 그렇게 불렀을 수도 있다. 종달새가 뭍의 새이고 제비 역시 주로 육지에 서식하는 새임을 고려하면, 후자일 가능성이 크다. 정지용은 바닷새를 봄날 우리 산과 들에서 흔하게 볼 수 있는 새들로 바꿔놓았다.

이렇게 정지용에게 바다는 그 깊이가 "속속 드리 보이"는 바다다. 속을 알 수 있기에 바다는 두렵지 않다. 정지용이 재현한 바다의 모습은 투명하고, 잔잔하고, 청댓닢처럼 마냥 푸르른 바다다.

세 번째 부분에서 바다는 보다 적극적으로 육지의 이미지를 빌려 묘사된다. 꽃봉오리가 연이어 피어나는 조그만 산, 소나무 대나무의 무성한 수풀, 그리고 노랑 검정 색의 알록달록한 담요를 두른 것 같은 호랑이가 그것이다. 이렇게 정지용의 바다는 산의 풍경을 품고 있다.[16] 그래서 낯선 바다는 친숙하면서도 신비스런 공간으로 인식된다.

이 부분의 말미에서 시적 청자는 모습을 드러낸다. 시의 화자는 청자인 '당신'에게 이러한 봄 바다의 풍경을 즐기며 '멀리 멀리 항해해 볼 것'을 권유하고 있다. 지금까지 화자의 독백처럼 들렸던 이 시는 사실 청자인 당신에게 들려주던 이야기였다. 그러면 당신은 누구일까. 화자는 왜 당신에게 바다의 이야기를 들려주고 있으며, 어떤 이유에서 바다를 산의 이미지를 빌려 묘사했을까.

이 시의 청자로 설정된 당신은 바다에 대해 무지한 사람일 가능성이 크다. 그래서 일본 유학생으로서 여러 번 바다를 체험한 시인은 바다를 한 번도 본 적이 없는 당신에게 그 모습을 익숙한 산의 이미지로 하나하나 바꿔 설명했을 것이다. 바다는 낯설고 두려운 곳이 아니라, 당신이 알고 있는 봄날의 수풀처럼 아름답고 평온한 곳이다. 그러니 당신은 안심하고 멀리멀리 항해해 보라고 이 시의 화자는 권유하고 있다.

정지용의 항해시와 김기림의 여행시는 바다에 대한 시인의 긍정적인 마음을 반영한다. 바다는 그들에게 그 자체로 이상향이거나, 이상향으로 나가는 관문의 역할을 한다. 근대의 문물의 배우고자 "금단초 다섯개 달은 자랑스러움"(정지용, 「선취(船醉) 2」)으로 현해탄을 건너 유학을 간 당시 지식인들의 꿈이 반영된 것이다.

바다에 유학생의 꿈을 담은 대표적인 작품으로는 임화의 시 「해협(海峽)의 로맨티시즘」(1936)을 들 수 있다. 이후 이 시는 시집 『현해탄』(1938)에 수록된다.

아마 그는
日本 列島의 긴 그림자를 바라보는 게다
흰 얼굴에는 분명히

---

16 오탁번은 정지용 시에서 수평적인 바다가 수직적인 산의 이미지와 연계됨을 밝힌 바 있다. 그는 "지용 시의 심상전개는 초기 바다의 시들에 보이는 감각적인 비유의 틀에 의하여 비롯되지만, 그것이 세계와의 시적 대응방식으로 승화되는 것은 평면적인 바다를 벗어나는 점에서 형성되기 시작한다. 그러므로 "해협이 천막처럼 퍼덕이오."에서 천막으로 지시되는 바다는 이미 바다의 평면을 벗어난 산의 심상으로 변용된다고 보는 것에 타당하다."고 했다. 오탁번, 『한국현대시사의 대위적 구조』, 고려대학교 민족문화연구소, 1988, 90면.

가슴의 '로맨티시즘'이 물결치고 있다.

藝術, 學文, 움직일 수 없는 眞理……

그의 꿈꾸는 思想이 높다랗게 굽이치는 東京,

모든 것을 배워 모든 것을 익혀,

다시 이 바다 물결 위에 올았을 때,

나는 슬픈 故鄕의 한 밤,

홰보다도 밝게 타는 별이 되리라,

靑年의 가슴은 바다보다 더 설레었다.

－임화, 「海峽의 로맨티시즘」[17] 부분

인용시의 주인공은 현해탄을 건너는 일본 유학생이다. 시적 화자는 3인칭으로 그에 대해 서술하다가, 인용부호 없이 "나는 슬픈 고향의 한 밤,/홰보다도 밝게 타는 별이 되리라."고 청년의 말을 그대로 시 안에 삽입한다. 시적 화자와 대상과의 경계가 허물어지면서, 청년이 곧 화자가 된다. 이 청년은 화자를 객관화시킨 모습임과 동시에, 시인인 임화 자신이라고 보아도 무리가 없을 것이다. 실제로 임화는 영화를 공부하기 위해 1930년을 전후로 1년 여간 도쿄에 체류한 적이 있다.

카프의 핵심 인물이었던 그는 일본의 근대사상을 배워 와 고향의 어둠을 밝히는 별이 되겠다고 다짐하며, 바다보다 더 설레는 가슴으로 현해탄을 건넜다. 그러나 그가 체험한 현실에서의 일본은 꿈과 신념을 실현시킬 수 없는 곳이었다. 이후 시 「현해탄」(1938)에서 "어떤 사람은 건너간 채 돌아오지 않았다./어떤 사람은 돌아오자 죽어갔다./어떤 사람은 영영 생사도 모른다./

---

17 김재용 편, 『임화 문학예술전집 1. 시』, 소명출판사, 2009. 이 시를 포함하여 이후의 임화 시는 이 책의 제3부 '시 원문'에서 인용했다.

어떤 사람은 아픈 패배에 울었다."라고 노래했듯이, 일제강점기 이상향으로
간주되었던 바다는 처절한 절망의 공간으로 변모한다.

4. 침몰의 바다

김기림의 초기시가 실린 시집 『태양(太陽)
의 풍속(風俗)』(1939)[18]에서 시인은 낡은 것과
대비되는 새롭고 건강한 것의 상징으로 바다
의 이미지를 사용했다. 아침의 태양빛을 받
고 찬란하게 빛나는 바다는 마치 '거울'이나
'잔디밭'과도 같은 깊이를 갖지 않은 모습이
었다.

김기림(1908-미상)

하눌은 얼굴에서 어둠을 씻고
지중해를 굽어본다. 푸른 밑없는 거울…….

– 김기림, 「出發」 부분

오– 먼 섬의 저편으로터 기여오는 안개여
너의 羊털의 '납킨'을 가지고 바다의 거울판을 닦어 놓아서

– 김기림, 「바다의 아츰」 부분

18 김기림은 시집 『태양의 풍속』을 1934년 출간하려 했으나 뜻을 이루지 못하고, 5년 뒤인 1939
년에야 출간할 수 있었다. 서문 「어떤 친한 '시의 벗'에게」에 나왔듯이, 이 시집은 "1930년 가을
부터 1934년 가을까지" 쓴 김기림의 초기시가 실려 있는 사실상 첫 창작시집이다. 김기림, 「어떤
친한 '시의 벗'에게」, 앞의 책, 16면.

오후 두時…

머언 바다의 잔디밭에서

바람은 갑자기 잠을 깨어서는

- 김기림, 「潮水」 부분

김기림의 바다는 두 번째 작품집인 장시집 『기상도(氣象圖)』(1936)에서 폭
풍이 휩쓸고 지나가면서 "꾸겨진 빨래처럼"(「병 든 풍경」) 처참하게 해체된
모습으로 나타나기도 했다. 그러나 시인은 폐허가 된 그 바닷가에서도 "어
린 태양이 병아리처럼/홰를 치며 일어날게다"(「쇠바퀴의 노래」)라며 희망을
포기하지 않았다.

그러나 그 바다는 세 번째 시집 『바다와 나비』(1946)에 이르러 '수심(水深)
을 알 수 없는' 바다로 변모한다. 시인 이상(李箱)과 절친했던 김기림은 머리
말에서 시집의 4부이자, '이상의 영전에 바침'이라는 부제목을 달고 있는 장
시 「쥬피타 추방」이 "우리들이 가졌던 황홀한 천재 이상의 애도시"임을 밝
히고 있어, 이 시집이 이상의 죽음과 무관하지 않음을 알 수 있다. 다음은 시
집과 같은 제목의 시 「바다와 나비」다. 이 시는 1937년에 이상이 도쿄에서
사망한 지 2년 뒤인 1939년에 발표됐다.

아모도 그에게 水深을 일러 준 일이 없기에

힌 나비는 도모지 바다가 무섭지 않다.

靑무우밭인가 해서 나려 갔다가는

어린 날개가 물결에 저러서

公主처럼 지쳐서 도라온다.

三月달 바다가 꽃이 피지 않어서 서거푼

나비 허리에 새파란 초생달이 시리다.

- 김기림, 「바다와 나비」 전문

인용시 「바다와 나비」에서 흰 나비가 바다로 간 이유는 "아모도 그에게 수심을 일러 준 일이 없기" 때문이다. 나비는 바다가 얼마나 깊은 곳인지 알지 못하므로 바다를 무서워하지 않는다. 그에게 바다는 청무 밭쯤으로 여겨진다. 그래서 겁도 없이 내려갔다가 "어린 날개가 물결에 저러서" 돌아온다. 여기서 물결에 '젖어서'가 아니라 '절어서'라고 말한 것은 바닷물의 소금기 때문이다. 짜디짠 바닷물에 절어 돌아온 나비는 여전히 바다를 청무 밭으로 생각한다. 바다에 꽃이 피지 않는 것은 당연한 일인데도, 나비는 그것을 서글프다고 느끼기 때문이다. 지치고 서글픈 나비는 먼 하늘에 걸린 새파란 초승달과 겹쳐지면서 시리도록 차가운 풍경 속에서 생기를 잃어버린다.

이 시의 마지막 행인 "나비 허리에 새파란 초생달이 시리다."는 지금까지 나비와 한 몸이 돼서 바다를 건너던 시적 화자의 시선이 잠시 나비 밖으로 나왔음을 알려준다. 초승달과 나비가 겹쳐보이려면 적어도 시적 화자가 나비보다는 밑에 위치해야 되기 때문이다. 나비 허리에 걸린 초승달을 바라보는 화자는 이제 관찰자로서 존재한다. 그리고 정작 나비 자신은 서글픔 정도로 밖에 느끼지 않는 그 상황을 '시리다'며 온몸으로 체감한다. 관찰자이지만 나비의 고통에 완전히 공감하며, 오히려 그 고통을 객관화할 수 있는 것. 그것은 이 시를 쓴 시인도 한 때는 나비였기 때문이 아니었을까.

바다의 깊이를 끝내 알지 못한 채 생명력을 소진하는 무지한 나비의 모습에서 우리는 자연스럽게 일제강점기 꿈과 이상(理想)을 찾아 현해탄을 건넜던 지식인들의 모습을 떠올릴 수 있다. 이 땅의 무수한 나비들은 그 깊은 바다를 겁도 없이 건너고자 했으며, 시인 역시 그들 중 하나였을지도 모른다. 이 시가 김기림이 2번째 일본 유학을 마치고 귀국해서 처음 발표한 시라는 것을 고려하면, 바다와 나비가 암시하는 바는 어느 정도 드러난다. 김윤식은 이 시에서 일본에서 객사한 시인 이상의 모습을 보았고,[19] 이숭원은 김기림이 자신의 내면을 정직하게 드러낸 것이라고 해석하였거니와,[20] 그것이 이상이든 김기림이든 이 시에서의 나비는 적국에서 씻을 수 없는 상처를 입고 귀환한 당시 지식인들을 상징하고 있음이 분명하다.

이 시를 쓴 시인은 이제 바다가 얼마나 깊은 곳인지, 그래서 얼마나 위험한 곳인지 알고 있다. 그는 바다의 수심을 알지 못하는 무지한 흰 나비를 통해, 역설적으로 바다에 대한 경각심을 불러일으키고 있다.

최남선 이래로 꿈과 이상을 상징하던 바다는 김기림의 시 「바다와 나비」에 이르러 기대와 배반, 희망과 절망, 그리고 그로인한 피로와 서글픔이 점철된 자의식의 공간으로 변모한다.

깊이를 알 수 없는 무서운 바다에 대해 아무도 그 수심을 일러주지 않는다면, 시인 스스로 바다 속으로 가라앉아 그 깊이는 가늠하는 수가 있다. 김기림의 흰 나비처럼 무지에 의한 좌절이 아닌, 자신의 선택으로 '침몰'하는 것이다. 여기서 우리는 서정주의 바다를 만나게 된다.

서정주는 시 「자화상(自畵像)」에서 자신의 뿌리를 "바다에 나가서는 돌아오지 않는다 하는 외할아버지"에 두고 있음을 밝힌 바 있다.[21] 풍랑이 이는 바다에서 생을 다했다고 짐작되는 외할아버지와, 그 외할아버지를 빼닮은

---

19 김윤식은 이상 문학을 한 마디로 "수심을 모르는 나비 한 마리가 현해탄을 건넜다."는 것으로 정의했다. 그는 "이상에게 아무도 현해탄의 수심을, 근대의 본질, 자본주의의 생리, 동경의 위대함, 깊이, 위험성을 가르쳐 주지 않았다. (…) 수심을 그는 본능으로 파악해야했는데, 이를 온몸으로 부딪치는 행위라고 부를 수 없을까."라며 이상의 비극적인 생애와 문학을 김기림의 시 「바다와 나비」와 연계해 설명했다. 김윤식, 『이상연구』, 문학사상사, 1987, 288면.
20 이숭원은 김기림이 3년의 일본 유학생활을 마치고 상당히 지친 상태로 귀국한 것 같으며, 그러한 낭패감, 혹은 위기의식이 이 시에 정직하게 드러나 있다고 했다. 이숭원, 『그들의 문학 세계: 김기림』, 한길사, 2007, 93~98면 참조.
21 서정주, 『미당 서정주 전집 1』, 민음사, 1994. 이후 서정주 시는 이 시집에서 인용했다.

시인의 이야기가 "나를 키운 것은 팔할이 바람이다."라는 구절에 이르면 앞으로 시인의 삶이 바람 부는 바다와 운명적으로 연계되리라는 것을 어렵지 않게 추측할 수 있다. 서정주는 초기시 「바다」(1938)에서 들끓는 젊음의 열정과 고뇌 속에서 스스로 바다 속으로 침몰하는 시적 화자의 모습을 비장하게 노래했다.

귀기우려도 있는것은 역시 바다와 나뿐.
밀려왔다 밀려가는 무수한 물결우에 무수한 밤이 往來하나
길은 恒時 어데나 있고, 길은 결국 아무 데도 없다.

아— 반딧불만한 등불 하나도 없이
우름에 젖은얼굴을 온전한 어둠속에 숨기어가지고…… 너는,
無言의 海心에 홀로 타오르는
하낫 꽃같은 心臟으로 沈沒하라.

아— 스스로히 푸르른 情熱에 넘쳐
둥그란 하눌을 이고 웅얼거리는 바다,
바다의깊이우에
네구멍 뚫린 피리를 불고…… 청년아.
애비를 잊어버려
에미를 잊어버려
兄弟와 親戚과 동모를 잊어버려,
마지막 네 게집을 잊어버려,

아라스카로 가라 아니 아라비아로 가라
아니 아메리카로 가라 아니 아프리카로

가라 아니 沈沒하라. 沈沒하라. 沈沒하라!

오- 어지러운 心臟의 무게 위에 풀닢처럼 훗날리는 머리칼을 달고

이리도 괴로운나는 어찌 끝끝내 바다에 그득해야 하는가.

눈뜨라. 사랑하는 눈을뜨라…… 청년아,

산 바다의 어느 東西南北으로도

밤과 피에 젖은 國土가 있다.

아라스카로 가라!

아라비아로 가라!

아메리카로 가라!

아푸리카로 가라!

- 서정주, 「바다」 전문

　인용시 「바다」에서 시적 화자는 바닷가에 홀로 서 있다. 그는 시의 첫 행
에서 "귀 기울여도 있는 것은 역시 바다와 나뿐"이라고 밝히고 있다. 그런데
'역시'라는 말에서, 화자는 내가 아닌 다른 누군가가 또 있는 것이 아닐까 여
러 번 의심했음을 알 수 있다. 화자가 그런 의심을 한 이유는 끊임없이 누군
가가 그에게 말을 걸어왔기 때문이다. 그러나 그곳에는 바다와 그 자신만이
있을 뿐이다. 화자는 물결치는 바다를 바라보며 "길은 항시 어데나 있고, 길
은 결국 아무 데도 없다."며 절망한다.

　다음에 나오는 것은 바다의 목소리다. 바다는 화자를 '너'라고 부르며 말
을 건넨다. "우름에 젖은얼굴을 온전한 어둠속에 숨기어가지고…… 너는"
이라는 바다의 말을 통해 화자가 울고 있었음이 드러난다. 바다는 화자에게
"무언의 해심에 홀로 타오르는/한낫 꽃같은 심장으로 침몰하라."며 웅얼거
린다. 바다가 화자에게 전하는 말은 물론 화자 내면의 목소리가 투사된 것이
다. 그러니까 이 시의 화자는 바다의 물결 소리를 매개로 자신의 분신과 대

화한 것으로, 굳이 구분한다면 '바다는'에 걸리는 구절은 화자의 말이며, '너는' 혹은 '청년아'에 걸리는 구절은 바다의 말이지만, 결국 이것은 분열된 자아가 서로 묻고 대답하는 것이므로 그 경계가 분명하지 않다.

바다는 화자가 소중하게 생각했던 모든 인연을 끊어버리라고 말한다. 애비와 에미와 형제와 친척과 동무, 그리고 마지막으로 자기 계집까지도 잊어버려야 하는 철저한 고독에 도달하는 것. 이에 대해 천이두는 "하나의 죽음에 해당하는 행위"라고 말한 바 있거니와,[22] 그것은 새로운 삶을 찾아 모든 것을 버리고 길을 떠나는 구도자의 태도와도 일치한다. 바다 역시 이 시의 화자에게 모든 것을 잊어버린 다음 어디로든 자유롭게 떠나 버리라고 명령한다. '아'를 두운으로 하는 '아라스카·아라비아·아메리카·아프리카'는 지구상의 가장 추운 곳과 가장 더운 곳, 문명과 비문명의 지역을 아우르는 말로, 이 세상 모든 곳을 의미한다. 그러나 이러한 수평적 무한 확산은 '아니'라는 거듭되는 부정을 지나 돌연 "침몰하라"고 방향을 바꾼다. 세상의 모든 곳을 의미하는 이 네 개의 지명은 결국 그 각각이 상응하는 공간을 가지지 않는 "없음으로서의 자리"였던 것이다.[23] 이것이 바로 앞에서 화자가 "길은 항시 어데나 있고, 길은 결국 아무 데도 없다."고 말한 이유가 된다.

더 이상 갈 데가 없는 세상 끝에서 유일하게 선택할 수 있는 것은 수직적인 깊이로 가라앉는 것이다. "어지러운 심장의 무게 우에 풀닢처럼 훗날리는 머리칼을 달고/이리도 괴로운 나"는 바다 속에 스스로 침몰함으로써 들

---

22 천이두, 「지옥과 열반」, 『미당연구』, 민음사, 1994, 57면.
23 김은자는 알라스카·아라비아·아메리카·아프리카가 벽에 갇힌 시인이 생명이 소진된 병든 땅이 아닌 또 다른 곳을 꿈꾸면서 나타난 장소라고 했다. 그러나 이 다른 장소들의 이름은 시인 스스로에 의해 거부되는데, 그 이유로 "네 개의 지명이 공통적으로 갖는 두음 '아'는 「벽」의 끝 귀인 '오 벽아'에의 화답처럼 들린다. 이들의 '아'는 절규로서의 음향이다. 죽음으로 떨어지는 존재들이 최후의 자리에서 토하는 절명의 소리이다. 따라서 이 네 개의 지명은 그 각각이 상응하는 공간을 가지지 않는다. 없음으로서의 자리이다."라고 했다. 김은자, 『현대시의 공간과 구조』, 문학과 비평사, 1988, 141면.

끓는 자의식에서 자유로워지고자 한다. 그리고 그는 맹목(盲目)의 상태에서 눈을 뜨는 자각의 경지에 이르고, 비로소 "산 바다의 어느 동서남북으로도/밤과 피에젖은 국토"가 있다는 사실을 깨닫는다. 시적 화자가 바다에 침몰하면서 보게 된 것이 밤과 피에 젖은 국토라는 사실은 이 시의 비극성을 한층 더 가중시킨다. 이제 바다는 절망을 넘어 비극의 상징이 됐다.

서정주의 시 「바다」는 최남선이 시 「해에게서 소년에게」를 쓴 지 꼭 30년 뒤인 1938에 발표됐다. 그 사이 최남선의 시에 등장했던 담 크고 순정한 소년들은 서정주 시에서와 같이 울음에 젖은 얼굴을 어둠 속에 숨긴 암울한 식민지의 청년으로 성장했다. 그와 함께 근대화에 대한 열망은 비극적 현실인식으로 변모했으며, 상반된 바다 이미지를 통해 표현됐다.

서정주의 바다는 무한 확산의 공간인 알라스카와 아라비아와 아메리카와 아프리카에 비견되는 무한 깊이의 심연이다. 김기림의 바다가 깊이를 갖지 않거나, 수심을 알 수 없는 것과 대조된다. 이 수직적 깊이의 공간에 서정주는 '꽃같은 심장'으로 침몰했다. 윤동주가 시 「간(肝)」(1941)에서 목에 맷돌을 달고 끝없이 바다 속으로 침전(沈澱)하는 프로메테우스와, 시 「쉽게 씌어진 시」(1942)에서 홀로 침전하는 자기 자신을 노래한 것과 같다.[24]

윤동주가 밤비 내리는 도쿄의 육첩방에서 어둠을 내몰고 등불을 밝혔듯이, 서정주는 광복 이후에 발표한 시 「혁명(革命)」에서 바다를 '용솟음'치게 하고, 시 「뻐꾸기는 섬을 만들고」에서 만 길 바다 속으로 가라앉힌 섬들을 '다시 끌어올려' 백일홍 꽃을 피운다. 바다 물결에 날개가 절어서 그만 공주처럼 지쳐서 돌아오던 김기림의 나비와는 달리, 서정주는 스스로 바다 속 깊이 침몰함으로써 훗날 심연에서 솟아나올 힘을 마련했던 것이다.

---

24 윤동주, 『하늘과 바람과 별과 詩』, 정음사, 1994.

5. 근대화를 향한 열망과 좌절

최초의 근대시로 일컬어지는 최남선의 시 「해에게서 소년에게」 이래로 한국의 근대시는 바다의 심상과 함께 발전했다. 바다의 이미지는 일제강점기 민족의식과 맞물려 근대화에 대한 열망, 혹은 좌절의 시의식을 함축하는 대표적인 이미지다. 필자는 최남선·정지용·임화·김기림·서정주 시인의 시를 대상으로 바다의 이미지가 어떻게 변용되고 있으며, 근대화를 향한 시인의 자의식을 어떻게 반영하고 있는지 그 변모 양상을 '힘과 가능성' '이상향' '침몰'이라는 주제로 나누어 살펴보았다.

최남선에게 바다는 무한한 힘이자, 소년들이 받아들여야 할 가능성의 세계였다. 그의 시에서 바다는 구시대의 유물을 쓸어버림과 동시에 신대한 소년이 받아들여야할 근대문명의 상징으로 자리매김한다.

이러한 바다는 1930년대 모더니즘 시인들에게 떠오르는 태양과 함께 밝고 생명력이 넘치는 공간으로 변주됐다. 김기림과 정지용의 초기시가 여기에 해당하는데, 그들에게 바다는 넓고 자유롭고 평화로운 이상향으로 간주되거나, 이상향으로 나가는 관문의 역할을 하고 있다. 이것은 근대의 문물을 배우고자 현해탄을 건너 일본으로 유학을 간 지식인들의 꿈이 반영된 것으로 볼 수 있다. 그러나 이러한 꿈은 현실이라는 벽에 부딪히면서 처절한 절망으로 변모한다.

임화의 시 「현해탄」, 김기림의 시 「바다와 나비」에 나타난 바다는 이러한 당시 지식인들의 상처를 말해준다. 최남선 이래로 꿈과 이상을 상징하던 바다는 기대와 배반, 희망과 절망, 그리고 그로인한 피로와 서글픔이 점철된 자의식의 공간으로 변모한다.

여기서 주목해야 할 것이 서정주의 바다다. 그는 깊이를 알 수 없는 무서운 바다에 스스로 침몰함으로써 맹목의 상태에서 눈을 뜨는 자각의 경지에 이른다. 서정주의 바다는 무한 깊이의 심연이며, 이 깊이의 공간에 그는

'꽃같은 심장'으로 침몰함으로써 역설적으로 심연에서 솟아나올 힘을 마련했다.

김광균 시와
이미지의 조형 양식

1. '형태의 사상성'과 시작 기법

김광균(1914-1993)

지금까지 김광균 시에 대한 논의는 주로 모더니즘과 관련되어 이뤄졌다. 널리 알려졌듯이, 김광균은 T. E. 흄, E. 파운드, T. S. 엘리엇 등 영국 주지주의 시운동을 소개한 김기림의 이론과 시작품에 영향을 받아 회화성을 강조하는 시를 썼다. 김광균에 대한 평가는 김기림의 "소리조차를 모양으로 번역하는 기이한 재주"[1]를 가졌다는 찬사 이후, 모더니즘 이론을 시작(詩作)으로써 실천했다는 긍정적인 입장과, 그와 반대로 실패한 모더니스트로 간주하는 부정적인 입장으로 나뉜다.

부정적인 입장은 김광균이 이른바 '진정한 모더니스트'로서의 면모를 갖

---

1 김기림, 「삼십년대 도미(掉尾)의 시단동태」, 『김기림 전집 2』, 심설당, 1988, 69면.

추지 못했다는 것에서 비롯되는데, 주된 이유로 그의 시에 주조를 이루는 감상성을 들고 있다. 즉, 감상을 배격해야 할 모더니즘 시인이 바로 그 감상성에 경도됐다는 것이다. 이 말은 김광균 시에 대한 부정적인 평가가 시 자체의 완성도나 미학적 개성에서 나왔다기보다는, 모더니즘 시인으로서의 부적합성에 초점이 맞춰졌다는 사실을 방증한다.

모더니즘 시인이라는 정의 하에 김광균의 시적 성과는 분명 부정적인 측면이 강조될 수 있다. 그러나 김광균은 김기림의 영향을 받아 회화성이 강조된 시를 썼지만, 정작 그 자신은 스스로를 모더니즘 시인이라 생각하지 않았으며,[2] 본격적인 모더니즘 시론을 피력하지도 않았다. 그를 모더니즘 시인이라는 울타리에 가둔 것은 당대의 비평가와, 그의 관점을 계승한 후대의 연구자들이다.

이 연구는 김광균이 이른바 '진정한 모더니즘 시인'이 아니라는 것에서 출발한다. 따라서 그의 시에 빈번히 등장하는 상실감과 감상성은 실패한 모더니스트로서의 부정적인 양상이 아니라, 오히려 김광균 시의 미학적 개성으로 간주될 수 있다. 이것을 굳이 모더니즘이라는 용어를 다시 빌려 설명한다면 '감상적 모더니즘', 혹은 '한국적 모더니즘'이라고 부를 수 있을 것이다. 정통 모더니즘 시가 아닌, 한국적 모더니즘 시로서 김광균 시작품의 개성을 찾는 것이 이 연구의 목적이다.

그러면 한국적 모더니스트로서의 김광균은 시에 대해 어떠한 생각을 가지고 있었을까. 김광균은 소박하게나마 자신의 시론을 피력한 바 있다. 1940년 『인문평론』에 발표한 「서정시의 문제」라는 글에서인데, 이것은 본격적인 시론이라기보다는 당시의 문단을 비판하며 시에 대한 자신의 견해

---

2 "나는 모더니스트가 아니다. 굳이 모더니즘이라는 것을 의식하고 시작(詩作)을 한 적은 없다. 물론 나의 시에는 시각적 회화적인 이미지가 많이 나타나고 있는 것은 사실이다. 그러나 그것은 내가 오랫동안 서울에 거주했기 때문인지도 모르겠다." 김광균, 「작가의 고향─꿈속에 가보는 선죽교」, 『월간조선』, 1988. 3, 494면.

를 밝힌 정도의 글이다.

이 글의 핵심어는 '형태의 사상성(思想性)'이다. 다소 의미가 모호한 이 핵심어에 대해, 조동민은 형태의 사상성이란 "문학의 내용과 형식을 분리하여 그 형태의 중요성을 강조한 것"이라고 말하면서, 여기서 형태란 단순히 form만을 가리키지 않고, genre, style, nuance 등 다의적인 의미를 포괄하고 있으며, 나아가 그 시대의 사상을 대변하고 상징할 수 있는 양식이라고 했다. 또한 그는 형태의 사상성을 이미지의 상징성과 연계해 엘리어트가 말한 객관적 상관물과 같은 뜻이라고 해석했다.[3]

조용훈은 "김광균이 언급한 '형태'란 형식적 차원에서 정신을 담은 단순한 생태학적 형태가 아니고, 인간 고유의 정신이 요청하고 그것이 형성한 양식적 개념"이라고 했다.[4]

박현수는 형태의 사상성이란 형태를 형식과 동일한 것으로 간주하는 태도라고 하면서, '사상성'이라는 어휘를 덧붙인 것은 형태의 지위를 강화하기 위한 전략의 일환이라고 보았다. 즉, 형태의 사상성은 그동안 내용에 주어졌던 사상의 가치를 형식 및 방법론에 부여하고자 하는 의도라고 해석하면서, "현대에 알맞은 시 형식 속에 시대성이 담겨져야 한다는 주장"이라고 했다.[5]

여기서 한 단계 나아간 논의가 한영옥의 연구다. 그는 형태의 사상성을 "형식과 내용이라는 이분법을 극복하는 기제"라고 전제한 후,[6] 김광균의 「서정시의 문제」에서 다음과 같은 구절을 인용한다.

---

3 조동민, 「김광균 시의 모더니티」, 구상·정한모 편, 『삼십년대의 모더니즘』, 범양출판부, 1987, 134-135면.
4 조용훈, 「새로운 감수성과 조형적 언어」, 『김광균 연구』, 국학자료원, 2002, 262면.
5 박현수, 「형태의 사상성과 이미지즘의 수사학」, 『한국 모더니즘 시학』, 신구문화사, 2007, 55면.
6 한영옥, 「김광균론—차단-한 등불의 감각」, 『한국 이미지스트 시인 연구』, 푸른사상, 2010, 77면.

새로운 시가 자연의 풍경에서 노래할 것을 발견하지 못하고 정신의 풍경 속에서 대상을 구했고, 거기 사용된 언어도 목가적인 고전에 속하는 것보다는 도시생활에 관련된 언어인 것도 사실이다. 오늘에 와서 현대시의 형태가 조형으로 나타나고 발달된다는 사실은 석유나 지등(紙燈)을 켜든 사람에게 전등의 발명이 '등불'에 대한 개념에 중요한 변화를 주듯이 형태의 사상성을 통하여 조형(造型) 그 자체가 하나의 사상성을 대변하고 나아가 그 문학에도 어느 정도의 변화를 일으키는 데까지 갈 것도 생각할 수 있다.[7]

한영옥은 인용한 글의 분석을 통해, 형태의 사상성이 비교적인 관점에서 추론되고 있다고 했다. 즉, 자연의 풍경이 아니라 정신의 풍경, 목가적인 것보다는 도시 생활, 노래가 아니라 조형으로서의 시를 언급하고 있다는 것인데, 실제로 김광균의 시편들은 정신의 풍경, 도시적 언어, 시각적 이미지의 조형성을 통해 해명될 수 있다고 했다.[8]

한영옥이 읽은 바와 같이, 정신의 풍경 그리고, 도시생활에 관련된 언어를 사용하고, 시각적 이미지의 조형으로 만들어진 새로운 시는 김광균 자신의 시와 연결된다.

필자는 이와 같은 선행 연구를 바탕으로, 김광균이 피력한 형태의 사상성, 즉 이미지의 조형으로써 표현된 정신의 풍경과 도시적 삶의 모습을 살펴보고자 한다. 이러한 시도는 김광균 시의 개성을 시작 기법이라는 측면에서 가늠하고자 한다는 점에서 의미 있는 작업이 될 것이다.

7 김광균, 「서정시의 문제」, 김학동·이민우 편, 『김광균 전집』, 국학자료원, 2002, 14면.
8 한영옥, 앞의 글, 78면 참조.

2. 비유의 구성 원리

　상상력은 비유를 통해 이미지로 나타난다. 비유는 일종의 비교로서, 이질적인 두 사물을 유사성으로 연결시키는 결합 양식이다.[9] 김광균은 대부분의 시에서 은유와 직유 같은 비유를 사용하고 있다. 비유는 김광균 시의 대표적인 조형 양식이거니와, 이 장에서는 시 「추일서정(秋日抒情)」을 중심으로 비유의 구성 원리와, 비유를 통해 이미지로서 재구성된 정신의 풍경에 대해 살펴보겠다.

　시 「추일서정」은 1940년 7월 『인문평론』 제10호에 발표된 시로, 김광균 시의 경향을 잘 나타내 보이는 작품이다. 한국문단에는 1930년대 중반부터 모더니즘적인 경향을 지닌 시인들이 등장했다. 주지파(主知派)라고도 불리는 이들은 낭만적이며, 주정적(主情的)인 20년대의 시풍을 거부하고 지적인 태도로 시를 쓰고자 했는데, 특히 음악성을 중시하는 시문학파의 시작 태도를 거부하고 도시 감각과 현대 문명을 시각적 이미지로써 형상화하려고 노력했다. 최재서는 영·미 주지시 이론을 소개했고, 김기림은 모더니즘 이론을 확립했으며, 김광균은 회화성을 강조한 시를 씀으로써 당시 주지주의 운동에 동참했다. 그러나 앞에서도 말했듯이, 모더니즘 운동의 일환으로서 김광균의 시적 성과는 독특하다. 시 「추일서정」에서처럼 시인은 자신의 관념이나 정서를 전달하기 위한 도구로서 서구적인 이미지를 사용했다.

　시인은 자신이 느끼는 가을의 정서를 낙엽과 길, 구름과 같은 이미지를 통해 드러내고, 각각의 이미지들을 다시 지폐·넥타이·셀로판지와 같은 서구적인 이미지에 비유한다. 즉, 시인은 자신의 관념을 보다 효과적으로 표현하기 위해 당시로는 낯설고, 그만큼 신선한 문명의 이미지를 빌려 온 셈인데, 이러한 시인의 시작 태도는 관념과 정서의 대립개념으로 발생한 서구 모

---

9 김준오, 『시론』, 삼지원, 1997, 174-175면.

더니즘과는 거리가 있다. 이러한 양상은 모더니즘 시로서 김광균 작품의 한 계이자, 1930년대에 전개된 우리나라 모더니즘 시운동을 특징짓는 한 경향이다.

그러면 서구의 이미지를 빌려 나타내고자 한 시인의 정서는 무엇이었을까. 필자는 이 시를 비유의 구성 원리를 중심으로 읽음으로써 시인의 상상력의 세계를 가늠해보고자 한다.

落葉은 폴-란드 亡命政府의 紙幣
砲火에 이즈러진
도룬市의 가을 하늘을 생각케 한다.
길은 한줄기 구겨진 넥타이처럼 풀어져
日光의 폭포 속으로 사라지고
조그만 담배 연기를 내어 뿜으며
새로 두시의 急行車가 들을 달린다.

포플라나무의 筋骨 사이로
工場의 지붕은 흰 이빨을 드러내인채
한가닥 꾸부러진 鐵柵이 바람에 나부끼고
그 우에 세로팡紙로 만든 구름이 하나.
자욱-한 풀벌레 소리 발길로 차며
호을로 荒凉한 생각 버릴 곳 없어
허공에 띄우는 돌팔매 하나.
기울어진 風景의 帳幕 저쪽에
고독한 半圓을 긋고 잠기어간다.

－「秋日抒情」[10] 전문

인용시는 '추일서정'이라는 제목이 말해주듯이 가을날의 서정을 그리고 있다. 이 시는 전체적으로 시적 화자의 생각(1-3행), 풍경묘사(4-11행), 화자의 행동(12-16행) 세 부분으로 나뉜다. 이를 편의상 a, b, c로 부르기로 한다.

먼저 a에서 시적 화자는 낙엽을 폴란드 망명정부의 지폐에 비유한다. 망명정부의 지폐가 그렇듯이, 낙엽이 갖고 있는 가치 없음을 강조한 것이다. 폴란드 망명정부는 제2차 세계대전이 일어나면서 독일과 소련에 의해 분할 점령된 직후인 1939년 9월 프랑스 파리에 세워졌다. 이 망명정부는 파리와 런던을 전전하며 10만 명이나 되는 군대를 조직해 나치 독일과 맞서 싸웠다. 그러나 1944년 소련의 공작으로 폴란드에 공산당 임시정부가 수립되면서 소멸되고 만다.

낙엽을 폴란드 망명정부의 지폐에 비유한 상상력의 근저에는 이 시가 쓰였을 당시인 1940년 일제강점기의 절망적인 상황이 자리하고 있다. 즉, '낙엽=망명정부의 지폐'라는 비유 속에는 우리나라:일본=폴란드:독일이라는 비유의 축이 숨어있다.

우리나라가 일본에 의해 그랬던 것처럼, 폴란드는 독일에 의해 강제 점령당한다. 그 모습을 시인은 "포화에 이즈러진 도룬 시의 가을 하늘"이라고 묘사하는데, 여기서 도룬 시는 바르샤바 북쪽에 있는 폴란드의 아름다운 고도(古都) 토룬(Torun)을 말한다. 독일과의 접경지대에 위치한 토룬은 제2차 세계대전 시 독일의 침공을 받아 폐허가 됐다. 이 시의 화자는 일제강점기 어느 가을날, 낙엽과 하늘을 보면서 독일에게 침공당한 폴란드의 슬픈 운명을 떠올리며 동병상련의 정서를 느끼고 있는 것이다.

이러한 망국의 슬픈 정서는 가을의 이미지를 빌려 나타나며, 시적 대상들은 제 모습을 잃은 훼손된 모습으로 변형된다. 떨어진 낙엽은 가치를 상실한

10 김학동·이민호 편, 『김광균 전집』, 국학자료원, 2002. 이후의 김광균 시는 이 책에서 인용하기로 한다.

망명정부의 지폐에 비유된다. 가을 하늘도 포화에 훼손되어 맑고 푸름을 상실한 모습이다. 낙엽과 하늘같은 전통적인 이미지들이 폴란드 망명정부의 지폐와 토룬의 하늘같은 서구적인 이미지에 비유되었지만, 그것은 문명에 대한 비판이라기보다는 심화된 상실의 정서로 읽힌다.

상실과 하강을 공통분모로 한 물질문명에 대한 비유는 b에서 '길=넥타이'로 반복된다. 길은 쭉 뻗어있는 것이 아니라, 구겨진 넥타이처럼 풀어져 있으며 쏟아지는 햇빛 속으로 사라진다. 잘 뻗은 길이 일반적으로 미래지향적인 희망을 상징함을 고려할 때, 구겨진 넥타이처럼 풀어진 길이란 길 본래의 모습이 훼손된 암울한 미래를 상징한다고 볼 수 있다.

들을 달리는 급행차는 길고, 연기를 내뿜는다는 점에서 담배에 비유된다. 원경의 묘사임을 감안하더라도 크고 육중한 열차가 작고 가는 담배에 비유된 것 역시 본래의 크기와 무게를 상실한 모습이다.

포플러 나무는 앙상하게 근골(筋骨)을 드러내고 있다. 나무의 근골이 보인다는 것은 잎을 상실했기 때문이다. 1행의 폴란드 망명지폐와 같은 낙엽은 이 나무에서 떨어졌을 것이다. 그리고 나뭇가지 사이로 공장의 지붕과 철책이 보인다. 지붕 역시 낡아서 나무의 근골에 해당하는 골조(骨組)를 '흰 이빨'처럼 드러낸다. 한 가닥 철책도 구부러져, 쇠의 중량과 경도를 상실한 채 실오라기처럼 바람에 나부낀다. 황폐하고 황량한, 제 모습을 잃고 심하게 훼손된 모습들이다.

다음의 비유는 '구름=셀로팡지'다. 시인은 셀로판지라는 지극히 얇고 투명한, 당시로서는 새로운 사물에 구름을 비유하고 있다. 이것은 일반적으로 양떼나 새털에 비유되는 구름 고유의 부피와 질감을 상실한 모습이다. 이러한 제 모습을 잃은 사물들은 후에 "기울어진 풍경의 장막"으로 통합된다.

a와 b에서 쓰인 비유의 특징은 전통적이거나 자연적인 원관념을 서구적이거나 물질적인 보조관념으로 치환했다는 것이다. 김광균은 시작품에서 달을 양철조각에 비유하거나(「성호부근」), 눈을 아스피린 분말에(「눈 오는 밤의

시」), 눈 내리는 모양을 영화관의 낡은 필름에 비유하기도 한다(「장곡천정에 오는 눈」). 이것은 익숙한 대상을 새롭게 인식하는 일종의 '낯설게 하기'의 기법으로 이해할 수 있다.

c에서는 시적 화자의 행동이 나타난다. 그는 풀벌레 소리를 듣고 있는데, 소리를 '자욱하다'고 시각의 감각을 빌려 표현한다. 화자의 답답한 감정을 이입한 것으로, 공감각적 표현에 해당한다. 공감각에 대해서는 다음 장에서 다시 살펴보겠다.

시적 화자는 자욱한 풀벌레 소리를 돌멩이처럼 차고 있다. 이것은 두 가지 사실을 시사한다. 소리의 하강과, 하강한 그 소리가 응결되어 돌처럼 딱딱해졌다는 것이다. 시각적 이미지로 표현된 소리가, 다시 촉각적 이미지로 전환됐다. 소리를 찬다는 것은 듣기를 거부하는 행동이다. 이것은 다음에 나오는 허공에 띄우는 돌팔매와도 연결된다.

화자는 "호을로 황량한 생각 버릴 곳 없어" 돌팔매를 하나 띄운다고 한다. 즉, 돌팔매는 황량한 생각을 벗어나고자 하는 의지를 상징한다. 혹은 정반대로 돌팔매질 자체가 갖고 있는 속성으로 미루어 화자의 이 행동은 이미 추락을 예견한 덧없는 몸짓일 수도 있다. 어쨌거나 돌팔매는 기울어진 풍경의 장막 저쪽에 "고독한 반원(半圓)을 긋고" 잠긴다. 낙엽이나 일광(日光), 풀벌레 소리와 마찬가지로 시적 화자의 의지 또한 가을의 풍경 저편으로 추락하고 마는 것이다.

여기서 '기울어진 풍경'은 포화에 이지러지고 낡은 공장의 지붕과 구부러진 철책이 보이는, 그러니까 시적 화자의 황량한 정신세계가 투영된 훼손된 풍경을 의미한다. 이러한 풍경이 장막처럼 드리워져 있다는 데서 화자는 사실상 그 속에 감금되어 있었음을 알 수 있다.

황량함과 고독함. 시적 화자는 작품의 말미에 이르러 직설적으로 자신의 정서를 드러낸다. 가을날의 일그러진 풍경은 화자의 외로운 정신세계가 투영됐기 때문이었으며, 그는 스스로 만든 마음의 장막에 갇혀 있었다.

이렇게 「추일서정」은 김광균 시인의 감상적 모더니스트로서의 면모를 확인할 수 있는 작품이다. 망국의 설움과 가을날의 고독이라는 정신의 풍경을 시인은 이미지의 조형을 통해 자연의 풍경에 투사하고 있다. 여기에 사용된 비유는 원관념인 자연을 보조관념인 도시적 사물과 연결함으로써 한층 자신의 정신세계를 효과적으로 표현하는 역할을 하고 있다.

3. 감각의 재현

김광균 시에 나타난 특징 중에 하나가 공감각적 표현이다. 공감각(共感覺)이란 시각·청각·후각·촉각·미각의 다섯 가지 감각 중 두 개 이상의 감각이 결합한 형태로, 대상과 접해 촉발된 한 감각이 다른 감각으로 전이되는 것을 의미한다.[11] 소리를 들으면 빛깔이 느껴진다거나 하는 것인데, 예술에서 공감각은 창조적 영감의 원천이 된다.

가령, 칸딘스키는 색채를 각종 악기의 소리로 전환시켰다. 빨간색은 튜바, 혹은 강하게 두들긴 북소리에, 파란색은 명도에 따라 플루트·첼로·콘트라베이스의 소리에, 주황색은 교회의 종소리나 비올라 소리에, 보라색은 잉글리시 호른이나 갈대피리의 음향에 비유했다.[12]

랭보 역시 소리와 색채를 연결시켰다. 그의 시 「모음(Voyelles)」을 보면 "검은 A, 흰 E, 붉은 I, 푸른 U, 파란 O"[13] 같이 각각의 알파벳 모음은 색채로 표현된다.

이러한 공감각적 표현은 우리나라에서 1930년대 모더니즘 시인들이 적극

---

11 김준오, 앞의 책, 171면 참조.
12 칸딘스키, 『예술에 있어서 정신적인 것에 대하여』, 권영필 역, 열화당, 1979, 78-91면 참조.
13 "A noir, E blanc, I rouge, U vert, O bleu : voyelles", 랭보, 「모음(Voyelles)」, 『지옥에서 보낸 한 철』, 김현 역, 민음사, 2000.

적으로 시작에 응용했으며, 그 중 김광균의 시적 성과는 주목할 만하다. 공감각을 설명할 때면 예외 없이 예문으로 등장하는 "분수처럼 흩어지는 푸른 종소리"는 그의 시 「외인촌(外人村)」의 마지막 구절이다. 공감각적 표현은 김광균 시의 감각을 보다 풍요롭게 재현한다.

그러면 공감각적인 표현과 같은 감각의 재현을 통해 김광균이 나타내고자 한 것은 무엇이었을까. 이 장에서는 시 「해바라기 감상(感傷)」과 「와사등(瓦斯燈)」을 중심으로 김광균 시의 감각의 재현 양상과 원리에 대해 알아보겠다.

> 해바라기의 하-얀 꽃잎 속엔
> 退色한 작은 마을이 있고
> 마을 길가의 낡은 집에서 늙은 어머니는 물레를 돌리고
>
> 보랏빛 들길 위에 黃昏이 굴러내리면
> 시냇가에 늘어선 갈대밭은
> 머리를 헤뜨리고 느껴울었다.
>
> 아버지의 무덤 위에 등불을 키려
> 나는 밤마다 눈멀은 누나의 손목을 이끌고
> 달빛이 파-란 산길을 넘고.
>
> —「해바라기 感傷」 전문

인용시 「해바라기 감상」은 1935년 9월 『조선중앙일보』에 발표된 작품이며, 정서의 시각화라는 김광균 시의 특징을 잘 보여주고 있다. 하얀 해바라기로 대표되는 일련의 시각적 이미지들은 늙은 어머니와 죽은 아버지, 그리고 눈 먼 누나라는 불행한 가족의 모습과, 그로인해 상처받은 화자의 마음을

나타낸다. 앞에서 살펴본 「추일서정」의 가을 풍경이 황량하고 고독한 시인의 정신세계를 표현하고 있는 것과 동일하다. 다만, 「추일서정」이 비유라는 이질적인 두 사물의 결합 양식에 의해 새로운 이미지를 만들고 있다면, 인용시 「해바라기 감상」은 사물 고유의 색채를 변형시킴으로써 시인의 정서를 효과적으로 드러낸다.

1연에서 시인은 "해바라기의 하-얀 꽃잎"이라는 매개물을 통해 과거의 시간과 공간으로 들어간다. 해바라기는 원래 황금빛으로, 찬란하게 빛나는 태양을 상징한다. 그러나 이 시에서 해바라기는 하얀색이다. 노란빛이 탈색된 이 해바라기는 색채와 함께 꽃 고유의 역동적인 에너지마저 상실한 것처럼 보인다. 탈색된 해바라기는 다음 행의 '퇴색'이라는 시어와 만나면서 고향의 풍경과 연계된다. 그것은 하나같이 낡거나 늙은 모습들이다.

2연은 고향 들길의 모습이다. 황혼녘의 들길은 붉은 빛이 아닌 보랏빛으로 물들어 있다. 그리고 들길의 갈대는 "머리를 헤뜨리고 느껴 울었다."라고 표현된다. 화자의 비통한 정서가 투사된 것이다.

3연은 이 시의 애상적인 정조가 아버지의 죽음과 눈 먼 누나로부터 기인됨을 보여주고 있다. 저녁의 시간을 지나 밤이 된 이 연에서, 고향은 달빛이 파랗게 내린 공간으로 다시 한 번 변모된다.

「해바라기 감상」의 공간은 실제의 공간이 아닌 회상을 통해 이끌어낸 내면의 공간이다. 이 내면의 풍경은 낮 → 저녁 → 밤이라는 시간의 흐름에 따라 흰빛 → 보랏빛 → 푸른빛으로 채색된다. 기억 속의 풍경이 감상(感傷)이라는 렌즈를 통과하면서 마치 흑백 사진처럼 창백한 색으로 인화되고 있다.

김광균이 시에서 흰색과 푸른색을 즐겨 사용한다는 것은 잘 알려진 사실이다.[14] 김광균 시의 흰색과 푸른색은 사물 고유의 색인 경우와, 시 「해바라기 감상」에서와 같이 본래의 색이 탈색되거나 변색된 것으로 나눌 수 있으며, 후자의 경우 대부분이 시인의 상처 입은 마음을 대변한다. 또한 김광균은 사물이라는 매개 없이 관념 그 자체를 흰색과 푸른색으로 시각화시키기도 하는데, 이 역시 내면 풍경을 시각적인 감각으로 재현한 결과다.

여윈 두 손을 들어 창을 내리면
하이얀 追憶의 벽 위엔 별빛이 하나
눈을 감으면 내 가슴엔 처량한 파도 소리뿐.

                          -「午後의 構圖」 부분

午後
하이얀 들가의 외줄기 좁은 길을 찾아나간다

                          -「蒼白한 산보」 부분

하이한 暮色속에 피어 있는
山峽村의 고독한 그림 속으로
파─란 驛燈을 달은 마차가 한 대 잠기어 가고
(…중략…)
退色한 敎會堂의 지붕 위에선
噴水처럼 흩어지는 푸른 종소리

                          -「外人村」 부분

낯설은 흰 장갑에 푸른 장미를 고이 바치며
초라한 街燈 아래 홀로 거닐면

                          -「밤비」 부분

14 양왕용은 김광균 시집 『와사등』에 수록된 23편의 시에서 73개의 색채 감각어를 찾았다. 이 중 흰색이 36개, 파란색이 18개로, 김광균 시에는 흰빛과 푸른빛이 압도적으로 많이 쓰였다. 양왕용, 「30년대의 한국시의 연구」, 『어문학』 제26호, 1972, 26-27면 참조.

푸른 옷을 입은 송아지가 한 마리

조그만 그림자를 바람에 나부끼며

서글픈 얼굴을 하고 논둑 위에 서 있다.

-「星湖附近」부분

인용시 「오후의 구도」에서 하얀색으로 시각화된 추억은 화자의 처량한 마음과 연계된다. 인용시 「창백한 산보」 역시 서러운 옛 생각에 잠겨 산책을 하는 화자의 마음을 하얀 들길로 표현했다. 시 「외인촌」의 저녁 풍경 또한 하얀색으로 탈색되어 있으며, 이 흰빛을 배경으로 종소리는 푸른빛으로 흩어진다. 여기서 푸른 종소리는 희망과 긍정을 표상한다기보다는, 앞의 행에 나오는 "퇴색한 교회당 지붕"을 배경으로 울려 퍼지는 차갑고 우울한 소리를 나타낸다고 볼 수 있다. 시 「밤비」에서의 푸른 장미와 시 「성호부근」의 푸른 송아지는 화자의 초라하고 서글픈 마음을 대변하기 위해 원래의 색을 변색시킨 경우이다.

이렇게 김광균은 애상이라는 정서를 사물에 투사하면서 사물 고유의 색채를 탈색시키거나 변색시킨다. 이것은 김광균 시에 재현된 시각적 감각을 해석하는 중요한 원리다. 정통 모더니스트들이 감정의 세계를 벗어나 주지주의적 태도를 견지했던 것에 비해, 김광균은 시각적 이미지를 감정 표현의 도구로 사용했음이 다시 한 번 드러난다.

김광균 시에는 시각 이미지뿐만 아니라 촉각 이미지도 등장한다. 촉각 이미지는 시각 이미지만큼 다양하게 나타나지는 않는다. 주로 쓰인 것이 차가운 감각이다. 이 차가운 감각은 시각이나 청각과 융합되어 공감각적으로 재현된다. 김광균의 대표시 「와사등」은 등불이라는 시각 이미지를 차가운 촉각 이미지로 묘사하면서, 도시 문명 속에서 소외된 화자의 슬픈 마음을 나타낸다.

차단-한 등불이 하나 비인 하늘에 걸려 있다.
내 호을로 어딜 가라는 슬픈 信號냐.

긴-여름해 황망히 나래를 접고
늘어선 高層 창백한 墓石같이 황혼에 젖어
찬란한 夜景 무성한 雜草인양 헝클어진채
思念 벙어리되어 입을 다물다.

皮膚의 바깥에 스미는 어둠
낯설은 거리의 아우성 소리
까닭도 없이 눈물겹고나

공허한 군상의 행렬에 섞이어
내 어디서 그리 무거운 悲哀를 지니고 왔기에
길-게 늘인 그림자 이다지 어두워

내 어디로 어떻게 가라는 슬픈 信號기
차단-한 등불이 하나 비인 하늘에 걸리어 있다.

　　　　　　　　　　　　　　　-「瓦斯燈」전문

　인용시 「와사등」은 1938년 『조선일보』에 발표된 작품이다. 이 시에서 중심 이미지는 제목과 같은 '와사등'이다. 화자는 여름날 밤 도시의 한복판에서 와사등을 바라본다. 그것은 "비인 하늘에 걸려 있다."라는 말에서 알 수 있듯이 멀리 아련하게 보이는 빛이다. 화자는 와사등의 빛을 마치 신호등처럼 인식하고 있다. 차들이 신호등의 지시에 따라 망설임 없이 움직이듯이, 화자 역시 와사등의 불빛이 정해주는 대로 가고 싶다고 말한다. 이것은 군중의 행렬 속에서 갈 길을 정하지 못하고 홀로 방황하는 화자의 절박한 마음을 역설적으로 드러낸다.

군중 속에서의 외로움은 화려한 도시 풍경을 쓸쓸한 시골 풍경으로 바꿔 놓는다. 늘어선 고층 빌딩은 창백한 묘석이 되고, 찬란한 야경은 무성한 잡초가 된다. 한마디로 도시는 무덤처럼 인식되고 있다. 도시가 무덤으로 변하는, 당시로는 매우 획기적이었을 이 극단을 넘나드는 상상력은 무더운 여름밤을 밝히는 와사등을 '차갑다'고 인식하는 데서 비롯됐다.[15]

시각이 원거리 감각이라면, 촉각은 주체와 대상과의 거리가 밀착되는 근거리 감각이다. 여름 하늘에 멀리 걸려있는 와사등의 불빛을 차갑게 느낀다는 것은 지금까지 풍경으로서 사물을 대하면서, 시적 대상에 화자의 개입을 최대한 절제한 것처럼 보였던 김광균의 시작 태도를 다르게 해석할 수 있는 여지를 마련한다. 그는 시에서 회화성을 강조하면서 멀리 있는 풍경을 객관적으로 묘사한 것처럼 보이지만, 사실상 시를 통해 드러난 것은 주관적 내면의 풍경이다. 시 「와사등」에서 볼 수 있는 것처럼, 그는 멀리 켜져 있는 등불을 근거리 감각인 촉각으로 인식한다. 그리고 그 촉각은 뜨거움이 아닌 차가움으로, 지극히 주관적으로 인식된다. 김광균은 시각적 이미지인 여름밤의 와사등을 근거리 감각인 촉각을 사용해 주관적 이미지로 재현했다.

그러면 와사등의 존재에 대해 살펴보기로 하자. 와사(瓦斯)는 가스(gas)를 지칭하는 일본어 ガス를 음차해서 만든 단어로, 와사등은 곧 가스등을 이른다. 그런데 이 시가 쓰인 1930년대 말 서울의 길거리에는 가스등이 설치되어 있지 않았다.[16] 와사등은 원래 유럽에서 흔하게 사용되었으며, 일본에서

---

15 "차단-한"은 김광균 시에 자주 나오는 시어로, 차갑다는 의미로 해석된다.
16 김유중은 당시 서울의 길거리에 와사등이 설치되어 있지 않았다는 점을 고려할 때, 이 시에서 말하는 와사등이란 결국 전등을 뜻하는 것으로 보았다. 그러나 김광균이 전등을 와사등이라고 쓴 이유에 대해서는 설명하지 않았다. 김유중, 『김광균』, 건국대학교출판부, 2000, 130면 참조.

는 1859년 개항 이후 도입되어 메이지 시대에 빠르게 전파됐다.[17] 와사등은 문명의 상징물이자, 유럽이나 일본을 연상시키는 이국적인 풍물이다.

이 시에서 화자가 실제로 보는 것은 와사등이 아니라 전등이다. 김광균은 이 시에 대해 "1938년 5월 어느 날, 용산역에서 전차를 타고 다동(茶洞)의 하숙방으로 가던 중 전차가 남대문을 돌아 설 무렵 차창 밖 빌딩 사이에 홀로 서 있는 가로등을 보고 떠올린 시상을 정리한 것"이라고 말한 바 있다.[18] 그러나 와사등이 전등이라는 그 사실보다 중요한 것은, 와사등이 없는 거리에서 와사등을 보고 있는 시적 화자의 시선이다.

이 시에서 와사등이 켜진 거리는 김광균이 살았던 1930년대 말 조선의 거리가 아니라, 그 거리에서 상상하는 이국의 거리, 즉 '내면에 존재하는 공간'이다.[19] 김광균은 이 시에서 자신이 실제로 살고 있는 도시의 풍경이 아닌, 마음속의 풍경을 그린 것이며, 그는 외롭고 슬픈 마음을 와사등이 켜진 이국의 거리에서 방황하는 화자의 모습으로 형상화했다. 따라서 저 하늘 멀리 켜져 있는 와사등은 사실 김광균의 마음속에서 빛나는 등불이었으며, 그 불빛은 화자의 쓸쓸한 내면풍경을 차갑게 밝혀주고 있다.

4. 대상과의 거리

주체와 대상 사이에는 언제나 거리가 존재한다. 시에서 이것은 시적 화자

---

17 일본은 메이지시대(1868-1912)부터 서구문물을 적극적으로 수용했다. 가스등도 그 중 하나인데, 당시 긴자거리에는 벽돌로 지은 서양식 건물이 들어서고, 그 거리의 가스등과 인력거는 도쿄의 명물이 됐다고 한다. 최관, 『우리가 모르는 일본인』, 고려대학교출판부, 2007, 303면 참조.
18 김광균, 「작가의 고향–꿈속에 가보는 선죽교」, 494면.
19 도시의 한복판에서 이국의 거리를 상상하는 김광균의 공간의식은 시 「눈오는 밤의 시」에서도 동일하게 나타난다. 이 시에 대해서는 다음 장에서 살펴보겠다.

와 대상과의 거리로 나타나는데, 이 거리가 멀어질수록 시는 그림으로 말하면 풍경화가 된다. 필자는 앞에서 시 「와사등」에 나타난 감각의 재현 양상을 살펴보면서, 주체와 대상과의 거리에 대해 언급했다. 이 장에서는 시에서 회화성을 강조하면서 주로 원거리적 태도를 취했다고 알려진 김광균의 시를 시적 대상과의 거리라는 측면에서 보다 상세히 살펴보겠다.

> 서울의 어느 어두운 뒷거리에서
> 이 밤 내 조그만 그림자 우에 눈이 나린다.
> 눈은 정다운 옛이야기
> 남몰래 호젓한 소리를 내고
> 좁은 길에 흩어져
> 아스피린 粉末이 되어 곱 - 게 빛나고
>
> 나타 - 샤 같은 계집애가 우산을 쓰고
> 그 우를 지나간다.
> 눈은 추억의 날개 때묻은 꽃다발
> 고독한 都市의 이마를 적시고
> 公園의 銅像 우에
> 동무의 하숙 지붕 우에
> 캬스파처럼 서러운 등불 위에
> 밤새 쌓인다.
>
> - 「눈오는 밤의 詩」 전문

인용시 「눈 오는 밤의 시」는 시 「추일서정」과 같은 해인 1940년 『여성』에 발표한 작품이다. 이 시는 특히 회화성이 강조된 시로, 눈 오는 밤의 풍경이 마치 한 폭의 그림처럼 펼쳐져 있다.

김광균은 이 시에서 눈 내리는 밤의 서정을 이국적 이미지를 써서 묘사하고 있다. 눈은 아스피린 분말이 되고, 등불은 캬스파처럼 서럽고, 우산을 쓴 계집애는 나타샤라는 러시아식 이름으로 불린다. 이는 앞에서도 말한 '낯설게 하기'의 시작법으로 이해할 수 있다. 이 이미지들은 「추일서정」에서와 마찬가지로 시인의 애상적인 관념을 표출하는 도구로서 사용되며, 궁극적으로 고독함이나 서러움과 같은 시인의 정서를 표출한다. 이 시 역시 한국적 모더니즘 시로서의 특징을 고스란히 내보이고 있는 셈이다.

시 「눈 오는 밤의 시」는 시적 대상과 그것을 바라보는 화자의 거리에 따라 세 부분으로 나눌 수 있다. 화자가 자신의 그림자를 바라보는 근경(1-2행)과 저만치 걸어가는 소녀를 바라보는 중경(3-8행), 그리고 도시 전체를 묘사하는 원경(9-14행)인데, 이것을 각각 a, b, c로 부르기로 한다. 이 시에서 화자의 시선은 a → b → c 순으로, 즉 근경에서 중경으로, 다시 원경으로 확산되고 있다.

a에서 시적 화자는 눈 내리는 밤 서울의 어두운 뒷거리에 있다. 대낮의 밝은 대로변과는 달리, 도시의 어두운 뒷거리라는 공간은 무의식이 드러나는 공간이라고 볼 수 있다. 그곳에서 화자는 자신의 그림자를 발견한다. 그림자는 인간의 마음속에 잠재된 어두운 부분을 상징한다. 그는 이것을 '조그만'이라고 표현함으로써 거대한 도시 속에 왜소한 존재에 불과하다는 쓸쓸한 자기인식 태도를 나타낸다.

그 위에 눈이 내리는데, 화자는 이것을 "눈이 나린다."라고 표현한다. '나린다'는 '날다'를 연상시킨다는 점에서 '내린다'보다 어감이 가벼우며, 뒤에 나오는 "추억의 날개"에 연결된다.

b에서 눈은 '정다운 옛이야기'가 된다. 현재의 눈은 과거의 추억을 이끌어낸다. 그러나 그것은 정답지만 '호젓한 소리'로 인식된다. 조용하고 쓸쓸한 소리다. 결국 추억은 번잡하고 시끄러운 도시의 일상과 대조되는 소리 없는 소리로 존재한다.

다음은 눈을 아스피린 분말에 비유한 그 유명한 구절이다. 아스피린이 해열제임을 상기할 때, 눈은 도시의 열기를 가라앉혀주는 역할을 하고 있음을 알 수 있다. 그리고 아스피린 분말에 비유된 눈이 '곱게 빛난다'는 긍정적인 서술어에 미루어, 열기에 들떠있었던 도시가 부정적인 상황이었음을 짐작할 수 있다. 이렇게 눈은 정다운 추억에 비유되고, 정다운 추억은 부정적인 현재의 상황을 치유한다. 그러면서 서울의 좁은 뒷골목은 몽환적이며 낯선 거리로 변모하고, 눈 위를 지나가는 계집아이는 나타샤라는 러시아식 이름을 가진 이국의 소녀가 된다.

그런데 나타샤 같은 계집아이는 눈을 맞지 않으려고 우산을 쓰고 있다. 우산은 눈을 피하고 싶어 하는 소녀의 마음을 나타낸다. 여기서 눈의 이중성이 드러난다. 눈은 옛이야기처럼 정답기도 하지만, 그렇다고 마냥 즐길 수도 없는 것이기도 하다.

이것은 c에서 '추억의 날개'와 '때 묻은 꽃다발'이라는 등가적인, 그러나 상반된 의미의 비유로 발전한다. 추억은 아름답지만, 언젠가는 버려야 할 것이기도 하다. 한때 아름다웠던 꽃다발이 지금은 먼지를 뒤집어쓰고 말라 있는 것처럼 말이다. 이렇게 추억에 대한 이중적 인식은 고독과 서러움이라는 정서를 환기한다.

아스피린 같은 눈은 열에 들뜬 도시의 이마를 적신다. 그리고 마치 영화에서 카메라 앵글을 통해 도시 구석구석을 내려다보는 것처럼, 이 시의 화자는 공원의 동상과 동무의 하숙 지붕과 캬스파처럼 서러운 등불 위에 쌓이는 눈의 모습을 바라본다.

그런데 "캬스파처럼 서러운 등불"에서 캬스파란 무엇일까. 캬스파는 원어로 Casbah(카스바)인데, 북아프리카나 에스파냐에서 볼 수 있는 중세 및 근세에 만들어진 태수(太守)·수장(首長)의 성채를 말한다. 알제리·튀니지 등의 카스바가 좋은 예다.[20]

카스바하면 떠오르는 영화가 〈망향(望鄕, 원제 *Pépé le Moko*)〉이다. 카스바는 영화 〈망향〉속의 남자 주인공이 범죄를 저지르고 쫓기는 몸이 되어 알제리로 갔을 때 머물렀던 곳이다. 서준섭은 "김광균의 시에는 영화의 이미지를 수용한 것, 영화에서 착상한 것이 적지 않다."라고 하면서, 「눈오는 밤의 시」에서의 이 '캬스파'를 예로 들었다.[21]

영화 〈망향〉의 포스터　　　　카스바를 내려다보고 있는 페페(장 가방 분)

영화 〈망향〉은 줄리앙 뒤비비에르 감독의 프랑스 영화로 1937년에 제작되었으며, 우리나라에서는 1939년 2월에 상영되었다. 프랑스에서 은행 강도를 하다가 쫓겨온 남자 주인공 페페는 당시 식민지였던 알제리의 한 카스바에 숨는다. 카스바의 주민들은 페페를 숨겨주고 도망치게 해준다. 영화 속에서 알제리의 형사 슬리만은 카스바에 대해 이렇게 말한다.

> 슬리만: 어둡고 좁은 골목길과 계단이 개미굴처럼 엉켜있어서 한 번 발을 들여놓으면 쉽게 빠져나오기 힘든 악취와 오물이 뒤범벅인 그런 곳, 각종 인종들, 세계 각지의 범죄자들이 숨어사는 곳, 매춘부가 호객하고 장사꾼이 들끓어 경찰의 힘이 미치지 않는 무법지대에 페페는 왕자로 군림하고 있소….
>
> － 뒤비비에르, 〈망향〉

20 김학동·이민호 편, 앞의 책, 75면, 편자 주해 참조.

이 골목에서 영웅처럼 군림하던 페페는 갸비라는 아름다운 프랑스 여인을 만나 이루어질 수 없는 사랑에 빠지고 결국 자살한다. 페페가 쓰러진 부둣가에 뱃고동 소리만 길게 울려 퍼지는 영화의 라스트 신은 유명하다.

이 영화에서 카스바는 빈민굴처럼 그려져 있으나, 그럼에도 불구하고 알제리 사람들에게는 자랑스러운 곳이다. 제2차 세계대전이 끝난 후 프랑스의 지배를 벗어나고자 반란이 일어났던 대표적인 곳이 바로 이 카스바이며, 당시 독립운동의 지도자들은 카스바에 숨어 조직을 결성했다고 한다. 영화 〈망향〉은 카스바를 중심으로 한 알제리의 독립을 마치 예언한듯하다.

김광균 시인은 이 시를 쓸 때, 서울의 어두운 뒷거리에서 카스바의 골목길을 떠올리고 있었음이 분명하다. 프랑스에 강제점령당한 알제리 카스바의 주민들이나, 망국의 설움을 가슴 깊이 묻어둔 식민지 경성의 시민들이나 다를 바 없기 때문이다.

카스바처럼 서러운 등불은 비극적으로 죽은 영화 속 주인공 페페와 겹쳐지면서, 더 이상 원거리의 풍경이 될 수 없다. 그것은 화자의 마음이 투사된 내면의 풍경으로 전환된다. 주체와 대상이 가장 멀리 떨어진 순간, 김광균은 원거리 풍경에 고독과 서러움이라는 정서를 담음으로써 그 거리를 소멸시킨다. 객관적인 풍경에서 주관적인 풍경으로 전환되는 것이다. 이것은 앞 장에서 살펴본 와사등이 켜진 거리가 실제의 거리가 아닌 마음속의 풍경이었다는 사실과 동일한 맥락에서 이해될 수 있다. 김광균은 자신의 정서를 대상 속에 투사함으로써 주체와 대상과의 거리를 소멸시키고 있으며, 이는 한국적 모더니즘 시인으로서의 김광균의 시적 개성으로 간주될 수 있을 것이다.

---

21 서준섭, 『한국 모더니즘 문학연구』, 일지사, 1999, 155면.

5. 한국적 모더니즘의 시

김광균이 「서정시의 문제」에서 말한 '형태의 사상성'은 자신의 시론을 함축하는 핵심어로서 이미지의 조형 양식과 연관 지어 이해할 수 있다. 필자는 이미지의 조형을 통해 표현된 정신의 풍경과 도시적 삶의 모습을 '비유의 구성 원리', '감각의 재현', '대상과의 거리'라는 시작 기법으로 나누어 살펴보았다.

비유는 김광균 시에 나타난 이미지의 대표적인 조형 양식이다. 시 「추일 서정」에서와 같이, 시인은 원관념인 자연을 보조관념인 도시적 사물과 연결함으로써 자신의 정서를 효과적으로 전달하고 있다.

감각의 재현은 주로 정서의 시각화로 나타난다. 김광균은 시 「해바라기 감상」에서와 같이 사물 고유의 색채를 변화시킴으로써 자신의 내면세계를 드러낸다. 이때 나타나는 흰빛과 푸른빛은 본래의 색이 탈색되거나 변색된 것으로, 시인의 상처 입은 마음을 대변한다. 촉각 이미지는 시각이나 청각 이미지와 융합되어 공감각적으로 재현된다. 시 「와사등」에서의 "차단-한 불빛"이 그것이다.

시적 대상과 거리는 시 「눈오는 밤의 시」를 중심으로 살펴보았다. 이 시에서 화자의 시선은 근경에서 중경으로, 다시 원경으로 확산되고 있으나, 원거리 풍경에 화자의 마음이 투사되면서 그것은 내면의 풍경으로 전환된다. 김광균은 자신의 정서를 대상에 투사함으로써 주체와 대상과의 거리를 소멸시킨다.

이렇게 김광균은 자신의 정서와 감성을 전달하는 도구로서 이미지를 사용하고 있다. 그는 비유를 사용하고, 공감각적 표현을 통해 감각을 재현하고, 주체와 대상과의 거리를 소멸시킴으로써 이미지 속에 자신의 애상적인 정서와 상실감을 보다 효과적으로 담아냈다. 이러한 특성으로 김광균 시는 관념과 정서의 대립 개념으로 발생한 서구 모더니즘 시와 구별된다. 그러나 김광균이 모더니즘 시인으로서 가진 한계는 1930년대 한국 모더니즘의 한계이기도 하다.

김광균은 서구적인 의미에서 정통 모더니즘 시인은 될 수 없었지만, 이미지를 조형하는 작업으로써 소박하게나마 자신의 시론인 '형태의 사상성'을 실천하고자 했다. 감상과 애상의 정서를 이미지의 조형을 통해 표현하고자 한 점은 이른바 '한국적 모더니즘 시'로서 김광균 시작품만이 가진 시적 개성으로 평가되어야 할 것이다.

절망에 저항하는 이육사의 시
-시「절정」「광야」「꽃」을 중심으로-

1. '저항'의 의미

이육사(1904-1944)

이육사는 1930년 1월 1일 시「말」을 『조선일보』에 발표하며 시작 활동을 시작했다. 본명은 이원록(李源祿) 또는 이원삼(李源三)이고, 이활(李活)이라는 필명도 썼다. 육사(陸史)라는 호는 1927년 조선은행 대구지점 폭파사건에 연루되어 대구형무소에서 3년간 옥고를 치렀는데, 그 때의 수인번호 264에서 따온 것이다. 그는 항일운동을 하며 국내외에서 17회나 투옥되었다고 전해진다. 이육사는 1943년 중국으로 갔다가 귀국, 그 해 6월에 동대문 경찰서 형사에게 체포되어 북경으로 압송, 이듬해 1월 그곳 감옥에서 옥사했다.[1] 대표작으로는 시「절정(絶頂)」을 비롯해,「청포도」「광야(曠野)」「꽃」등이 있다.

1 김학동, 『이육사 평전』, 새문사, 2012; 김희곤, 『이육사 평전』, 푸른역사, 2013 등 참조.

이육사는 일제강점기 끝까지 민족의 양심을 지키며 죽음으로써 일제에 항거했다. 그는 대부분의 작품에서 시와 행동을 일치시킨 '저항시인'으로 평가된다. 김학동은 "육사는 '민족 관념'을 바탕으로 한 사상과 굳은 의지로써 일제에 항거했고, 이 투쟁의 이력을 시에다 담아놓았다. 따라서 그의 시는 '금강석처럼 굳은 기백의 소산이며, 유언을 대신하는 삶의 최종적인 언어'일 뿐만 아니라, 시와 행동을 하나로 융합할 수 있었던 것이 육사의 특이하고도 높은 시적 경지가 되고 있다."고 했다.[2] 김종길은 「절정」「광야」및 「꽃」과 같은 작품들은 정치와 시가 하나로 융합되어 있는 좋은 실례"임을 강조하면서, 이육사가 정치적 의식 내지 경험을 시적으로 통합하는 데 성공했다고 보았다.[3] 김용직은 이육사가 일제 암흑기를 외곬으로 민족해방 투쟁에 투신하다가 순국한 지사였고 혁명가였으며, 일제 식민지 체제하라는 민족사의 특수한 상황을 온몸으로 살다간 '정신의 불기둥'이라고 상찬했다. 특히 "「광야」는 혁명가이며 시인인 육사가 살아 생전 그가 끝까지 갈무려 가진 심혼의 기록이라 볼 수 있는 작품"이라고 했다.[4] 김영무는 "육사의 시작품들은 질식할 것 같은 일제식민지 상황에 대한 고발이요, 증언"이라고 했다.[5]

이육사 시인에 대한 이러한 평가는 그의 전기적 사실을 참고하면 일정부분 타당하다. 그러나 시인이 일제에 항거한 독립투사였다는 이유로 그가 쓴 시를 일괄적으로 '일제에 항거하는' 저항시로 단순화시키는 것은 문제가 있다.

이 글은 독립투사로서 이육사가 아닌, '시인 이육사'에 주목하는 것으로

2 김학동, 「민족적 염원의 실천과 시로의 승화」, 김용직 편, 『이육사』, 서강대학교출판부, 1995, 42면.
3 김종길, 「이육사의 시」, 위의 책, 25면.
4 김용직, 「항일저항시의 해석문제」, 위의 책, 147면.
5 김영무, 「시와 현실인식」, 위의 책, 196면.

시작한다. 독립군이 독립군가만 부르지 않았듯이, 이육사 역시 「아편(阿片)」
이나 「반묘(班猫)」「아미(蛾眉)」「나의 뮤―즈」 같은 낭만적이며 관능적인 분
위기의 시도 썼다. 「해후(邂逅)」 같이 사랑의 허무를 노래하기도 하고, 「강건
너 간 노래」처럼 불안한 심경을 표현하기도 했다. 이 시들이 갖고 있는 낭만
적 서정성에 대해서는 이미 여러 연구자들이 주목했다.[6] 문제는 그의 대표
시라고 할 수 있는 「절정」이나, 「광야」 「꽃」에 대한 연구다. 이 세 편의 시는
부분적으로 시어 해석에 대한 차이가 있을 뿐 여전히 민족시이자, 일제에 항
거하는 저항시로 규정되고 있다. 이 작품들이 이육사의 대표시인만큼 독립
투사의 시라는 선입관에서 자유롭지 못한 것이다. 필자는 이 세 편의 시를
텍스트로 하여 시인 이육사의 내면세계를 살펴봄으로써 그의 시에 나타난
'저항'의 의미를 새롭게 밝혀보고자 한다.

2. 사라지지 않는 흰 무지개

매운 季節의 챗죽에 갈겨
마츰내 北方으로 휩쓸려오다

하늘도 그만 지쳐 끝난 高原
서리빨 칼날진 그 우에서다

어데다 무릎을 꾸러야하나?

---

6 김재홍, 「육사 이원록」, 『한국현대시인 연구 1』, 일지사, 1987, 262-272면; 김흥규, 「육사의
시와 세계인식」, 김용직 편, 앞의 책, 107면; 조창환, 『이육사-투사의 길과 초극의 인간상』, 건
국대학교출판부, 1998, 57-63면; 송희복, 「육사시의 환각과 위의」, 『한국문화연구』 제11집,
1988 등.

한발 재겨디딜 곳조차 없다

이러매 눈감아 생각해볼밖에

겨울은 강철로된 무지갠가 보다.

-「絶頂」[7] 전문

1941년『문장』에 발표한 시「절정」은 전체 4연에, 각 연은 2행으로 구성
돼있다. 기승전결의 전통적인 동양시의 구성방식이다. 앞의 두 연은 시적
화자의 실제 행동을 그리고 있는데, 북방으로 휩쓸려 온 화자의 행동은 겨울
산의 절정에서 멈춘다. 그는 무릎을 꿇을 수 없다. '한 발 재겨 디딜 곳조차
없기' 때문이다. 여기서 '재겨'는 '재다'의 방언으로 '조심조심 살피면서'로
해석할 수 있다.

뒤에 두 연은 화자의 내면 생각을 그리고 있다. 겨울 산의 절정이라는 한
계적인 공간, 무릎을 꿇을 곳도, 한 발 내디딜 곳조차도 없는 상태에서 그는
눈을 감는다. 비로소 내면의 공간이 열리는 것이다. 시적 화자의 내면세계
는 '강철로 된 무지개'라는 이미지에 이른다.

강철 무지개는 '황홀한 미래의 약속'[8] '감정적 초극의 통로'[9] '비극적 황홀
의 순간'[10] '조국해방에 대한 꿈과 염원'[11] '비극적 자기 초월의 아름다움'[12]
'구국에의 사명 의식'[13] 등으로 해석됐다. 이승훈은 외적 현실의 고통을 상
상력, 혹은 시적 현실로 전환시킴으로써 절망을 견디는 삶의 태도라고 했

7 박현수, 『원전주해 이육사 시전집』, 예옥, 2008. 이 시를 포함하여 이후 이육사 시는 이 책에
수록된 시 원문을 인용했다.
8 김영무, 「이육사론」, 『창작과 비평』, 1975. 여름, 195면.
9 박두진, 『한국현대시론』, 일조각, 1971, 111면
10 김종길, 「한국시에 있어서의 비극적 황홀」, 『진실과 언어』, 일지사, 1974, 202면.
11 김학동, 앞의 책, 119면.
12 김재홍, 앞의 글, 275면.
13 신동욱, 「한국 서정시에 있어서 현실의 이해」, 『우리시의 역사적 연구』, 새문사, 1981, 51면.

고,[14] 이숭원은 "시련과 고통에 직면한 자아가 밟고 넘어가야 할 이행의 공간"으로 보았다.[15] 조금씩 차이를 보이나, 지금까지 대부분의 연구자들은 일관되게 이육사의 강철 무지개를 고통스런 현실에 반하는 미래지향적인 희망의 상징으로 해석했다.

다만 몇몇의 연구자들은 기존의 입장과는 다른 해석을 시도했다. 권영민은 정한숙이 '강철로 된 무지개'를 '물지게'로 해석했다는 일화를 소개하며, 그에 대한 반론을 제기했다. 그는 용이 되어 승천하지 못한 큰 뱀을 '강철'이라 하고, 무지개는 무지기(큰 뱀)을 일컫는다고 하면서, '강철로 된 무지개'가 독룡(毒龍)으로 변해버린 큰 뱀을 의미한다고 했다.[16] 오탁번은 시인의 전기적 사실이 시 해석에 미치는 선입관을 경계하면서, 시인이 처한 실제 상황과 연관지어 강철로 만든 무지개가 '매운 북방의 바람과 햇빛에 반짝이는 설화(雪花)'일 것이라고 추측했다.[17] 무지개가 우리가 생각하는 그 무지개가 아닐 수 있다는 새로운 시각들이다.

과연 강철로 된 무지개는 무엇일까. 그리고 그것은 어떠한 상징성을 갖는 것일까.

처음부터 이 시를 다시 읽어 보기로 하자. 이 시의 화자는 북방으로, 고원으로 휩쓸려왔다. 그것은 자의가 아니라 '매운 계절의 채쩍에 갈겨' 떠밀려온 것이다. 여기서 '갈겨'는 문법적으로 옳지 않다. '맞아'가 바른 표현이다. 그는 서릿발 칼날 진 고원 위에 서있다. 여기서 서릿발 칼날은 겨울의 계절을 제유한다. 그는 무릎을 꿇을 곳을 찾고 있으나 그럴 수 없다. 더는 나아갈 수 없는 막다른 곳이기 때문이다.

14 이승훈, 『한국 현대시 새롭게 읽기』, 세계사, 1996, 142면.
15 이숭원, 「이육사 시와 극기의 정신」, 『한국 현대시 감상론』, 집문당, 1996, 179-181면.
16 권영민, 「이육사의 「절정」과 〈강철로 된 무지개〉의 의미」, 『새국어생활』 9권 1호, 1999, 135면, 141-143면 참조.
17 오탁번, 『현대시의 이해』, 나남, 1998, 45면.

그러면 무릎을 꿇는다는 것은 무슨 의미일까. 무릎을 꿇는다는 것은 패배의 인정과, 희망의 기원이라는 상반된 의미로 해석할 수 있다. 어느 편이든 그것조차 할 수 없는 상황이라면 결코 긍정적이지 않다.

여기까지, 겨울이 시적 화자의 존재를 위협하는 비극적인 현실의 은유라는 기존의 연구는 지극히 타당하다. 그러나 문제의 구절 '겨울은 강철로 된 무지개'에 이르면, 대부분의 연구자들은 무지개가 겨울이라는 부정적 상황에서 그것을 초극하려는 강렬한 의지라고 느닷없이 해석한다. 이미 오탁번이 지적했듯이, 시를 감상하는데 독립운동가로서의 시인의 생애에 대한 이해가 압도적인 선입관으로 작용한 결과다.

필자는 이 선입관 형성에 직접적인 영향을 준 것이 『육사시집』(1946)에 수록된 이원조의 발문이라고 본다. 이육사의 아우이자 문학평론가였던 이원조는 이 글에서 시인의 성격이 "「절정」에서 보이는 바와 같이 초강(楚剛)하고 비타협적"이라고 했다.[18] 이원조의 이 글은 시 「절정」을 '초강하고 비타협적인' 이육사의 성격을 드러내는 시로 해석할 것을 유도했으며, 실제로 많은 연구자들이 결과적으로 강철 무지개에 독립투사로서 이육사의 성격을 투사했다.

'겨울은 강철로 된 무지개'를 선입관 없이 해석하려면, 현재의 계절이 겨울이며, 그 겨울이 강철을 매개로 무지개에 비유되고 있다는 점에 주목해야 한다. 먼저 '겨울 – 강철 – 무지개'라는 이미지의 조합에 대해 생각해보자.

우리가 아는 일반적인 무지개는 여름날, 소나기가 그친 뒤에 햇살을 받고 나타난다. 무지개는 대기 중 물방울에 빛이 굴절되면서 생기기 때문이다. 칠색의 화려하고 아름다운 무지개는 노아의 방주 이래로 동서양을 막론하고 찬란한 희망을 상징했다. 가볍고, 잠시 나타났다 사라지는 속성으로 무지개는 때때로 순간, 혹은 덧없음을 상징하기도 한다.

---

18 이원조, 「발(跋)」, 『육사시집』, 서울출판사, 1946, 69면.

그러나 이 무지개를 강철로 만들면 이야기가 달라진다. 강철은 물방울에 비해 단단하고 무겁다. 또한 물방울은 햇빛을 칠색으로 분산시키지만, 무채색 금속인 강철은 흰색으로 반사한다. 강철 무지개는 곧 단단하고 무거워 보이는 '흰 무지개'에 대한 은유다.

그러면 겨울과 흰 무지개는 어떤 관련성이 있을까. 『삼국사기』와 『고려사』에는 흰 무지개에 대한 다음과 같은 기록이 남아 있다.

① 무지개는 아름다우나, 태양과 흰 무지개의 만남은 비정상적인 것, 위험한 것을 상징한다. "신라 성덕왕 24년, 정월에는 흰 무지개가 나타났고, 3월에는 눈이 오고 4월에는 우박이 내렸다"는 『삼국사기』의 기록은 그때의 국내사정이 어려웠음을 알려준다.[19]

② 『진지(晉志)』를 살펴보면, '흰 무지개는 온갖 재앙의 근본이자 반란이 거듭될 기반'이라 하였고, 또 '흰 무지개와 안개는 간신이 임금을 해치고 권세를 휘두르며 위엄을 세우려는 징조이다. 밤에 안개가 끼고 흰 무지개가 나타나면 신하에게 근심이 있는 것이고, 낮에 안개가 끼고 흰 무지개가 나타나면 임금에게 근심이 있는 것이다. (…)'고 하였으니 이것을 거울삼아 경계하는 것이 옳을 것입니다.[20]

『삼국사기』에 기록된 흰 무지개는 정월에 관찰됐다. 겨울이 춥고 건조한 우리나라에서 무지개 하면 보통 여름의 계절을 떠올리지만, 대기 중에 수분과 햇빛이 충만하면 드물지만 겨울에도 무지개를 볼 수 있다. 2011년 12월

---

19 한국문화상징사전편찬위원회 편, 『한국문화상징사전』, 동아출판사, 1992, 278면.
20 동아대학교 석광학술원, 「권경중(權敬中)」, 『국역 고려사: 열전3』, 민족문화출판사, 2006, 388면.

12일 영국의 일간지『데일리메일(Daily Mail)』에도 겨울 하늘에 펼쳐진 흰 무지개의 사진이 게재됐다. 쇄빙선을 타고 북극을 여행하던 러시아 인 샘 도슨이 찍었다고 한다.

『삼국사기』에 기록된 정월의 무지개도, 샘 도슨이 북극에서 찍은 12월의 무지개도 모두 흰빛을 띠고 있다. 이렇게 겨울 무지개가 흰 빛인 이유는 안개 때문이다. 'fogbow'로 번역되는 흰 무지개는 빗방울보다 작은 안개 알갱이 (100㎛ 이하)가 빛을 굴절시키는데, 파장에 따른 차이가 적어 흰 색깔로 보인

북극의 흰 무지개 사진이 실린 신문 기사

다.[21] 흰 무지개와 안개와의 유관성은 인용문②에서도 확인된다. 이육사 시에서 '겨울 – 강철 – 무지개'의 조합은 '겨울 – 안개 – 무지개'라는 일반적인 조합에서 '안개'가 '강철'로 전환된 것으로 정리할 수 있다. '겨울은 강철로 된 무지개'라는 비유의 핵심은 흰 무지개의 속성을 안개에서 강철로 바꾼 데 있다.

칠색 무지개에 대비되는 흰 무지개는 앞서 인용한『삼국사기』에서의 기록과 같이, 예로부터 위험함과 불길함의 상징이었다.『고려사』에서는 흰 무지개가 '온갖 재앙의 근본'이라고까지 했다. 여름에 뜬 칠색 무지개가 희망을 나타낸다면 겨울에 뜬 흰 무지개는 절망을 상징한다. 이육사의 흰 무지개 역시 희망이 아닌 절망을 상징한다고 보아야 한다. 게다가 이 무지개는 안개가 아닌, 강철로 만들어졌으므로 여느 흰 무지개처럼 잠시 나타났다 사라지지도 않는다. 절망의 영속이다.

만약 '강철로 된'이라는 무지개의 수식어가 없었다면, 다시 말해 그냥 '겨

---

21 한국지구과학회,『지구과학사전』, 북스힐, 2009, 362면 참조.

울은 무지갠가 보다'라고 했으면, 무지개가 금방 사라지듯이 혹독한 이 겨울도 곧 끝날 것이라는 긍정적인 해석의 여지가 있었다. 그러나 강철은 긍정의 가능성을 완전히 차단한다. 강철은 물방울과는 다르게, 견고하고 무거우며 사라지지 않기 때문이다. 이것을 표로 정리하면 다음과 같다.

무지개와 '강철 무지개'의 비교

무지개	여름	유채색(칠색)	가벼움	순간	희망
강철 무지개	겨울	무채색(흰색)	무거움	영속	절망

'겨울은 강철로 된 무지개'는 절대 사라지지 않을 비극적 현실에 대한 무거운 절망을 상징한다. 그러므로 이 시의 제목 절정(絶頂)은 두 가지로 읽을 수 있다. 하나는 외부 공간인 산의 맨 꼭대기, 시적 화자가 실제로 서 있는 바로 그곳 '하늘도 그만 지쳐 끝난 고원'을 가리킨다. 다른 하나는 내부 공간으로서 강철로 된 무지개가 뜨는 화자의 마음 상태, 즉 절망의 정점을 의미한다.

다시 한 번 이 시를 읽어보자. 불가항력의 부정적인 힘에 휩쓸려 서릿발 칼날 진 존재의 막다른 공간, 말 그대로 절정까지 내몰린 이 시의 화자는 이제 더이상 나아갈 곳이 없다. 무릎을 꿇을 공간조차 없다. "이러매", 즉 외부 공간이 차단됐기 때문에, 그는 눈을 감고 내면의 세계를 응시하기 시작한다. 그리고 비로소 마음 깊은 곳에 숨겨두었던 두려움의 탄식을 한다. 이 겨울은 절대 끝나지 않으려나 보다….

이 시는 비극적 현실을 초극하려는 강렬한 의지의 시가 아니다. 시 어디에도 비극적 현실에 대하여 저항하는 능동적 태도를 찾을 수 없다. 오히려 이 시의 화자는 소극적이고 수동적인 모습이다. 채찍에 맞고, 휩쓸리고, 종내는 칼날 같은 서릿발 위에 서서 무릎을 꿇을 곳도, 발 디딜 곳도 찾지 못하고 눈을 감아버린다. 암울한 현실의 극한에서 처절하게 절망하는 것이다.

시 「절정」은 비극적 현실 앞에서 자신의 무력함을 깨달으며 절망하고 탄식하는 노래다. 일제강점기, 불굴의 독립운동가라는 이육사의 강인한 페르소나 뒤에는 이처럼 여리고 인간적인 속마음이 감춰져 있었다.

그 역시 두려웠을 것이다. 두렵고 답답한 마음이 시가 아니었다면 어찌 표출될 수 있었을까마는, 시인으로서 이육사는 적어도 이 시 안에서 만큼은 당시 많은 사람들이 그렇게 생각하고 절망했듯, 그 겨울이 영원히 끝나지 않을 것이라 믿고 있었음이 분명하다.

3. 기다림의 무한 시간

까마득한 날에
하늘이 처음 열리고
어데 닭 우는 소리 들렸으랴

모든 山脉들이
바다를 戀慕해 휘달릴때도
참아 이곧을 犯하든 못하였으리라

끊임없는 光陰을
부지런한 季節이 픠여선 지고
큰 江물이 비로소 길을 열엇다

지금 눈 나리고
梅花香氣 홀로 아득하니

내 여기 가난한 노래의 씨를 뿌려라

다시 千古의 뒤에

白馬 타고 오는 超人이 있어

이 曠野에 목노아 부르게하리라

-「曠野」 전문

　시 「광야」는 이육사의 유고시로서 이원조가 시 「꽃」과 함께 1945년 12월 17일 『자유신문』에 발표했다. 이원조는 이 두 시의 말미에 "가형이 사십일세를 일기(一期)로 북경옥사(北京獄舍)에서 영면하니 이 두 편의 시는 미발표의 유고가 되고 말엇다. 이 시의 공졸(工拙)은 내가 말할 바가 아니고 내 혼자 남모르는 지관극통(至寬極痛)을 품을 따름이다. 일구사오년 십일월 십팔일 사제(舍弟) 원조방곡(源朝放哭) 근기(謹記)"라는 후기를 붙였다.[22] 이육사 생전에 친분이 있었던 박훈산이 『조선일보』에 기고한 글에 의하면, 시 「광야」는 시인이 서울서 피검되어 북경으로 압송 도중 찻간에서 구상됐으며, 시 「꽃」은 북경 형무소에서 옥사하기 전에 쓰였다고 한다.[23] 김용직은 이 시를 "항일저항시의 압권"으로 상찬했으며,[24] 일찍이 고등학교 교과서에 수록된 까닭에 시 「절정」과 더불어 이육사의 대표적인 저항시로 학습되었다.

　시 「광야」에 대한 연구에서 지금까지 가장 논란을 보인 부분은 1연의 3행 "어데 닭 우는 소리 들렷스랴"에 대한 해석이다. 김종길·김용직·김영무 등은 '들렷스랴'가 '들렷스리라'의 줄임말로 풀이하여 '어디에선가 닭 울음소리가 들렸을 것이다'라고 해석했다.[25] 여기서 닭은 태초의 시간을 알리는 신성한 새가 된다. 박호영도 닭이 울었을 것이라고 했으나, '들렷스리라'의 줄

---

22 여기서 '지관극통(至寬極痛)'은 '지극히 원통하다'는 의미인 '지원극통(至冤極痛)'의 오기다. 박현수, 앞의 책, 164면 참조.

23 박훈산, 「항쟁의 시인-'육사'의 시와 생애」, 『조선일보』, 1956.5.25.

24 김용직, 「항일저항시의 해석문제-이육사의 「광야」-」, 앞의 책, 167면.

임말로서 '들럿스랴'가 아닌, 이원조의 가필 가능성을 제기했다. 원래 이육사가 '들럿스리라'라고 쓴 것을 이원조가 '들럿스랴'라고 고쳐 발표했다는 것이다.[26]

반면 김현승·이어령·이승훈·김재홍·이숭원 등은 천치개벽의 순간이기 때문에 어디에서도 닭 울음 같은 소리는 들리지 않았을 것이라고 했다.[27] '어데'는 부정을 의미하는 경상도 방언이며, 일종의 설의법에 해당한다는 것이다. 여기서의 닭 울음은 '계견상문(鷄犬相聞)'에서와 같이 개 짓는 소리와 짝을 이루는 세속적인 소리가 된다.

시 「광야」에서 닭 울음소리의 유무는 닭을 신성한 새로 보느냐, 아니면 세속적인 가금(家禽)으로 간주하느냐에 달려있다고 정리할 수 있겠다.

닭 울음소리가 들렸든 들리지 않았든, 광야는 하늘이 처음 열리던 까마득한 날에 시작됐다. 이후 끊임없는 시간이 흐르고, 마침내 '오늘'에 이르렀다. 그런데 오늘의 광야에는 눈이 내리고 있다. 이 시의 화자는 그 광야에서 '가난한 노래의 씨'를 뿌리며, 다시 천고 뒤에 올 초인을 기다리겠다고 한다.

이 시의 배경은 「절정」과 동일하게 겨울이다. 이는 일제 암흑기에 우리 민족이 처한 암울한 현실의 상징으로 자연스럽게 읽힌다. '백마 타고 오는 초인' 또한 그러한 현실을 타개할 구원자를 의미한다는 것에 큰 이견이 없을 것이다. 문제는 그 초인이 등장하는 시간이 "천고의 뒤"라는 사실이다.

---

25 김종길, 앞의 글, 27면; 김용직, 앞의 글, 161면; 김영무, 앞의 글, 199면 등.

26 이원조는 1946년 『육사시집』을 펴내면서 20편의 시를 교열했으며, 그 과정에서 시 「자야곡」의 경우 『문장』(1941.4)에 발표된 원전에는 '푸르리라' '흐르뇨' '드리라'로 되어 있는 것을 '푸르러라' '흐르느뇨' '드리느라'로 고쳐서 수록했다. 박호영은 이 점을 예로 들어, 시 「광야」가 「꽃」과 더불어 이원조가 발굴하여 『자유신문』에 소개한 만큼 원본의 '들럿스리라'가 '들럿스랴'로 수정되었을 가능성이 있다고 했다. 박호영, 「이육사의 「광야」에 대한 실증적 접근」, 『몽상 속의 산책을 위한 시학』, 푸른사상, 2002, 302면.

27 김현승, 『한국현대시개설』, 관동출판사, 1975, 141면; 이어령, 「광야-이육사: 천지의 여백으로 남아 있는 '비결정적' 공간」, 『언어로 세운 집』, 아르떼, 2015, 54면; 이승훈, 앞의 책, 145면; 김재홍, 앞의 글, 280면; 이숭원, 앞의 글, 183면.

천고(千古)는 '아주 먼 옛적' '아주 오랜 세월 동안' '오랜 세월 동안 그 종류가 드문 일' 등의 사전적 의미를 갖고 있다. 그러니까 '천고'란 문자 그대로 천 년쯤이나 되는 아주 오래된 시간을 일컫는 말로, 이 시의 첫 구절인 하늘이 처음 열리던 '까마득한 날'에 해당하는 세월을 함축한다. 그런데 이육사는 이 단어를 '다시'라는 부사어와 함께 미래 시제에 사용하고 있다. 까마득한 천고의 시간 전에 하늘이 처음 열리던 날이 있었고, 또다시 그만큼의 시간이 흘러야 초인이 백마를 타고 이 광야에 온다는 것이다.

'그가 올 것이야, 한 천 년쯤 뒤에'라고 누군가 말했다면, 그게 과연 온다는 의미일까. 천 년의 시간 뒤라는 것은 불가능의 다른 말이다. 천고의 시간 뒤에 초인이 온다는 것은 적어도 내 생애에서는 그를 만날 수 없다는 의미다. 강철로 된 무지개가 영속하듯 광야의 겨울도 천고의 시간 동안 지속될 것이며, 따라서 초인이 온다는 것은 쉽사리 실현될 수 없다. '천고의 시간'은 절망의 다른 표현이다.

시인은 이 절망을 기다림의 시간으로 바꾼다. '그가 올 것이야, 한 천 년쯤 뒤에'라는 말에는 그가 오지 않는다는 사실을 앎에도 불구하고 기다리겠다는 의지가 담겨있다. 이루어질 가능성을 보고 행동한다면 그 가능성이 사라지는 순간, 행위는 멈춰지게 마련이다. 그러나 이루어질 가능성이 없다는 것을 알고도 하는 시도라면 그 행위는 계속된다. 중요한 것은 성취가 아니라, 시도 그 자체이기 때문이다. 그래서 절망은 때론 희망보다 더 큰 힘을 갖는다.

기다림은 이육사 시 「청포도」에서도 언급됐었다. 「청포도」의 시적 화자는 청포를 입고 올 손님을 위해 은쟁반에 모시수건을 마련하겠다고 했다. 여기서 은쟁반과 모시수건은 순수하고 정갈한 기다림의 자세를 나타냄과 동시에, 손님이 올 시간은 은쟁반이 검게 변하고 모시수건이 바래기 전이라는 기다림의 시간을 한정한다.[28] 이에 비해 시 「광야」에서의 기다림은 한정이 없다. 이러한 기다림의 무한 시간을 화자는 '가난한 노래의 씨'를 뿌리는 것으로 견디고자 한다.

얼어붙은 땅에서 씨앗이 발아할리 없다. 그러나 씨앗을 뿌리는 행위는 멈출 수 없다. 이 시의 화자가 노래의 씨앗을 심는 것은 그것이 절망의 세월을 버티는 유일한 방법이기 때문이다. 연보에서 확인할 수는 없으나, 박훈산의 말대로 시 「광야」가 시인이 북경으로 압송되는 차 안에서 구상됐다면 이 시 자체가 '가난한 노래의 씨'가 될 것이다. 겨울이 강철로 만들어졌음을 인식하고 있었던 시인에게 북경 감옥으로 압송된다는 사실은 더없이 절망적이었을 것이다. 그 절망을 이기는 힘이 무엇보다 절실했을 시인은 초인을 기다리는 시를 씀으로써 자신의 절망에 맞서고자 했다.

한 시인이 저항시인으로 불릴 수 있는 이유는 그가 저항했기 때문이 아니라 '저항하는 시'를 썼기 때문이어야 한다. 이육사 시인은 이렇게 저항하는 시를 썼다. 그가 저항한 대상은 바로 자신의 절망이었다. 독립운동가로서 이육사는 일제에 저항했지만, 시인으로서의 이육사는 '가난한 노래의 씨'를 뿌림으로써 자기 자신의 절망에 저항했다.

흔히 이 시를 민족의 해방을 예언한 시로 해석하지만,[29] 천년 쯤 뒤에 우리 민족이 해방될 것이라고 말한 것을 예언이라 보기는 어렵다. 간절히 바라고 기다리는 염원과, 앞으로 일어날 일을 미리 짐작해 말하는 예언은 구별돼야 한다. 꼭 이 시를 민족해방과 연계지어 해석하고자 한다면, 시 「광야」는 해방을 예언한 시가 아니라 간절히 염원한 기다림의 시로 보아야 한다.

---

28 김현자, 『한국 현대시 작품연구』, 민음사, 1988, 114면 참조.
29 김준오, 「이육사의 〈절정〉〈광야〉〈청포도〉와 알레고리」, 『현대시사상』, 1995. 봄, 126-127면 등.

4. 절망 속에서 꿈꾸기

동방은 하늘도 다 끗나고

비 한방울 나리쟌는 그때에도

오히려 꼿츤 밝아케 되지않는가

내 목슴을 꾸며 쉬임없는 날이며

北쪽 「쓴도라」에도 찬 새벽은

눈속 깊이 꼿 맹아리가 옴작어려

제비떼 까마케 나라오길 기다리나니

마츰내 저버리기못할 約束이며!

한 바다 복판 용소슴치는곳

바람결따라 타오르는 꼿城에는

나븨처럼 醉하는 回想의 무리들아

오날 내 여기서 너를 불러보노라

-「꽃」 전문

시 「꽃」은 이원조에 의해 시 「광야」와 동일한 지면 아래편에 발표됐다. 이렇게 발표될 때부터 시 「꽃」은 여러모로 「광야」와 연계성을 갖는다.

이 작품은 광야에 심었던 씨앗이 꽃으로 개화함을 상상하는 시다. 비 한방울 내리지 않는 땅에도 꽃은 빨갛게 핀다. 북쪽 툰드라 지대에도 눈 속 깊이 꽃봉오리가 봄을 기다린다. 그러므로 이 곳 광야에도 언젠가는 꽃이 만개할 것이다. 이러한 귀납적 추론은 역설적으로 화자가 이 땅을 비 한 방울 내리지 않는 사막이나, 눈과 얼음으로 뒤덮인 동토로 인식하고 있음을 보여준다. 이는 시 「절정」이나 「광야」의 상황과 다르지 않다.

이 시는 미래에서 현재를 회상하는 특이한 시간구조를 갖고 있다. 화자가 광야에 심었던 씨앗은 먼 훗날 꽃으로 피어나 "바람결따라 타오르는 꽃城"을 이룬다. 그 곳에는 나비처럼 취하는 '회상의 무리들'이 있다. 즉 꽃성에서 나비처럼 꽃의 향기에 취한 한 무리의 사람들이 지금 여기를 과거로 회상하고 있다는 말이다.

미래에서 현재를 회상하는 어법은 우리가 흔히 힘들고 고통스러울 때 '언젠가 옛날이야기 할 때가 있겠지'라고 위안하는 말을 떠올리면 쉽게 이해할 수 있다. 여기서 옛날은 먼 훗날의 시점에서 기억하는 현재다. 미래의 어떤 모습을 가정함으로써 현재의 고통을 견디고자 하는 것이다.

시인이 가정하는 미래는 '나비처럼 꽃향기에 취하는' 축제의 장이다. 초인이 한 많은 울음을 목 놓아 우는 광야와 비교된다. 그러나 화려한 미래를 꿈꾼다는 것은 그만큼 현실의 고통이 가혹하다는 반증이다. 시인이 처해있는 상태가 시 「광야」를 썼을 때보다 악화됐음을 짐작할 수 있다.

그런데 시인이 꿈꾸는 미래의 무리 속에 정작 화자 자신은 없다. 그는 '오늘 여기'에 있을 따름이다. 대신 화자는 미래의 그들 중 하나를 현재로 소환한다. 이는 곧 오늘의 '너'가 먼 훗날까지 생존하여, 화자 대신 현재를 회상하기 바라는 소망을 바탕으로 한다.

이 시가 박훈산의 말대로 북경형무소에서 옥사하기 전에 쓰였다면, 그때 시인은 자신에게 기다림의 시간이 얼마 남지 않았다는 것을 알고 있었을 것이다. 기다림조차 허락되지 않는 절체절명의 순간, 시인으로서 이육사가 선택한 것은 꿈꾸기였다. 시인은 차가운 옥중에서 바람결 따라 타오르는 꽃성을 꿈꿨다. 한 무리의 사람들이 나비처럼 꽃향기에 취하는 미래의 세상. 시인은 그들의 회상 속에서 꽃의 씨앗을 뿌린 사람으로 기억되고 싶었을 것이다. 시 「꽃」은 그렇게 절망의 끝에서 피어났다.

5. 절망에 저항하는 시

지금까지 필자는 시인으로서 이육사의 내면세계에 집중하여 그의 시에 나타난 절망과 극복 양상을 살펴보고, 저항시인으로서 '저항'의 의미를 새롭게 밝혀보고자 했다.

이육사의 대표시 「절정」은 비극적 현실 앞에서 자신의 무력함을 깨달으며 절망하고 탄식하는 노래다. 그는 '강철로 된 무지개'라는 이미지를 통해 그 겨울이 영원히 끝나지 않을 것임을 토로했다. 강철로 된 무지개는 '흰 무지개'이며, 사라지지 않는 절망을 상징한다.

이육사 시에서 절망의 극복 양상은 기다리기와 꿈꾸기로 나타난다. 먼저, 시 「광야」는 절망을 기다림으로 바꾼 노래다. '천고의 시간 뒤'에 초인이 온다는 것은 절망의 다른 표현이다. 시인은 천년이나 되는 기다림의 무한 시간을 '가난한 노래의 씨'를 뿌림으로써 견디고자 했다. 독립운동가로서 이육사는 일제에 저항했지만, 시인으로서 이육사는 초인을 기다리는 시를 씀으로써 자신의 절망에 저항했다.

시 「꽃」은 기다림조차 허락되지 않는 극한의 상황에서 꿈꾸기로 절망을 극복한 시다. 그는 한 무리의 사람들이 나비처럼 꽃향기에 취하는 미래의 세상을 꿈꾸고, 그들의 회상 속에서 자신이 꽃의 씨앗을 뿌린 사람으로 기억되길 염원하며 절망을 이겨내고자 했다.

한 시인이 저항시인으로 불릴 수 있는 이유는 그가 저항했기 때문이 아니라 '저항하는 시'를 썼기 때문이어야 한다. 이육사는 처절하게 절망하고, 그 절망에 저항하는 시를 썼다. 그가 저항한 대상은 바로 자신의 절망이었다. 불굴의 독립투사라는 이육사의 전기적 사실에 압도되어 그의 시에 나타난 절망의 깊이를 간과해서는 안 될 것이다.

이용악 시에 나타난 상호텍스트성의 의미
– 일제 말에서 해방기 시를 중심으로

1. 서사지향성과 상호텍스트성의 상관성

이용악 시의 개성으로서 '서사지향성'은 널리 알려진 사실이다. 시에서의 서사지향성은 서정성만으로는 담을 수 없는 복잡하고 다층적인 상황을 이야기로 풀어냄으로써 시적 효과를 극대화한다. 시집 『분수령』(1937)에 실린 시 「풀버렛소리 가득차 있었다」, 시집 『낡은집』(1938)에 실린 시 「낡은집」과 같은 이용악의 '이야기시(narrative poem)'[1]는 삶에서 우러나온 경험이 서사의 바탕을 이룬 성공적인 작품으로 평가된다. 그런데 이용악의 시세계는 『오랑캐꽃』(1947)

이용악(1914–1971)

---

[1] narrative poem은 '이야기시' '서술시' 등으로 번역된다. 이 논문에서는 '이야기를 소재로 쓴 시', 혹은 '이야기 자체를 작품구성의 근간으로 삼은 시'라는 의미를 강조하기 위해 '이야기시'라는 명칭을 사용하기로 한다.

에 이르러 서사성은 약화되고 서정성이 강화된다.

시집 『오랑캐꽃』에 수록된 대부분의 시들이 쓰였던 1940년을 전후로 이용악의 시에서 서사지향성이 사라진 이유에 대해 최두석은 "미래에 대한 전망을 획득하지 못하고 비관에 빠졌기 때문"이라고 설명한다.² 1930년대 후반부터 이용악 시의 서사성이 약화되는데 그 점은 일제의 식민지 체제 강화라는 시대 상황과 맞물려 있으며, 1940년 전후의 비관주의적 시정신이 현실에 대한 적극적인 탐구를 위축시켰다고 본 것이다.

이용악 시에서 서사성이 약화되면서 시의식은 분열되기 시작한다. 성급한 낙관과 감상적인 비관이 혼재하는 등 일관성을 잃어버린 시의식은 '시적 파탄'에까지 이른다. 이숭원은 이용악이 현실 서술의 태도를 버리고 감정 표현으로 넘어가면서 대체로 긍정적이고 밝은 내용을 표현했는데, 그것이 그의 본령이 아니었으므로 의식의 혼란과 시의 실패가 노출되는 것은 당연하다고 했다.³

그런데 이 무렵 이용악 시에서는 이전에 볼 수 없었던 현상이 발견된다. 바로 서양 고전과의 상호텍스트성(intertextuality)이다. 상호텍스트성이란 한 텍스트가 다른 텍스트와 맺고 있는 상호 관련성으로, 독자가 인식할 수 있는 다른 텍스트와의 연관 속에서 의미가 형성된다는 개념이다.⁴ 필자는 시인이 서양 고전의 내용을 차용한 세 편의 시 「별 아래」 「밤이면 밤마다」 「나라에

---

2 최두석, 「이야기시론」, 『리얼리즘의 시정신(개정판)』, 실천문학, 2010, 26면.
3 이숭원, 「이용악 시의 현실성과 민중성」, 『20세기 한국시인론』, 국학자료원, 1997, 229면 참조.
4 『문학비평용어사전』에 상호텍스트성은 다음과 같이 정의되어 있다. "상호텍스트성은 일차적으로 텍스트와 텍스트의 관계 즉, 텍스트들 사이의 관계를 의미한다. (…) 가장 제한된 의미에서의 상호텍스트성이란 '주어진 텍스트 안에 다른 텍스트가 인용문이나 언급의 형태로 명시적으로 드러나 있는 경우'를 말하며, 가장 넓은 의미에서는 '텍스트와 텍스트, 혹은 주체와 주체 사이에서 일어나는 모든 지식의 총체'를 가리킨다. 후자의 경우 주어진 텍스트는 단순히 다른 문학 텍스트뿐만 아니라 다른 기호체계, 더 나아가서는 문화일반까지 포함한다." 이 논문에서의 상호텍스트성은 '좁은 의미'의 개념을 사용하기로 한다. 한국문학평론가협회, 『문학비평용어사전』, 국학자료원, 2006, 154-155면.

슬픔이 있을 때」에 주목했다. 이들 작품에서 이용악은 나와 우리의 이야기를 '그들의 이야기'에 빗대 들려준다. 그들은 '탄타로스'와 '메레토스', 그리고 '다뷔데'로, 각각 그리스 신화·철학서·성서 등의 원전을 바탕으로 시의 청자로 등장하거나 화자와 동일시된다. 그리고 이 시기가 지나면 이용악 시에서의 서사지향성은 다시 강화된다.

일제 말에서 해방기에 일시적으로 나타난 서양 고전과의 상호텍스트성은 이용악 시의 서사지향성을 논하는데 매우 중요한 부분이다. 그럼에도 불구하고 지금까지 이용악 시 연구에서 상호텍스트성은 집중적으로 거론되지 않았으며, 상호텍스트성이 나타나는 세 편의 시 역시 「나라에 슬픔이 있을 때」를 제외하고는 주목 받지 못했다.[5] 앞의 두 시는 미학적 완성도가 떨어지거나, 난해하기 때문으로 여겨진다. 이에 필자는 그동안 이용악 시 연구에서 상대적으로 소외되었던 시 「별 아래」와 「밤이면 밤마다」, 그리고 「나라에 슬픔이 있을 때」를 주요 텍스트로 원전과의 비교 및 다른 시들과의 교차 강독을 통해 작품의 의미를 해독하고, 궁극적으로 이용악 시에서 상호텍스트성의 역할과 의의를 알아보고자 한다.

2. '탄타로스': 채울 수 없는 욕망의 기갈

이용악 시에서 상호텍스트성이 나타나는 것은 시 「별 아래」부터다. 이 시

---

5 시 「나라에 슬픔이 있을 때」는 "성서의 다윗과 골리앗을 인유한 이야기시이며, 여기서 골리앗은 제국주의 열강이고 다윗은 그 압제의 사슬 아래 신음하는 약소민족을 표상한다."(윤영천), "골리앗과 다윗의 성서 이야기에 빗대어 '나라의 슬픔'을 타개해야 한다는 당위성을 진술하고 있다."(감태준), "악의 표상 골리앗과 소년 다윗을 대비시키면서 물리쳐야 할 대상으로서 불의와 압제에 대한 투쟁을 다짐한다."(김재홍) 등의 내용 정도로 언급됐다. 감태준, 『이용악 시연구』, 1991, 문학세계사, 184면; 김재홍, 『이용악』, 한길사, 2008, 119면; 윤영천, 「민족시의 전진과 좌절」, 『이용악시전집(증보판)』, 창작과 비평사, 1995. 251-251면.

는 1940년 12월 30일 『매일신보』에 「별 아래-세한시초(歲寒詩抄) 3」으로 발표됐으며, 제4시집 『이용악집』(1949)에 수록됐다. 이 시를 쓸 당시 이용악 시인은 1939년 일본 조치대학(上智大學) 졸업 후 귀국해 서울에서 『인문평론』의 편집기자로 근무하고 있었다. 시 「별 아래」에서 시인은 고향을 그리워하는 마음을 그리스 신화의 탄탈로스 이야기를 배경으로 노래하고 있다.

눈 내려
아득한 나라까지도 내다보이는 밤이면
내사야 혼자서 울었다

나의 피에도 머물지 못하는 나의 영혼은
탄타로스여
너의 못가에서 길이 목마르고

별 아래
숱한 별 아래

웃어보리라 이제
헛되이 웃음지어도 밤마다 붉은 얼굴엔
바다와 바다가 물결치리라

– 「별 아래」[6] 전문

인용시 「별 아래」는 화자의 울음으로 시작해서 웃음으로 끝난다. 여기서

6 윤영천 편, 『이용악시전집(증보판)』, 창작과 비평사, 1995. 이후 이용악 시는 이 시집에서 인용했으며, 이 책에 수록되지 않은 작품의 인용은 따로 출전을 명기했다.

웃음은 '헛되이 지은' 웃음이므로 앞의 울음과 크게 다르지 않다. 이 시는 혼자서 우는 울음과 헛된 웃음 사이에서 분열되고 있는 시의식을 보여주고 있다.

1연에서 눈이 내리는 풍경은 아득한 거리에 있는 고향을 떠올리게 한다. 눈 오는 밤을 매개로 고향은 마치 내다보일 것처럼 가깝게 느껴지지만, 그러나 그곳은 아득히 멀리 있다. 그래서 화자는 혼자서 운다.

2연에서 화자는 시적 청자로서 탄탈로스를 부르며 그의 못가에서 길이 목마르다고 말한다. 탄탈로스와 자신을 동일시하는 것인데, 그 이유로 "나의 피에도 머물지 못한 나의 영혼"을 들고 있다.

3연에서 화자는 자신이 별 아래, 그것도 '숱한' 별 아래 있음을 강조한다. 그러니까 화자는 현재 탄탈로스의 못가에 서 있으면서 머리 위로 숱하게 반짝이는 별들을 우러러보고 있는 것이다. 이 시의 제목이 '별 아래'임에 미루어, 시인은 화자의 이러한 상황에 큰 의미를 두고 있음을 짐작할 수 있다.

마지막 연에서 화자는 이제 웃어보겠다고 말한다. 그러나 그 웃음이 헛된 것은 화자 스스로도 잘 알고 있는 것처럼 보인다. 결국 그는 "헛되이 웃음 지어도 밤마다 붉은 얼굴엔/바다와 바다가 물결치리라"며 울음을 암시하는 부정적인 마무리를 한다.

이 시의 청자인 탄탈로스는 그리스 신화에 나오는 인물이다. 그는 최고 신 제우스의 아들이자 타르타로스의 왕이었다. 처음에 그는 신들의 사랑을 독차지 하여 그들과 함께 신의 음식인 넥타르를 마시고 암브로시아를 먹을 정도였다. 신들의 총애에 오만해진 탄탈로스는 그들의 권위에 도전하기에 이른다. 신들을 초대한 만찬에 자신의 아들을 삶아 내었던 것이다.[7] 화가 난 제

---

[7] 탄탈로스가 신들의 권위에 도전한 내용에 대해서는 '아들을 삶아 내어 신들을 시험했다.'는 것 외에도 '신들의 음식을 훔쳤다.' '신들의 이야기를 몰래 엿들었다.' 등 여러 가지 설이 있다. 퀼마이어, 「탄탈로스와 그의 아들」, 『그리스 로마 신화』, 김시형 역, 베텔스만, 2002, 280면 참조.

우스는 탄탈로스에게 '영원한 굶주림'이라는 형벌을 내린다. 다음은 그리스 신화에 나오는 탄탈로스의 형벌에 대한 부분이다.

> 그는 비록 엉덩이까지 물에 잠겨 있지만 늘 지독한 갈증에 허덕인다. 물을 마시려고 몸을 숙이면, 물은 그가 보는 앞에서 밑으로 줄어든다. 또한 미칠 듯한 허기에 시달리면서도 눈앞에 늘어져 있는 과일 나뭇가지에서 열매 하나도 따먹을 수 없다. 그가 열매를 따려고 손을 뻗으면 바람이 갑자기 가지를 높이 들어 올려 팔이 닿지 않기 때문이다.[8]

윌리 그라조어의 「탄탈로스」. 바로 눈앞에 있는 과일을 탄탈로스는 먹을 수 없다.

탄탈로스의 고통은 일차적으로 굶주림이다. 신의 음식을 먹던 탄탈로스가 음식으로써 신의 권위에 도전하자 그는 어떠한 것도 먹을 수 없는 굶주림의 형벌을 받게 된다. 그러나 배고픔보다 더한 형벌은 헛된 희망이다. 조금만 몸을 숙이면, 조금만 손을 뻗으면 닿을 수 있는 곳에 존재하는 물과 열매는 늘 새롭게 그의 욕망을 불러일으킨다. 그것이 불가능하다는 것을 알면서도 끊임없이 시도하게 되는 것이다. 그래서 그는 더욱 심한 갈망에 사로잡힌다. 눈앞에서 사라지는 물과 열매는 가능해보이지만 실제는 불가능한 성취 대상이다. 그러나 그것은 '가능해보이기 때문에' 탄탈로스는 어리석은 도전을 시도하고 또 다시 좌절한다. 탄탈로스 형벌의 핵심은 성취할 수 없음을 알고 있음에도 불구하고 포기하지 못하는 데 있다.

시 「별 아래」는 이러한 이야기를 배경으로 하고 있다. 이 시의 화자는 눈

---

8 앞의 글, 279면.

이 내리자 "아득한 나라까지도 내다보이는"것 같다고 말한다. 여기서 아득한 나라는 북쪽의 고향이다. 그러나 그 고향에는 이를 수 없다. 원작에서의 탄탈로스의 갈증이 이 시에서는 화자의 고향에 대한 갈망으로 되었다. 같은 시기에 발표한 시「눈보라의 고향-세한시초(歲寒詩抄) 1」(『매일신보』 1940.12.26)을 보면 "눈보라 속/눈보라 속 굳게 닫힌 성문"으로 눈앞에 보이지만 갈 수 없는 고향의 모습이 한층 더 구체적으로 묘사되어 있다.

탄탈로스 신화는 시「별 아래」에서뿐만 아니라, 이용악 시 전체를 가늠할 수 있는 상상력의 원형이다. 우선 그 연계점은 '굶주림'이다. 굶주림은 이용악 시에서 지속적으로 나타난 이미지다. 그는 시「풀버렛소리 가득차 있었다」에 나와 있는 것처럼 어린 나이에 아버지를 여의었다. 이후 시인은 고향을 떠나는데 그 직접적인 원인이 "식욕의 항의"(「도망하는 밤」), 즉 굶주림으로 제유되는 궁핍함 때문이었다. 고향은 그에게 "기름기 없는 살림"이며 "뼈다구만 남은 마을"로 여겨질 따름이었다. 다음은 시집『분수령』에 실린 이용악의 청년시절 노동 체험을 시화한 작품이다. 여기서도 굶주림은 중요한 모티브가 된다.

주름잡힌 이마에
石膏처럼 창백한 불만이 그득한 나를
거리의 뒷골목에서
만나거든
먹었느냐고 묻지 마라
굶었느냐곤 더욱 묻지 말고
꿈 같은 이야기는 이야기의 한마디도
나의 沈默에 侵入하지 말어다오

— 「나를 만나거든」 부분

이용악 시인은 조치대학 유학시절(1932-1938) 학교 소재지인 시바우라(芝浦)에서 공사판 품팔이꾼으로 일했으며,[9] 그곳 해군부대에서 반출되는 음식찌꺼기로 끼니를 때웠다고 한다.[10] 가난 때문에 고향을 떠났지만 타향에서의 삶 역시 극도로 빈곤했음을 알 수 있다. 그는 그리움에 "다시 돌다리를 건너 온 길을 돌아가자"(「아이야 돌다리 위로 가자」)고 말하며 고향으로 되돌아온다. 그런데 고향은 마음속에서 그리던 그 고향이 아니었다. 그는 또다시 탈출을 꿈꾼다. 시집 『낡은 집』에 실린 시 「고향아 꽃은 피지 못했다」는 시인의 이러한 분열된 심리상태를 잘 보여주는 시다.

　　　　"돌아오라 나의 아들아

　　　　까치둥주리 있는

　　　　아까시야가 그립지 않느냐

　　　　배암장어 구어 먹던 물방앗간이

　　　　새잡이하던 버드랑천이

　　　　너는 그립지 않나

　　　　아롱진 꽃 그늘로

　　　　나의 아들아 돌아오라"

　　　나는 그리워서 모두 그리워

　　　먼 길을 돌아왔다만

---

9 시바우라에서의 노동 체험을 소재로 한 또 다른 작품으로 시 「항구」를 들 수 있다. 이용악은 이 시의 3연에서 '어린 노동자'로서의 피폐한 심경을 토로하고 있다. "부두의 인부꾼들은/흙을 씹고 자라난 듯 꺼머틱틱했고/시금트레한 눈초리는/푸른 하늘을 쳐다본 적이 없는 것 같앴다/그 가운데서 나는 너무나 어린/어린 노동자였고". 김재홍은 이 부분의 '어린 노동자'란 이용악 시인의 슬픈 초상이자 당대 식민지 백성의 보편적인 궁핍상이라고 설명했다. 김재홍, 앞의 글, 72면 참조.
10 윤영천, 앞의 글, 207면 참조.

버들방천에도 가고 싶지 않고
물방앗간도 보고 싶지 않고

고향아
가슴에 가로누운 가시덤불
돌아온 마음에 싸늘한 바람이 분다

이 며칠을 미칠 듯이 살아온 내게
다시 너의 품을 떠날려는 내 귀에
한마디 아까운 말도 속삭이지 말어다오
내겐 한 걸음 앞이 보이지 않는
슬픔이 물결친다

하얀 것도 붉은 것도
너이 아들 가슴엔 피지 못했다
고향아
꽃은 피지 못했다

-「고향아 꽃은 피지 못했다」부분

인용시 「고향아 꽃은 피지 못했다」에서 고향은 의인화 되어 시적 화자를 부르고 있다. 그를 부르는 고향의 목소리는 고향을 그리워하는 내면의 목소리다. 화자는 어린 시절 놀던 고향의 모습을 그리며 되돌아 왔으나 정작 그 자신은 어린아이가 아니었다. "가슴에 가로누운 가시덤불"이 자라는 화자에게 고향은 꽃을 피울 수 없는 불모의 땅일 뿐이었다. 그래서 화자는 다시금 고향을 떠나고자 한다.

굶주림이 촉발한 고향으로부터의 탈출은 이렇게 귀향과 이향이 반복되는

'유랑'으로 변모한다.[11] 그와 함께 고향을 탈출했던 직접적인 원인인 굶주림은 채울 수 없는 갈망으로 변화한다. 그는 타향에서는 고향인 경성(鏡城)을 그리워하고, 고향에서는 서울을 그리워한다.[12] 그러면서 고향은 그리움, 즉 실제 고향 경성이 아닌 상징적으로 '갈 수 없는 곳'으로 바뀐다. 고향은 가지 못함으로서만 존재하는 실체 없는 곳이 된 것이다. 그리움 속에서만 존재한다는 점에서 고향인 경성도 타향인 서울도 결국 동일한 '닿을 수 없는 욕망의 공간'이다.

시 「별 아래」와 비슷한 시기에 발표한 시 「당신 소년은」(1940)에서 그리운 곳은 '당신'으로 의인화되면서 "많은 밤이 당신과 나 사이에/테로스[13]의 바다처럼 엄숙히 놓인" 도저히 갈 수 없는 곳이며, 그래서 더욱 그리운 "황홀한 꿈속에 요요히 빛나는 것"(「노래 끝나면」)으로 간주된다.

탄탈로스의 물과 열매가 성취할 수 없는 욕망의 상징이듯이 이용악의 고향도 채울 수 없는 그리움의 대상이다. 그런 점에서 이용악의 고향은 '숱하게' 눈에 보여도 닿을 수 없는 별과 같다.

이용악 시에서 별 이미지는 데뷔작 「패배자의 소원」(『신인문학』, 1935.3)에서부터 "내 맘의 발자죽"으로 화자의 마음이 투사된 대상으로 나왔다. 이러한 별 이미지는 시 「별 아래」를 지나 해방 후 발표한 시 「하나씩의 별」(1945)에서도 화자의 소망을 상징하는 대상이 된다. 이 시에서 화물열차 지붕 위에

---

11 이에 대해 감태준은 '막막한 고향→떠남→막막한 타향→고향으로의 귀환→막막한 고향→떠남'의 악순환의 구조로 정리한 바 있다. 감태준, 『이용악 시연구』, 문학세계사, 1991, 156면.
12 이용악이 1942년 『인문평론』 폐간으로 낙향한 후 고향 경성에서 썼을 것으로 추측되는 시 「두메산골 3」에는 다음과 같은 구절이 있다. "참나무 불이 이글이글한/오지화로에 감자 두어 개 묻어 놓고/멀어진 서울을 그리는 것은/도포 걸친 어느 조상이 귀양 와서/일삼던 버릇일까". 자신의 처지를 서울서 귀양 와 돌아갈 날만 기다리는 양반에 비유하고 있는 것이다. 그밖에 고향에서의 외로움을 노래한 시로 「등잔 밑」(1941)이 있다. 이 시의 5-7행은 다음과 같다. "서울서 살다 온 사나인 그저 앞이 흐리어/멀리서 들려오는 파도소리와 함께/모올래 울고 싶은 등잔 밑 차마 흐리어".
13 여기서 '테로스'는 그리스 신화에 나오는 바다의 여신 테티스(Tethys)의 오기로 보인다.

제각기 드러누운 귀향민들은 한결같이 '하나씩의 별'을 쳐다보고 있다. 이향과 귀향의 떠돎 속에서 "갈 때와 마찬가지로/헐벗은 채 돌아오는 이 사람들"에게 별은 간절히 바라지만 이룰 수 없는 소망을 함축한다. 그들의 고달픈 영혼은 시 「별 아래」에서처럼 '머물지 못하고' 별로 상징되는 이상을 찾아 떠돌고 있다. 그것은 채워지지 않는 욕망이라는 점에서 탄탈로스의 형벌과 동일하다.

시 「별 아래」는 별이 상징하는 이상적인 그 무엇에 대한 시인의 영원한 목마름을 노래한 시다. 간절한 소망의 대상은 이 시에서처럼 '고향'일 수도 있고, 이후의 시에 나오는 것처럼 '사상과 이념'이 될 수도 있다. 이렇게 이용악 초기시에 나타난 궁핍과 굶주림은 탄탈로스 신화와의 상호텍스트성을 계기로 이상에 대한 채울 수 없는 갈망으로 변모한다.

3. '메레토스': 죄의식의 그림자

시 「밤이면 밤마다」는 1947년에 출간된 제3시집 『오랑캐꽃』에 수록되었으며, 제4시집인 『이용악집』(1949)에 재수록된다. 이 작품이 시집 『오랑캐꽃』에 실리기 전 따로 발표한 지면이 있었는지는 확인할 수 없다. 이용악 시인은 시집 『오랑캐꽃』 발간사에서 이 시집의 시들이 "1939년부터 1942년까지 신문 혹은 잡지에 발표한 작품"임을 명시하고 있지만,[14] 시 「항구에서」(『민심』, 1946.3) 「슬픈 사람들끼리」(『백제』, 1947.2) 등의 작품이 시집에 포함된 것을 보면 시 「밤이면 밤마다」를 딱히 그 시기에 발표한 시라고 단정할 수 없다. 그래서 이 시가 해방기에 쓰였을 것으로 추정하는 견해도 있다.[15]

시 「밤이면 밤마다」의 시작 시기가 중요한 것은 이 시의 주제가 '죄의식'

---

14 이용악, 「『오랑캐꽃』을 내놓으며」, 윤영천 편, 앞의 책, 187면.

이며, 그로인한 자기갈등을 다루고 있기 때문이다. 무엇에 대한 죄의식일까. 시작 시기가 일제 말이냐, 혹은 해방기냐에 따라 죄의식은 다르게 해석될 수 있다. 필자는 이 시의 최초 발표 지면이 확인되지 않은 만큼 시작 시기를 일제 말, 혹은 해방기 어느 한 곳에 국한시키지 않고 이른바 '열린 텍스트'로서 살펴보고자 한다.

> 가슴을 밟고 미칠 듯이 걸어오는 이
> 음침한 골목길을 따라오는 이
>
> 바라지 않는 무거운 손이 어깨에 놓여질 것만 같습니다
> 붉은 보재기로 나의 눈을 가리우고 당신은
> 눈먼 사나이의 마지막을
> 흑 흑 느끼면서 즐길 것만 같습니다
>
> 메레토스여 검은 피를 받은 이
> 밤이면 밤마다
> 내 초조로이 돌아가는 좁은 길이올시다
>
> 술잔을 빨면 모든 영혼을 가벼히 물리칠 수 있으나
> 나종에 내 돌아가는 곳은
> 허깨비의 집이올시다 캄캄한 방이올시다
> 거기 당신의 쩨우스와 함께 가두어뒀습니다

---

15 곽효환은 시집『오랑캐꽃』에 실린 시 중 발표 연도를 확인할 수 없는 4편의 시「집」「밤이면 밤마다」「다리 우에서」「두메산골(3)」 등을 해방기 시로 분류했다. 곽효환, 「해방기 이용악 시 연구」, 『한국시학연구』 제41호, 2014, 76면 참조.

당신이 엿보고 싶은 가지가지 나의 죄를

그러나 어서 물러가십시오
푸른 정녕코 푸르른 하늘이 나를 섬기는 날
당신을 찾아
여러 강물을 건너가겠습니다
자랑도 눈물도 없이 건너가겠습니다

-「밤이면 밤마다」 전문

인용시 「밤이면 밤마다」에서 시적 청자는 멜레토스다. 플라톤의 『소크라테스의 변명』에는 멜레토스가 소크라테스를 고발해 죽음에 이르게 한 인물로 나온다. 따라서 멜레토스에게 말을 건네는 이 시의 화자는 소크라테스임을 알 수 있다.

앞에서 살펴본 시 「별 아래」에서 시적 화자는 청자인 탄탈로스의 관찰자로서 그 인물과의 공감을 통해 동화되었던 것과는 달리, 이 시에서는 화자가 소크라테스임을 전제하고 이야기를 풀어나가고 있다. 화자 스스로가 『소크라테스의 변명』의 작중인물이 됐다는 점에서 원전과의 밀접도는 보다 높다. 다음은 이 시와 상호텍스트성을 이루는 『소크라테스의 변명』 중에서 멜레토스가 소크라테스를 고발한 죄목이다.

소크라테스는 청년들에게 좋지 못한 영향을 끼치고, 나라가 인정하는 신들을 부정하였을 뿐 아니라, 색다른 신을 섬기기 때문에 죄인이다.[16]

이에 소크라테스는 자신이 무죄임을 변론하나 마지막에는 '유죄'라는 판

---

16 플라톤, 『소크라테스의 변명』, 최현 역, 집문당, 2008, 23면.

자크 루이 다비드의 「소크라테스의 죽음」(부분). 멜레토스의 고발로 사형이 선고된 소크라테스가 제자들 앞에서 독배를 받고 있다.

결을 받아들인다. 이 책과 상호텍스트성을 갖고 있는 시 「밤이면 밤마다」는 자신을 고발한 멜레토스와 무죄임을 입증해야하는 소크라테스와의 긴장된 관계를 불안감으로 재구성하고 있다.

1연에서 화자는 밤이면 밤마다 악몽처럼 멜레토스의 환영(幻影)에 시달리고 있다. 매일 밤 화자의 가슴을 밟고 미칠 듯이 걸어오는 상상 속의 멜레토스는 "음침한 골목길을 따라오는 이"로 어둠 속에서 현현하면서 불안감을 가중시킨다.

2연에서 그는 무거운 손으로 화자의 어깨를 짓누를 것 같기도 하고 붉은 보자기로 눈을 가릴 것 같기도 하다. 이렇게 멜레토스는 화자에게 공포의 존재로 발전하는데, 더욱 두려운 것은 화자의 죽음을 "흑 흑 느끼면서 즐길 것만" 같은 모습이다. 울음소리와 웃음소리가 기괴하게 겹쳐진 이 부분은 화자의 공포감을 극대화시킨다. 그래서 3연에서 멜레토스는 단순한 고발자가 아닌 "검은 피를 받은" 악마적인 존재로 그려진다.

원전 『소크라테스의 변명』에서 멜레토스는 70세가 넘은 소크라테스에 비해 어리고 미숙한 청년으로 나온다.[17] 이 책에서 소크라테스는 멜레토스가 내세운 죄목을 조목조목 비판하며 자신의 무죄를 주장하되 결코 불안해하

---

17 당시 아테네에서는 야심에 불타는 무명의 젊은이가 저명한 인물을 고발해 법정에 세우는 경우가 종종 있었다고 한다. 무명의 젊은이들은 '고발인'으로서 평소에는 얼굴도 보기 힘든 유명인사와 동등한 자격으로 논쟁을 벌여 주목을 받을 수 있기 때문이었다. 멜레토스의 고발도 여기서 크게 벗어나지 않았던 것처럼 보인다. 또한 그는 아테네의 시인을 대표해 소크라테스를 고발했지만 그 배후에는 당대 권력자였던 아니토스와 리콘의 정치적 음모도 숨어 있었다고 한다. 일반적으로 학자들은 거물급이었던 아니토스가 젊은 멜레토스를 조종해 재판을 일으켰다고 생각한다. 안광복, 『소크라테스의 변명, 진리를 위해 죽다』, 사계절, 2004, 37-38면, 49면 참조.

거나 그를 두려워하지 않았다. 자신에게 죄가 없음을 확신했기 때문이다. 그러나 시 「밤이면 밤마다」에서 화자는 멜레토스에게 극심한 공포와 위협을 느낀다. 자신의 신념에 회의하고 있다는 방증이다. 따라서 밤마다 화자를 집요하게 따라다니는 멜레토스의 환영은 화자로부터 분열된 또 다른 자아로서 신념에 대한 회의가 인격화된 것이라고 볼 수 있다.

4연에서 화자는 술을 마시면 불안과 죄의식에서 벗어날 수 있다고 말한다. 그러나 술이 깨면 그것들은 한층 깊어진다. 그때 멜레토스는 허깨비의 집 캄캄한 방에 가두어둔 "가지가지 나의 죄"를 들추어낼 것이다. 무의식 속에 억압된 불안과 죄의식이 오히려 자극되는 것이다.

시의 말미에 이르면 멜레토스에게 압도되었던 화자는 당당히 그와 맞선다. 그는 멜레토스에게 어서 물러갈 것을 명하며 "푸른 하늘이 나를 섬기는 날/당신을 찾아/여러 강물을 건너가겠습니다/자랑도 눈물도 없이 건너가겠습니다"라고 미래를 기약한다. 과연 그는 그곳에 갈 수 있을까.

이 시는 전체적으로 난해하다. 특히 이 마지막 연에서 푸른 하늘이 왜 나를 섬기는 것이며 그 날이 어떤 날인지, 그리고 그날이 되면 멜레토스에게 쫓기던 내가 그를 찾아가겠다는 것이 무슨 의미인지 쉽게 와 닿지 않는다.[18] 그러나 한 가지 분명한 사실은 그가 지난한 성찰의 과정을 통해 더 이상 멜레토스를 두려워하지 않게 됐다는 것이다.

시집 『오랑캐꽃』에는 시 「밤이면 밤마다」와 유사한 구조의 시가 있다. 1940년 6월 15일 『조선일보』에 발표한 시 「뒷길로 가자」이다. 시 전문은 다음과 같다.

---

18 '푸른 하늘'은 뒤에서 살펴 볼 시 「뒷길로 가자」의 '검은 하늘'과 대립되는 긍정적인 날이며, 멜레토스를 스스로 찾아간다는 것은 '순교' 혹은 '속죄'의 의미로도 이해할 수 있다. 그러나 내가 푸른 하늘을 섬기는 것이 아닌 '푸른 하늘이 나를 섬긴다'는 것이 어떤 상황인지는 여전히 모호하다. 극단적으로 이는 자아 분열을 넘어 선 '자아 팽창'으로도 해석된다.

우러러 받들 수 없는 하늘
검은 하늘이 쏟아져내린다
왼몸을 굽이치는
병든 흐름도 캄캄히 저물어가는데

예서 아는 이를 만나면 숨어바리지
숨어서 휘정휘정 뒷길을 걸을라치면
지나간 모든 날이 따라오리라

썩은 나무다리 걸쳐 있는 개울까지
개울 건너 또 개울 건너
빠알간 숯불에 비웃이 타는 선술집까지

푸르른 새벽인들 내게 없었을라구
나를 에워싸고
외치면 쓰러지는 수없이 많은 나의 얼골은
파리한 이마는 입설은 잊어바리고저
나의 해바래기는
무거운 머리를 어느 가슴에 떨어뜨리랴

이제 검은 하늘과 함께
줄기줄기 차거운 비 쏟아져내릴 것을
네거리는 싫여 네거리는 싫여
히 히 몰래 웃으며 뒷길로 가자

―「뒷길로 가자」 전문

인용시 「뒷길로 가자」의 화자는 시 「밤이면 밤마다」의 화자와 비슷한 상황에 처해있는데, 이 시가 보다 구체적이어서 시 「밤이면 밤마다」를 이해하는데 참고가 된다. 먼저, 나를 따라오는 것은 "지나간 모든 날"이며 나를 에 워싸고 외치면 쓰러지는 것은 다름 아닌 "수없이 많은 나의 얼골"이다. 과거에 대한 성찰, 그로인한 갈등과 자기분열이 직설적으로 드러나 있다. 최두석은 "이 무렵 이용악은 소문난 술꾼으로서 밤 깊도록 술집을 옮겨 다닌 것으로 되어 있는데, '개울 건너 또 개울 건너/빠알간 숯불이 타는 선술집까지'는 바로 그러한 정황을 알려준다."고 했다. 그는 '검은 하늘' '병든 흐름' '썩은 나무다리' '파리한 이마' 등의 시어들이 암시하는 것은 당시의 암울한 시대적 상황이고, 그러한 시대적 상황에 짓눌린 자아가 '히 히 몰래 웃으며 뒷길로 가자'는 것은 일종의 자조적인 웃음이자 도피이며, 무력한 지식인 시인의 패배주의라고 비판했다.[19] 일찍이 김광현이 지적했듯이 "알콜 성분이 가득 찬 생활 상태"가 작품에 그대로 반영된 것이다.[20] 이렇게 이 시는 '우러러 받들 수 없는 검은 하늘' 아래 파탄의 지경에 이르는 화자의 정신세계를 절망적으로 그리고 있다. 시 「밤이면 밤마다」와 시 「뒷길로 가자」에 나타난 유사한 층위의 이미지를 비교해 정리하면 다음과 같다.

---

19 최두석, 「민족현실의 시적 탐구-이용악론」, 앞의 책, 182면.
20 "술은 이 시인의 체질에 꼭 들어맞았다. '술 취한 이용악이 누구를 때렸다. 누구한테 맞았다' 하는 가십의 재료를 제공하였을 뿐만 아니라 알콜 성분이 가득 찬 생활상태는 시에도 영향을 미쳐 자칫하면 데카당에 흐를뻔 하였던 것이다. 이용악 씨의 시가 난해한 것은 사실이나 데카당은 아니다." 김광현, 「내가 본 시인-정지용·이용악 편」, 『민성』, 1948.10, 71면.

「밤이면 밤마다」	「뒷길로 가자」
밤, 음침한 골목길	밤, 뒷길
메레토스	지나간 모든 날들
모든 영혼, 가지가지 나의 죄	나를 에워싸고 외치면 쓰러지는 수없이 많은 나의 얼골
허깨비의 집, 캄캄한 방	선술집
나를 섬기는 푸른 하늘	우러러 받들 수 없는 검은 하늘
강물	개울
자랑도 눈물도 없이	히 히 몰래 웃으며

이렇게 두 시의 이미지는 1:1로 각각 대응하면서 동일하거나 상반된 시의식을 보여주고 있다. 멜레토스는 지나간 모든 날들에 대한 죄의식이 인격화된 것이자, "나를 에워싸고/외치면 쓰러지는 수없이 많은 나의 얼골" 중에 하나다. 그러나 시 「밤이면 밤마다」의 화자가 "자랑도 눈물도 없이" 푸른 하늘을 지향하는 진지한 성찰을 하는 반면, 시 「뒷길로 가자」의 화자는 검은 하늘 아래 "히 히 몰래 웃으며" 뒷길로 숨어들고 있다.

그러면 이용악 시인이 성찰하고자 하는 바는 무엇이며, 어떤 사실에 죄책감을 갖는 것일까. 이제 그의 이전 시에서 성찰의 흔적을 되짚어보기로 하자.

이용악이 이 시를 썼을 것으로 추정되는 두 시기 모두 정치적으로나 사회적으로 혼란기였다. 일제 말은 사상의 탄압과 언론의 통제가 가중됐던 시기였으며, 해방기는 좌우익의 이념 대립이 극심했다. 원전에서 소크라테스가 청년들에게 좋지 못한 영향을 미치고, 당시 사회에서 용인되기 어려운 신념을 가졌다는 혐의는 이들 시기의 이용악 시에 그대로 적용된다.

이용악 시인은 일제 말이었던 1942년 「길」「눈나리는 거리에서」와 같은 친일시로 분류되는 작품을 발표했다. 이 작품들에 대해 풍유와 암유·역설과 반어를 통한 "도회(韜晦)이며 위장(僞裝)",[21] 검열을 교묘히 역용한 "시적 책략",[22] 혹은 당시의 상황으로 보아 작품 발표를 위해서 치러야할 "불가피한 통행세" 등으로 평가하는 시각도 있으나,[23] 시를 쓴 의도와는 별개로 그것이 일본 제국주의 침략 정책을 찬양하고 청년들을 선동하는 내용을 포함하고 있음은 명백하다. 다음은 두 시의 문제가 되는 부분이다.

> 나라에 지극히 복된 기별이 있어 찬란한 밤마다
> 숱한 별 우러러 어쩌야 즐거운 백성이 아니리
>
> —「길」부분

> 이제 오랜 치욕과 사슬은 끊어지고
> 잠들었던 우리의 바다가 등을 일으켜
> 동양의 창문에 참다운 새벽이 동트는 것이요
> 승리요
> 적을 향해 다만 앞을 향해
> 아세아의 아들들이 뭉쳐서 나아가는 곳
> 승리의 길이 있을 뿐이요
>
> —「눈 나리는 거리에서」부분

인용시 「길」과 「눈 내리는 거리에서」는 1942년 3월 『국민문학』과 『조광』에 각각 발표됐다. 이 두 시가 발표되기 직전 일제는 필리핀을 점령하고 (1942.1), 싱가포르를 함락시켰다(1942.2). 시 「길」에서의 "나라에 지극히 복

---

21 유정, 「암울한 시대를 비춘 외로운 시혼」, 윤영천 편, 앞의 책, 201-202면 참조.
22 윤영천, 앞의 글, 216-217면 참조.
23 유종호, 「체제 밖에서 체제 안으로」, 『다시 읽는 한국 시인』, 문학동네, 2002, 224면.

된 기별"과 "즐거운 백성"은 당시의 이러한 시사적인 사건과 맞물리면서 이 시가 황국신민화를 촉구하는 시라는 해석을 타당하게 한다.[24] 그런데 이 시에도 '숱한 별'이 나온다. 시 「별 아래」의 화자는 숱한 별 아래 마치 울음과도 같은 헛된 웃음을 지었지만, 이 시의 화자는 나라에 지극히 복된 기별을 기뻐하는 '즐거운 백성'이 되어있다. 밝고 긍정적인 내용의 집필활동을 독려했던 일제 말 '신체제문학관'이 반영된 것이다.

시 「눈 나리는 거리에서」는 일제의 침략정책을 보다 직접적으로 찬양하고 있다. "동양의 창문에 참다운 새벽이 동트는 곳" "적을 향해 다만 앞을 향해/아세아의 아들들이 뭉쳐서 나아가는 곳"과 같은 구절은 일제의 대동아주의에 입각해 식민지 청년을 선동하는 전형적인 황민문학의 성격을 드러낸다. 이용악 시인은 인용한 두 편의 작품 중 시 「길」만 시집 『오랑캐꽃』에 수록한다. 아내가 없는 집에서의 일상을 주로 그린 시 「길」에 비해, 전쟁에서의 승리를 찬양한 이 시는 시인에게 특히 불편한 시로 여겨졌음을 짐작할 수 있다.

이후에도 이용악은 「불」(『매일신보』, 1942.4.5) 등 보는 관점에 따라 친일시로 분류될 수 있는 작품을 발표했으며,[25] 시 「구슬」(『춘추』, 1942.6)을 끝으로 절필하고 경성으로 낙향한다. 그리고 해방 후에 최초로 발표한 시 「시골사람의 노래」(『해방기념시집』, 1945.12.12)에서 "몇마디의 서양말과 글짓는 재주/그러한 것을 자랑 삼기에 욕되었도다"고 고백한다. 따라서 시 「밤이면 밤마다」의 멜레토스는 일제 말 문약한 시인 안에 잠재된 비판적 자아로서 친일에 대한 죄책감이 인격화된 것으로 볼 수 있다.

---

24 장덕순은 이 부분에 대해 "싱가포르 함락이라는 '지극히 복된 기별'을 듣고 별을 우러러 '즐거운 백성'이 될 것을 노래한 이 시인은 침략군의 판도확장을 합리화하여 이것을 노래했던 것"으로 해석했다. 장덕순, 『한국문학사』, 동화문화사, 1975, 459면.

25 임종국은 이용악의 시 「길」과 「눈 나리는 거리에서」 외에도 시 「불」을 친일시에 포함시켰다. 임종국, 『친일문학론』, 평화출판사, 1966, 676면 참조.

이 시가 해방기에 쓰였다면 또 다른 해석의 추가된다. 멜레토스는 이념의 혼란기에 선택한 사상과 그에 따른 실천에 대한 불안을 상징하는 것으로 설명할 수 있다. 이용악 시인은 해방 후 1946년 조선문학가동맹에 가입했고, 1947에 남로당에 입당하면서 본격적인 사회주의 활동을 했다. 그리고 시집 『오랑캐꽃』을 출간한 직후인 1949년 사상범으로 체포되어 수감되었으며 1950년 월북한다.[26] 이 시는 그가 본격적으로 사회주의 활동을 하기 전 자신의 선택에 대한 갈등을 형상화한 시로도 해석된다.

어느 편으로 보든지 시 「밤이면 밤마다」에서 멜레토스는 무의식 속에 존재하는 불안과 죄의식의 그림자다. 그는 표면적으로 고발자이지만, 혐의로써 시인을 성찰하게 하다는 점에서 역설적으로 자기성찰의 조력자 역할을 한다. 즉, 멜레토스는 원전과는 다르게 선악의 이분법을 넘어 갈등하고 성찰하는 자아를 상징한다. 시 「밤이면 밤마다」는 원전을 창조적으로 변용한 상호텍스트성의 대표적인 예다.

4. '다뷔데': 원수를 향한 분노와 투쟁

이용악 시인은 해방을 계기로 다시 작품 활동을 시작한다. 시 「나라에 슬픔 있을 때」는 1945년 12월에 쓰고, 1946년 4월 『신문학』에 발표했으며, 제4시집 『이용악집』(1949)에 수록된 작품이다. 이 시는 해방 후 최초로 발표한 시 「시골사람의 노래」와 같이 절필 후 시작을 재개하면서 쓴 시들 중 하나에 해당한다. 앞에서 살펴보았듯이 시 「시골사람의 노래」에서 이용악은 과거 문약한 시인으로서의 '욕된 나날'을 성찰했다. 시 「나라에 슬픔 있을 때」에서는 자신의 정체성을 전사(戰士)에 두고 원수를 향한 '투쟁'을 선언하며 앞

---

26 윤영천, 「이용악 연보」, 윤영천 편, 앞의 책, 263면 참조.

으로의 시작 방향을 제시한다.

　시「나라에 슬픔 있을 때」는『구약성서』「사무엘 상」의 '다윗과 골리앗 이야기'를 차용하고 있다. 이용악 시에서 기독교적인 이미지는 "우뢰소리와 함께 둘로 갈라지는 갈바리의 산"(「항구에서」) 등 부분적으로 사용되기도 했으나, 시 전체에 성서의 이야기를 배경으로 삼은 작품은 이 시가 유일하다. 다음은 시 전문이다.

　　　　자유의 적 꼬레이어를 물리치고저
　　　　끝끝내 호올로 일어선 다뷔데는 소년이었다
　　　　손아귀에 감기는 단 한 개의 돌멩이와
　　　　팔맷줄 둘러메고
　　　　원수를 향해 사나운 짐승처럼 내달린
　　　　다뷔데는 이스라엘의 소년이었다

　　　　나라에 또다시 슬픔이 있어
　　　　떨리는 손등에 볼타구니에 이마에
　　　　싸락눈 함부로 휘날리고 바람 매짜고
　　　　피가 흘러
　　　　숨은 골목 어디선가 성낸 사람들
　　　　동포끼리 옳잖은 피가 흘러
　　　　제마다의 가슴에 또다시 쏟아져내리는
　　　　어둠을 헤치며
　　　　생각는 것은 다만 다뷔데

　　　　이미 아무것도 갖지 못한 우리
　　　　일제히 시장한 허리를 졸라맨 여러가지의

띠를 풀어 탄탄히 돌을 감자

나아가자 원수를 향해 우리 나아가자

단 하나씩의 돌멩일지라도 틀림없는

꼬레이어의 이마에 던지자

〈1945년 12월〉

－「나라에 슬픔이 있을 때」전문

　인용시「나라에 슬픔이 있을 때」에서 시적 화자는 청자에게 다윗과 골리
앗의 이야기에 빗대어 우리 모두 힘을 합해 원수를 물리쳐야 한다고 역설하
고 있다.

　1연은『구약성서』에 나오는 다윗과 골리앗의 이야기다. 여기서 원수 골리
앗을 향해 내달린 다윗은 '사나운 짐승'에 비유된다.

　2연은 우리의 이야기다. 해방을 맞았지만 나라에 또다시 슬픔이 있다. 그
러나 '동포끼리' 피를 흘리는 것은 옳지 않다. 적은 우리가 아닌 그들이기 때
문이다. 이용악의 민족해방 노선을 엿볼 수 있는 대목이다. 저마다의 가슴
에 어둠이 쏟아져내리는 비극적인 이 땅에서 화자는 골리앗과 싸워 이긴 다
윗을 떠올린다.

　3연에서 화자는 우리를 다윗에, 원수를 골리앗에 대입시킨다. 다윗이 단
한 개의 돌멩이와 팔맷줄로 골리앗을 쓰러뜨렸듯이 우리도 원수를 향해 "일
제히 시장한 허리를 졸라맨 여러가지의/띠를 풀어 탄탄히 돌을 감자"고 외
친다.

　다음은 이 시와 상호텍스트성을 이루고 있는『구약성서』의「사무엘 상」중
'다윗과 골리앗' 부분이다.

블레셋 사람[27]이 일어나 다윗에게로 마주 가까이 올 때에 다윗이 블레셋
사람을 향하여 빨리 달리며
손을 주머니에 넣어 돌을 가지고 물레로 던져 블레셋 사람의 이마를 치매
돌이 그의 이마에 박히니 땅에 엎드러지니라
다윗이 이같이 물매와 돌로 블레셋 사람을 이기고 그를 쳐죽였으나 자기
손에는 칼이 없었더라
다윗이 달려가서 블레셋 사람을 밟고 그의 칼을 그 칼 집에서 빼내어 그
칼로 그를 죽이고 그의 머리를 베니 블레셋 사람들이 자기 용사의 죽음을
보고 도망하는지라[28]

시 「나라에 슬픔이 있을 때」는 다윗과 골리앗 편의 바로 이 부분을 배경으
로 한다. 앞에서 살펴본 시 「밤이면 밤마다」에서는 화자가 원전 『소크라테
스의 변명』의 작중인물이 되어 불안하고 긴장된 상황을 보여줬다면, 이 시
에서 화자는 일종의 '편집자'로서 원전의 이야기를 요약하고 자신의 의견을
덧붙여 보다 직접적으로 자신의 주장을 피력하고 있다. 이 시에서 청자가 누
구인지는 구체적으로 드러나 있지는 않으나 '우리'라고 말한 것에 미루어 화
자와 동질성이 강한 집단임을 알 수 있다. 화자는 이야기를 전달함으로써 청
자를 선도함과 동시에 스스로의 신념을 확고히 하고자 한다.
시 「나라에 슬픔 있을 때」를 발표하기 직전인 1946년 2월 조선문학가동맹

---

27 여기서 블레셋 사람은 '골리앗'을 이른다. 『구약성서』의 「사무엘 상」 '다윗과 골리앗'에는 블
레셋 사람 골리앗의 모습이 다음과 같이 묘사돼 있다. "블레셋 사람들의 진영에서 싸움을 돋우는
자가 왔는데 그의 이름은 골리앗이요 가드 사람이라 그의 키는 여섯 규빗 한 뼘이요 머리에는 놋
투구를 썼고 몸에는 비늘 갑옷을 입었으니 그 갑옷의 무게가 놋 오천 세겔이며 그의 다리에는 놋
각반을 쳤고 어깨 사이에는 놋 단창을 메었으니 그 창 자루는 베틀 채 같고 창 날은 철 육백 세겔이
며 방패 든 자가 앞서 행하더라" 대한성서공회, 「사무엘 상」 17장 48-51절, 『관주·해설 성경전
서』, 보진재, 2005, 435면.
28 위의 책, 437면.

에 가입한 이용악은 이 시로써 자신의 이념적 방향을 표명했다. 문학을 이념의 도구로 사용했다는 점에서 시「나라에 슬픔 있을 때」는 1920-30년대 우리 문단의 카프 시와 시적 경향이 일치한다. 이미 임화의 '단편서사시' 등에서 나타났던 선동적인 어조는 이 시에서 그대로 재현된다. 다만 이용악은 고전과의 상호텍스트성을 통해 원전의 인물을 알레고리적으로 재해석하고 있다. 즉, 우리를 다윗과 동일시하고 원수를 골리앗에 대입함으로써 적을 향

오스마 쉰들러의 「다윗과 골리앗」.
무장한 거인 골리앗을 향해 다윗이 돌팔매줄을 휘두르고 있다.

한 분노를 정당화하는 동시에 도덕적 우월감을 선점한다.

앞에서 살펴본 시「별 아래」와「밤이면 밤마다」에서 시적 화자가 탄탈로스와 소크라테스 같이 무력하거나 노쇠한 인물들과 동일시되었던 것과는 달리, 시「나라에 슬픔 있을 때」에서는 다윗이라는 16세의 소년에 동화된다. 그런데 이 이스라엘 소년은 뜻밖에도 '사나운 짐승'에 비유된다. 다윗을 짐승에 비유한 이용악의 시적 의도는 무엇일까.

짐승의 이미지는 이용악 초기시부터 빈번히 나왔다. 일제강점기 이용악 시에 나타난 동물은 산토끼·암사슴·코끼리·두루미·두더지 같이 '사납지 않은' 짐승들이었다. 그런데 산토끼는 얼어 죽었으며(「국경」), 암사슴은 병들어 있고(「영(嶺)」), 코끼리는 말이 없다(「두만강 너 우리의 강아」). 두루미도 날개가 부러져 있다(「병」). 순한 자신의 본성조차 제대로 발휘되지 못한 상태였다. 두더지 역시 "숨맥히는 어둠에 벙어리 되어 떨어진/가난한 마음"(「두더쥐」)으로 그려진다. 그밖에 금붕어(「금붕어」)도 나오고, 곤충(「동면하는 곤충의

노래」)도 등장한다. 이들도 유리 항아리나 땅 속 같은 밀폐된 공간에서 힘겹게 연명하고 있다.

동물들의 이런 부정적인 모습은 음침한 골목길에서 두려움에 떨거나, 뒷길에 숨어 히 히 몰래 웃었던 화자의 불안정한 모습과 겹쳐진다. 우리에 갇힌 병든 짐승과도 같이 화자는 뒷길이나 병실, 혹은 굴[29] 같이 폐쇄된 공간에서 "등을 동그리고" 죽음과 이웃하며 긴 시간을 견딘다.

> 한 방 건너 관 덮는 모다귀소리 바삐 그친다
> 목메인 울음 땅에 슬피 내린다
> (⋯중략⋯)
> 나의 병실엔 초라한 돌문이 높게 솟으라선다
>
> ─「등을 동그리고」 부분

> 돼지굴 같은 방 등잔불은
> 밤마다 밤새도록 꺼지고 싶지 않었지
>
> ─「고향아 꽃은 피지 못했다」 부분

> 수염이 길어 흉한 사내는
> 가을과 겨울 그리고 풀빛 기름진 봄을
> 이 굴에서 즘생처럼 살아왔단다
>
> ─「밤」 부분

---

29 아래 두 번째 인용한 시 「고향아 꽃은 피지 못했다」에서 '돼지굴'은 '돼지우리'를 가리킨다. 곽충구는 함북방언에서 '굴'은 '우리'를 뜻한다고 하면서, 닭굴(닭장), 오리굴(오리 우리) 등의 용례를 들었다. 그러나 그 아래의 인용시 「밤」에서의 '굴'은 단독으로 쓰였으므로 우리가 아닌 동굴(洞窟)의 의미로 보는 것이 자연스러울 것이다. 곽충구, 「이용악의 시어에 나타난 방언과 시문법의식」, 『문학과 방언』, 2001, 100면 참조.

그러나 시적 화자에게 폐쇄된 공간에서의 시간은 새로운 탄생을 위한 휴식기이기도 했다. 시 「오월에의 노래」(『문학』, 1946.7)에 나타난 것처럼 방 안에는 몇 권의 책과 아무렇게나 쌓아놓은 신문지, 그리고 그 위에 독한 약봉지와 한 자루의 칼이 놓여있다. 그런데 책들은 "인젠 불살러도 좋은" 것들로 간주된다. 반면 신문지는 "어느 동무들이 희망과 초조와 떨리는 손으로 주워 모은 활자"로 만든 것으로, 독한 약봉지와 한 자루 칼을 받치고 있다. 책이 태워 없애도 상관없는 구시대 지식의 상징이라면, 신문은 해방 현장의 신지식을 나타낸다. 시 「열두 개의 층층계」에서도 네 벽에 층층이 쌓여 있는 것은 '책이 아니라' 약상자라고 나온다. 병든 그가 책을 불사르고 약봉지를 선택한다는 것은 책이 상징하는 문약함을 버리고 강인한 육체로 거듭나겠다는 회복의지의 표현이다. 게다가 칼은 투쟁을 상징한다.[30] 일찍이 그가 시 「동면하는 곤충의 노래」에서 예견한 "위대한 약동의 전제"가 이 시기에 이루어졌음을 알 수 있다.

산과 들이
늙은 풍경에서 앙상한 季節을 시름할 때
나는 흙은 뒤지고 들어왔다

---

30 이경수는 『이용악집』에 수록된 「오월에의 노래」 4연에 등장하는 "독한 약봉지와 한자루 칼이 놓여 있는 거울 속에 너는 있어라"가 『리용악 시선집』에 "지난날의 번뇌와 하직하는 나의 관가리 노래가 놓여있는 거울 속의 오월이여 넘쳐라"로 수정되어 재수록됐다는 사실을 들어, 독한 약봉지와 한 자루 칼을 시인의 갈등과 번뇌를 상징하는 것으로 '다분히 감상적이며 퇴폐적인 성격의 것'이라고 보았다. 그러나 독한 약은 독약이 아니며, 한 자루의 칼 역시 자해의 도구가 아니다. 본문에서 말했듯이 독한 약과 한 자루 칼은 병들고 문약한, 이경수의 표현대로라면 '감상적이며 퇴폐적인' 화자를 오히려 치유하고 강건하게 만드는 역할을 한다. 이 시가 '메에데에', 즉 해방 후 처음으로 맞은 노동절을 기념해 쓴 작품임을 감안하면 그 의미는 더욱 분명해진다. 이 약과 칼을 굳이 개작시와 비교해 해석한다면 그 자체가 '지난날의 번뇌에 대한 하직'이며 '넘쳐나는 오월'을 상징하는 것으로 보아야 할 것이다. 이경수, 「『이용악 시선집』 재수록 작품의 개작과 그 의미」, 『북한시학의 형성과 사회주의 문학』, 소명출판, 2013, 213면 참조.

차군 달빛을 피해
둥글소의 앞발을 피해
나는 깊이 땅속으로 들어왔다

(…중략…)

온갖 어둠과의 접촉에서도
생명은 빛을 더불어 思索이 너그럽고
갖은 학대를 체험한 나는
날카로운 무기를 장만하리라
풀풀의 물색으로 平和의 衣裝도 꾸민다

얼음 풀린
냇가에 버들이 휘늘어지고
어린 종다리 파아란 航空을 시험할 때면
나는 봄볕 짜듯한 땅 우에 나서리라
죽은 듯 눈감은 명상
나의 冬眠은 위대한 躍動의 前提다

　　　　　　　　　　　　　　　－「冬眠하는 昆蟲의 노래」 부분

　　인용시 「동면하는 곤충의 노래」는 이용악의 첫 시집 『분수령』(1937)에 수록된 작품이다. 일제의 수탈정책이 심화되던 당시 문약한 시인이 할 수 있는 것은 차가운 달빛과 둥글소(황소)의 앞발로 상징되는 일제의 학정을 피해 땅속으로 깊이 숨는 것뿐이었다. 그러나 시인은 곤충의 목소리를 빌려 "갖은 학대를 체험한 나는/날카로운 무기를 장만하리라"고 말한다. 그 날카로운 무기가 시 「오월의 노래」에서 나온 한 자루의 칼이다. 안으로는 날카로운 무기를 장만하되, 겉으로는 "풀풀의 물색으로 평화의 의장(衣裝)"도 꾸미겠다는 다짐은 일제치하에서 보여준 시인의 행동이 경우에 따라서는 본의와는 다른 일종의 보호색이었을 수도 있음을 알려준다. 그렇다면 일제 말 그가 쓴 친일시 역시 무기를 준비하는데 필요한 보호색이었을까. 이 구절로 이용악의 친일시에 면죄부를 줄 수는 없으나, 적어도 그가 벌레와 같은 삶을 살면서도 다른 한 편으로는 그 욕된 삶을 도약의 전제로 삼고자 했음을 짐작할 수 있다.

해방이 되자 시인은 밀실에서 거리로 나온다. 그런데 그 거리는 "피로 물든 거리"(「우리의 거리」)였으며, "데모에 휘날리던 깃발까지도 소중히 감아 들고 지금 저무는 서울 거리"(「노한 눈」)였다. 노한 눈들이 불길처럼 일어서는 그 거리에서 시인은 다음과 같이 말한다.

> 내사 아마도 픽도 약한 시인이길래 부끄러이 낯을 돌리고 그저 울음이 복
> 받치는 것일까
>
> ― 「노한 눈들」 부분

이용악 시인은 일제강점기 자의식의 표상이었던 병든 짐승이 해방을 맞아 거리로 나서며 다윗처럼 '사나운 짐승'이 되기를 원했을 것이다. 그러나 시 「노한 눈들」에서 "부끄러이 낯을 돌리고 그저 울음이 복받치는" 시적 화자는 투사라기보다는 아직 문약한 시인에 더 가깝다.

이용악 시인이 문약함을 버리고 바라던 대로 강인한 전사로서의 모습을 갖춘 것은 1947년 2월 『문학』에 발표한 시 「기관구(機關區)에서」부터다. 이 시에서 그는 원수를 향한 분노와 적개심을 일관되게 드러내며 투쟁의 승리를 확신하는데, 시 「나라에 슬픔이 있을 때」에서 다만 '자유의 적'으로 규정되었던 원수는 '헐벗고 굶주린 인민의 적'으로 구체화되면서 노동자들의 시위가 "우리의 것을 우리에게 돌리라"는 계급투쟁의 성격을 갖고 있음을 시

사한다. 시 「기관구에서」는 이용악 시인이 자신의 사회주의적 이념과 그 이념을 실천하는 전사로서의 정체성을 확립한 작품이다.

핏발이 섰다 집마다 지붕 위 저리 산마다 산머리 위에 헐벗고 굶주린 사람들의 핏발이 섰다

누구를 위한 철도냐 누구를 위해 동트는 새벽이었나 멈춰라 어둠을 뚫고 불을 뿜으며 달려온 우리의 기관차 이제 또한 우리를 좀먹는 놈들의 창고와 창고 사이에만 늘여놓은 철길이라면 차라리 우리의 가슴에 안해와 어린것들 가슴팍에 무거운 바퀴를 굴리자

피로써 부르리라 우리의 것을 우리에 돌리라고 요구했을 뿐이다 생명의 마지막 끄나푸리를 요구했을 뿐이다

그러나 아느냐 동포여 우리에게 총부리를 겨누고 다가서는 틀림없는 동포여 자욱마다 절그렁거리는 사슬에서 너이들까지 완전히 풀어놓고저 인민의 앞재비 젊은 전사들은 원수와 함께 나란히 선 너이들 앞에 일어섰거니 강철이다 쓰러진 어느 동무의 소리가 바람결에 들릴지라도 귀를 모아 천길 일어설 강철 기둥이다

며칠째이냐 농성한 기관구 테두리를 지키고 선 전사들이어 불꺼진 기관차를 끼고 옳소 옳소 외치며 박수하는 똑같이 기름 배인 손들이어 교대시간이 오면 두 눈 부릅뜨고 일선으로 나아갈 전사 함마며 피켈을 탄탄히 쥔 채 철길을 베고 곤히 잠든 동무들이어

핏발이 섰다 집마다 지붕 위 저리 산마다 산머리 위에 억울한 모든 사람

들이 우리의 승리를 약속하는 핏발이 섰다

—「機關區에서 – 남조선 철도파업단에 드리는 노래」 전문

인용시 「기관구에서」는 1946년 9월에 일어난 철도총파업을 소재로 쓴 작품이다. 이 시에서 시인은 철도파업의 현장 속에서 노동자들의 투쟁의 모습을 비장한 어조와 역동적인 리듬으로 생생하게 표현하고 있다. 우리 속에 감금된 비천한 짐승과도 같았던 헐벗고 굶주린 사람들이 분노의 핏발을 세우며 함께 투쟁하는 모습은 바로 골리앗과 싸우던 '사나운 짐승'으로서의 다윗의 모습이다. 이숭원은 이 시에 담겨진 민중의 힘에 대한 신뢰에 대해 "식민지시대의 이야기시에서 한 단계 전진한 요소"로 평가하면서, 일제 말 이용악 시에 나타난 의식의 혼란과 시상의 파탄은 이 시에 이르러 극복됐다고 상찬했다.[31]

이 시를 발표할 당시인 1946년 조선문학가동맹의 회원으로 활약하던 이용악은 이듬해 남로당에 입당하고 조선문화단체총연맹 서울시 지부 예술과 핵심요원으로 선전·선동 활동에 종사하다 1949년 8월경에 검거된다. 그리고 1950년 2월 6일 서울지방법원에서 징역 10년을 선고받고 서대문형무소에서 복역하다 6월 28일 인민군의 서울 점령 시 풀려나와 월북한다.[32]

월북 이후 이용악은 시 「평남관개시초」(『조선문학』, 1956.8)로 조선인민군 창건 5주년 기념 문학예술상의 시 부문 일등상을 받았으며,[33] 1957년 조선작가동맹사에서 『리용악 시선집』을 펴내는 등 북한 문단에 성공적으로 안착한 것으로 알려져 있다. 이렇게 '머물지 못하던' 그의 영혼은 사회주의라는 이념의 별 아래 자리 잡는다.

31 이숭원, 앞의 글, 233–234면 참조.
32 윤영천, 「이용악 연보」, 윤영천 편, 앞의 책, 263면 참조.
33 이용악, 『리용악 시선집』, 조선작가동맹출판사, 1957, 152면.

이용악은 월북 초기인 이른바 '조국해방전쟁기'[34]에 적을 향한 강한 적개심을 드러냄으로써 전쟁의 사기를 고취하고 반미의식을 강하게 드러내며 영웅으로서의 민중의 모습을 시화하는 데 몰두한다.[35] 이는 월북 시인이 자신의 '이념적 결백성'을 증명하기 위한 필수 과정이었을 것이다. 다음은 『리용악 시선집』에서 간추린 그 시기의 시들이다.

미제를 무찔러 살인귀를 무찔러

남으로 남으로 번개같이 내닫는

형제여 강철의 대오여

최후의 한놈까지 원쑤의 가슴팍에

땅크를 굴리자.

    -「원쑤의 가슴팍에 땅크를 굴리자」부분, 『리용악 시선집』

카빈 보총이 늘어 선 공판정에서

검사놈 상판대기에 침을 뱉고

역도 리 승만의 초상을 신작으로 갈긴

어린 녀학생은 피에 젖어 들것에 얹히어

감방으로 돌아 갔다

    -「평양으로 평양으로」부분, 『리용악 시선집』

---

34 북한문학사에서는 1950-53년을 '조국해방전쟁 시기'로 지칭한다. 참고로 1945-50년은 '평화적 민주건설 시기', 1953-58은 전후복구건설 및 사회주의 기초건설 시기, 1959-69년은 '사회주의 전면적 건설 시기', 그리고 1970년 이후는 '주체 시기' 등으로 구분한다. 김경숙, 『북한현대시사』, 태학사, 2004, 22-33면 참조; 이상숙 외 편, 『북한의 시학 연구 5. 시문학사』, 소명출판, 2013, 12-15면 참조.
35 이경수, 「월북 이후 이용악 시에 나타난 청년의 표상과 그 의미」, 『한국시학연구』 제35호, 2012.12, 207면 참조.

제5시집『리용악 시선집』에 소개된 저자 약력에 따르면, 이용악이 1949년 체포된 이유는 미 제국주의와 이승만 정권에 반대하는 투쟁에 나섰기 때문이었다고 한다.[36] 인용시들은 이용악의 이러한 사상적 이력을 그대로 드러냄과 동시에, "원쑤에 대한 열화 같은 증오심과 애국주의와 영웅성으로 교양하기 위하여 자기의 모든 재능과 정열을 다 바칠 것"[37]을 요구했던 조국해방전쟁기 북한 문단의 지침을 충실히 수용하고 있다.

시 「나라에 슬픈 일이 있을 때」에서 나타난 성서와의 상호텍스트성은 이렇게 원수에 맞서 싸우는 인민의 이야기로 발전한다. 월북 초기 이용악 시는 전반적으로 시 「기관구에서」에서 보여준 분노와 선동성이 한층 더 고조되어 있으며, 시집 「오랑캐꽃」 이후 약화되었던 서사성이 다시 강화되는 경향을 보인다. 그러나 그 시기 이용악의 이야기시는 1920-30년대 우리 문단의 카프 시가 그랬고 월북 시인들의 대부분의 시가 그랬듯이 편내용주의적이며, 몇몇 시들에서는 "경애하는 수령 김일성 장군 만세!"(「어디에나 싸우는 형제들과 함께」) "조선민주주의 인민공화국 만세!"(「평양으로 평양으로」)와 같은 구호들이 눈에 띄기도 하고,[38] 인용시에서처럼 여과되지 않은 분노를 표출하기도 한다.[39] 일제 말과 해방기라는 혼란기에 시의식의 파탄을 보이던 시인이

---

36 이용악, 『리용악 시선집』, 조선작가동맹출판사, 1957, 152면.

37 이상숙 외 편, 「조선문학통사 하」, 앞의 책, 303-304면.

38 시 「어디에나 싸우는 형제들과 함께」와 시 「평양으로 평양으로」는 동일한 내용을 담고 있는 유사한 작품으로, 이용악이 1952년 1월 『문학예술』에 발표한 시 「어디에나 싸우는 형제들과 함께」를 수정해 1957년 시집 『리용악 시선집』에 「평양으로 평양으로」라는 제목으로 수록했을 것이라 짐작된다. 이경수, 앞의 글, 212-213면 참조.

39 이용악의 월북 초기시에는 특히 미국에 대한 분노가 두드러진다. 시 「핏발선 새해」(1951, 『리용악 시선집』)에는 "타다 남은 솔글거리/눈에 묻혀 이름없는 풀포기까지도/독을 뿜으라/미국 야만들을 향해/일제히 독을 뿜으라.", 시 「막아보라 아메리카여」(『문학예술』, 1951.11)에는 "원쑤에겐 더덕 바위도 칼로 일어서고/조약돌도 불이 되어 튀거니//맑스-레닌주의 당이/불사의 나래를 떨친 동방/싸우는 조선 인민은/싸우는 조선 중국 인민은/네 놈들의 썩은 심장을 뚫고/전취한다 자유를!/전취한다 평화를!"과 같은 구절도 있다.

서사성의 대안으로서 선택한 것이 고전과의 상호텍스트성이었거니와, 이용악 시인은 그를 통해 이념의 정체성을 확립하고 서사성을 회복하였으나, 사회주의 체제 안에서의 서사성은 결국 찬양과 선전의 이야기로 단순·획일화되는 과정을 거칠 수밖에 없었음을 알 수 있다.

5. 상호텍스트성의 역할과 의의

필자는 이 논문에서 시 「별 아래」와 「밤이면 밤마다」, 그리고 「나라에 슬픔이 있을 때」를 주요 텍스트로 원전과의 비교 및 다른 시들과의 교차 강독을 통해 작품의 의미를 해독하고, 궁극적으로 이용악 시에서 상호텍스트성의 역할과 의의를 알아보고자 했다.

이용악의 시에서 서사지향성은 1940년을 전후로 약화된다. 이 무렵 그의 시에서는 이전에 볼 수 없었던 현상이 발견되는데, 바로 서양 고전과의 상호텍스트성이다.

시 「별 아래」에서 시인은 고향을 그리워하는 마음을 그리스 신화의 탄탈로스 이야기를 배경으로 노래했다. 이 시에서 탄탈로스는 '채울 수 없는 욕망의 기갈'을 상징한다. 관찰자였던 화자는 탄탈로스에 동화된다. 탄탈로스 신화는 이용악 전체 시를 가늠할 수 있는 상상력의 원형이다. 우선 그 연계점은 '굶주림'이다. 굶주림으로 촉발된 고향으로부터의 탈출은 이후 귀향과 이향이 반복되면서 유랑으로 변모한다. 그와 함께 굶주림은 '채울 수 없는 갈망'으로 변화한다. 탄탈로스의 물과 열매가 성취할 수 없는 욕망의 상징이듯이 이용악의 고향도 채울 수 없는 그리움의 대상이다. 이용악 시에 나타난 궁핍과 굶주림은 탄탈로스 신화와 상호텍스트성을 이루면서 이상에 대한 채울 수 없는 갈망으로 변모한다.

시 「밤이면 밤마다」는 플라톤의 『소크라테스의 변명』과 상호텍스트성을 가지고 있다. 이 시에서 멜레토스는 '죄의식의 그림자'를 상징한다. 이 시의 화자는 소크라테스다. 화자 스스로 원전의 작중인물이 됐다는 점에서 원전과의 밀접도는 보다 높다. 화자는 밤마다 집요하게 따라다니는 멜레토스의 환영에 불안과 극심한 공포를 느낀다. 멜레토스는 화자로부터 분열된 또 다른 자아로서 신념에 대한 회의가 인격화된 것이다. 그는 표면적으로 고발자지만, 혐의로써 시인을 성찰하게 한다는 점에서 역설적으로 자기성찰의 조력자 역할을 한다. 멜레토스는 원전과는 다르게 선악의 이분법을 넘어 갈등하고 성찰하는 자아를 나타낸다. 이 시는 원전을 창조적으로 변용한 상호텍스트성의 대표적인 예다.

시 「나라에 슬픔이 있을 때」는 『구약성서』의 '다윗과 골리앗의 이야기'를 차용하고 있다. 이 시에서 다윗은 '원수를 향한 분노와 투쟁'을 상징한다. 이 시의 화자는 일종의 편집자로서 원전의 이야기를 요약하고 의견을 덧붙여 보다 직접적으로 자신의 주장을 피력한다. 즉, 시인은 원전의 인물을 알레고리적으로 해석해 우리를 다윗에, 원수를 골리앗에 대입시킨다. 이 시에서 이용악은 자신의 정체성을 전사에 두고 원수를 향한 투쟁을 선언함으로써 앞으로의 시작 방향을 제시하고 있다.

이렇게 서양 고전과 상호텍스트성을 이루는 이용악 시의 인물들은 일제 강점기 자의식을 수렴하고 해방 공간에서 시인으로서의 위치를 새롭게 모색하는 역할을 한다. 이용악은 일제 말과 해방기, 혼란스러웠던 시의식에 고전 속 '그들의 이야기'를 차용함으로써 명료한 서사성을 회복하고 시적 전망을 확보한 것이다. 이용악 시의 상호텍스트성은 서사성이 위축되고 서정성이 강화되었던 시기에 대안으로 나타난 과도기적 현상이며, 이를 계기로 이용악은 사회주의적 이념과 그 이념을 실천하는 투사로서의 정체성을 확립한다. 따라서 이용악 시의 상호텍스트성의 의의는 파탄의 지경에 이르렀던 시의식이 고전 속 인물과의 교감을 통해 과거를 성찰하고 미래를 전망하면서 현실에 대한 능동적인 태도를 갖추게 됐다는 데 있다.

이후 이용악 시는 서사지향성이 강화되고, 일관된 시의식을 견지하며 민중의 힘에 대한 신뢰를 보여주는 등 한 단계 발전한다. 다만 월북 초기의 몇몇 시는 전쟁의 사기를 고취하고 반미의식을 강하게 드러내는 과정에서 찬양과 선전으로 단순·획일화되는 면모를 보이기도 한다. 이는 월북 시인이 사회주의 체제에서 자신의 이념적 결백성을 증명하기 위해 어쩔 수 없이 거쳤어야만 했을 과정이라 여겨진다.

김현승 시와
'요나(Jonah) 원형'

1. 시세계의 변모와 요나의 서사

    1934년에 등단한 이래로 신앙과 고독에 대
해 노래한 김현승은 한국 시문학사에서 기독
교정신과 인간주의를 바탕으로 독특한 시세
계를 이룬 시인으로 평가된다. 이 논문은 김
현승 시인의 시작품을 『구약성서』의 「요나
서」와 비교함으로써 그의 시에 나타난 상상
력의 원형과 지향의식을 살펴보는 것을 목적
으로 한다.

김현승(1913-1975)

    「요나서」의 주인공은 B.C. 8세기의 이스라
엘의 예언자 요나(Jonah)다. 그는 아밋대의 아들로,[1] 하나님을 경외하던 자였

---

1 아밋대는 히브리어로 '진실'이라는, 요나는 '비둘기'라는 의미를 지닌 이름이다. '아밋대의
아들 요나=Dove, Son of Truth' 김희보, 『구약 요나 · 나훔 · 오바댜 주해』, 총신대학교출판부,
1988, 16면 참조. 이후 「요나서」 해석은 이 책의 주해를 참고했다.

다. 그러던 그가 신의 뜻을 거역한다. 풍랑이 이는 바다로 던져진 요나는 큰 물고기에 삼켜지고, 물고기 뱃속에서 회개한다. 신은 물고기에게 그를 토하게 한다. 다시 살아난 요나는 신의 뜻을 따르게 된다.

절대자에 대한 경외와 그에 반하는 회피, 그리고 참회와 귀의로 이뤄진 「요나서」제1, 2장의 서사는 김현승 시의 변모 양상과 일치한다. 김현승 스스로도 시「이 어둠이 내게 와서」에서 자신을 요나와 동일시했다.[2]

김현승 시와 요나 원형과의 연계성을 처음으로 논한 연구자는 곽광수다. 그는 김현승 시의 이미지를 분석하면서 시세계의 통일적인 흐름인 '사라짐과 영원성에의 지향'을 언급한다. 그리고 이러한 이미지들은 근원회귀의 상상력으로서 요나 콤플렉스에 수렴된다고 했다.[3]

요나 콤플렉스는 바슐라르가 말한 문화적 콤플렉스의 일종이다.[4] 바슐라르는 요나가 물고기 뱃속에서 사흘 밤낮을 견딘 후에 다시 살아났다는 것에 착안해 요나 콤플렉스를 도출했다. 그것은 어머니의 태반 속에 있을 때에 무의식 속에 형성된 이미지로서, 우리들이 어떤 공간에 감싸이듯이 들어 있을 때에 안온함과 평화로움을 느낀다는 것이다.[5] 바슐라르는 요나 콤플렉스가 '부드럽고 따뜻하며 결코 습격 받은 적이 없는 편안함의 온갖 형상들'을 지향하고, 죽음의 모성이라는 주제와 그리스도의 부활이라는 이미지를 안고

---

2 김현승은 「이 어둠이 내게 와서」라는 제목으로 2편의 시를 발표했다. 요나와 자신을 동일시한 작품은 1973년에『신동아』에 발표한 2번째 시로, 1967년『기독교 문학』에 발표한 첫 번째 작품을 일부 개작한 것이다. 개작시「이 어둠이 내게 와서」는 유고시집『마지막 지상에서』의 제1부에, 원시(原詩)는 제2부에 수록돼 있다.
3 곽광수, 「사라짐의 영원성」, 『김현승 시 논평집』, 숭실대학교출판부, 2007.
4 문화적 콤플렉스란 개인적 생활에서 발견되는 것이 아니라 '책에서 발견되며', 전통문화와 연관된다. 엠페토클레스 콤플렉스·로트레아몽 콤플렉스·오필리아 콤플렉스, 그리고 요나 콤플렉스 등이 있다. 김현, 「바슐라르적 콤플렉스 개념」, 『바슐라르 연구』, 민음사, 1976, 207~209면 참조.
5 곽광수, 「바슐라르와 상징론사」, 『공간의 시학』, 민음사, 1990, 15면 참조.

있다고 했다.[6]

   곽광수가 김현승 시에서 이끌어낸 요나 콤플렉스는 '덮거나 감싸는 것'으로 나타나며, 모태와도 같이 평화롭고 이상적인 낙원을 지향한다. 김경복 역시 그와 유사한 관점으로, 김현승이 시간의 폭력과 감시자인 신의 눈길을 벗어나기 위해 어둠 속으로 피신했으며, 이 과정에서 요나 콤플렉스가 나타난다고 했다.[7] 이 논문들에는 요나 콤플렉스의 핵심인 부활, 혹은 존재의 전환 등에 관한 언급은 없으나, 시적 상상력의 개성을 이미지의 지향성으로써 규명하고자 했다는 점에서 의미있는 연구라 볼 수 있다.

   그 외에도 김현승의 시를 기독교적인 관점에서 논하는 논문에서 몇몇 연구자들이 요나 콤플렉스에 대해 주목했다. 박윤기는 『김현승시전집』의 '날개' 부분과 『마지막 지상에서』의 1부에 수록된 시를 대상으로 김현승의 말기시에 나타난 기독교적 상상력을 요나 콤플렉스를 통해 논했다. 그는 김현승 시가 자기 유폐적 요나 콤플렉스를 가지고 있으며, 이는 곧 자기 형벌과 신에의 귀의를 양의적으로 보여주는 기독교적 상상력으로서 인간적 참회 뒤에 종교인이 지향해야할 바를 전형적인 이미지로 보여주고 있다고 했다.[8] 그러나 박윤기가 김현승 시 중 요나 콤플렉스를 드러내는 대표시로 분석한 시 「이 어둠이 내게 와서」는 1973년에 발표한 개작시가 아니라, 1967년의 원시로 그가 연구대상으로 제한한 말기시에 속하지 않는다는 문제점을 가지고 있다.

   김인섭은 시 「이 어둠이 내게 와서」(1973)에서 인유한 요나의 이야기는 "시인 자신이 고독을 추구하면서 신의 의지를 거역했던 시간을 암시하는 것으로도 볼 수 있으며, 보다 직접적으로는 시인이 생사의 기로를 헤매던 혼수

6 바슐라르, 『대지 그리고 의지의 몽상』, 정영란 역, 문학동네, 2002, 169면 참조.
7 김경복, 「김현승 시의 바람과 돌의 상상력 연구」, 부산대학교 석사논문, 1990, 57-59면; 김경복, 「석화증의 꿈과 우주적 자아-김현승 시의 현상학」, 『김현승』, 새미, 2006, 43-46면.
8 박윤기, 「김현승 말기 시의 기독교적 상상력 연구」, 부산외국어대학교 석사논문, 1992, 40-42면.

상태를 의미하는 것으로 볼 수 있다."고 했다.[9]

유성호 역시 시「이 어둠이 내게 와서」(1973)에 주목했다. 그는 이 시를 분석하는 과정에서 "김현승의 요나 콤플렉스는 신에의 절대귀의라는 적극적 의지의 표현"이며, 그런 의미에서 따뜻하고 편안한 내면 공간으로의 도피의식을 나타내는 바슐라르의 요나 콤플렉스와는 구별돼야한다고 말했다.[10]

홍문표는 키에르케고르의 신학적 고독과 김현승의 시적 고독을 살펴보는 과정에서 시「이 어둠이 내게 와서」를 요나의 참회시와 비교 분석했다. 물고기 뱃속에서 살아난 요나는 죽음의 고비에서 소생한 김현승의 인생체험을 상징적으로 시사해주고 있으며, 요나의 기적과 같은 이런 상황은 근원회귀, 또는 요나 콤플렉스에서 비롯된다고 했다.[11]

이상의 연구들은 김현승 시와 요나 원형을 연계해 주로 요나 콤플렉스를 중심으로 논의를 전개하고 있다. 그러나 이 연구들은 요나 콤플렉스의 적용 대상을 말기시로 제한하고, 특히 시「이 어둠이 내게 와서」에 논의를 집중하고 있다.

요나적 상상력은 비단 시「이 어둠이 내게 와서」나, 그 시를 포함한 말기 작품에만 존재하는 것이 아니다. 그것은 김현승 시 전체를 지배하는 상상력이다. 요나 원형은 김현승 시에서 처음과 끝을 일관하는 하나의 서사로 나타난다. 이에 필자는 김현승 전체 시를 대상으로 시세계의 전개 양상을 『구약성서』에 나오는 요나의 행적과 비교해 해석하고, 그에 따른 상상력의 구조와 지향의식을 살펴보고자 한다.

---

9 김인섭,「김현승 시의 상징체계 연구: '밝음'과 '어둠'의 원형상징을 중심으로」, 숭실대학교 박사논문, 1995, 84면.
10 유성호,「김현승 시의 분석적 연구」, 연세대학교 박사논문, 1997, 『다형 김현승 연구 박사학위논문선집』, 한림, 2011, 486면.
11 홍문표,「기독교적 구원의 두 양상 연구–키에르케고르의 신학적 고독과 김현승의 시적 고독을 중심으로」, 서울기독대학교 박사논문, 2004, 158-159면.

이를 위해 필자는 김현승의 전체 시를 신앙의 상태를 중심으로 3기로 구분했다. 제1기는 김현승 시인이 독실한 기독교적인 세계관을 기반으로 시세계를 구축한 시기로, 1934년 등단 무렵부터 1960년대 초반까지다. 등단 후 3~4년 간 쓴 시(『김현승시전집』의 '새벽교실' 부분 수록)와 이후 10년의 공백기를 갖다가 다시 시작활동을 한 시기의 작품들을 포함한다. 제1시집 『김현승시초』(1957)와 제2시집 『옹호자의 노래』(1963)가 출간됐다. 제2기는 시인이 신앙에 대해 회의를 갖은 시기로, 1960년대 중반에서 1972년까지다. 시집 『견고한 고독』(1968)과 『절대고독』(1970)이 출간됐으며, 『김현승시전집』(1974)의 '날개' 부분에 수록된 일부 시들이 쓰였다.[12] 제3기는 신앙으로의 회귀가 이뤄진 시기로 1973년 3월 고혈압으로 쓰러졌다가 깨어난 이후부터 1975년 타계하기까지다. 『김현승시전집』의 '날개' 부분과 유고시집 『마지막 지상에서』(1975)의 제1부에 실린 대부분의 시들이 이 시기에 쓰였다.[13] 이러한 구

---

12 이운용·조태일·박몽구 등의 연구자들은 『김현승시전집』의 '날개' 부분에 수록된 시를 『마지막 지상에서』의 1부와 함께 말기시로 분류하고 있다. 『김현승시전집』이 시인이 1973년 고혈압으로 쓰러졌다 깨어난 이후인 1974년에 출간됐기 때문으로 보이는데, 자세히 살펴보면 '날개' 부분에 수록된 시는 발표연도를 알 수 없는 23편의 시와 1974년 4월 『심상』에 발표한 시 「고백의 시」한 편을 제외한 나머지 시 19편이 1973년 이전에 발표됐다. 따라서 김현승이 혼수상태에서 깨어나서 시세계가 변모한 것을 기점으로 시를 분류한다면, 『김현승시전집』의 '날개' 부분에 실린 시들은 중 발표연도가 1973년 3월 이전인 19편의 작품은 말기시에서 제외되어야 한다. 같은 관점에서 『마지막 지상에서』 1부에 실린 「신년기원(新年祈願)」(『월간문학』, 1972.1) 「인생을 말하라면」(『샘터』, 1972.3) 역시 말기시에서 제외돼야 한다. 박몽구, 「김현승 시 연구―시어를 중심으로」, 한양대학교 박사논문, 2004, 『다형 김현승 연구 박사학위논문선집』, 한림, 2011, 508면 참조; 이운용 편저, 『지상에서의 마지막 고독』, 문학세계사, 1984, 159-161면 참조; 조태일, 「김현승 시정신 연구―시의 변모과정을 중심으로」, 경희대학교 박사논문, 1991; 『다형 김현승 연구 박사학위논문선집』, 121면 참조.
13 이 시기는 햇수로 2, 3년에 지나지 않으며 쓰인 작품 수도 적고 미학적 성취도 상대적으로 낮으나, 시의식의 변모 양상이라는 관점에서 시세계를 해석하고자 한다면 독립시켜 살펴보는 것이 불가피하다. 김현승 시인 스스로도 쓰러지기 이전과 이후의 생애가 질적으로 맞먹는다고 말할 정도로 이 시기에는 이전 시기와 구별되는 시의식의 전환이 일어난다. 김현승, 「나의 생애와 나의 확신」, 『다형김현승전집』, 한림, 2012, 724면 참조.

분은 요나 원형을 통해 김현승의 시세계를 해석하는데 보다 효과적이라 판단된다.

2. 기도하는 시인

<blockquote>
요나가 말하되 나는 히브리 사람이요

바다와 육지를 지으신 하늘의 하나님 여호와를 경외하는 자로라

－「요나서」1:9[14]
</blockquote>

아밋대의 아들 요나는 원래 신을 경외하던 자였다. 「요나서」의 제1장 9절에는 요나 스스로 "나는 히브리 사람이요 바다와 육지를 지으신 하늘의 하나님 여호와를 경외하는 자로라"라고 고백하는 구절이 나온다. 여기서 히브리 사람이라는 것은 이스라엘인이 이방인과 자신을 구별할 때 쓰는 말로 종교적 동일성을 바탕으로 한다. 이 장에서는 하나님을 경외하던 요나처럼, 자신의 정체성을 기독교 신앙에서 찾았던 김현승의 제1기 시를 살펴보고자한다.

김현승 시인은 1913년 기독교 가정에서 5남매 중 둘째로 태어났다. 목사였던 그의 부친은 매우 엄격한 기독교식 가정교육으로 자녀들을 훈육했다고 한다. 그는 "어려서부터 천국과 지옥이 있음을 배웠고, 현세보다 내세가 더 소중함을 배웠다. 신이 언제나 인간의 행동을 내려다보고 인간은 그 감시 아래서 언제나 신앙과 양심과 도덕을 지켜야 한다고 꾸준한 가정교육을 받았다."고 했다.[15] 부친은 그에게 정통적인 신앙을 계승시키기 위해 평양의

---

14 김희보, 앞의 책. 이후「요나서」의 인용은 이 책에서 했다.
15 김현승,「나의 고독과 나의 시」, 앞의 책, 621면.

숭실학교로 유학 보냈다. 그곳에서 시인은 기독교 교육을 받으며 신앙심 깊은 모범적인 청년으로 성장한다.[16] 이와 같은 김현승의 전기적 사실은 요나가 스스로를 '하나님을 경외하는 자'로 일컬었던 것과 일치한다. 이렇게 김현승의 성장 배경이 된 기독교는 시인의 시의식에 절대적인 영향을 미치게 된다.

1934년 숭실전문학교 문과 2학년 학생이었던 김현승은 양주동의 소개로 시「쓸쓸한 겨울 저녁이 올 때 당신들은」과「어린 새벽은 우리를 찾아온다 합니다」를『동아일보』문예란에 발표함으로써 문단에 데뷔한다. 이 작품들에 대하여 김현승은 "민족적 감상주의와 미래의 희망을 토로한 것"이라고 말했다.[17]

등단 무렵부터 1936년까지 쓴 시 16편은 시집『김현승시전집』의 '새벽교실' 부분에 실려 있다. 일제강점기 암울한 현실을 어둠에, 조국의 해방을 바라는 희망을 새벽빛에 비유한 이 시들은 성서에 자주 등장하는 어둠과 빛의 비유와 동일한 구성 원리를 가지고 있으며,[18] '묵상(默想)'(「쓸쓸한 겨울 저녁이 올 때 당신들은」), '퓨우린탄' '동방(東方)의 새 아기' '순례(巡禮)의 흰옷'(「아침」), '만종(晩鐘)' '묵도(默禱)'(「황혼(黃昏)」), '검은 머리털의 힘'(「떠남」) 등 종교적 이미지들을 차용하고 있다. 이때부터 이미 시인의 시작품에는 기독교인으로서의 정체성이 존재하고 있었다.

그 후 시인은 대략 10년간의 공백기를 갖다가 1945년 8월『문예』에 시「시의 겨울」을 발표하면서 시작활동을 다시 시작하고, 1957년에 제1시집『김현

---

16 김현승,「시인으로 '나'에 대하여」, 앞의 책, 568면.
17 김현승,「고요한 면을 지닌 '눈물'-나의 처녀작과 대표작」, 앞의 책, 583면.
18 유성호는『신약성서』의「요한복음」12장 32절과『구약성서』의「이사야」60장 1-3절을 예로 들어 "'빛'과 '어둠'의 대립성은 기독교의 익숙한 알레고리적 기제"라고 말하며, "예언자적 지성에게 있어서 '빛'은 생명과 희망을 상징하고 구원을 의미하며, 반면 '어두움'은 죽음과 절망, 멸절, 죄를 의미한다. 이와 같은 대립 형질들이 이원적 알레고리의 세계를 구성한다."고 말했다. 유성호, 앞의 글, 388면.

승시초』를 발간한다. 이 시집에서 김현승은 기독교 정신을 바탕으로 경건한 신앙심을 노래하고, 인간의 내면적인 본질을 추구했다고 평가된다. 시집의 발문에서 서정주 시인은 "그에게서 기독교 정신은 신약의 고행과 상대(上代) 이스라엘적 광휘의 선묘한 접선을 이루고 있다. 이는 조선(朝鮮)은 물론, 세계 어느 기독교 시인에게 있어서도 내게 잘 뵈이지 않는 그런 것이다."라고 말하면서, 기독교 시인으로서 김현승의 개성을 강조했다.[19]

이 시집의 첫 머리에는 시 「눈물」이 실려 있다. 신에 대한 경외와 복종의 태도가 잘 나타난 이 작품은 시인 스스로 자신의 대표작으로 꼽았던 시다.[20]

> 더러는
> 옥토(沃土)에 떨어지는 작은 생명(生命)이고저……
>
> 흠도 티도,
> 금가지 않은
> 나의 전체(全體)는 오직 이뿐!
>
> 더욱 값진 것으로
> 들이라 하올제,
>
> 나의 가장 나아종 지니인 것도 오직 이뿐!
>
> 아름다운 나무의 꽃이 시듦을 보시고
> 열매를 맺게하신 당신은,

19 서정주, 「발(發)」, 『김현승시초』, 『김현승 시전집』, 민음사, 2005, 59면.
20 김현승, 「고요한 면을 지닌 '눈물'-나의 처녀작과 대표작」, 앞의 책, 583면 참조.

나의 웃음을 만드신 후에

새로이 나의 눈물을 지어 주시다.

-「눈물」²¹ 전문

인용시 「눈물」은 1956년 서정주가 주관한 『시정신』 창간호에 발표한 작품으로,[22] 김현승이 어린 아들을 잃고 나서 애통해 하던 중 어느 날 문득 얻어진 시라고 한다. 사랑하는 자식을 잃은 아버지의 슬픔과 절망은 신앙의 회의로 이어질 수 있다. 그러나 이 시에서 시인은 자식의 죽음을 신의 뜻으로 받아들이고 있다.[23] 그는 시 「눈물」에 대해 "나는 내 가슴의 상처를 믿음으로 달래려고 했었고, 그러한 심정으로서 이 시를 썼다."라고 하면서 "인간이 신 앞에 드릴 것이 있다면 그 무엇이겠는가. 그것은 변하기 쉬운 웃음이 아니다. 이 지상에서 오직 썩지 않는 것이 있다면 그것은 신 앞에서 흘리는 눈물뿐일 것이다."라고 말했다.[24] 이 시에서의 눈물은 고통이 아닌 복종의 의미를 지니고 있다.

요나가 바다와 육지를 지으신 하늘의 하나님 여호와를 경외하는 것처럼, 이 시의 화자 역시 "아름다운 나무의 꽃이 시듦을 보시고/열매를 맺게하신" 절대자의 뜻에 순종한다. 그리고 신의 섭리 속에서 그의 눈물은 "흠도 티도,/금가지 않은" 견고한 결정체이자, 새로운 생명의 씨앗이 된다.

---

21 텍스트는 『다형김현승전집』(다형김현승시인기념사업회 편, 한림, 2012)으로 했으며, 『김현승 시전집』(김인섭 편, 민음사, 2005)를 참고했다. 이후 인용한 김현승 시도 동일하다.

22 시 「눈물」은 제1시집 『김현승시초』 첫머리에 수록됐으며, 4연 '나아종'을 '나중'으로 고쳐 『옹호자의 노래』 『김현승시전집』에 재수록 됐다.

23 최문자는 시 「눈물」이 『구약성서』의 「욥기」에서 재산과 자녀와 건강 등 모든 것을 잃고서도 "가로되 내가 모태에서 적신이 나왔사온즉 또한 적신이 그리로 돌아올지라 주신자도 여호와시요, 취하신 자도 여호와시니 여호와의 이름이 찬송을 받으실지어다(욥기 1:21)"라고 말하는 욥의 신앙과 같은 기독교 전통의 순응의식을 보여주고 있다고 했다. 최문자, 「김현승 시에 나타난 원형 이미지와 비극성」, 『현대시에 나타난 기독교사상의 상징적 해석』, 태학사, 1999, 231면 참조.

24 김현승, 「굽이쳐가는 물굽이같이」, 앞의 책, 707면.

이렇게 신의 뜻에 순응하는 김현승의 기독교적 시의식은 신앙의 세계를 시로 수용하는 기도시의 형태로 나타난다. 그는 기도시를 통해 "창조의 신, 자비의 신, 전능의 신"(「일천구백육십년의 연가」)인 하나님을 엎드려 찬양하고, 신앙인으로서 겸허한 삶의 태도를 소망한다.

넓이와 높이보다
내게 깊이를 주소서,
나의 눈물에 해당(該當)하는……

- 「가을의 시(詩)」 부분

내 마음은 마른 나뭇가지,
주(主)여,
나의 육체(肉體)는 이미 저물었나이다!
사라지는 먼뎃 종소리를 듣게 하소서,
마지막 남은 빛을 공중에 흩으시고
어둠속에 나의 귀를 눈뜨게 하소서

- 「내 마음은 마른 나뭇가지」 부분

인용시 「가을의 시」는 앞서 살펴본 시 「눈물」과 이미지가 연계된다. '나의 전체'이며 '나의 가장 나아종 지니인 것'인 눈물은 이 시에서처럼 내면세계에 깊이 존재하고 있다. 그가 기도시를 통해 지향하는 것은 이러한 '깊이'다. 넓이와 높이 같은 세속적 풍요로움이나 명성이 아닌, 내면세계로의 침잠을 소망하고 있는 것이다. 인용시 「내 마음은 마른 나뭇가지」에서도 시적 화자는 자신의 마음을 마른 나뭇가지에 비유하며 정신의 각성을 지향한다. 이렇게 시로써 기도하는 김현승 시의 특징은 자기고백적이며, 대부분의 경우 시인과 시적 화자가 일치하는 것으로 드러난다.

다음은 김현승 시인의 널리 알려진 시 「가을의 기도」다.

가을에는
기도 하게 하소서……
낙엽(落葉)들이 지는 때를 기다려 내게 주신
겸허(謙虛)한 모국어(母國語)로 나를 채우소서

가을에는
사랑 하게 하소서……

오직 한 사람을 택하게 하소서,
가장 아름다운 열매를 위하여 이 비옥(肥沃)한
시간(時間)을 가꾸게 하소서

가을에는
호올로 있게 하소서……
나의 영혼,
구비치는 바다와
백합(百合)의 골짜기를 지나,
마른 나뭇가지 위에 다다른 까마귀 같이.

－「가을의 기도(祈禱)」 전문

인용시 「가을의 기도」는 1956년 11월 『문학예술』에 발표된 시로, 세 개의
소망을 기도에 담고 있다.
1연의 "기도하게 하소서"는 신앙에 대한 소망이다. "겸허한 모국어"로 이
뤄진 기도는 그가 시 「생명의 합창」이나 시 「내가 나의 모국어로 시를 쓰면」

에서 말했듯이 시쓰기와 연결된다. 그에게 시쓰기란 기도하기와 다르지 않음을 알 수 있다. 산문 「시(詩)였던 예수의 언행」에서 밝혔듯이, "사복음(四福音)을 읽으면 예수의 말과 행동을 통하여 시를 읽는 느낌이 든다."는 김현승에게 예수야 말로 "우리보다 먼저 오시어 시로서 지상을 윤택하게 하신"(「육체」) 최고의 시인으로 간주된다.

2-3연의 "사랑하게 하소서"는 사람에 대한 소망이다. 그것은 말 그대로 오직 한 사람을 선택하는 사랑으로 해석할 수 있으며, 종교적인 시각에서 본다면 유일자에 대한 믿음으로 이해할 수 있다.[25]

4연의 "호올로 있게 하소서"는 고독에 대한 소망이다. 신앙으로서의 시쓰기와 유일자에 대한 사랑, 그리고 그에 따른 고독은 이후 전개될 시인의 시세계를 함축적으로 나타내 보인다.

이미 이때부터 김현승은 앞으로 몰입하게 될 고독의 세계에 대해 예견하고 있는 것처럼 보인다. 그리고 이러한 상상력은 낙엽(마름)이나 열매(단단함), 그리고 마른 나뭇가지(마르고 단단함)와 같은 사물들과 결합되고 있다.[26] 마르고 단단함을 지향하는 상상력은 이후 시편들에서 견고한 고독의 세계를 구축하게 된다. 즉, 김현승의 시는 마르고 단단한 사물을 매개로 신앙에서 고독으로 전이된다.

25 이어령은 시 「가을의 기도」가 "시와 종교(유일자에 대한 사랑)를 거쳐 최종적인 죽음에 다다르는 삶의 과정을 성숙과 조락의 가을로 형상화시킨 것"이라고 말하면서, '오직 한 사람'을 유일자, 즉 예수로 해석했다. 김현승 스스로도 "지상에 태어났던 인간 가운데서 기독을 가장 존경하고 모범으로 삼는다."고 했다. 김현승, 「나의 고독과 나의 시」, 앞의 책, 622면; 이어령, 「다시 읽는 한국시-김현승 '가을의 기도'」, 『조선일보』, 1996.9.17.

26 관념을 이미지로 표현하는 김현승 시의 특징에 대해 김현자는 '언어에 의한 관념의 육화(肉化)'라고 정리하면서, "김현승의 시가 주로 관념을 대상으로 하고 있음에도 불구하고 시적 미감을 획득하고 있는 것은 관념에 대한 적절한 등가적 이미지로 시를 형상화하고 있기 때문이다. 즉, 그는 추상적인 관념의 세계를 다양한 사물과 결합시켜 조형적인 형상으로 구체화한다"고 말했다. 김현자, 『한국현대시 작품 연구』, 민음사, 1989, 197면.

3. 신을 잃은 고독

요나가 여호와의 얼굴을 피하려고 일어나
다시스로 도망하려 하여 욥바로 내려갔더니
마침 다시스로 가는 배를 만난지라 (⋯중략⋯)
요나는 배 밑층으로 내려가서 누워 깊이 잠이 든지라

−「요나서」1:3-5

「요나서」에서 요나는 신의 뜻을 거역하고 도망친다. 요나의 도피는 '내려
감'의 방향성을 갖는다. 그는 신을 피하여 욥바로 내려갔으며(욘 1:3),[27] 다시
스로 가는 배를 타러 내려갔고(욘 1:3),[28] 또 배 밑층으로 내려간다(욘 1:5).[29]
내밀함을 지향하는 요나의 성향은 물고기에게 삼켜지기 전, 배 밑층을 향해
내려갈 때부터 이미 발현되고 있었다.[30] 배의 밑층이라는 어둡고 내밀한 공
간은 신을 거역한 요나를 도피시켜주는 은신처가 된다.

신의 노여움으로 바다에는 거센 풍랑이 일지만 배 밑층에서 요나는 세상
모르게 깊이 잠이 든다. 세상과 단절된 내부 공간에 깊숙이 침잠한 요나의
모습은 신을 잃고 고독이라는 내면세계에 몰입하는 김현승 시의 화자의 모
습과 일치한다. 이 장에서는 제2기 시를 중심으로 김현승 시인이 고독에 천

---

27 욥바는 지중해에 면접해 있는 항구로서 솔로몬 시대에도 예루살렘과 연결되는 항구였다고 한
다. 사도 베드로가 오래 머문 곳이기도 하다. 지금은 이곳을 야파(Jaffa)라고 부른다. 갈멜산 밑 근
처이며 텔아비브가 이웃에 위치하고 있다.
28 다시스는 먼 항구인 어떤 곳을 말하는 것으로 베니게인들이 무역하던 스페인에 있는 항구
(Tatessus)일 것이라는 학설이 지배적이다. 당시 구약시대에 다시스는 가장 먼 세계의 끝으로 기
록된 곳이라고 한다.
29 요나의 침잠은 「요나서」2장 6절의 바다 밑 산의 뿌리까지 이어진다. 요나의 도피가 배 밑층에
서의 깊은 잠을 지나 마침내 상징적인 죽음에까지 이르고 있음을 알 수 있다.
30 여기서 '배의 밑층'의 원문 뜻은 깊은 구석, 밀실, 골방, 또는 배 좌우에 만들어진 곁방 같은 것
을 의미한다고 한다.

착하게 된 경위와, 그 과정에서 나타나기 시작한 요나 콤플렉스를 도출해 보도록 하겠다.

김현승의 시세계는 시집『견고한 고독』과『절대고독』에 이르러 크게 변화한다. 지금까지 주로 기독교적 순응주의에 머물렀던 그가 신을 부정하게 된 것이다. 마치 요나가 니느웨로 가서 신의 뜻을 전하라는 말을 거역하고 다시 스로 달아나고자 한 것과 같다.[31]

시인은 이에 대해 "무조건 부모에게 전습(傳襲)한 신앙에 대하여 나는 50을 넘어서 회의를 일으키게 되고, 점점 부정적인 데로 기울어져" 갔음을 토로했다.[32] 신에 대한 부정의 결과로서 그는 인간의 고독에 천착하게 된다.

김현승은 그 전환점으로 시「제목」을 들고 있다. "떠날 것인가/남을 것인가.//나아가 화목할 것인가/쫓김을 당할 것인가.//(…)//어떻게 할 것인가./끝장을 볼 것인가/죽을 때 죽을 것인가.//무덤에 들 것인가/무덤 밖에서 뒹굴 것인가"라며 끊임없이 묻고 갈등하는 이 시에 대해 시인은 다음과 같이 말한다.

> 시「제목」을 계기로 하여 나의 시세계(詩世界)에는 적지 않은 변화가 일
> 어났다. 나는 중기까지 유지하여 오던 단순한 서정의 세계를 떠나, 신과
> 신앙에 대한 변혁을 내용으로 한 관념의 세계에 발을 들여 놓았다.[33]

김현승 시인이 신앙에 대한 변혁으로 발을 들여놓은 관념의 세계가 바로 고독이다. 그는 신앙의 자리에 고독을 대체한다. 김현승에게 고독이란 한마디로 '신을 잃은 고독'이다. 그는 시「고독한 이유」에서 고독은 정직하며, 신

---

31 니느웨는 당시 앗수르의 수도로서 티그리스강 동쪽 연안에 위치해 있었다. 지금의 무술(Mosul)이란 도성의 반대쪽이다. 니느웨는 니므롯이 건설한 도성이라고「창세기」에 나와 있다.
32 김현승,「나의 고독과 나의 시」, 앞의 책, 625면.
33 위의 글, 627면.

(神)을 만들지 않고, 무한의 누룩으로 부풀지도 않으며, 자유 그 자체라고 정의한다.

김현승은 자신의 고독이 기독교와 밀접한 관련이 있으면서도, 키에르케고르 등이 말하는 고독과는 다르다고 밝히고 있다. 키에르케고르의 고독은 궁극적으로 구원에 이르기 위한 수단으로서의 고독이지만, 자신의 고독은 구원을 잃어버린, 구원을 포기하는 고독이라는 것이다.[34] 이는 김현승의 고독이 수단이 아닌, 그 자체가 목적임을 의미한다. 고독은 인용시 「고독의 순금(純金)」에서처럼 순수하고 견고한 순금에 비유되며, 그 자체로 영속된다.

신(神) 없는 한 세상
믿음도 떠나,
내 고독을 순금(純金)처럼 지니고 살아 왔기에
흙 속에 묻힌 뒤에도 그 뒤에도
내 고독은 또한 순금(純金)처럼 섞지 않으려나.

― 「고독의 순금(純金)」 부분

시집 『절대고독』의 자서(自序)에서 김현승은 자신이 신을 부정하고 고독에 몰두하기 시작한 이유는 그 속에서 '나의 참된 본질'을 알기 위해서였다고 말한다.[35] 이는 고독에 침잠하는 것이 '진정한 나(Self)'를 찾기 위한 자기실현 과정과 연계됨을 시사하거니와, 고독과 자기실현과의 관계에 대해서는 뒤에서 다시 살펴보도록 하겠다.

시인이 고독 속으로 침잠하면서 시의 배경은 주로 밤이 된다. 그는 "이제는/밝음의 이쪽보다/나는 어둠의 저쪽에다/귀를 기울인다"(「전환(轉換)」)고

---

34 앞의 글, 628면 참조.
35 김현승, 「자서(自序)」, 『절대고독』, 『김현승시전집』, 259면 참조.

선언한다. 이러한 어둠은 시적 화자를 세계와 격리시킴과 동시에, 다른 한편으로는 세계로부터 화자를 보호하는 역할을 한다. 강보처럼 화자를 따뜻하게 감싸주는 눈 오는 밤(「고요한 밤」)이나, 화자의 허물까지 덮어주는 재가 그렇다(「재」). 깊은 밤, 눈과 어둠에 안온하게 싸여있는 시적 화자는 폭풍우가 이는 밤, 배의 밑층에서 혼곤히 잠들어 있는 요나의 모습과 다르지 않다. 배의 밑층이라는 어둡고 내밀한 공간이 신을 거역한 요나를 은신시켜주는 것처럼, 어둠은 고독한 화자를 마치 어머니와도 같이 감싸준다.[36] 바슐라르가 말한 요나 콤플렉스다.

김현승 시에서 밤은 모태의 이미지를 환기한다. 다음은 어둠에 관한 또 한 편의 시다. 이 시에서도 어둠은 시적 화자를 가리고 감싸며, 어린아이 같이 벌거벗은 그를 깊은 품속에 안아준다.

이 어둠이 내게 와서
나의 옷과 나의 몸을 가리우고,
내 영혼의 여윈 얼굴을 비춰 주도다.

이 어둠이 내게 와서
나의 장미와 나의 신부(新婦)를 가리우고,
내 살과 마른 뼈에
땅거미와 같이 스며 들도다.

---

36 어둠에서 모성을 발견하는 김현승의 상상력은 수필에서도 찾아 볼 수 있다. 다음은 평양 유학 시절 당시의 겨울을 회상하는 글인데, 시인은 춥고 어두운 겨울밤을 '나의 정서를 포근하게 감싸주는 밤'으로 인식하고 있다. "짙은 안개가 밤새 걷히지 않는 북국의 겨울밤은 20대이던 나의 정서를 적이 포근하게 감싸 주곤하였다. 그리고 밤안개는 거리의 등불들을 함뿍 눈물겹게 만들어 주었다." 김현승, 「겨울의 예지(叡智)」, 앞의 책, 731면.

이 어둠이 내게 와서

싸우던 나의 칼날 나의 방패에 빛을 빼앗고,

그 이슬 아래 그 눈물 아래

녹슬게 하도다.

이 어둠이 내게 와서

나의 착함 나의 옳음을 벌거벗기고,

그 깊은 품 속에 부끄러이 안아 주도다.

이 어둠이 내게 와서

나의 태양(太陽) 나의 이름 모두 가리우고,

증거할 수 없는 곳에 가장 멀고

가장 희미한 얼굴들을

별과 같이 별과 같이 또렷하게 하도다.

이 어둠이 내게 와서

까아만 비로도 상자(箱子) 속에 안긴

아름다운 보석(寶石)과도 같이,

그 한 복판에 빛내 주도다 빛내 주도다.

눈 뜨는 나의 영혼을…….

－「이 어둠이 내게 와서」(1967) 전문

인용시 「이 어둠이 내게 와서」는 1967년 『기독교문학』에 발표된 시다. 이 시는 시인이 고혈압으로 쓰러져 사경을 헤매다 깨어난 직후인 1973년 6월, 부분적인 개작을 거쳐 같은 제목으로 『신동아』에 재발표된다. 시를 고쳐서 같은 제목으로 다시 발표했다는 사실과, 개작시기가 시의식의 전환점이 되는 시기와 맞물려 있다는 사실은 1973년의 시점에서 되돌아볼 때 이 시가 수정하고 싶은 내용을 포함하고 있었을 것이라고 추론할 수 있다. 개작시는 다음 장에서 살펴보겠거니와, 여기서는 먼저 인용시에 나타난 어둠의 의미에 대해 주목해 보기로 한다.

1연의 어둠은 화자를 가려주는 역할을 한다. 이 어둠은 화자뿐만 아니라, 2연에서는 장미와 신부를, 3연에서는 칼과 방패를 가린다. 장미와 신부가 사랑과 기쁨을 상징한다면, 칼과 방패는 그 반대편에 위치한 불화와 슬픔을 의미한다. 어둠은 이러한 삶의 환희와 고통을 차례로 가려버린다. 어둠은 4연에서 화자가 지금까지 추구했던 선과 정의라는 가치마저 벌거벗긴다.[37] 인간으로서의 분별력을 상실한 화자는 5연에서 '이름'이라는 타인과 구분되는 자신의 사회적 정체성까지 잃어버린다. 이로써 화자는 분별하고 구분되기 전의 원초적인 모습으로 돌아간다. 그런데 모든 것이 어둠에 함몰된 상태에서 오히려 빛나는 것이 있다. "증거할 수 없는 곳에 가장 멀고/가장 희미한 얼굴들"이다.[38] 그것은 별과 같이 또렷하게 빛난다. 마지막 연에서 화자는 어둠과 얼굴을 까만 비로드 상자와 그 속의 아름다운 보석에 각각 비유하며, 어둠으로 인해 그 얼굴이 빛날 수 있음을 강조한다. 그리고 그 얼굴이 바로 '눈뜨는 나의 영혼', 즉 자신의 참된 본질임을 알려준다.

어둠과 영혼과의 관계를 노래한 이 시에서 어둠은 화자에게 '옷과 몸(가림)→영혼의 얼굴(비춤)→살과 마른 뼈(스며듦)→눈물(녹슬게 함)'의 순서로 점점 깊숙이 작용한다. 그리고 마침내 어둠이 벌거벗은 화자를 품에 안음으로써 어둠과 화자는 일체화 된다. 그때 영혼은 눈을 뜬다.

---

37 이 시에서 '나의 착함'과 '나의 옳음', 즉 선과 정의는 시적 화자의 페르소나(persona)라고 볼 수 있다. 융은 페르소나가 "개인과 사회가 '어떤 사람이 무엇으로 보이는 것'에 대해 서로 타협하고 얻은 결과"라고 했다. 이부영, 『분석심리학』, 일조각, 1978, 66면.
38 여기서 '증거하다'는 '증명하다'의 옛말로, 오늘날에는 주로 기독교에서 '(사람이 주님의 말씀이나 존재 따위를) 증명하는 증인이 되다'라는 의미로 쓰인다.

시 「이 어둠이 내게 와서」는 어둠으로 인해 영혼이 눈뜨는 과정을 보여준 시다. 즉, 이 시는 자신의 참된 본질과의 만남은 신앙이 아닌 고독에서 비롯됨을 설명하면서, 고독의 가치를 역설하고 있다.

어둠과 시적 화자가 일체화되는 현상은 이 시기에 쓰인 김현승의 다른 시에서도 찾아 볼 수 있다. 이때 어둠은 주로 그림자의 이미지로 나타난다.

저녁 해가 지면서
나의 마지막 검은 연기 깔리는,
저녁 해가 지면서
까맣게 나의 재로 나를 덮는
나의 그림자

– 「가상(假像)」 부분

어둠을 기다려
박쥐빛 날개로 내 사랑의 메마른 둘레를
한 바퀴 돌고서는,
다시 돌아와 내 안의 문(門)을 닫고
시름시름 나의 병을 나 혼자 앓는다.

– 「병」 부분

인용시 「가상(假想)」에서 어둠은 시적 화자의 그림자로 변모하고 있다. 분석심리학에서 그림자는 무의식의 열등한 인격을 나타내는데,[39] 김현승의 시에서도 그렇다. 그가 독실한 신앙의 세계에 있을 때 그림자는 다만 화자

---

39 이부영, 『그림자』, 한길사, 1999, 41면 참조.

곁을 따르는 "철 없는 즘생"(「저녁 그림자」)에 불과했다.[40] 이런 그림자가 시인이 신을 부정하고 고독에 침잠하면서 점차 그를 압도하기 시작한다.

인용시 「병」에서 화자는 문 안이라는 내부 공간에 유폐돼 시름시름 앓고 있다. 믿음이 많은 사람들은 천사처럼 "가벼운 날개를 달고/하늘 나라로 사라져 가는" 것에 반해, 신에 대한 믿음을 잃어버린 이 시의 화자는 박쥐빛 날개를 달고 무겁게 날다 추락한다.[41] 일반적으로 천사는 새의 날개를, 악마는 박쥐의 날개를 가진 것으로 상상됨을 고려하면, 박쥐빛 날개는 화자의 부정적인 내면의 상태를 암시하고 있다고 볼 수 있다. 이렇게 그림자의 표출은 무의식에 잠재된 악마성을 드러내기도 한다. 그리고 그것은 동시에 무의식의 의식화로서 자기실현의 전 단계로 간주된다. 진정한 자기와의 첫 만남은 어두운 그림자와의 만남으로 이뤄지기 때문이다.[42]

자기실현 과정은 내면을 깊숙이 성찰하며 무의식 속의 억압된 자신과 만나는 과정이므로 종종 마음에 상처를 입히고 고통스럽게 한다.[43] 인용시에서는 이러한 현상이 병으로 발현된다. 앞서 살펴본 시 「이 어둠이 내게 와

---

40 제1기에 속하는 시 「저녁 그림자」(1959)는 김현승의 시에서 그림자가 무의식의 열등한 인격을 나타내고 있음을 보여준다.
"저녁 그림자,/슬픔이 언어(言語)를 잃으면/커다란 즘생도 되는가.//너는 나보다도 외로워/지금 나를 따르고 있다.//저녁 그림자,/나는 이미 나를 떠난 지 오래이다.//너는 지금 누구를 따르는가―그러면 나의 곁에서./너는 나의 밖에 나와 사는//혹시 나의 검은 영혼인가?//넘어가는 저녁 햇살들이/다수운 가지 끝에 참새들의 솜털을 물들일 때,/저녁 그림자/나는 네가 슬퍼진다―철 없는 즘생같이 나를/따르는 너의 착한 신앙(信仰)이……"
이 시에서 그림자는 화자에게서 분화된 슬픔이라는 점에서 제2기의 고독의 그림자와 같은 맥락에서 이해할 수 있다. 그러나 이 슬픔의 그림자는 커다랗기는 하지만 아직 '철없는 즘생'이며 '착한 신앙'으로 인식된다. 억압된 무의식의 활성화가 본격화되지 않은 상태다.
41 박쥐빛 날개를 단 화자는 이후에 김현승이 상상한 사탄의 모습과 연계된다. 그는 『김현승시전집』에 실린 「사탄의 얼굴」이라는 시에서 사탄의 날개를 "무거운 공중에 걸려 있는/슬프게도 커다란 쪽지" "청동(靑銅)과 같이 녹슬어 무겁게 걸려 있는/하늘의 푸른 쪽지"라고 표현했다.
42 프란츠, 「개성화의 과정」, 『인간과 상징』, 이윤기 역, 열린책들, 1996, 167면 참조.
43 위의 글, 166면 참조.

서」의 화자도 여윈 얼굴과 마른 뼈의 수척한 모습을 하고 있었다. 그 작품에서 어둠이 시적 화자의 가면을 벗기고 영혼을 눈뜨게 했던 것 역시 자기실현의 한 과정이었다.

억압된 무의식을 해방시키고 진정한 자기를 실현시키는 고독으로의 침잠은 '절대 고독'이라는 정점에서 끝난다. 김현승은 1968년 12월 『세대』에 5편의 시를 발표하는데, 다음의 작품이 그 중 하나인 시 「절대(絶對) 고독」이다. 이 시는 김현승의 제4시집 『절대고독』의 표제시가 된다.

나는 이제야 내가 생각하던
영원의 먼 끝을 만지게 되었다.

그 끝에서 나는 눈을 비비고
비로소 나의 오랜 잠을 깬다.

내가 만지는 손끝에서
영원의 별들은 흩어져 빛을 잃지만,
내가 만지는 손끝에서
나는 내게로 오히려 더 가까이 다가오는
따뜻한 체온을 새로이 느낀다.
이 체온(體溫)으로 나는 내게서 끝나는
나의 영원을 외로이 내 가슴에 품어 준다.

그리고 꿈으로 고이 안을 받친
내 언어(言語)의 날개들을
내 손끝에서 이제는 티끌처럼 날려 보내고 만다.

나는 내게서 끝나는

아름다운 영원을

내 주름 잡힌 손으로 어루만지며 어루만지며

더 나아갈 수도 없는 나의 손끝에서

드디어 입을 다문다 - 나의 시(詩)와 함께

-「절대(絶對) 고독」전문

인용시「절대 고독」에서 시적 화자는 이제야 생각하던 영원의 먼 끝을 '만지게' 됐다고 말한다. 지금까지 관념 속에 존재하던 대상을 촉각을 통해 실제로 체험하게 됐다는 의미다. 화자는 그 순간을 오랜 잠에서 깨어남에 비유한다.

그가 만지는 손끝에서 영원의 별들은 사라지지만, 그 대신 "더 가까이 다가오는 따스한 체온"을 느낄 수 있다. 영원은 별처럼 먼 데서 빛나는 것이 아닌, 만지고 게다가 품기까지 할 수 있는 것임을 다시 한 번 강조하고 있는 것이다. 그러나 감각할 수 있는 영원은 더 이상 영원이 아니다. 그것은 "내게서 끝나는" 유한성을 내포한다. 그는 영원을 품음과 동시에 "내 언어의 날개들"을 손끝에서 티끌처럼 날려 보낸다. 영원을 직접 경험함으로써 지금까지 영원을 추구했던 언어는 허망하게 사라진다. 그리고 영원을 체험한 시적 화자는 그의 시와 함께 침묵의 세계에 빠지게 된다.

김현승 시인의 고독은 신에 대한 회의로부터 시작됐었다. 신의 영역 안에서 떠날 것인가, 남을 것인가를 갈등하던 모습은 그의 고독이 신과의 관계 속에서 기인된 것임을 나타낸다. 즉, 신을 부정하지만, 그것은 신의 존재를 전제로 하는 부정이다. 시인 스스로도 "종교를 회의하고 비판하는 것도 결국은 이러한 종교에 더 완전히 귀의하고 싶은 심정의 변태적인 발로일지도 모른다."라고 말했다.[44] 결국 신에 대한 강한 부정은 역설적으로 강한 긍정을 낳는다. 요나가 하나님을 피하여 다시스로 가는 배 밑층에 숨었지만 폭풍우가 이는 바다에 던져지기 전 '나는 히브리 사람이며 하나님을 경외하는 자'라고 자신의 신앙을 고백한 것과 같다.

다음은 시 「절대 고독」과 함께 발표한 시 「절대신앙」이다. 절대 고독과 절대신앙이라는 상반된 관점의 시가 동시에 같은 지면에 발표된 사실이 흥미롭거니와, 이 시는 절대 고독의 끝에서 만난 절대신앙의 모습을 보여준다.

당신의 불꽃 속으로
나의 눈송이가
뛰어 듭니다.

당신의 불꽃은
나의 눈송이를
자취도 없이 품어 줍니다.

– 「절대신앙(絕對信仰)」 전문

인용시 「절대신앙」에서 불꽃과 눈송이의 만남은 신의 품 안에 안겨 나 자신이 무화되는, 지금까지의 어떤 시보다도 강력한 신앙의 경지를 상징한다. 이것은 시 「절대 고독」에서 시적 화자가 영원을 품는 모습과 대조된다. 영원을 품음으로써 영원을 추구하던 시가 사라지는 절대 고독과, 영원(신)의 품에 안김으로써 나 자신이 사라지는 절대신앙. 시 「절대신앙」의 가치는 이 작품이 절대 고독이라는 한계상황 끝에서 얻은 깨달음이며, 이후 김현승 시세계의 변모를 선견하고 있다는 데 있다.

---

44 김현승, 「나의 고독과 나의 시」, 앞의 책, 632면.

4. 참회와 부활

> 여호와께서 이미 큰 물고기를 예비하사 요나를 삼키게 하셨으므로
>
> 요나가 삼일 삼야를 물고기 배에 있으니라 (…중략…)
>
> 여호와께서 그 물고기에게 말씀하시매 요나를 육지에 토하니라
>
> ―「요나서」 1:17~2:10

요나 콤플렉스의 핵심은 큰 물고기에 의해 삼켜진 요나가 밖으로 토해짐, 즉 재생에 있다. 영원한 죽음이 영원한 생명으로 바뀐 이른바 '요나의 기적'이다. 이는 그리스도의 부활에 비유된다. 이 장에서는 물고기 뱃속에서 요나가 쓴 참회시와 김현승의 시를 비교하고, 참회를 통해 부활에 이르는 김현승 시의 상상력의 지향성을 제3기 시를 중심으로 살펴보고자 한다.

요나는 물고기 뱃속에서 사흘 밤낮을 있으면서 신에게 용서를 구하는 시를 쓴다. 『구약성서』의 「요나서」 제2장 2~9절은 다음과 같은 요나의 참회시로 이뤄져 있다.

> 내가 받는 고난을 인하여 여호와께 불러 아뢰었삽더니 주께서 내게 대답
>
> 하셨고 내가 스올[45]의 뱃속에서 부르짖었삽더니 주께서 나의 음성을 들
>
> 으셨나이다.
>
> 주께서 나를 깊음속 바다 가운데 던지셨으므로 큰 물이 나를 둘렀고 주의
>
> 파도와 큰 물결이 다 내 위에 넘쳤나이다.
>
> 내가 말하기를 내가 주의 목전에서 쫓겨났을지라도 다시 주의 성전을 바

---

45 스올(Sheol)이란 말은 죽음의 세계, 무덤, 또는 보이지 않는 깊은 지하의 세계를 말한다. 흔히 음부(陰府)라고 번역된다. 김희보는 여기서 '스올의 뱃속'이 물고기의 뱃속을 의미한다고 했다. 김희보, 앞의 책, 90면 참조.

라보겠다 하였나이다.

물이 나를 둘렀으되 영혼까지 하였사오며 깊음이 나를 에웠고 바다 풀이
내 머리를 쌌나이다.

내가 산의 뿌리까지 내려 갔사오며 땅이 그 빗장으로 나를 오래도록 막았
사오나 나의 하나님 여호와여 주께서 내 생명을 구덩이서 건지셨나이다.

내 영혼이 내 속에서 피곤할 때에 내가 여호와를 생각하였삽더니, 내 기
도가 주께 이르렀사오며 주의 성전에 미쳤나이다.

무릇 거짓되고 헛된 것을 숭상하는 자는 자기에게 베푸신 은혜를 버렸사
오나

나는 감사하는 목소리로 주께 제사를 드리며 나의 서원을 주께 갚겠나이
다 구원은 여호와께로서 말미암나이다.

-「요나서」 2:2-9

인용한 요나의 참회시는 그가 바다에 던져진 이후의 상황에서부터 시작
한다. 신으로부터의 도피는 깊은 바다 가운데로 던져져 산의 뿌리까지 가라
앉는 고난을 초래한다. 이 고난으로 인해 요나는 다시 신에게 귀의한다. 즉,
고난은 신에게서 도피했던 요나가 다시 신에게 귀의하는 계기가 된다. 물고
기에게 삼켜진 요나는 거짓되고 헛된 것을 숭상하며 신이 베푼 은혜를 저버
렸던 자신을 참회하고 신에 대한 믿음을 다짐함으로써 물고기 뱃속이라는
상징적인 죽음의 공간을 벗어난다.

이러한 요나의 부활은 예수의 부활에 비유된다. 『신약성서』의 「마태복음」
에서는 "요나가 밤낮 사흘을 물고기 뱃속에 있었던 것 같이 인자도 밤낮 사
흘을 땅 속에 있으리라"(마 12:40)는 예수의 말이 기록돼 있다. 바슐라르가
요나 콤플렉스에서 죽음의 모성이라는 주제 이외에, 그리스도의 부활이라
는 이미지를 이끌어 낸 것도 이에 근거한다.

김현승 시에 나타난 요나 콤플렉스의 양상은 앞 장에서 살펴본 제2기 시

카스파 뤼켄의 「물고기가 토해낸 요나」.
요나는 물고기 뱃속에서 사흘 밤낮을
보내고 부활한다.

에서 주로 죽음의 모성을 지향했던 것에 비해, 제3기 시에서는 '죽음으로부터의 부활'에 집중된다. 이는 시인의 죽음 체험과 깊게 연관돼 있다. 그는 실제로 1973년 3월 고혈압으로 쓰러져 사경을 헤매다 2달 만에 깨어났다. 그러면서 김현승의 시세계는 고독에서 신앙으로 다시 한 번 변모한다. 이 무렵의 심경은 그의 산문 여러 곳에서 엿볼 수 있다.

쓰러지기 전까지 그는 시에 대한 애착과 확신이 대단했다고 말한다. 죽기 전날까지 시를 계속해 쓰리라고 스스로 장담하고, 생명이 붙어있는 한 시를 버리지 않는다고 스스로 다짐하고 있었다고 했다. 그러나 쓰러지고 나서는 그의 관심이 달라져버렸다. 당시 그의 애착과 신념은 시에 있지 않으며, "시를 잃더라도 나의 기독교적 구원의 욕망과 신념은 결단코 놓칠 수 없고 변할 수 없다."고 강조한다.[46] 시는 생활의 일부일 따름이며, 결코 전부가 아니라고 강변하기도 한다. 또 다른 산문에서는 보다 직설적으로 자신의 심경을 토로하고 있다.

하나님께서 나를 쓰러뜨리셨을 때, 나를 데려가실 수도 있었다. 그러나 그렇게 되었으면 나는 영원히 내가 지은 죄를 하나님 앞에 뉘우치고 자복하고 하나님의 긍휼히 여기심으로 사죄함을 받을 최후의 기회를 잃어버리고 말았을 것이다. 그러나 자비로우신 하나님께서는 나를 영영 불러가지 않으시고 마지막으로 회개할 기회를 주신 것이다. (…중략…) 나는 지금껏 인간중심의 문학을 하면서 썩어질 그 문학 때문에 하마터면 영원한

---

46 김현승, 「나의 생애와 나의 확신」, 앞의 책, 725면.

생명의 믿음을 저버릴 뻔 하였던 것이다.[47]

'생활의 일부일 따름'이었던 시가 인용문에서는 '썩어질 문학'으로 한층 격하됐다. 이는 시인의 구원에 대한 열망이 얼마나 간절한지를 반증한다. 이러한 '참회로서의 시쓰기'는 이 시기 시작품에서 과거에 대한 뉘우침과 구원을 갈구하는 목소리로 나타난다.

> 가을이 되어 내가 팔을 벌려
> 나의 지난 날을 기도로 뉘우치면,
> 나무들도 저들의 빈 손과 팔을 벌려
> 치운 바람만 찬 서리를 받는다, 받는다.
>
> ―「나무」 부분

> 지난 날은 멀리서
> 아버지의 성난 얼굴을 바라보며 떨게 하시더니,
> 오늘은 오늘은 우리에게 가까이 다가오시어
> 당신의 따뜻한 품으로 우리를 안아 주신다!
>
> ―「크리스마스의 모성애(母性愛)」 부분

이 당시에 쓰인 작품 중 주목해야할 시가 1973년 6월 『신동아』에 발표된 시 「이 어둠이 내게 와서」다. 이 작품은 앞서 살펴보았듯이 1967년에 발표한 시를 개작한 것으로, 원시에는 없던 『구약성서』 속 요나의 이야기가 차용돼 있다. 개작시에서 시적 화자는 자신을 요나에 비유하며 신을 향한 절대 귀의를 다짐한다.

---

47 김현승, 「종교와 문학」, 『고독과 시』, 지식산업사, 1977, 140면.

이 어둠이 내게 와서
요나의 고기 속에
나를 가둔다.
새 아침 낯선 눈부신 땅에
나를 배알으려고.

이 어둠이 내게 와서
나의 눈을 가리운다.
지금껏 보이지 않던 곳을
더 멀리 보게 하려고,
들리지 않던 소리를
더 멀리 듣게 하려고.

이 어둠이 내게 와서
더 깊고 부드러운 품안으로
나를 안아 준다.
이 품속에서 나의 말은
더 달콤한 숨소리로 변하고
나의 사랑은 더 두근거리는
허파가 된다.
이 어둠이 내게 와서
밝음으론 밝음으론 볼 수 없던
나의 눈을 비로소 뜨게 한다!

마치 까아만 비로도 방석 안에서
차갑게 반짝이는 이국(異國)의 보석(寶石)처럼,

마치 고요한 바닷 진흙 속에서

아름답게 빛나는 진주(眞珠)처럼…….

-「이 어둠이 내게 와서」(1973) 전문

인용시 「이 어둠이 내게 와서」가 무엇보다 원시와 다른 점은 시인의 죽음 체험이 직접적으로 반영돼 있다는 사실이다. 이 시에서 시인은 신을 거역했던 요나가 상징적인 죽음을 겪고 물고기 뱃속에서 부활했다는 점에 착안해 자신의 죽음 체험과 신앙으로의 귀의를 요나의 서사에 대입한다. 그 과정에서 원시에 나타났던 어둠의 다양한 작용들은 과감히 생략된다. 어둠은 다만 물고기 뱃속에 유폐됨, 즉 고난을 상징하는 것으로 의미가 단순화된다.

이 시에서 어둠은 "밝음으로 볼 수 없던/나의 눈을 비로소 뜨게 한다!"는 역설적 의미를 내포한다는 점에서 일정 부분 원시와 동일한 맥락에서 이해할 수 있다. 그러나 인용시에서의 어둠은 "지금껏 보이지 않던 곳을/더 멀리 보게 하려고,/들리지 않던 소리를/더 멀리 듣게 하려고" 하는 확산적인 성격을 지니고 있으며, 궁극적으로 "새 아침 낯선 눈부신 땅"이라는 신앙의 세계에 당도시켜 주는 역할이 강조된다. 이에 반해 원시에서의 어둠은 고독과 연계됐으며, 내면으로의 침잠을 통해 자신의 참된 본질을 발견하게 했다. 바로 이 점이 김현승 시인이 원시를 개작한 이유일 것으로 추측된다.

그는 혼수상태에서 깨어난 후 시를 통해 신앙으로의 회귀를 한층 더 공고히 하고자 했다. 그런 시인에게 신을 잃어버린 인간의 고독한 자기성찰을 노래했던 원시는 그 자체가 참회의 대상이었을 것이다. 자신의 참된 본질을 신앙이 아닌 고독에 근거해 발견했다는 사실은 더욱이 인정하기 어려웠을 것이다. 그는 원시에서 어둠의 의미를 수정함으로써 참회를 실천한다. 그러니까 개작시 「이 어둠이 내게 와서」는 제2기의 시를 부정하고 싶은 시인이 실제로 그 시기에 쓴 시를 개작함으로써 시쓰기를 통한 참회를 직접 보여준 작품이다. 따라서 이 시는 '모성으로의 회귀'나 '부활'으로서의 요나 콤플렉스뿐만 아니라, 김현승이 참회의 일환으로 시를 개작했다는 사실에 보다 주목해서 분석해야할 것이며, 자신의 과거를 회개하고자 참회시를 쓴 요나의 행적과 텍스트 외적인 차원에서 비교하고 이해되어야 한다.

큰 물고기에 삼켜진 요나가 사흘 밤낮을 그 뱃속에 있다 부활했듯이, 시인은 죽음 체험을 계기로 절대신앙에 귀의한다. 지금까지 그가 천착했던 고독과 그에 따른 어둠은 '눈부신 땅'에 도착하기 위한 여정으로 정리된다. 그는 인용시 「이 어둠이 내게 와서」 이후에 「울려라 탄일종」 「부활절에」 등 예수의 탄생과 부활을 소재로 한 시를 다수 발표한다. 부활한 요나가 신의 뜻에 따라 사역에 전념했듯이, 김현승도 하나님을 찬양하는 시를 씀으로써 신앙 속에서 거듭나고자 했음을 알 수 있다.

죽는 날까지 믿음의 시를 쓰다가 고요히 눈감을 것을 바라고, 그것이 신이 내린 최고의 축복이라고 여기는 김현승에게 육체의 삶과 죽음은 덧없는 것으로 인식된다.[48] 이미 한 번의 죽음을 경험한 그는 이 시기에 다음과 같이 죽음을 관조하는 시를 쓴다. 인용시 「마지막 지상에서」는 김현승 시인이 타계하기 2달 전인 1975년 2월 『현대문학』에 발표한 시로, 사실상 그가 이 세상에 마지막으로 남긴 유언시로 간주된다.

산 까마귀
긴 울음을 남기고
지평선(地平線)을 넘어갔다.

사방(四方)은 고요하다!
오늘 하루 아무 일도 일어나지 않았다.

---

48 앞의 글, 141면 참조.

넋이여, 그 나라의 무덤은 평안한가.

-「마지막 지상(地上)에서」 전문

인용시 「마지막 지상에서」는 산 까마귀가 긴 울음을 남기고 사라지는 풍
경에서부터 시작한다. 까마귀는 데뷔작 「어린 새벽은 우리를 찾아온다 합니
다」에서 '감상시인(感想詩人)'[49]으로 처음 등장한 이래, 시 「산까마귀 울음 소
리」「겨울 까마귀」「영혼의 새」 등의 작품에서 줄곧 시인을 대신해 노래했었
다. 김현승 시에서 까마귀는 시인의 고독한 영혼을 상징한다. 그런 까마귀
가 지평선 너머로 사라졌다. 그곳은 지금 이곳과는 다른 세상일 것이다. 이
제 남은 것은 고요함뿐이다. 시인은 자신의 분신과도 같은 산 까마귀가 사라
진 적막한 자리에서 겸허하게 죽음과 마주한다. "넋이여, 그 나라의 무덤은
평안한가."라고 묻는 이 시의 화자는 앞에서 살펴보았던 제2기의 시 「제목」
에서 "죽을 때 죽을 것인가.//무덤에 들 것인가/무덤 밖에서 뒹굴 것인가"
를 갈등하던 화자와는 많이 다르다. 그의 어조는 지극히 평화롭다. 이러한
절대평화의 상태는 치열했던 갈등과 처절했던 고독을 넘어 절대신앙에 귀
의한 김현승 시인의 마지막 마음의 풍경일 것이다.

5. 상상력의 원형으로서 '요나 콤플렉스'

지금까지 필자는 김현승의 시작품을 『구약성서』의 「요나서」와 비교함으
로써 그의 시에 나타난 상상력의 구조와 지향의식을 살펴보고자 했다.
절대자에 대한 경외와 그에 반하는 회피, 그리고 참회와 귀의로 이뤄지는

---

49 "감상시인(感想詩人)인 까마귀가 황혼(黃昏)의 비가(悲歌)를 구슬피 불러/답답한 어두움
이 방방곡곡(坊坊曲曲)에 숨어들 때" 김현승, 「어린 새벽은 우리를 찾아온다 합니다」 부분.

요나서 제1, 2장의 서사는 김현승 시의 변모 양상과 일치한다. 요나 원형은 김현승 시 전체를 지배하는 상상력으로서, 시세계의 처음과 끝을 일관하는 하나의 서사로 다음과 같이 나타난다.

제1기 시에서 김현승 시인은 하나님을 경외하던 요나처럼 자신의 정체성을 기독교 신앙에서 찾았다. 이러한 기독교적 시의식은 주로 신앙의 세계를 시로 수용하는 기도시의 형태로 나타난다. 그는 기도시를 통해 신앙인으로서의 겸허한 삶의 태도를 소망한다. 이렇게 시를 통해 기도하는 김현승 시의 특징은 자기고백적이며, 대부분의 경우 시인과 시적 화자가 일치하는 것으로 드러난다.

김현승 시는 제2기에서 큰 변화를 보인다. 이 시기에 그는 신을 부정하고 고독에 천착한다. 요나가 신의 뜻을 거역하고 도망친 부분에 해당한다. 김현승이 고독에 몰두하기 시작한 이유는 자신의 참된 본질을 알기 위해서였으며, 그는 성찰의 공간으로서 어둠을 선택했다. 요나가 배의 밑층이라는 어둡고 내밀한 공간에 은신했듯이, 시인은 자신을 감싸주는 고독이라는 어둠 속으로 침잠한다.

필자는 여기서 바슐라르가 말한 요나 콤플렉스를 도출했다. 문화적 콤플렉스로서의 요나 콤플렉스는 죽음의 모성이라는 주제와 그리스도의 부활이라는 이미지를 내포하는데, 제2기 시에서는 주로 어둠을 동반한 모성으로의 지향성이 드러난다.

제3기에서 김현승 시의 주제는 고독에서 신앙으로 다시 한 번 변모한다. 이로써 제2기 시에서 그가 천착했던 고독은 절대신앙에 회귀하기 위한 시적 여정으로 정리된다. 이 시기에 나타난 요나 콤플렉스는 죽음으로부터의 부활에 집중된다. 큰 물고기에 삼켜진 요나가 사흘 밤낮을 그 뱃속에 있다 부활했듯이, 시인은 실제로 죽음을 체험한 이후 신앙에 귀의한다.

요나가 물고기의 뱃속에서 참회시를 썼던 것처럼, 김현승 역시 참회로서의 시쓰기를 실천한다. 필자는 시 「이 어둠이 내게 와서」의 개작 전·후를 비교함으로써 시쓰기를 통한 참회의 양상을 살펴봤다. 부활한 요나가 신의 뜻에 따라 사역에 전념했듯이, 김현승도 하나님을 찬양하는 시를 씀으로써 신앙 속에 거듭나고자 했다.

신앙에서 고독으로 변모하고, 다시 절대신앙으로 귀의하는 김현승의 시세계는 요나의 서사와 일치한다. 이렇게 모성으로의 회귀와 부활을 지향하는 요나 콤플렉스는 김현승 시세계를 일관하는 상상력의 원형으로서, 김현승 시의 이미지의 구조를 가늠하고 시적 변모 양상을 해석하는데 유효하게 적용될 수 있다.

서정주 이야기시의
서사전략

1. 이야기시 화자의 역할

서정주는 이야기적 특성이 강조된 자신의 시작품에 대해 다음과 같이 말했다.

> 그게 말하자면 액션이거든. 액션이란 말씀야. 액션이 없으니까 독자들이
> 떠나가는 것 같아요. 그러니까 시에도 액션을 넣었지. 소설처럼 말이오.[1]

『현대문학』에 연작시 「속(續) 질마재 신화」를 발표하던 1972년 무렵,[2] 서정주가 문학평론가 김주연과의 대담에서 한 말이다. 시인은 인간이라면 누구나 재미있는 이야기를 좋아한다는 사실을 일찌감치 간파하고, 떠나가는

---

1 김주연, 「이야기를 가진 시」, 『나의 칼은 나의 작품』, 민음사, 1975, 11면.
2 서정주는 「속 질마재 신화」라는 부제목으로 1972년 3월부터 「신부」 「해일」 「상가수의 노래」 「소자 이생원네 마누라님 오줌기운」 등을 연작시로 발표하기 시작했다. 이 연작시들은 1975년 시집 『질마재 신화』로 출간된다. 서정주, 「서정주 작품연보」, 『미당시전집 1』, 민음사, 1994, 502-504면 참조.

독자를 잡기 위해 '액션'이라는 소설적인 요소를 자신의 시에 도입하였다고 했다. 대담 내용으로 미루어, 이 시들은 당시 문단에 신선한 충격을 주었음을 짐작할 수 있다. 그가 '액션을 넣어 만든 시'는 이후 산문시·이야기시·서술시 등 다양한 명칭으로 불리게 된다.

산문시와 이야기시는 시의 하위 장르이기는 하지만 서로 다른 범주의 개념에 속한다. 산문시(prose pome)는 정형시·자유시와 함께 시의 형식에 분류되고, '이야기를 말하는 시'[3]인 이야기시(narrative poem)는 서경시·서정시와 함께 시의 내용에 분류된다. 이야기시는 그 하위 종(種)으로서 서사시(epic)나 담시(ballad) 등을 포괄한다.[4]

narrative poem은 주로 이야기시로 번역되나, 관점에 따라 '서술시'로 번역되기도 한다. 이때 서술시는 이야기를 '말하는' 담화형식이 강조된 개념으로 사용된다. narrative poem을 이해하는 데 관건이 되는 것은 이야기의 유무만이 아니라 '누가 어떻게 이야기하고 있느냐'이기 때문에 이야기시보다는 서술시라는 용어가 적절하다는 것이다.[5] 그러나 narrative poem을 서술시로 통칭할 경우 '이야기'를 말하는 시, 즉 시의 내용이라는 상위개념으로 분류된 시 고유의 특성을 드러내기 어렵다는 문제가 있다. 이 논문에서는 이야기시라는 용어를 선택하되, 이야기시라는 용어로 간과하기 쉬운 말하는 주체, 즉 시적 화자의 문제를 염두에 두고 논의를 진행하도록 하겠다. 또한 이야기를 소재로 쓴 시, 이야기 자체를 작품 구성의 근간으로 삼은 시를 포함시켜 보다 포괄적인 개념으로 이야기시라는 명칭을 사용하고자 한다.

서정주 이야기시에 대한 연구는 주로『질마재 신화』(1975)를 중심으로 이

---

3 narrative는 '이야기'와 '이야기하기'라는 개념이 포함돼 있다. 따라서 narrative poem은 '이야기를 말하는 시'의 의미를 가지고 있다.
4 김영철, 「산문시·이야기시란 무엇인가」,『현대시』, 1993.7, 24·31면 참조.
5 엄경희, 「서술시의 개념과 유형의 문제」,『한국근대문학연구』제6권, 2005, 411면.

徐廷柱 第六詩集

질마재 神話

一志社

서정주 시집 「질마재 신화」
(일지사, 1975)

뤄졌다. 정효구는 이 시집에 실린 작품들이
"이야기이면서 시이고 시이면서 신화이기도
한 여러 겹의 성질을 한 몸에 품고 있다."고
하면서, 이야기시에 대한 본격적인 논의를
시작했다.[6]

김경복은 시인 자신이 이야기를 만들어 말
하는 '서술시'와 옛 조상의 이야기를 시에 수
용함으로써 이야기성을 갖추는 '설화수용시'
를 구분하면서, 김소월·백석 등과 더불어 서
정주 시에서의 설화수용 양상을 살펴보았다.[7]

고형진은 『질마재 신화』의 이야기시적 특성과 미적 구조를 '전형적인 서
사형식과 시적 이미지'(「신부」), '말하기의 기법과 시적 이미지'(「상가수의 소
리」), '사실적인 상징과 시적 상징'(「간통사건과 우물」), '주관적 경험의 말하기
와 서술과 시적 이미지'(「신발」)로 나누어 설명했다.[8]

박윤우는 이야기시를 학습현장에서 어떻게 수용할 것인가라는 문제의식
으로 화자를 유형화시켜 시의 이해를 돕고자 했다. 그는 서정주 시 「신부」를
예로 들어 '객관적 이야기 서술자로서의 화자'를 설명했으며, 그 외에도 '허
구적 화자에 의한 시적 상황의 의미화'에서는 임화 시 「우리 오빠와 화로」
를, '화자-청자의 상호소통과 시적 거리'에서는 이용악의 시 「전라도 가시
내」를, '극적 상황과 독자의 의미 재생산'에서는 황지우 시 「아무도 미워하

6 정효구, 「이야기시의 가능성」, 『존재의 가능성을 위하여』, 청하, 1987, 50면; 정효구, 「한국
산문시의 전개양상」, 『현대시』, 1993.7.
7 김경복, 「한국 현대시의 설화 수용 의미」, 현대시학회 편, 『한국 서술시의 이해』, 태학사, 364-
372면.
8 고형진, 「서정주의 『질마재 신화』의 '이야기시'적 특성과 미적 구조」, 『현대시의 서사지향성
과 미적 구조』, 시와시학사, 2003.

지 않는 자의 죽음」을 예로 들었다.[9]

박은미는 이용악·서정주·최두석의 이야기시를 "장르 혼합현상, 또는 탈 장르 현상의 하나로서 내러티브가 중심이 되는 서사양식과 시양식의 결합" 으로 보았다.[10]

강호정은 서정주와 최두석의 시를 중심으로 이야기의 시적 발화방식을 연구했는데, 서정주의 신화세계는 "구연성과 청자지향"의 특징을 갖는다고 했다.[11]

유영희는 서정주·백석·신경림·황지우 등의 이야기시를 시창작 교육에 활용하는 방안을 모색했다.[12]

서정주 이야기시 연구는 설화수용 연구와 일정 부분 겹친다. 서정주 시의 설화수용에 대한 대표적인 연구로는 오세영·김현자의 논문과 오정국의 저 서를 들 수 있다.

오세영은 서정주 초기시 「귀촉도(歸蜀途)」를 대상으로 한(恨)의 정서가 설 화의 시적 도입에서 매개 역할을 하고 있음을 밝혔다.[13]

김현자는 시 「다시 밝은 날에」「선덕여왕의 말씀」「사소(娑蘇)의 두번째 편지 단편」을 은유와 환유를 중심으로 분석하면서, "춘향·선덕여왕·사소가 각기 지상과 경계의 공간, 초월의 공간을 획득했던 것을 상기하면, 이 시들 은 시종일관 설화와의 환유적 인접성을 유지하고 있다."고 했다.[14] 또한 지 귀설화를 수용한 일련의 시 「지귀(志鬼)와 선덕여왕의 염사(艶史)」「선덕여 왕의 말씀」「경주소견(慶州所見)」「우리 데이트는」을 대상으로 서정주 시인

9 박윤우, 「'이야기시'의 화자 분석과 시의 해석 방법」, 『문학교육학』 제21호, 2006.
10 박은미, 「장르 혼합현상으로 본 이야기시 연구」, 『겨레어문학』 제32집, 2004, 244면.
11 강호정, 「'이야기'의 시적 발화방식 연구」, 『한성어문학』 제26집, 2007, 284면.
12 유영희, 「이야기시의 교육적 활용 방안 및 의의」, 『한국시학연구』 제30호, 2011.
13 오세영, 「설화의 시적 변용」, 『미당연구』, 민음사, 1994.
14 김현자, 「은유와 환유의 변주」, 『현대시의 서정과 수사』, 민음사, 2009, 33면.

의 설화수용 태도를 규명하고자 했는데, 그는 시인이 작품에서 "비극적 소재를 시인 특유의 낙관적 세계관으로 화해시키고, 초월의 방식으로 시공간을 뛰어넘는 영원성을 부여하고 있다."고 했다.[15]

오정국은 현대시에 나타난 설화수용 양상을 '설화의 재연' '설화의 확장' '설화의 전환'의 단계로 나누어 살펴보았다. 연구대상은 김소월 시에서부터 황지우 시에 이르기까지 근대와 동시대 시작품을 아울렀으며, 시 텍스트와 선행 텍스트인 설화를 밀도 있게 비교 분석했다.[16]

이야기시의 기본 요건은 '이야기'와 이야기를 말하는 '화자'다. 서정주 이야기시에 대한 기존 연구는 이야기시를 유형화하는 과정에서 다른 시인의 시작품과 비교차원에서 부분적으로 언급됐다. 서정주 이야기시에 대한 심도 있는 논의는 주로 설화수용 관점에서 『질마재신화』에 실린 시편들이나, 시「귀촉도(歸蜀途)」「선덕여왕의 말씀」「사소의 두번째 편지 단편」 등을 중심으로 논의됐다. 이야기시에 대한 연구가 '이야기' 자체에 편중돼 있는 것이다. 필자는 이 논문에서 선행연구를 바탕으로, 서정주 시에서 이야기를 재현하는 화자가 어떤 존재이며, 어떻게 이야기를 전달하고 있는지, 그리고 그가 전달한 이야기는 어떤 특징을 갖고 있는지 이야기시에 나타난 화자의 태도를 유형별로 나누어 논의를 전개시키고자 한다.

서정주 시에서 이야기를 재현하는 화자는 세 가지 형태로 나눌 수 있다. 시인 자신의 경험을 이야기로 만들어 마치 보고하듯 독자에게 전달하는 화자와, 이미 있었던 이야기를 전달하는 화자, 그리고 이야기를 비평하는 화자가 그것이다. 시인이 보고 들은 다양한 경험, 특히 어린 시절 질마재에서의 체험을 형상화한 시의 화자가 첫 번째에 속한다면, 우리 민족의 옛이야기인 설화를 소재로 한 시의 화자는 두 번째에 속한다. 자전적 이야기를 재현

---

15 김현자,「설화 텍스트의 이미지 변용」, 앞의 책, 197면.
16 오정국,『시의 탄생, 설화의 재생』, 청동거울, 2002.

하는 화자가 자신의 말과 생각을 통해 이야기를 전달하는 반면, 설화를 재현하는 화자는 작중인물의 언행을 직접 보여줌으로써 이야기를 전달한다. 이를 각각 '보고자 화자' '작중인물 화자'로 칭하기로 한다. 세 번째는 이야기를 해석하고 논평하는 '비평가 화자'다. 서정주 이야기시에서 화자는 이야기를 보고하거나 작중인물을 연기할 뿐만 아니라, 마치 비평가와도 같이 자신의 관점에 따라 이야기를 적극적으로 해석하고, 작중인물의 성격을 분석하거나 행위를 논평한다. 비평가 화자와 작중인물 화자는 주로 '이미 있었던 이야기'인 설화를 재현하고 있지만, 각각 비평가와 작중인물의 역할을 수행하고 있다는 점에서 구별된다. 또한 비평가 화자가 보고자 화자와 다른 점은 보고자 화자가 이야기 속의 인물과 체험을 공유하고 있는 반면, 비평가 화자는 이야기 밖의 제3자로서 작중인물을 논평한다는 것이다.

필자는 서정주 이야기시에서 화자의 역할 분석을 통해 이야기의 재현 방식을 살펴보고, 동일한 소재의 이야기가 화자의 재현 방식에 따라 어떻게 달라지는지 알아보겠다. 또한 이야기시 텍스트를 꼼꼼히 읽음으로써 이야기의 의미와 상징, 시적 형상화를 통한 선행 텍스트의 변용 양상을 살펴보고자 한다. 이러한 작업은 서정주 이야기시의 서사전략을 규명하고, 나아가 이야기의 서사성이 현대시에 미치는 영향을 살펴볼 수 있다는 데 의의를 둘 수 있을 것이다.

2. 보고자 화자

서정주 이야기시에서 보고자 화자는 시인이 직접 보거나 들은 자전적 체험을 이야기로 재구성해 독자에게 전달한다. 고향 질마재에서의 추억을 소재로 한 시 「해일(海溢)」을 비롯해, 시 「상가수(上歌手)의 소리」 「외할머니의 뒤안 툇마루」 「눈들 영감의 마른 명태」 「알묏집 개피떡」 「간통사건과 우물」

등의 작품이 그것이다.

보고자 화자는 효과적으로 이야기를 전달하기 위해 독자를 배려한다. 이를테면 화자는 이야기를 재현하는 과정에서 선택과 집중을 통해 줄거리를 재구성한다. 그러나 전달하는 이야기는 부분이 아닌 전체다. 이것은 다음 장에서 살펴볼 '작중인물 화자'가 이야기의 한 장면을 선택해 재현하는 것과 대조된다. 보고자 화자가 재현하는 한 편의 이야기는 완결된 서사구조를 가지고 있다. 또한, '…습니다.' '…이지요.'로 종결하는 구어체 어미를 대부분 사용해 독자에게 친근하게 말을 건네는 형식을 취하며, 전지적 시점으로 작중인물의 심리상태를 설명해 독자의 이해를 돕기도 한다. '말하기' 원칙에 충실한 구술 전승의 특성이 그대로 나타난다. 현장의 생생한 감동을 효과적으로 전달하기 위해 감각적인 묘사를 적극적으로 사용하는 것도 일반적인 특징이다.

이 장에서는 시 「해일」을 중심으로 보고자로서 이야기를 재현하는 화자에 대해 살펴보겠다.

바닷물이 넘쳐서 개울을 타고 올라와서 삼대 울타리 틈으로 새어 옥수수 밭 속을 지나서 마당에 홍건히 고이는 날이 우리 외할머니네 집에는 있었습니다. 이런 날 나는 망둥이 새우 새끼를 거기서 찾노라고 이빨 속까지 너무나 기쁜 종달새 새끼 소리가 다 되어 알발로 껄낄거리며 쫓아다녔읍니다만, 항시 누에가 실을 뽑듯이 나만 보면 옛날이야기만 무진장 하시던 외할머니는, 이때에는 웬일인지 한 마디도 말을 않고 벌써 많이 늙은 얼굴이 엷은 노을빛처럼 불그레해져 바다쪽만 멍하니 넘어다보고 서 있었습니다.

그때에는 왜 그러시는지 나는 아직 미처 몰랐읍니다만, 그분이 돌아가신 인제는 그 이유를 간신히 알긴 알 것 같습니다. 우리 외할아버지는 배를 타고 먼 바다로 고기잡이 다니시던 漁夫로, 내가 생겨나긴 전 어느 해 겨

울의 모진 바람에 어느 바다에선지 휘말려 빠져 버리곤 영영 돌아오지못

한 채로 있는 것이라하니, 아마 외할머니는 그 남편의 바닷물이 자기집

마당에 몰려들어오는 것을 보고 그렇게 말도 못하고 얼굴만 붉어져 있었

던 것이겠지요.

-「海溢」¹⁷ 전문

인용시「해일」은 바다에 나갔다 돌아오지 못한 외할아버지가 해일을 통해
외할머니집 안마당에 돌아온다는 이야기를 전달하고 있다. 여기서 해일은
저승의 공간인 바다와 이승의 공간인 안마당을 연결하는 매개물이자, 외할
아버지의 혼이 담긴 상징물이다. 화자는 이러한 이야기를 설명과 묘사의 방
식을 적극 활용해 재현하고 있다.

이 시의 2개 행은 각각 과거와 현재의 시점으로 시작한다. 어린 시절 외할
머니 집에서 해일을 본 과거의 시간에는 철없는 화자의 모습이, 외할머니가
돌아가신 후 해일의 숨겨진 의미를 알게 된 현재의 시간에는 성숙한 화자의
모습이 제시된다. 그런데 2행 현재의 시간은 "내가 생겨나기 전" 일어난 사
건이 서술되면서 과거 이전 대과거의 시간으로 거슬러 올라간다. 그러니까
실제로 이 시에는 3개의 시간이 존재한다. 시간적 순서로 정리해보면, 화자
가 태어나기 전, 외할아버지는 바다에 가 돌아오지 않았음(대과거) → 앞마당
에 해일이 들어오던 날, 외할머니는 얼굴이 붉어져서 바다 쪽만 바라보고 서
있었음(과거) → 화자는 외할머니가 해일에서 외할아버지를 보고 있었다는
사실을 뒤늦게 깨달음(현재)이다. 이상 3개의 시간은 서로 원인과 결과로 맞
물리면서 이야기를 구성한다.

이러한 이야기의 흐름 속에서 중심 역할을 하는 것이 화자다. '외할아버지

17 서정주, 『미당시전집 1』, 민음사, 1994. 이후 서정주 시는 이 책과 『미당시전집 2』에서 인용
했다.

가 죽고 난 뒤 자신이 생겨났다.'거나 '외할머니는 나만 보면 옛날이야기를 무진장 하셨다.'처럼, 할아버지와 할머니도 '나'와의 관계 속에서 설명된다. '나'는 화자인 동시에 이야기의 인물과 동일한 경험을 공유하기 때문이다. 이야기를 서술하는 화자는 "인제는 그 이유를 간신히 알긴 알 것 같습니다." 라거나, "얼굴만 붉어져 있었던 것이겠지요."라고 자신의 생각을 드러내며 이야기에 의미를 담아내기도 한다. 1인칭 시점으로 전개되는 이 시에서 이야기를 이끌어가는 화자의 역할이 강조되고 있음을 알 수 있다.[18]

외할아버지에 대한 이야기는 이전에 쓴 시 「자화상」(1939)에서도 "갑오년이란든가 바다에 나가서는 도라오지 않는다하는 외할아버지"로 언급된 바 있다. 해일을 매개로 외할아버지와 만나는 외할머니의 모습은 시 「외할머니네 마당에 올라온 해일」(1963)의 마지막 연에서 "갑술년이라던가 바다에 나갔다가/해일에 넘쳐오는 할아버지 혼신(魂神) 앞/열아홉살 첫사랑쩍 얼굴을 하시고"로 묘사돼 있다. 서정주 시인은 이렇게 유사한 내용을 여러 편의 시로 형상화시켰거니와, 특히 시 「해일」을 이해하기 위해서는 시 「외할머니네 마당에 올라온 해일」을 먼저 살펴보아야 한다.

> 외할먼네 마당에 올라온 海溢엔요,
> 예순살 나이에 스물한살 얼굴을 한
> 그러고 천살에도 이젠 안 죽기로 한
> 신랑이 돌아오는 풀밭길이 있어요.

---

18 정끝별은 시 「해일」의 화자가 자신의 생각을 적극적으로 서술하며 이야기에 의미를 담아내려고 한다면서, "인과적 완결감과 구문적 완결감이 강화된 논평하는 목소리로 발현되고 있다."고 했다. 그러나 이 시의 화자가 1인칭 시점으로 자신의 생각을 서술하며 이야기에 의미를 담아낸 것은 인정되지만, 그것은 아직 논평의 단계에 미치지 못한다고 판단된다. 화자가 작중인물의 행위를 논평하는 것에 대해서는 이 글의 제4장 '비평가 화자'에서 보다 상세히 다루겠다. 정끝별, 「현대시 화자(persona) 교육에 관한 시학적 연구」, 『한국문예비평연구』 제35집, 2011, 184면 참조.

생솔가지 울타리, 옥수수밭 사이를

올라오는 海溢 속 신랑을 마중 나와

하늘 안 천길 깊이 묻었던 델 파내서

새각시때 연지를 바르고, 할머니는

다시 또 파, 무더기 웃는 청사초롱에

불 밝혀서 노래하는 나무나무 잎잎에

주절히 주절히 매여달고 할머니는

갑술년이라던가 바다에 나갔다가

海溢에 넘쳐오는 할아버지 魂神 앞

열아홉살 첫사랑쩍 얼굴을 하시고.

        -「외할머니네 마당에 올라온 海溢 - 소네트 試作」 전문

인용시 「외할머니네 마당에 올라온 해일-소네트 시작(試作)」은 1963년 7월 『현대문학』에 발표됐다. 이 작품은 '소네트 시작'이란 부제에서 알 수 있듯이 전체 14행, 1행이 14자로 구성된 엄격한 형식을 가지고 있다. 서정주 시인은 9년 후, 이 시와 동일한 내용의 시를 상대적으로 자유로운 산문시 형식으로 새로 쓴다. 그것이 바로 앞서 살펴본 시 「해일」(『현대문학』, 1972.3. 발표)이다. 시인이 같은 내용을 시의 형식만 바꿔서 다시 쓴 이유는 소네트를 표방한 제한된 형식으로는 자신이 말하고자 하는 바를 충분히 전달하지 못했기 때문이라고 추측된다.[19] 그러면 시인이 독자에게 전달하고 싶었던 사실은 무엇이었을까. 서정주는 산문 「외할머니네 마당에 몰려온 해일」이라는, 인용시와 거의 같은 제목의 글에서 이 시는 "내 나이 쉰쯤 되어 그때 그

---

19 박호영, 『서정주』, 건국대학교출판부, 2003, 120면 참조.

해일 앞에 섰던 내 외할머니의 마음속을 상상해서 내가 시험삼아 써본 글귀"라고 했다.[20] 시인은 해일이 몰려온 날과 그 이후 할머니의 마음을 알게 된 날에 대해 다음과 같이 상세히 설명한다.

"이것 봐라, 참 오랜만에 海溢이다. 봐라."
하며 마침 앞마당 쪽의 툇마루에 혼자 걸터앉아 있던 외할머니가 바로 툇마루 바짝 옆에까지 밀려든 물을 가리키며 말씀하고, "혹, 새우나 망둥이 숭어 새끼 같은 것도 더러 몰려와 있을거다"하여 『삼국지』 속의 關雲長이고 馬超고 趙子龍이고 이야기 듣는 것 다 접어두어 버리고, 맨발로 그 바닷물 마당을 덤벙거리고 다니던 것은 지금 생각해도 역시 많이 신바람 나는 일이다.
외할머니의 얼굴은 이날따라 유난히 밝아 보였다.
"지난번에 海溢이 몰려왔던 건 壬子年 시월 초닷샛날 아침 일이니까 벌써 11년 만이구나. 그때도 장독대에까지 올라와서 거기 놓인 바가지를 띄우고 야단이더니 봐라, 이번에도 또 바가지를 띄우고……"
이런 식으로 마치 식구의 生日날이나 기억해 내듯 陰曆으로 먼젓번 해일이 몰려들어왔던 날짜까지를 말하며, 손가락질해 마당 한쪽 귀에 떠다니는 바가지짝을 가리키면서 나만 못지않게 이 海溢이 반가운 듯한 숨찬 소리로 웃어보였다.
나는 이때 아직도 어린나이이어서 내 외할머니의 그 반가움의 진짜 理由를 알지는 못했었지만, 인제 알고 생각해보면 그건 그네에겐 정말 숨찬 일이 아닐 수도 없었겠다. 왜냐하면, 우리 외할머니는 유난히도 사이가 좋았다는 남편을 일찍 잃고 20代부터 홀로 살아온 寡婦로, 그 좋아하던 남편의 몸뚱이는 그네 곁에서 病으로 죽어간 게 아니고, 뱃사람이라 바다에

---

20 서정주, 「어머니 김정현과 그 둘레」, 『서정주문학전집 5』, 일지사, 13면.

나갔다가 거센 폭풍으로 그만 돌아오지 못하고 만 채 여러 십 년이 지나
갔던 것인데, 그런 남편의 몸이 담겨 떠다니던 그 바닷물이 이렇게 또 한
번 海溢로 넘쳐 그네의 집 마당에 몰려 들어왔으니 말이다. 더구나, 마을
이 두루 잘 알고 있던 것처럼, 우리 외할머니는 남편을 잃은 뒤 한글로 나
온 이야기책이란 이야기책은 안 읽은 게 거의 없이, 太古라 天皇씨 적 이
야기부터 瀟湘江 무늬대나무의 젓대 소리 같은 것까지 두루 그득히 읽어
외어 그 마음 속에 담고 있는 데다가, 또 鬼神 來歷으로도 이 마을에선 무
당만 못지않게 통해 있었으니, 그건 참 할 이야기도 많은 반가운 마음 속
의 上峰이었을 것이다.[21]

시 「외할머니네 마당에 올라온 해일」에 대한 해설이자, 그 시에서 못 다
한 이야기를 하고 있는 인용문은 시만 읽고서는 파악하기 어려웠던 사실들
을 구체적으로 알려준다. 즉, 마당에 올라온 해일을 보고 왜 외할머니는 "열
아홉살 첫사랑쩍 얼굴"을 하고 있었던 것인지, 외할아버지는 어떻게 죽었으
며, 외할머니는 남편이 죽은 후에 바다를 어떻게 인식했을지 등을 파악할 수
있다.

인용문에 따르면, 뱃사람이었던 외할아버지는 바다에 나갔다가 거센 폭
풍을 만나 돌아오지 못했다. 외할머니는 그렇게 남편을 잃고 20대부터 혼자
살았다. 외할머니에게 바다는 "남편의 몸이 담겨 떠다니던" 죽음의 공간이
었다. 그런데 그 바닷물이 해일로 마당에 들어오자, 외할머니는 그것을 남
편이 살아 돌아왔다고 여기고 반가워한다.

이 글은 앞서 살펴본 시 「해일」과 내용 면에서 뿐만 아니라, 형식이나 시
어의 선택에 있어서도 매우 유사하다. "혹, 새우나 망둥이 숭어 새끼 같은
것도 더러 몰려와 있을거다"라는 할머니의 말을 듣고 맨발로 그 바닷물 마

---

21 앞의 글, 12면.

당을 덤벙거리고 다니던 어린 시절 시인의 철없는 모습은 시「해일」에서 "망둥이 새우 새끼를 거기서 찾노라고" 알발로 쫓아다니던 화자의 모습으로 묘사된다. "이날따라 유난히 밝아" 보였던 외할머니의 얼굴은 시에서 "엷은 노을빛처럼 불그레해져" 있고, "뱃사람이라 바다에 나갔다가 거센 폭풍으로 그만 돌아오지 못한" 외할아버지는 시에서 "내가 생겨나긴 전 어느 해 겨울의 모진 바람에 어느 바다에선지 휘말려 빠져 버리곤 영영 돌아오지 못한" 것으로 설명된다. 시제 역시, 과거 → 현재 → 대과거의 사실을 서술하는 동일한 구조로 이뤄져 있다. 서정주는 시「외할머니네 마당에 올라온 해일」에 대한 해설을 가지고 또 한 편의 시「해일」을 만들었던 것이다. 시「해일」을 시「외할머니네 마당에 올라온 해일」과 비교했을 때, 1인칭 화자의 설명적인 면이 강하게 부각되는 것은 이러한 이유에서다.

시「해일」에는 시「외할머니네 마당에 올라온 해일」에서 다하지 못한 시인 자신의 이야기가 담겨있다. 시인의 입장에서 시「외할머니네 마당에 올라온 해일」은 "시험삼아 쓴 글귀"이며, 정말 하고 싶었던 이야기는 시「해일」에서 하고 있다. 이렇게 경험적 자아인 시인과 시적 화자가 일치하여, 시인이 하고 싶었던 말을 보고자 화자를 통해 독자에게 전달하는 것은 서정주 이야기시의 가장 큰 특징이다.

3. 작중인물 화자

화자가 이야기시의 작중인물이 된다는 것은 화자와 시적 페르소나(persona)와의 관계와 연관 지어 생각할 수 있다. 융의 분석심리학에서 페르소나란 자아와 세계의 중간에 위치한 통로이자 보호막에 비유된다. 즉, 페르소나란 '나의 개성'과 '세상의 기대치'가 만난 타협점이다. 이러한 페르소나는 연극에서 배우가 쓰는 가면, 배우의 역할 등의 의미를 거쳐 인물의 개성을 가리키게 됐다.

시에서 페르소나는 시적 화자를 의미한다. 그러나 일반적으로 페르소나라고 명명된 시의 화자는 경험적 자아인 시인과 구별되는 허구적 자아임이 강조된다.[22] 이 허구적 자아는 시 안에 존재하는 인물의 배역에 따라 발화하는데, 그 허구적인 속성으로 인해 시의 이야기적 성격은 보다 강화된다.

서정주 시에서도 화자가 작중인물 중에 하나가 되어 발화하는 경우가 있다. 시「추천사(鞦韆詞)」「다시 밝은날에」「춘향 유문(遺文)」의 춘향, 시「견우의 노래」의 견우, 시「선덕여왕의 말씀」「우리 데이트는」의 선덕여왕, 시「꽃밭의 독백-사소(娑蘇) 단장(斷章)」「사소 두번째의 편지 단편」「박혁거세왕의 자당(慈堂) 사소선녀(娑蘇仙女)의 자기소개」의 사소, 시「처용훈(處容訓)」의 처용 등이 그들이다.

작중인물 화자는 이야기 안으로 들어가 '그들의 이야기'를 '자신의 이야기'로 바꿔 들려준다. 화자는 자신이 맡은 배역인 작중인물과 동일시된다는 점에서 앞에서 살펴본 보고자 화자나, 뒤에 살펴볼 비평가 화자보다 이야기와 더 가까운 거리에 위치한다. 즉, 화자가 이야기의 일부가 되는 것이다. 작중인물 화자는 선행 텍스트의 이야기 중 전체를 함축하는 한 장면을 선택해 그 상황을 연기하거나, 선행 텍스트에서 모티브를 따와 이야기를 재창조한다. 부분으로 전체를 보여주는 것이다. 보고자·작중인물·비평가로 구분한 화자의 역할 중 '보여주기'라는 극적인 요소를 가장 강하게 드러내는 것이 이 작중인물 화자다.

작중인물 화자는 이야기를 대화나 독백으로 이끌어 간다. 이때 청자 역시 대부분의 경우 작중인물로 지정된다.「추천사」의 향단,「춘향 유문」의 도련님,「견우의 노래」의 직녀,「우리 데이트는」의 지귀,「사소 두번째의 편지 단편」의 아버지,「처용훈」의 역신이 그들이다.「다시 밝은날에」의 신령님,「꽃

22 김준오, 『시론』, 삼지원, 1982, 283면 참조.

밭의 독백—사소 단장」의 꽃처럼 이야기의 전개상 '있을법한 청자'인 경우도 있고, 「선덕여왕의 말씀」이나 「박혁거세왕의 자당 사소선녀의 자기소개」에서처럼 당대 백성쯤으로 유추할 수 있는 경우도 있다. 실제 청자인 독자는 화자로부터 이야기를 직접 전해 듣는 것이 아니라, 그가 이야기 속 청자에게 한 말을 엿듣는 위치에 있다. 마치 연극에서 배우의 연기를 엿보는 관객과 같다.

이 장에서는 시 「처용훈」과 「박혁거세왕의 자당 사소선녀의 자기소개」를 중심으로 작중인물로서 이야기를 재현하는 화자의 이야기 전달방식에 대해 살펴보겠다.

달빛은

꽃가지가 휘이게 밝고

어쩌고 하여

여편네가 샛서방을 안고 누은 게 보인다고서

칼질은 하여서 무얼하노?

告訴는 하여서 무엇에 쓰노?

두 눈 지그시 감고

핑동그르…… 한바퀴 맴돌며

마후래기 춤이나 추어보는 것이라.

피식! 그렇게 한바탕 웃으며

「雜神아! 雜神아!

萬年 묶은 이무기 지독스런 雜神아!

어느 구렁에 가 혼자 자빠졌지 못하고

또 살아서 질척 질척 지르르척

우리집까정 빼지 않고 찾아 들어왔느냐?」

위로엣말씀이라도 한 마디 얹어 주는 것이라.

이것이 그래도 그 중 나은 것이라.

－「處容訓－『三國遺事』第三卷, '處容郎, 望海寺'條」 전문

인용시는 작품의 부제에 나타난 것과 같이 『삼국유사』 제3권, '처용랑 망해사(處容郎 望海寺)'조에 실린 처용설화를 선행 텍스트로 하고 있다. '처용랑 망해사'조는 ①신라 제49대 헌강왕 시대 태평한 나라의 모습 ②헌강왕이 개운포로 행차했다가 동해 용왕의 아들인 처용을 데려옴 ③처용이 아내를 범한 역신을 보고 노래를 하고 춤을 춤 ④처용이 '벽사진경(辟邪進慶)'의 상징물이 됨 ⑤헌강왕이 망해사를 세움 ⑥헌강왕이 포석정에서 남산의 신이 춤을 추는 것을 봄 ⑦헌강왕이 금강령에서 북악의 신이 춤을 추는 것을 봄 ⑧헌강왕이 동례전 잔치에서 지신이 춤을 추는 것을 봄 등 8개의 에피소드로 이뤄져 있다. 이 중 처용설화는 ①－④인데, 인용시에 해당하는 부분인 ③을 옮겨보면 다음과 같다.

處容의 아내가 무척 아름다웠기 때문에 疫神이 흠모해서 사람으로 변하여 밤에 그 집에 가서 몰래 동침했다. 處容이 밖에서 자기 집에 돌아와 두 사람이 누워 있는 것을 보자 이에 노래를 부르고 춤을 추면서 물러 나왔다. 그 노래는 이러하다.

동경 밝은 달에, 밤들어 노닐다가
들어와 자리를 보니, 다리 가랑이 넷일러라.
둘은 내해이고, 둘은 뉘해인고.
본디 내해지만, 빼앗겼으니 어찌할꼬.[23]

23 일연, 「처용랑(處容郎)과 망해사(亡海寺)」, 『삼국유사』, 이민수 역, 을유문화사, 1985, 139면.

『악학궤범』에 수록된 처용의 가면

처용설화와 인용시 「처용훈」은 이야기의 내용이나 작중인물의 성격에서 크게 다르지 않다. 다만 시에서 화자인 처용은 아내를 범한 역신을 보고 춤을 추기까지, 즉 설화에서 "집에 돌아와 두 사람이 누워 있는 것을 보자 이에 노래를 부르고 춤을 추면서 물러 나왔다."는 장면을 선택해 직접 재연(再演)함으로써, 이 '이해할 수 없는 행동'의 행간을 설명하고 있다.[24]

이 시의 배경 설명이 "달빛은/꽃가지가 휘이게 밝고"인 것은 '처용가'의 배경이 "동경 밝은달에"인 것과 동일하다. 문제는 그 다음 "들어와 자리를 보니, 다리 가랑이 넷일러라."의 상황이다. 처용이 아무리 도량이 큰 사내라 할지라도 여편네가 샛서방을 안고 누워있는 상황에 마음에 갈등이 생기지 않을 리 없다. 시는 그러한 마음의 상태를 독백을 통해 드러낸다. "칼질은 하여서 무얼하노?/고소는 하여서 무엇에 쓰노?"라는 말은, 역설적으로 칼질을 할까, 고소를 할까 하며 처용이 한동안 고민했다는 것이다. 두 눈을 감고 춤을 추고, 한바탕 웃으며 노래하는 해탈의 경지 이전에 당연히 분노의 상태가 있었음을 짐작할 수 있다. 용의 아들로서가 아닌, 보다 인간적인 처용의 모습이다.

여기서 춤을 추는 처용의 모습은 "두 눈 지그시 감고/펑동그르르…… 한 바퀴 맴돌며/마후래기 춤이나 추어보는 것"으로 마치 '처용무'의 춤사위를 추어 보이듯이 묘사돼 있으며, '처용가'에서 "본디 내해지만, 빼앗겼으니 어

---

24 이어령은 이러한 행동을 하는 처용은 신화비평에서 말하는 '현자-바보(wise-fool)' 인물원형에 속한다고 했다. 즉, 겉보기에는 바보 같으나 실은 세상의 이치를 아는 외로운 현자로 설정되는 인물의 원형이라는 것이다. 이어령, 『이어령의 삼국유사 이야기』, 서정시학, 2006, 83면 참조.

찌할꼬."의 심경은 처용의 노랫소리를 직접 인용한 "잡신아! 잡신아!/만년 묵은 이무기 지독스런 잡신아!/어느 구렁에 가 혼자 자빠졌지 못하고/또 살아서 질척 질척 지르르척/우리집까정 빼지 않고 찾아 들어왔느냐?"로 보다 자세히 노래 불린다. 시적 화자가 시 안에서 '처용무'와 '처용가'를 시연하는 것이다.

역신을 "만년 묵은 이무기"와 "지독스런 잡신"으로 규정한 처용이 부르는 노래는 역신에 대한 질책으로 들릴 수도 있다. 그러나 이 노래는 "피식! 그렇게 한바탕 웃으며" 불렀다는 점에서 질책이 아닌 용서를 의미한다. 그리고 이러한 용서의 노래는 다음 행에서 "위로엣말씀"과 연결되면서, 처용의 이해할 수 없는 행동이 잘못을 범한 역신을 오히려 불쌍히 여겨 위로하는 어진 마음에서 비롯되었음을 알려준다. 칼질이나 송사보다 용서하고 위로하는 마음이 "그래도 그 중 나은 것이다"라고 처용은 믿고 있다. 이것이 바로 '처용훈', 즉 처용이 우리에게 주는 교훈이다.

시 「처용훈」에서 독자는 화자의 독백을 통해 원설화에 나와 있지 않은 처용의 내면갈등과, 그로인한 역신과의 대립구도를 가늠할 수 있다. 이 시의 시적 화자이자 작중인물인 처용은 칼질이 춤이 되고 고소가 노래가 되는 과정을 직접 춤과 노래로 보여줌으로써 극적 긴장감을 조성함과 동시에, 강한 호소력으로 몰입을 유도하고 있다.

서정주의 시 「박혁거세왕의 자당 사소선녀의 자기소개」는 『삼국유사』 제5권, '선도성모수희불사(仙桃聖母隨喜佛事)'조에 실려 있는 사소 설화를 선행 텍스트로 하고 있다. 그 내용은 ①진평왕 때는 안흥사의 지혜라는 비구니가 새로 불전(佛殿)을 수리하려 했으나 힘이 모자랐는데, 어느 날 꿈에 사소가 나타나 도와줌 ②사소는 중국 제실의 딸로 해동에 와서 머물렀고, 이후 선도산에서 살면서 지선(地仙)이 됨 ③경명왕이 선도산에서 매를 잃어버렸다가 사소의 덕으로 찾게 되자 그녀를 대왕으로 봉작함 ④동국의 첫 임금인 혁거세(赫居世)와 알영(閼英)을 낳음 ⑤선녀가 짠 비단으로 조복(朝服)을 만들어 남편에게 줌 ⑥고려시대 김부식이 송나라에 가서 우신관(佑神館)에서 사소의 상을 봄 등으로 요약할 수 있다. 이 중 시 「박혁거세왕의 자당 사소선녀의 자기소개」와 관련된 부분은 ②④인데, 옮겨보면 다음과 같다.

> 神母는 본래 중국 帝室의 딸이며, 이름은 娑蘇였다. 일찍이 신선의 術法
> 을 배워 海東에 와서 미물러 오랫동안 돌아가지 않았다. 이에 父皇이 소
> 리개 발에 매달아 그에게 부치는 편지에 말했다. "소리개가 머무는 곳에
> 집을 지으라." 娑蘇는 편지를 보고 소리개를 놓아 보내니, 이 仙桃山으로
> 날아와서 멈추므로 드디어 그곳에 살아 地仙이 되었다. 때문에 산 이름을
> 西鳶山이라고 했다. 神母는 오랫동안 이 산에 웅거해서 나라를 鎭護하니
> 신령스럽고 이상한 일이 매우 많았다. (…중략…) 그가 처음 辰韓에 와서
> 聖子를 낳아 東國의 처음 임금이 되었으니 필경 赫居世와 閼英의 聖君을
> 낳았을 것이다.[25]

사소는 중국 황실의 딸이며 신라의 시조인 박혁거세의 어머니다. 서정주는 사소에 대한 세 편의 작품을 썼는데, 시 「꽃밭의 독백-사소 단장」 「사소 두번째의 편지 단편」 「박혁거세왕의 자당 사소선녀의 자기소개」가 그것이다. 세 편의 시에서 화자는 모두 작중인물인 사소로 설정돼 있다. 그러나 첫번째 시 「꽃밭의 독백-사소 단장」에서는 "매(鷹)로 잡은 산새들" 이외에는 원설화와 연관된 부분은 거의 없다. 그나마도 사소 설화에 등장하는 새는 매가 아니라 솔개다. 이 독백의 주인공을 사소라고 볼 수 있는 단서는 '사소 단장'이라는 부제목과 "사소는 신라시조 박혁거세의 어머니. 처녀로 잉태하여, 산으로 신선수행을 간 일이 있는데, 이 글은 그 떠나기 전, 그의 집 꽃밭

---

25 일연, 앞의 책, 358면.

에서의 독백"이라고 시인이 직접 쓴 주해뿐이다. 아버지에게 쓴 편지 형식으로 돼 있는 두 번째 시 「사소 두번째의 편지 단편」도 제목에 나온 것과 같이 한 조각만 남은 편지이므로, 시만 보고는 설화의 줄거리를 가늠하기가 쉽지 않다. 다만 사소가 불거내(佛居內)라는 아비 없는 자식을 키우고 있다고 나오는데, 시인은 역시 주해를 통해 그 아이가 박혁거세임을 알려주고 있다. 앞의 두 시에서 화자인 사소는 설화의 한 장면을 독백이나 편지글 형식으로 재현하고 있다.

사소에 대한 세 번째 시인 「박혁거세왕의 자당 사소선녀의 자기소개」는 앞의 두 시에 비해 시적인 긴장미는 다소 떨어지나, 상대적으로 이야기적 요소가 강화된 작품이다. 이 시의 화자는 사소의 목소리로 자신에 대한 이야기를 풀어놓는데, 독자는 마치 사연 많은 한 여인의 일생을 모노드라마로 보는 것 같은 느낌을 받는다.

나 娑蘇는 몽땅 早熟하고 그리움 많은 處女라, 시집도 가기 전에 애기를 배서 法에 따라 마을에서 쫓겨났지만, 國祖檀君 이래의 風流思想으로 神仙 중의 암神仙 - 仙女가 하나 되어 不老長生 八字 되기로 하고 慶尙道 仙桃山에 들어가 숨어 살았었도다. 山골에 널려 여무는 仙桃를 따 팔기도 하고, 매 사냥을 해먹고 살면서, 내 외아들 朴赫居世를 낳아 큼직한 神仙으로 길러 냈도다.

「내 자식은 그만 알로 깐 것이다」고 소문을 퍼트린 건, 물론, 거짓부렁이라면 거짓부렁이지만서두, 내 情과 슬기로서 느끼고 안 精神的 理解의 푼수에 비쳐 보자면, 그 애가 하눌의 알이라는게 으째서 아닐꼬? 맞고도 또 잘 맞는 일이었을 뿐이로다.

이리 알고, 이걸 자식에게 잘 가르쳐 訓練시켜서 그로 新羅 仙桃山 神母가 되어, 永遠히 神仙의 무엇임을 아는 자들의 祝祀를 받게 되었나니, 그리하여 해도 없는 그믐밤의 누구의 꿈속으로까지도 늘 누비고 다니며,

이 나라의 하늘과 空氣가 살아서 남아 있는 날까지는 맑은 마음눈을 가진
사람들의 마음속에 늘 항상 健在하려 하는도다. 萬歲!

　　　　　　　－「朴赫居世王의 慈堂 娑蘇仙女의 自己紹介」전문

　인용시에서도 서정주가 사소 설화에서 따온 모티브는 그가 박혁거세의
어머니며, 후에 선도산의 신모가 됐다는 사실뿐이다. 시인은 이 두 가지 사
실에 작가적 상상력을 발휘해, 사소가 시집가기 전 아기를 배서 마을에서 쫓
겨났으며, 선도산골에 널려 여무는 복숭아를 따 팔기도 하고 매 사냥도 하여
먹고살면서, 외아들 박혁거세를 낳아 키웠다고 말한다. 사소의 처녀잉태는
시 「꽃밭의 독백」과 「사소 두번째 편지 단편」의 주요 모티브이기도 하거니
와, 이 시에서는 거기서 한 걸음 더 나아가 아비 없는 자식 박혁거세를 사소
가 '알에서 태어났다'고 거짓소문을 퍼트렸다는 데 이른다. '자줏빛 알을 흰
말이 품고 있었다'는 박혁거세의 탄생설화와 사소 설화를 절묘하게 결합시
킨 것이다.[26]
　이렇게 서정주 시에서 사소는 시인의 상상력 속에서 재창조된 인물이다.
특히 중국 황실의 딸로 기록된 사소를 신라의 여인으로 만든 것에서 서정주
의 역사적 시각을 엿볼 수 있거니와, 그는 「사소의 사랑과 영생(永生)」이라
는 산문에서 사소가 신라 여인이라는 것을 거듭 강조하며, 사소가 중국 공주
로 알려진 것에 대해 다음과 같이 깊은 유감을 표명한다.

　　삼국사기의 저자 金富軾이 이를 中國 여자로 기록하고 있는 것은 심히 유
　　감된 일이다.
　　김부식이 어느 해 송나라에 사신으로 갔을 때, 그곳 서울의 박물관 구
　　경을 간 일이 있는데, 그때 안내하던 한 館伴學士가 어떤 여인의 초상 앞

---

26 일연, 「신라시조 박혁거세왕」, 앞의 책, 64면 참조.

으로 그를 이끌고 가서,

"이 초상을 아는가?"

물었다.

"모른다.

하니,

"하, 그게 무슨 말인가? 이분으로 말하면 바로 귀국 신라의 시조 박 혁거세 왕의 慈堂이신데. 그걸 모르다니? 이분으로 말하면 원래 중국태생이지만 귀국에 귀양살이를 갔었지. 사실은 어떤 황제 폐하의 공주님이셨는데, 그만 처녀 때 일찌감치 애를 뱄기 때문에 그렇게 쫓겨났던 것이야. 그래, 뱃속의 아이가 신라에서 커서 그 박 혁거세 왕이 되셨지. 선도산이라고 하는 그곳 산에서 우리 공주님이 신선살이를 하시면서 길러 내서 말씀이지" 했다.

삼국사기에도 쓴 것을 보면, 말 수는 이보다 적지만, 말투까지도 그 뜻은 꼭 이런 것이었다.(…중략…) 어리석다 하기보다 너무나 못나야 했던 것은 고려의 金富軾이다. 그는 그 말을 그대로 그의 책 三國史記에 사실인 것처럼 옮겨 놓았다. 그래, 이 점 김부식의 책 거의 그대로를 一然도 三國遺事에 옮겨놓았다.

하여, 우리 왕조들이 중국에 조공을 드리는 동안 우리의 신라 시조의 어머니는, 이어서 중국의 공주노릇을 했던 것이다.[27]

인용문은 앞에서 요약한 사소 설화 중 '고려시대 김부식이 송나라에 가서 우신관에서 사소의 상을 보았다'는 이야기에 바탕을 두고 있다. 시인은 작가적 상상력을 발휘해 김부식과 우신관 관반학사의 대화를 재현하고, 사소가 중국의 공주로 기록된 것은 사대주의적 사관에 의한 오류라며 당시 기록자

---

27 서정주, 「사소(娑蘇)의 사랑과 영생(永生)」, 『서정주문학전집』 제5권, 128-129면.

였던 김부식과 일연을 비판한다. 이러한 서정주의 역사관은 『삼국사기』와 『삼국유사』에 기록된 기존의 사소 설화를 부정하고, "우리 왕조들이 중국에 조공을 드리는 동안 우리의 신라 시조의 어머니는, 이어서 중국의 공주노릇을 했던 것"이라며 스스로 사소에게 신라의 국적을 부여한다.[28] 이로써 술법에 능한 중국의 공주는 조숙하고 슬기로운 신라의 처녀로 거듭난다.

선행 텍스트의 작중인물에 시인의 상상력을 더해 성격을 발전시키는 것은 서정주 이야기시에서 빈번히 나타나는 현상이다. 앞서 살펴보았던 시 「처용훈」의 화자 처용도 설화에서는 완전한 성자형 인물이었지만, 서정주 시에서는 고민하고 갈등하는 보다 인간적인 인물로 그려졌었다. 특히 시 「박혁거세왕의 자당 사소선녀의 자기소개」는 작중인물의 정체성을 가름하는 국적을 바꿔버렸다는 점에서 이야기 전승의 단계를 넘어선 작가 고유의 상상력이 강조된 작품이라고 볼 수 있다. 시인은 이 시에서 화자를 다시 한 번 작중인물인 사소로 삼아 그가 지내온 이야기를 직접 말하게 함으로써, 사소가 신라 여인이라는 자신의 메시지를 효과적으로 독자에게 전달하고 있다.

4. 비평가 화자

비평은 옳고 그름을 평가하고, 사물의 아름다움과 추함 따위를 분석해 가치를 논하는 일이다. 서정주 이야기시에서 화자는 이야기를 서술하거나 설명할 뿐만 아니라, 마치 비평가와도 같이 자신의 관점에 따라 이야기를 적

---

28 오정국은 이에 대해 서정주가 선행 텍스트를 '오독'했기 때문이라고 했다. 그러나 서정주가 선행 텍스트의 문제점을 일일이 거론하며 비판했다는 점에서 이것은 오독이 아닌 '의도적인 변형'으로 보아야 한다. 오정국, 앞의 책, 139면 참조.

극적으로 해석하고, 작중인물의 성격을 분석하거나 행위를 논평한다. 그러나 그는 작중인물이 아니다. 비평가 화자는 이야기 밖에 위치하며 전지적 시점, 혹은 관찰자적 시점으로 이야기를 서술하고 비평한다.[29]

이 장에서는 시 「노인헌화가(老人獻花歌)」와 「수로부인(水路婦人)의 얼굴-미인을 찬양하는 신라적 어법」, 그리고 시 「선덕여왕과 지귀의 염사」를 중심으로 비평가로서 이야기를 재현하는 화자에 대해 살펴보겠다.

서정주의 시 「노인헌화가」는 '수로부인 설화'를 선행 텍스트로 하고 있다. 수로부인 설화는 『삼국유사』 제2권, '수로부인'조에 실려 있는데, 그 내용은 ①성덕왕 때 강릉태수 정순공의 아내 수로부인이 벼랑 위에 있는 철쭉꽃을 보고 꺾어다 달라고 하자, 때마침 암소를 끌고 가던 노인이 꽃을 꺾어다 주면서 가사(佳詞)를 지어 바침 ②임해정에서 용이 나타나 수로부인을 납치함 ③또 한 노인이 나타나더니 백성들에게 노래를 가르쳐 부르게 함 ④돌아온 부인이 용궁에 대해 이야기를 함 ⑤수로부인은 아름다운 용모가 세상에 뛰어나 깊은 산이나 큰 못을 지날 때마다 여러 차례 신물(神物)에게 붙들림 ⑥ '해가(海歌)'의 가사 ⑦'헌화가(獻花歌)'의 가사 등으로 요약할 수 있다. 이 중 '헌화가'와 관련된 부분은 ①⑦인데, 옮겨보면 다음과 같다.

> 聖德王 때에 純貞公이 江陵太守(지금 溟洲)로 부임하는 도중에 바닷가에서 점심을 먹었다. 곁에는 돌 봉우리가 병풍과 같이 바다를 두르고 있어 그 높이가 천 길이나 되는데, 그 위에 철쭉꽃이 만발하여 있다. 公의婦人 水路가 이것을 보더니 좌우 사람들에게 말했다. "꽃을 꺾어다가 내게 줄 사람은 없는가." 그러나 從者들은, "거기는 사람이 갈 수 없는 곳입

---

29 이것이 앞에서 살펴본 보고자 화자와 비평가 화자가 구별되는 특징이다. 보고자 화자와 비평가 화자는 모두 1인칭 시점을 사용하고 있지만, 보고자 화자는 작중인물과 이야기 속의 체험을 공유하고 있는 반면, 비평가 화자는 이야기 밖 제3자로서 작중인물을 논평한다.

니다."하고 아무도 나서지 못한다. 이때 암소를 끌고 곁을 지나가던 늙은
이 하나가 있었는데 夫人의 말을 듣고는 그 꽃을 꺾어 歌詞까지 지어서
바쳤다. 그러나 그 늙은이가 어떤 사람인지 알 수가 없었다. (⋯중략⋯)

老人의 獻花歌는 이러했다.

자줏빛 바위는 잡은 암소 놓게 하시고,
나를 부끄러워하지 않을진댄
저 꽃 꺾어 바치오리다.[30]

　　서정주의 시 「노인헌화가」는 이 부분을 소재로 하고 있다. 설화에서 꽃은
일상에서는 절대 연결될 수 없는 수로부인과 노인을 이어주면서 '헌화가'라
는 노래를 탄생시킨다. 한 노인이 생명을 걸고 천길 벼랑에 피어있는 꽃을
꺾은 것은 그 아름다움의 가치를 알기 때문이다. 현실적 논리로서는 설명할
수 없는 아름다움을 향한 노인의 행동은 아름다움을 시적 대상으로 인식하
고 경험하는 시인의 마음과 다르지 않다. 설화에서 꽃은 절대의 아름다움이
자, 모든 경계와 구분을 넘어선 절대예술의 경지를 상징한다.[31] 그러면 서정
주 시에서 이 설화는 어떻게 수용될까.
　　시 「노인헌화가」의 화자는 설화에 기록된 '헌화가'를 직접 인용해 자신이
논평하는 두 사람이 설화에 등장하는 노인과 수로부인임을 적극적으로 알
리고 있다.

　　「붉은 바윗ㅅ가에

30 일연, 「수로부인」, 앞의 책, 123-124면.
31 오탁번, 『현대시의 이해』, 나남, 1998, 18면 참조.

잡은 손의 암소 놓고,

나ㄹ 아니 부끄리시면

꽃을 꺾어 드리리다」

이것은 어떤 신라의 늙은이가

젊은 여인네한테 건네인 수작이다.

「붉은 바위ㅅ가에

잡은 손의 암소 놓고,

나ㄹ 아니 부끄리시면

꽃을 꺾어 드리리다」

햇빛이 포근한 날 - 그러니까 봄날,

진달래꽃 고운 낭떠러지 아래서

그의 암소를 데리고 서 있던 머리 흰 늙은이가

문득 그의 앞을 지나는 어떤 남의 안사람보고

한바탕 건네인 수작이다.

자기의 흰 수염도 나이도

다아 잊어버렸던 것일까?

물론

다아 잊어버렸었다.

남의 아내인 것도 무엇도

다아 잊어버렸던 것일까?

물론
다아 잊어버렸었다.

꽃이 꽃을 보고 웃듯이 하는
그런 마음씨 밖엔, 아무것도 가진 것이 없었었다.

*

騎馬의 남편과 同行者 틈에
여인네도 말을 타고 있었다.

「아이그마나나 꽃도 좋아라
그것 나 조끔만 가져 봤으면」

꽃에게론 듯 사람에게론 듯
또 공중에게론 듯

말 위에 갸우뚱 여인네의 하는 말을
남편은 숙맥인 양 듣기만 하고,
同行者들은 또 그냥 귓전으로 흘려 보내고,
오히려 남의 집 할아비가 지나다가 귀動鈴하고
도맡아서 건네는 수작이었다.

「붉은 바윗 가에
잡은 손의 암소 놓고,
나를 아니 부끄리시면

꽃을 꺾어 드리리다」

꽃이 벼랑 위에 있거늘,

그 높이마저 그만 잊어버렸던 것일까?

물론

여간한 높낮이도

다아 잊어버렸었다.

한없이

맑은

空氣가

요샛말로 하면 - 그 空氣가

그들의 입과 귀와 눈을 적시면서

그들의 말씀과 수작들을 적시면서

한없이 親한 것이 되어가는 것을

알고 또 느낄 수 있을 따름이었다.

-「老人獻花歌」 전문

　　인용시 「노인헌화가」는 *를 중심으로 두 부분으로 나뉜다. 화자는 설화에 나오는 동일한 사건을 전반부에서는 노인을 중심으로, 후반부에서는 수로부인을 중심으로 서술하고, 각기 그들의 행동에 대해 논평한다.

　　시는 관찰자 시점으로 시작한다. 화자는 '헌화가'를 인용하며, 그것이 "어떤 신라의 늙은이가/젊은 여인네한테 건네인 수작"으로 평한다. 남의 행동이나 계획을 낮잡아 이르는 말인 '수작'은 "머리 흰 늙은이가/문득 그의 앞을 지나는 어떤 남의 안사람보고/한바탕 건네인 수작"으로 다시 한 번 반복되면서, 노인의 행동에 대해 "자기의 흰 수염도 나이도/다아 잊어버렸던 것일까?" "남의 아내인 것도 무엇도/다아 잊어버렸던 것일까?"라고 묻기에 이른다. 이 수작질은 젊은 여인네와 늙은이, 남의 아내와 외간 남자로 구분된 관습의 경계를 허무는 일이다. 화자는 두 번의 질문을 통해 관습에서 벗어난 노인의 행동[32]을 짐짓 비판하는 것 같지만, 곧 그 질문에 "물론 다아 잊어버렸었다."라고 스스로 답함으로써 이해와 공감을 표한다.

여기서 주목할 것은 자신의 질문에 스스로 답을 하는 화자의 태도다. 마치 지난 일을 돌이켜보고 대답하는 것 같이 대과거의 시제를 사용한 "잊어버렸었다"는 말은 이야기를 논평하던 화자가 작중인물을 이야기 밖으로 불러내 그에게 직접 답변을 듣고 있는 것 같다. 여기서 화자의 관찰자적 시점은 전지적 시점으로 이동한다. 이야기 밖에 있지만 작중 인물의 내면세계를 가늠하고, 필요에 따라서는 그들의 목소리를 구사하는 것이다. 화자는 시 전반부 마지막 연에서 "꽃이 꽃을 보고 웃듯이 하는/그런 마음씨 밖엔, 아무것도 가진 것이 없었었다."라고 전지적 시점으로 노인의 마음을 해석하고 평가한다.

시의 후반부에서 화자는 수로부인을 중심으로 다시 한 번 사건을 서술한다. 여인은 "아이그마니나 꽃도 좋아라/그것 나 조끔만 가져 봤으면"이라고 말하나, 남편도 동행자들도 흘려듣는다. 그들에게 꽃은 아름답기는 하나, 목숨 걸고 벼랑에 올라 취할 만큼 가치 있는 것은 아니다. 아름다움을 알아보고, 그것을 최고의 가치로 여기는 수로부인과는 다르게, 남편과 동행자들은 현실원칙에 충실한 사람들이다.

수로부인의 말에 대답을 한 자는 그 곁을 지나던 노인이다. 노인의 입장에서 수로부인이 남의 안사람이었다면, 수로부인의 입장에서도 노인은 남의 집 할아비다. 화자는 '헌화가'가 "아이그마니나… 그것 나 조끔만…"이라며

---

32 소는 불도의 상징이므로 노인은 도자(道者), 즉 불도를 닦고 있는 도승을 뜻한 것이라는 해석도 있다. 그렇게 본다면 잡고 있는 소를 놓는다는 헌화가의 의미는 '도 닦는 것을 그만두고', 극단적으로 말한다면 '파계(破戒)하고라도'의 뜻으로 읽을 수 있다. 이어령, 앞의 책, 206면 참조.

신분에 어울리지 않게 호들갑스러운 어투를 구사하는 수로부인의 말에 "남의 집 할아비가 지나다가 귀동령하고/도맡아서 건너는 수작"이었다고 말한다. 화자가 보기에 수로부인이 먼저 수작질의 여지를 주었다는 것이다. 화자는 다시 묻는다. "꽃은 벼랑 위에 있거늘,/그 높이마저 그만 잊어버렸던 것일까?"

이 질문은 시 후반부의 중심인물인 수로부인에게 한 것일 수도 있고, 또 부인의 말을 듣고 벼랑을 오르는 노인에게 한 것일 수도 있다. 사람이 갈 수 없는 벼랑 위 진달래꽃을 보고 갖기를 원하는 여인이나, 그 높은 곳까지 올라가 꽃을 꺾고자 하는 노인이나 어리석어 보이기는 마찬가지다. 또한 이 수직의 거리는 태수의 아내인 수로부인과 소를 모는 노인의 신분 차이를 은유한 것일 수도 있다. 그러나 화자는 곧 "물론/여간한 높낮이도 다아/잊어버렸다."라고 스스로 답하며, 한없이 맑은 공기가 "그들의 입과 귀와 눈을 적시면서/그들의 말씀과 수작들을 적시면서/한없이 친한 것이 되어가는 것을/알고 또 느낄 수 있을 따름이었다."고 전지적 시점으로 여인과 노인의 마음을 가늠한다.

시「노인헌화가」는 비평가의 입장에서 화자가 설화를 재구성한 작품이다. 화자는 두 개의 시각을 가지고 있는데, 작중인물의 행동을 비판하는 시각과 그들의 마음에 공감하는 시각이 그것이다. 화자는 시의 전반부와 후반부 각각에서 비판적인 어조로 질문을 한다. 그것은 수로부인과 노인을 구별하는 관습적인 관점에서 비롯된다. 젊은 여인/노인, 남의 아내/남의 할아비, 귀족/평민이 그것이다. 현실원칙에 입각해 이상원칙을 비판한 것일 수도 있다. 이때 화자는 관찰자의 시점을 갖는다. 그러나 꽃을 매개로 두 인물의 경계가 해소되면서, 그에 따라 화자도 전지적 시점으로 "꽃이 꽃을 보고 웃듯이" "한없이 친한 것"으로 교감하는 작중인물의 마음에 공감의 태도를 보인다.

서정주 시인은 수로부인 설화를 소재로 두 편의 작품을 더 썼다. 시「수로부인의 얼굴-미인을 찬양하는 신라적 어법」(1962)과 시집 『학(鶴)이 울고간 날들의 시』(1982)에 실린 시 「수로부인은 얼마나 이뻤는가?」이다. 먼저, 시 「수로부인의 얼굴」은 전체 4단락으로 이뤄져 있으며, 그것의 내용은 각각 선행 텍스트인 수로부인설화의 ①-④의 부분과 일치한다. 앞에서 살펴본 시 「노인헌화가」가 다루고 있는 부분과 동일한 설화의 ①에 해당하는 부분을 살펴보기로 하자.

1

암소를 끌고가던
수염이 흰 할아버지가

그 손의 고삐를
아조 그만 놓아 버리게 할만큼,

소 고삐 놓아 두고
높은 낭떠러지를
다람쥐 새끼 같이 뽀르르르 기어오르게 할만큼,

기어 올라 가서
진달래 꽃 꺾어다가

노래 한 수 지어 불러
갖다 바치게 할만큼,
　　　　　　-「水路夫人의 얼굴 - 美人을 찬양하는 新羅的 語法」부분

인용시 「수로부인의 얼굴-미인을 찬양하는 신라적 어법」에서 화자는 수로부인의 아름다움을 찬양하고 있다. 이 시에는 "…만큼,"으로 종결한 문장이 인용한 부분의 3번을 포함해 무려 9번이나 나오고 있는데, 그것들은 하나같이 '그만큼 수로부인은 아름다웠다.'라는 의미를 내포한다. 화자는 설화의 ①-④의 에피소드들이 모두 미인의 아름다움을 찬양하기 위해 신라인들이 모은 이야기라고 해석한다. 그러한 신라적 어법에 따라 설화를 각색한 것이 이 시다. 이 시의 4번째 단락에서 설화 속 신비한 여인이었던 수로부인은 '용궁의 향내를 풍기는 몸둥이'의 육감적인 여인으로 묘사된다. 경외의 대상이었던 용왕은 2번째 단락에서 "용(龍)이란 놈"으로 비속화된다. 절벽을 기어오르는 노인의 모습도 인용한 부분에서와 같이 "다람쥐 새끼 같이 뽀르르르"라고 희화화된다. 시 「수로부인의 얼굴」에서 전체적인 이야기의 흐름은 원설화에서 따왔지만 화자는 자신의 시각으로 이야기를 재해석하고 있는 것이다. 서정주 시인은 수로부인설화에 대해 다음과 같이 말한 바 있다.

老人獻花歌라는 이름으로 전해오는 新羅의 이 鄕歌는 말하자면 하늘로써 水路라는 그때의 한 美人을 化粧시켜 찬양하고 있는 것으로 봐야할 것이다. (…중략…) 여기 水路夫人의 아름다움을 장식하여 登場된 늙은 할아버지는 물론 이미 여성의 美에 빠져들 나이도 아닌데다가 더구나 어디 사람인지도 모른다고 하고 있고, 또 그 손에 하필이면 꼭 암소의 고삐를 잡고 있는 것 등으로 미루어 보면 옛날 中國과 韓國에 더러 있던 古代神仙의 하나임에 틀림없을 것이다. (…중략…) 그래. 이 할아버지로 말하면 하늘이 그 玉京을 대표해서 水路의 美를 隱喩하기 위해 처음으로 등장시킨 條件의 하나로서, 여태까지의 우리 이야기를 現代式으로 고쳐 表現하자면//암소를 끌고 가던,/수염·흰 할아버지가//그 손의 고삐를/아주 그만 놓아 버리게 할 만큼,//소 고삐 놓아 두고/높은 낭떠러지를/다람쥐 새끼 같이 뽀르르르 기어오르게 할 만큼 //기어 올라가서/진달래꽃 꺾어

다가//노래 한 수 지어 불러/갖다 바치게 할 만큼.// 그만큼 水路夫人은 이뻤다는 것이 된다.[33]

인용한 글은 수로부인 설화를 보는 시인의 관점을 드러내고 있다. 그는 설화에 등장하는 노인이 "하늘이 그 옥경을 대표해서 수로의 미를 은유하기 위해 처음으로 등장시킨 조건의 하나"라고 하면서, 그러한 관점에서 설화를 재해석한 시「수로부인의 얼굴」의 첫대목을 제시한다.

시「수로부인의 얼굴」은 설화에 대한 시인의 해석을 그대로 드러낸 작품이다. 앞서 살펴본 시「노인헌화가」의 화자가 한편으로는 작중인물을 비판하고 또 다른 한편으로는 공감하며 원설화의 의미를 확장하고 있다면,「수로부인의 얼굴」의 화자는 이야기의 신비로움을 제거함으로써 설화 속 인물들을 환속시키는 탈신화적인 세계관을 지향하고 있다. 설화 수용에 대한 이러한 경향은 이후 시「수로부인은 얼마나 이뻤는가?」에 이르러 시적 화자가 수로부인의 아름다움을 "천지의 수컷들을 모조리 뇌쇄(惱殺)하는/그 미의 서기(瑞氣)"로 인식하고 평가하는 데까지 이른다.

시「지귀와 선덕여왕의 염사」역시 비평가 화자의 역할이 강조되는 작품이다. 이 시의 선행 텍스트는『대동운부군옥(大東韻府群玉)』권20에 전하는 지귀설화 '심화요탑(心火繞塔)'이다. 옮겨보면 다음과 같다.

지귀(志鬼)는 신라 활리역(活里驛) 사람이다. 선덕왕의 미모를 사모하여 걱정과 근심으로 울다가 형용이 초췌하였다. 왕이 절에 행차하여 행향(行香)하려다가 듣고 그를 불렀다. 지귀가 절에 가서 탑 아래서 왕의 행차를 기다리다 갑자기 곤히 잠이 들었는데, 왕이 팔찌를 벗어 가슴 위에 두고

33 서정주,「한국의 미-신라여인의 미와 화장」,『서정주문학전집 4』, 일지사, 1972, 18-20면.

궁궐로 돌아왔다. 그 뒤에 곧 잠이 깨었는데, 지귀가 오랫동안 번민하다 가슴에 열이 나서 나가 그 탑을 돌다가 곧바로 변하여 화귀(火鬼)가 되었다. 왕이 술사(術士)에게 명하여 주사(呪詞)를 짓게 하였는데, "지귀가 가슴에 불이나, 몸을 태워 불귀신으로 변했네. 멀리 바다 밖으로 옮겨가, 보지도 말고 친하지도 말라(志鬼心中火, 燒身變火神, 流移滄海外, 不見不相親)"라고 하였다. 당시 풍속에 이 주사를 문이나 벽에 써 붙여 화재를 막았다.(崔致遠,『新羅殊異傳』)[34]

서정주는 이 이야기를 소재로 3편의 시를 썼다. 시「선덕여왕의 말씀」과 「우리 데이트는 – 선덕여왕의 말씀 2」, 그리고 시「지귀와 선덕여왕의 염사」다. 앞의 두 시에서 시적 화자는 작중인물인 선덕여왕의 페르소나로 이야기를 서술했다면, 시「지귀와 선덕여왕의 염사」에서 화자는 비평가의 관점에서 작중인물인 지귀와 선덕여왕의 성격과 행동에 논평을 한다.

善德女王이 이뿐 데 반해서
志鬼라는 쌍사내가 말라 간단 말을 듣고
女王께서「절깐에서 만나자」하신 건
그것은 열 번이나 잘하신 일이지.
그래서 志鬼가 먼저 절깐으로 와
기대리다 돌塔 기대 잠이 든 것도
데이트꾼으로선 좀 멍청키야 하지만
大人氣質을 높이 사 봐주기라면
그 또한 百倍는 잘한 일이고,
늦게야 절깐에 오신 善德女王이

---

34 권문해,『대동운부군옥 20』, 남명학연구소 경상한문학연구회 역주, 민속원, 2007, 318-319면.

이 志鬼의 이 大人氣質을 살며시 理解해서

마음속에 엔간히는 흐뭇해져 가지고

그 팔에 낀 팔찌를 가만히 벗어

그 志鬼의 잠든 가슴에 얹어 준 것도

千 번이나 萬 번이나 잘하신 일이지.

그런데 잠에서 깨어난 그 志鬼가

제 가슴에 놓은 고 女王의 팔찔 알아보고

발끈 지랄하여 불이 터져 나자빠지다니!?

「實力인 줄 알았더니 자발없는 것이라」고

女王께선 오죽이나 섭섭했겠나?

데이트꾼들 이것만큼은 注意해야 할 일이라고.

　　　　　　　　　　　　　　-「志鬼와 善德女王의 艶史」 전문

　인용시에서 화자는 선덕여왕과 지귀의 행위를 교차하며 서술함으로써 이
야기의 서사를 비교적 객관적으로 전달하고자 한다. 이것은 앞에서 살펴본
시 「노인헌화가」에서 노인과 수로 부인의 행위를 각각 그 입장에서 서술한
것과 같은 태도라고 볼 수 있다. 다만 「노인헌화가」의 화자가 동일한 사건
을 전반부에서는 노인을 중심으로, 후반부에서는 수로부인을 중심으로 반
복해서 서술했다면, 인용시 「지귀와 선덕여왕의 염사」의 화자는 시간의 흐
름에 따라 두 인물의 행위를 교대로 2번씩 서술하면서 이야기를 발전시킨
다. 그리고 그 단계마다 화자는 논평으로 마무리 한다. 화자의 논평은 다음
과 같다.
　첫 번째 단락(1-4행)에서 여왕이 지귀를 절간에서 만나자고 한 일은 "열 번
이나 잘하신 일"이다. 두 번째 단락(5-9행)에서 지귀가 여왕을 기다리다 잠
이 든 일은 "데이트꾼으로선 좀 멍청키야 하지만" 만약 여왕이 지귀의 대인

기질을 높이 사서 봐준다면 "그 또한 백배는 잘한 일"이다. 세 번째 단락(10-15행)에서 여왕이 잠든 지귀의 가슴에 팔찌를 얹어 준 일은 "천 번이나 만 번이나 잘하신 일"이다. 이렇게 작중인물들의 행동에 대해 화자의 긍정적인 평가는 행이 거듭될수록 고조된다. 그러나 네 번째 단락(16-21행)에서 잠이 깬 지귀가 여왕의 팔찌를 알아보고 불이 터져 죽은 일에 대해서는 돌연 "발끈 지랄하여 불이 터져 나자빠지다니!?"라며 걸쭉한 어조로 비난한다. 원설화에서 지귀가 심화(心火)로 불에 타 죽은 사실을 불(男根)이 터져 죽은 것으로 변용함으로써, 지귀의 행위를 광란에 의한 자해로 규정짓는다. "실력인 줄 알았더니 자발없는 것이라"는 말은 지귀가 대인기질을 지닌 큰 사람인 줄 알았는데 알고 보니 제 성질 하나 못 이기는 소인배에 불과했다고 여왕이 한탄하는 목소리이자, 그 마음에 동의하는 화자의 목소리다. 즉, 이 부분에서 화자는 전지적 시점으로 선덕여왕의 마음을 헤아리고 있다.

화자는 여왕과 지귀와의 거리가 계층적인 면뿐만 아니라 인간적인 품격에도 작용하고 있음을 지적하고 있다.[35] 그래서 화자는 신분을 뛰어넘은 사랑과 이해로 지귀에게 다가선 선덕여왕의 행동은 여러 번 "잘하신 일"이라고 긍정적으로 평가하는 반면, 그것을 이해할 만한 경지에 이르지 못한 지귀는 "자발없는 것"이라고 비난한다. 이 시의 화자는 선행 텍스트인 지귀설화를 해석하고 논평하는 비평가로서 심화로 타죽은 지귀를 불이 터져 죽은 사내로 재해석하면서, 참을성 없고 경솔한 지귀의 어리석음을 비판하고 있다.

이렇게 서정주 이야기시에서 비평가 화자는 관찰자 시점, 혹은 전지적 시점으로 작중인물들의 성격이나 행위를 논평한다. 그들은 비평가 화자의 비

---

35 김현자는 이 시에서 설화에서의 불(火)의 이미지가 남성의 성기인 불(根)로 변용되고 있다고 보면서, "시인은 두 인물, 즉 선덕여왕과 화자의 거리가 계층적인 면뿐만 아니라 인간적인 품격에도 작용하고 있음을 지적한다. 즉, 지귀가 대인기질을 지닌 큰 사람인줄 알았더니 지랄하여 나자빠지는 자발없는 존재라고 하여, 정신적인 도량이 부족한 지귀의 인격을 문제 삼고 있다."고 했다. 김현자, 「설화 텍스트의 이미지 변용」, 앞의 책, 168-169면.

판과 공감의 태도로 옛날이야기 속의 박제된 인물이 아닌 화자와 교감하는 인물로 생동감 있게 그려진다. 원설화의 의미를 비평가 화자가 확장하고 있는 것이다.

5. 화자의 태도와 서사전략

시에서 독자가 떠나가는 가장 큰 이유 중에 하나는 시를 어렵다고 생각하기 때문이다. 시의 본질인 애매성과 모호성, 그로인한 다양한 해석의 열린 가능성은 시의 깊이를 심화시키지만, 그만큼 평범한 독자들과의 소통에 장애가 되는 것은 사실이다. 이에 서정주 시인은 떠나가는 독자를 잡기 위한 전략으로 자신의 시에 '액션'이라는 소설적인, 혹은 극적인 요소를 도입했다. 바로 서사전략이다. 재미있는 이야기를 싫어하는 사람은 없다. 이야기를 생산하고 소비하는 것이 인간의 기본적인 욕망인 만큼, 이야기야말로 독자와의 의사소통에 훌륭한 매개체가 될 것으로 서정주 시인은 판단했던 것이다. 그렇게 해서 탄생한 것이 서정주의 이야기시편들이다.

이야기시(narrative poem)는 '이야기를 말하는 시'다. 이야기시의 요건은 '이야기'와 이야기를 하는 '화자'다. 필자는 이 글에서 서정주 시에서 이야기를 재현하는 화자가 어떤 존재이며, 어떻게 이야기를 전달하고 있는지, 그리고 그가 전달한 이야기는 어떤 특징을 갖고 있는지 이야기시에 나타난 화자의 태도를 유형별로 나누어 살펴보았다.

서정주 이야기시에서 화자는 세 가지 형태로 나눌 수 있다. '보고자 화자' '작중인물 화자' '비평가 화자'가 그것이다. 보고자 화자는 자전적 체험을 바탕으로 이야기를 만들어 마치 보고하듯 독자에게 전달한다. 작중인물 화자는 이야기 속 인물의 페르소나를 사용해 그 인물을 연기함으로써 이야기를 재현한다. 비평가 화자는 작중인물의 행위나 성격을 논평한다. 서정주는 이

들 이야기시의 화자를 통해 서정적 자기고백의 시에서는 충분히 말할 수 없었던 자신의 이야기를 구체적으로 설명하고, 그에 따른 메시지를 효과적으로 전달한다. 자신의 견해를 직접적으로 드러내기도 한다. 시인은 자신의 정서를 이야기로 말함으로써 독자와의 원활한 의사소통을 지향했던 것이다. 따라서 서정주 시에서 이야기는 시인의 시적 정서에 대한 총체적 은유라고 볼 수 있다.

이야기시에서 시의 애매성과 모호성은 상당 부분 이야기의 명료성으로 전환된다. 상징과 생략은 설명으로 대체된다. 이렇게 시의 의미가 명료해지고 단순화된다는 것은 시의 본질에서 얼마만큼은 벗어난다는 것을 의미한다. 바로 이 점이 서정주의 이야기시가 '일상적인 글과 구별이 되지 않는다'거나,[36] '언어의 긴장감이 없고, 시편 전체가 상이나 리듬이나 짜임새에 있어 너무 정적으로 진전이 없다'고 비판받은 근거가 된다.[37] 이러한 점은 비단 서정주 시뿐만 아니라, 1980년대 이후 우리 시단에 본격적으로 등장한 이야기적 요소가 강화된 일련의 시작품들을 대상으로도 고민해 볼 수 있는 문제다. 그러나 독자와의 소통이라는 측면에서 서정시가 가지는 한계를 이야기로써 극복하고자 한 시인의 당초 의도를 상기한다면, 적어도 그 점에서만큼은 서정주의 이야기시가 선도적인 역할을 했음이 분명하다. 서정주 이야기시의 서사전략은 현대시가 일반 대중과 소통하는 방식으로서 앞으로도 관심 있게 논의돼야 할 것이다.

36 조창환, 「산문시의 양상」, 『현대시학』, 1975.2, 107면 참조.
37 황동규, 「두 시인의 시선」, 『문학과 지성』, 1975. 겨울, 949~951면 참조.

••2부••

•

마른 국화 향기와 님의 발자취

-한용운의 『님의 침묵』

1. 길을 잃은 님

한용운의 『님의 침묵』(회동서관, 1926)

한용운(1979-1944)의 『님의 침묵』은 「군말」로 시작하여 후기인 「독자에게」로 끝난다. 표제시 「님의 침묵」을 비롯해 「알ㅅ수업서요」 「예술가」 「나룻배와 행인」 「복종」 등 88편의 시가 수록돼 있으며, 이 작품들은 님과의 이별과 만남을 주제로 한 일종의 연작시와 같은 형식을 갖고 있다.

『님의 침묵』이 가진 연작시로서의 특성은 이미 백낙청이 지적한 바 있으며, 김재홍은 이를 구체화시켜 이별과 이별의 슬픔, 이별의 기다림, 만남의 과정이 정·반·합의 과정을 거쳐 88번째 시 「사랑의 들판」에 이르러 완결된다고 했다.

그러면 한용운의 시에서 '님'은 무엇을 상징하는 것일까. 수많은 연구자들이 님의 상징성에 대해 거듭 논의했으며, 그 결과 한용운의 님은 '민족'(조지훈), '조국'(정태용), '조선'(신석정), '자비의 상인 법신(法身)'(송석래), '그리

위하는 대상'(고은), '진여(眞如)·진제(眞諦)'(염무웅), '참다운 무아(無我)'(오세영), '인식론적 근원인 심(心)'(이인복)이라는 등의 다양한 의견이 개진됐다.

한용운은 시집의 서언인 「군말」에서 스스로 님에 대한 정의를 내리고 있다.

> '님'만님이 아니라 긔룬것은 다님이다 衆生이 釋迦의 님이라면 哲學은
> 칸트의님이다 薔薇花의님이 봄비라면 마시니의 님은 伊太利다 님은 내
> 가사랑할 쑨아니라 나를 사랑하나니라
> 戀愛가 自由라면 님도 自由일 것이다 그러나 너희는 이름조은 自由에 알
> 쓸한拘束을 밧지 안너냐 너에게도 님이잇너냐 잇다면 님이 아니라 너의
> 그림자니라
> 나는 해 저문 벌판에서 도러가는길을일코 헤매는 어린 羊이 긔루어서 이
> 詩를 쓴다
>
> —「군말」 전문

「군말」은 3행으로 구성되어 있으며, 각 행의 언술 주체는 석가와 칸트 같은 3인칭에서, 화자가 독자를 직접 '너희'라고 지칭하는 2인칭, 그리고 '나는'으로 시작하는 1인칭으로 변화한다.

1행의 첫 문장에서는 님이 세 번 반복된다. 여기서 님은 세 가지의 의미로 분화된다. 이어령이 지적했듯이, 첫 번째 작은따옴표 안에 묶인 '님'은 님이란 말이 지시하는 개념, 즉 시니피에(signifié)로서의 님이다. 그리고 다음에 나오는 님은 우리가 일상적으로 사용하는 언어로서의 님, 즉 시니피앙(signifiant)으로서의 님이고, 세 번째 나오는 님은 한용운이 정의 한 님이다. 이것을 풀어 말하면 '연인만이 님이 아니라, 우리가 긔루어하는 것은 다 님이다.'가 될 것이다. 여기서 '긔루다'는 그리워한다는 의미다.

다음 문장에서는 긔룬 것에 대한 구체적인 예들이 나온다. 석가의 중생, 칸트의 철학, 장미화의 봄비, 마시니의 이태리는 각각 종교와 사상, 자연과

정치의 관점에서 님의 존재를 정의한 것이다. 이들 네 가지 관점에서 규정한 님은 그리움을 받는 동시에 그리움을 주는 상호적인 관계에서 존재한다. 이것은 곧 다음 문장에서 "님은 내가 사랑할 뿐아니라 나를 사랑하나니라"로 정의된다. 중생과 철학과 봄비와 이태리라는 서로 다른 대상들은 '사랑을 받을 뿐만 아니라 사랑을 주는 님'이라는 존재로 함께 묶인다.

2행으로 넘어가면 연애의 관점에서 님이 정의된다. 1행이 3인칭인 '그들의 님'에 대해 말하고 있다면, 2행은 '너희들의 님'이다. 연애가 자유라면 님도 자유여야 한다. 그러나 너희들은 "이름조은 자유"라는 자유의 이름 아래 님을 구속한다. 여기서 이름 좋다는 것은 일상 속에서 관습화된 허울을 의미한다. 따라서 그 님은 진정한 님이 아니라 '너의 그림자'다. 그러면 너희들의 진정한 님이란 무엇일까. 그것은 이름 좋은 자유를 그대로 뒤집은, 구속 속에서 참된 자유를 얻는 것이다.

3행은 '나의 님'에 대해 말하고 있다. '나'는 시를 쓰고 있으며, 그것은 해 저문 벌판에서 돌아가는 길을 잃고 헤매는 어린 양을 그리워 하기 때문이다. 어린 양은 한용운에게 시를 쓰게 하는, 즉 문학적 관점에서의 님이다. 시집 『님의 침묵』을 집필할 당시, 그는 자신의 아이덴티티를 시인에 두고 있었음을 알 수 있다. 그런데 어린양은 길을 잃고 헤매고 있고, 님은 표제시 「님의 침묵」에서와 같이 떠나가 버렸다. 어린양이 돌아가는 길을 찾는 것, 님과 다시 만나는 것. 바로 이것이 시인이 시를 쓰며 지향하는 바가 된다.

한용운이 진실로 그리운 것은 길을 잃고 헤매는 어린 양처럼 애처롭고 순수한, 그러나 이곳에는 부재하는 님이다. 세속적인 가치를 초월한 곳에 한용운의 님은 자리하고 있다.

시를 쓰는 시인이 그러한 것들에게 절대의 가치를 둔다는 것은 어찌 보면 흔한 이야기다. 그러나 우리는 한용운을 다만 시인으로 보기엔 무언가가 부족하다고 생각한다. 대 선사였고 애국지사였던 그의 이력이 너무도 크게 작용하기 때문이다.

그러나 한용운은 적어도 시집 『님의 침묵』을 집필할 때만큼은 승려나 독립운동가로서가 아닌, 좋은 시를 쓰고자 했던 시인이었음에 틀림이 없다. 따라서 한용운의 시에서 님을 그의 생애에 비추어 조국이나 불타, 혹은 진리라고 단순히 해석하는 것은 위험하다. 이것들은 앞에서 살펴보았듯이, '그들의 님'이기 때문이다.

시인으로서 한용운이 그리는 '길을 잃은 님'은 이후 시에서 침묵하거나 보이지 않는 '부재하는 님'의 모습으로 발전한다.

2. 침묵하는 님

님은 갓슴니다 아아 사랑하는나의님은 갓슴니다

푸른산빗을 깨치고 단풍나무숩을향하야난 적은길을 거러서 참어떨치고 갓슴니다

黃金의 꽃가티 굿고빗나든 옛盟誓는 차듸찬 씻글이되야서 한숨의 微風에 나러갓슴니다

날카로은 첫'키쓰'의追憶은 나의運命의指針을 돌너노코 뒤쩌름처서 사러젓슴니다

나는 향긔로은 님의말소리에 귀먹고 곳다은 님의얼골에 눈머럿슴니다

사랑도 사람의일이라 맛날째에 미리 써날것을 염녀하고경계하지 아니한것은아니지만 리별은 뜻밧긔일이되고 놀난가슴은 새로은 슯음에 터짐니다

그러나 리별을 쓸데업는 눈물의源泉을만들고 마는것은 스스로 사랑을째치는것인줄 아는까닭에 것잡을수업는 슯음의 힘을 옴겨서 새希望의 정수박이에 드러부엇슴니다

우리는 맛날째에 써날것을염녀하는것과가티 써날째에 다시맛날것을 밋

습니다

아아 님은갓지마는 나는 님을보내지 아니하얏습니다

제곡조를못이기는 사랑의노래는 님의沈默을 휩싸고돔니다

-「님의 沈默」 전문

　시집의 표제시 「님의 침묵」은 과거 → 현재 → 미래라는 순차적인 시간의
질서 속에 님과의 만남(기쁨)과 이별(슬픔), 그리고 다시 만날 것을 기약(희망)
하는 내용을 담고 있으며, 그 시간의 흐름에 따라 '나'의 맹세는 님의 침묵으
로 인해 변화하고, 마침내 '나'는 노래를 부른다. 앞에서 말했듯이 시집『님
의 침묵』에 실린 작품들이 님과의 이별과 만남의 과정을 순차적으로 노래한
연작시라는 사실을 고려하면, 시 「님의 침묵」은 시집의 내용을 앞서 제시하
는 서시이자, 그 내용이 함축된 주제시라고 볼 수 있다. 시간의 순서대로 이
시의 행을 재배열하면 다음과 같다.

① 과거

5행: 나는 향긔로은 님의말소리에 귀먹고 꽃다은 님의얼골에 눈머럿습
니다

4행: 날카로은 첫'키쓰'의追憶은 나의運命의指針을 돌너노코 뒤서름처
서 사러젓습니다

3행: 黃金의 꼿가티 굿고빗나든 옛盟誓는 차듸찬 띳글이되야서 한숨의
微風에 나러갓습니다

② 현재

1행:님은 갓슴니다 아아 사랑하는나의님은 갓슴니다

2행: 푸른산빗을쌔치고 단풍나무숩을향하야난 적은길을 거러서 참어썰
치고 갓슴니다

6행: 사랑도 사람의일이라 맛날째에 미리 써날것을 염녀하고경계하지 아니한것은아니지만 리별은 뜻밧긔일이되고 놀난가슴은 새로은 슯음에 터짐니다

③ 미래

7행: 그러나 리별을 쓸데업는 눈물의源泉을만들고 마는것은 스스로 사랑을깨치는것인줄 아는까닭에 것잡을수업는 슯음의 힘을 옴겨서 새希望의 정수박이에 드러부엇슴니다

8행: 우리는 맛날째에 써날것을염녀하는것과가티 써날째에 다시맛날것을 밋슴니다

9행: 아아 님은갓지마는 나는 님을보내지 아니하얏슴니다

10행: 제곡조를못이기는 사랑의노래는 님의沈黙을 휩싸고돔니다

①에서 님의 말소리는 향기로, 님의 얼굴은 꽃으로 비유되고 있다. 향기가 굳으면 황금이 되고, 말이 굳으면 맹세가 된다. 그래서 님과의 굳은 맹세는 '황금의 꽃'에 다시 비유된다. '나'와 님과의 불변하는 사랑을 은유하는 광물의 이미지는 첫 키스의 추억조차 '날카롭다'고 기억하게 한다. 그러나 황금의 꽃은 영원히 빛나는 사랑을 상징하지만, 황금이기에 더 이상 향기로울 수 없으며, 역설적으로 그것은 소멸의 시작이다. 결국 황금의 꽃과 같이 굳고 빛나던 옛 맹세는 차디찬 티끌이 되어 한숨의 미풍에 사라진다.

②에서 님은 떠났다. 여기서 "참어썰치고"라는 표현이 나온다. 참어를 '참다(忍)'의 의미로 읽으면 말이 통하지 않는다. 그렇다고 '차마'로 해석하면 문법에 어긋난다. 뒤에 부정적인 서술어가 나와야하기 때문이다. 따라서 이 문장은 '차마 떨치고는 못 가려니 했는데, 정말 떨치고 갔다.'는 의미의 비문법적 표현으로 해석해야 할 것이다. 여기서 시적 화자는 지극히 큰 상실감과 슬픔을 노래하고 있다.

③의 '그러나'는 지금까지의 부정적인 감정을 일시에 긍정으로 바꾸어 놓는다. 화자는 걷잡을 수 없는 슬픔의 힘을 새 희망의 정수박이에 들이 붓는다. 정수박이는 앞에 나오는 관능적인 얼굴이나, 그것으로 인해 멀어버린 눈과 귀와는 달리 정신성이 강조되는 신체어다.

고도의 정신성은 슬픔을 희망으로 전환시킨다. 이러한 모순이 진실이 될 수 있는 것은 뒤에 나오는 "우리는 맛날째에 써날것을염녀하는것과가티 써날째에 다시맛날것을 밋"기 때문이다. 이로써 "님은갓지마는 나는 님을보내지 아니하얏슴니다"라는 말처럼, 이별은 곧 만남이 되며 님의 침묵은 사랑의 노래를 부르게 하는 근원적인 힘이 된다.

한용운은 시「님의 침묵」에서 침묵이 노래를 부르게 하고, 부재로써 존재를 확인하는 역설의 세계를 펼쳐 보이고 있다.

3. 보이지 않는 님

바람도업는공중에 垂直의波紋을내이며 고요히써러지는 오동닙은 누구의 발자최임닛가

지리한장마끗헤 서풍에몰녀가는 무서은검은구름의 터진틈으로 언쯧언쯧보이는 푸른하늘은 누구의얼골임닛가

끗도업는 깁흔나무에 푸른이끼를거쳐서 옛塔위의 고요한하늘을 슬치는 알ㅅ수업는향긔는 누구의입김임닛가

근원은알지도못할곳에서나서 돍쑤리를울리고 가늘게흐르는 적은시내는 구비구비 누구의노래임닛가

련쏫가튼발쑴치로 갓이업는바다를밟고 옥가튼손으로 쏫업는하늘을만지면서 써러지는날을 곱게단장하는 저녁놀은 누구의詩임닛가

타고남은재가 다시기름이됩니다. 그칠줄을모르고타는 나의가슴은 누구

의 밤을 지키는 약한 등ㅅ불임닛가

-「알ㅅ수업서요」 전문

시 「님의 침묵」이 시간의 축을 중심으로 님과의 만남과 이별의 과정이 서술되고 있다면, 시 「알ㅅ수업서요」에서는 공간적인 상상력을 바탕으로 소멸하는 이미지들을 통해 님의 모습이 묘사되고 있다. 공중에서 땅으로, 그리고 다시 하늘로 향하는 수직적인 공간과, 시냇물에서 바다로 확산되는 수평적 공간에서 시인은 님의 모습을 발견한다. 님의 발자취·얼굴·입김·노래, 그리고 시는 오동잎·하늘·향기·시내, 그리고 노을에 각각 대응된다. 이러한 이미지의 조합으로 우리는 님의 모습을 짐작할 수 있다.

인용시 「알ㅅ수업서요」에서도 님은 부재한다. 뿐만 아니라, 사실 이 시에서는 님이라는 시어조차 나오지 않는다. 님 대신 반복되는 '누구'라는 말은 님과의 이별의 상태가 고착됐음을 암시한다. 일반적으로 3인칭을 지시하는 대명사는 그(그녀)다. 그들 중 가장 가까운 사람이 '님'이며, 가장 먼 사람이 '누구'다. 확실하지 않은 어떤 사람을 지칭할 때, 혹은 알지 못하는 사람이나 잊혀진 사람을 부를 때 우리는 '누구'라고 부른다. "누구든지 오너라, 누구나 할 수 있다, 저 사람은 누구입니까, 누구시더라"와 같이, '누구'는 어떤 사람을 막연하게 일컫거나, 모르는 사람을 의문의 뜻으로 부르는 인칭 대명사이기 때문이다. 이렇게 누구라는 말 속에는 미지의 인물이라는 의미가 내포되어 있다. 시 「알ㅅ수업서요」에서 시적 화자는 그 누구에 대해 6번이나 질문하고 있지만, 대답은 들을 수가 없다. 아니, 대답은 이미 시 제목에 나와 있었다. 그 사람이 누구인지 '알 수가 없다'는 것이다.

그러나 시 「알ㅅ수업서요」를 찬찬히 읽어보면, 이 시의 질문들은 모르는 것에 대한 의문이라기보다는, 이미 익숙한 것에서 문득 느껴지는 낯설음이라는 것을 알 수 있다. 바람도 없는 공중에 수직의 파문을 내며 고요히 떨어지는 오동잎은 더 이상 평범한 오동잎이 아니다. 그것은 지금까지 잊고 있었던 그 누군가의 발자취를 기억하게 한다. 지루한 장마 끝에 서풍에 몰려가는 무서운 검은 구름의 터진 틈으로 언뜻언뜻 보이는 푸른 하늘은 더 이상 습관적으로 보아온 하늘이 아니다. 그것 역시 그 누군가의 얼굴을 연상하게 한다. 이 시의 낯설음은 평범한 대상에 그 누군가를 투사했기 때문이다. 그 순간 익숙한 풍경은 '어떤 사람과도 같다'라는 기시감(既視感)과 맞물려 범상치 않은 시적 대상으로 탄생한다. 따라서 이 시에서 알 수 없는 그 누군가는 정말 모르는 사람이 아니라 예전에는 잘 알았던, 그러나 지금은 잊혀진 사람이다.

이별의 극한은 잊혀짐이다. 필자는 앞에서 시 「님의 침묵」을 분석하면서 님과의 이별에 대해 살펴보았다. 침묵하는 님은 '나'를 노래하게 하지만, 그것도 길어지면 결국 잊혀지고 마는 것이 인지상정이다. 그러나 의식 속에서 사라진다고 완전히 그 존재가 없어지는 것은 아니다. 님의 존재는 무의식 속에 잠재된다. 무의식 속에 잠재된 기억은 종종 어떠한 계기로 의식의 표면 위로 떠오른다. 주로 특정 대상에 투사되는 것인데, 잊은 줄 알았던 님의 모습은 어느 순간 남다른 풍경이나 사물에 투사됨으로써 시인의 눈앞에 현현한다. 이 시에서 미지(未知)의 인물인 '누구'는 사실 기지(既知)의 인물이었던 것이다.

필자는 앞에서 익숙한 것에서 느끼는 낯설음에 대해 이야기 했다. '낯설게 하기'는 시작법의 기본이다. 시인이 관습의 묵은 때를 벗고 마치 아이처럼 사물을 바라볼 때 비로소 그것은 시적 대상으로 거듭난다. 이 시는 보이지 않는 님이 무의식의 투사를 통해 볼 수 있게 됨을 노래하고 있는 동시에, 시적 이미지가 만들어지는 과정을 실제적으로 보여주고 있다.

흔한 오동나무 잎은 "바람도업는공중에 수직의파문을내이며 고요히써러지는" 그 순간 새롭게 인식된다. 그리고 그것은 님의 발자취라는 시적인 대상으로 거듭난다. 푸른 하늘도, 향기도 어느 순간 새롭게 인식된다. 이러한 순간의 인식은 사물 그 자체가 갖고 있는 속성에서 비롯된 것 일 수도 있고,

그 사물이 처한 상황이 야기한 것일 수도 있다.

향기나 저녁놀을 그것 자체가 순간성을 갖고 있다. 향기처럼 형체가 없이 존재하거나, 저녁놀처럼 볼 수는 있더라도 금방 사라져버리는 이미지들이다. 고요히 떨어지는 오동잎도 그렇다. 이 시에서 오동잎은 바람에 의해 강제로 떨어지지 않았다. 생명이 소진됨에 따라 자연스럽게 우주의 질서에 순응한다. 시인은 오동나무 잎이 가지에서 땅에 이르는, 즉 생명과 죽음의 경계가 된 잠시의 순간을 포착한다.

이에 비해 하늘과 시냇물은 존재를 위협하는 부정적인 상황과 맞물려 어느 순간 사물 고유의 가치가 극대화된 이미지들이다. 이 시에서처럼 푸른 하늘은 지속적으로 보이는 것보다 무서운 검은 구름의 터진 틈으로 언듯언듯 보일 때 그 맑음과 평온함의 가치는 부각된다. 역설적으로 검은 구름은 평범한 푸른 하늘을 비범하게 보이게 하는 역할을 한다. 시냇물 역시 근원을 알 수 없고 작고 가늘다는데서 언제 끊어질지 모르는 순간성을 갖는다. 특히 이 시에서 시냇물은 시각적 이미지가 아닌 '노래'라는 청각적 이미지로 인식된다. 돌부리를 울리며 가늘게 흐르고 있는 시냇물 소리는 그 작은 소리로 인해 오히려 귀 기울여 들을 수밖에 없는 신비로움이 더해진다. 이러한 순간성으로 포착돼 시적 대상으로 거듭난 사물들은 앞에서 살펴보았듯이 님의 모습에 대응되는데, 그 님의 모습이 발자취와 얼굴에서 입김과 노래를 지나, 궁극적으로 시로 발전하고 있다는 것에 주목할 필요가 있다.

일반적으로 우리는 어떤 사람을 기억할 때 생김새인 얼굴을 떠올리거나, 그 사람이 남긴 발자취, 즉 지난날의 이력을 되짚어 본다. 그런데 시적 화자는 여기서 한걸음 더 나아가 시에서 님의 모습을 기억한다. 그 전의 입김과 노래는 얼굴과 시를 연결하면서, 육체와 정신의 매개항 역할을 한다.

이렇게 님을 기억하는 단계는 '발자취(사회성) → 얼굴(육체성) → 시(정신성)'의 단계를 거친다. 이것은 공교롭게도 「군말」에서 말한 세 종류의 님, 즉 '그들의 님(정치, 사상, 종교, 자연)-너희들의 님(연애)-나의 님(시)'에 그대로 대웅된다. 시 「알ㅅ수업서요」에서의 님은 「군말」에서와 같이 긔루는 것은 모두 다 님이 될 수 있으되, 궁극적으로 시인의 님은 시임을 다시 한 번 확인하고 있다.

이 시의 마지막 행인 6행은 2문장으로 이뤄져 있다. "타고남은재가 다시 기름이됩니다"와 "그칠줄모르고타는 나의가슴은 누구의밤을지키는 약한 등ㅅ불임닛가"가 그것이다. 이는 1행에서 5행까지 "○○은 누구의 ○○입니까"라는 한 문장의 의문형으로 마무리되던 것과는 다른 형태다. 특히 6행의 첫 문장은 의문형으로 마무리되는 앞의 5개의 문장과 구별되면서 다시 뒤에 오는 6번째 의문문을 강조하는 역할을 한다. 결정적인 말을 하기 전에 잠시 숨을 고르는 것과 같다.

6행의 두 번째 문장에는 화자와 님이 동시에 모습을 드러낸다. 님은 밤이 되고 '나'는 그 밤을 지키는 등불이 된다. 앞 문장의 기름과 그칠 줄 모르고 타는 가슴이 자연스럽게 연계돼 '누구의 밤을 지키는 약한 등불'의 이미지를 만든 것이다. 그리고 다시 시와 밤과 타는 가슴과 등불을 조합하면 또 하나의 커다란 그림이 완성된다. 그것은 바로, 밤새도록 등불을 켜고 타는 가슴으로 시를 쓰고 있는 시인의 모습이다!

침묵하는 님이 '나'를 노래 부르게 했다면, 보이지 않는 님은 밤새도록 등불을 켜고 시를 쓰게 만들었다. 시 「알ㅅ수업서요」는 시 「님의 침묵」의 심화이자, 서언 「군말」의 변주다.

4. 마음속의 님

讀者여 나는 詩人으로 여러분의 압헤 보이는 것을 부끄러합니다
여러분이 나의 시를 읽을 때에 나를 슯어하고 스스로 슯어할 줄을 암니다
나는 나의 詩를 讀者의 子孫에게까지 읽히고 십흔 마음은 업습니다

그때에는 나의 詩를 읽는 것이 느진 봄의 꽃숩풀에 안저서
마른 菊花를 비벼서 코에 대히는 것과 가틀는지 모르것슴니다

밤은 얼마나 되얏는지 모르것슴니다
雪嶽山의 무거운 그림자는 엷어감니다
새벽종을 기다리면서 붓을 던짐니다
　　　－乙丑8월19일밤 끗 －

　　　　　　　　　　　　　　　　－「讀者에게」 전문

　시인 한용운은 시집 『님의 침묵』 말미에 후기 「독자에게」를 써서 직접 독자들에게 말을 건넸다. 시의 마지막에 실제로 시집을 탈고한 날짜가 기록된 것으로 보아 이 시의 화자는 곧 시인 자신이라고 보아도 무리 없다.
　인용시는 2연으로 이뤄져 있다. 1연에는 시인으로서의 소박한 소망이, 2연에는 시집을 마무리한 감회가 담겨있다. 한용운은 자신을 시인이라 하기엔 부끄러우나, 독자들이 시를 읽고 "나를 슯어하고 스스로 슯어할 줄"을 확신한다. 진정한 시인과 독자는 시를 매개로 하여 교감한다는 사실을 강조한 것이다.
　한용운은 자신의 시를 후세에까지 읽히고 싶은 마음이 없다고 말한다. 만약 그들이 자신의 시를 읽는다면, 그것은 늦은 봄 꽃 수풀에 앉아서 마른 국화를 비벼서 코에 대는 것과 같다고 말한다. 「독자에게」의 마른 국화는 「군말」에서 봄비를 그리는 장미화와 대조를 이룬다. 화사한 장미화가 석가나 칸트, 마시니와 같은 '3인칭의 그들'에 속한다면, 마른 국화는 바로 어린양을 그리는 시인 자신을 상징한다. 어린 양이 그렇듯, 마른 국화 역시 애처롭고 소외된, 그러나 순수하고 아름다운 시적 상징을 내포한다.
　2연에서 시집을 탈고한 시인은 새벽을 맞이하고 있다. 시를 쓰는 시간을 밤의 어둠에 비유한 것인데, 「군말」에서 어린 양이 길을 잃고 헤매던 때가

마른 국화향기와 님의 발자취　269

해저물녘이었다는 것을 상기한다면, 그 양을 그루며 시를 쓰는 시간이 밤에 비유된 것은 당연하다. 그리고 이것은 시 「알ㅅ수업서요」에서 약한 등불로 지킨 님의 밤과도 연계된다.

원형상징에서 밤은 인간의 의식이 잠들고, 자아와 내면 사이를 연결해주는 무의식 속의 여성 아니마(anima)가 깨어나는 시간이라고 본다. 융은 분석심리학의 이론에서 아니마는 남자의 논리적인 마음이 자신의 무의식 속에 숨은 사실을 인지할 수 없을 때, 그것을 파내도록 도와주며, 마음을 올바른 가치에다 맞춰 좀 더 깊은 내적 심층과 연결시켜 준다고 했다. 무의식 속의 잠재해 있는 '진정한 나(Self)'를 찾기 위해서는 아니마, 즉 마음속 여성의 인도가 필요하다는 것이다. 융은 이것을 자기실현, 혹은 자기 동일성의 인식 과정이라고 했다. 한용운이 집필했던 밤의 시간은 그의 내면에서 아니마가 깨어나는 시간이었다.

아니마는 사회적인 얼굴인 페르소나(persona), 혹은 의식의 얼굴인 자아(ego)와는 정반대의 모습으로 존재한다. 융의 이론에 따르면, 강한 페르소나와 자아를 지닌 사람일수록 그의 아니마는 연약하다고 한다.

여기서 「군말」을 다시 한 번 더 살펴보도록 하자. 1행의 석가와 칸트와 마시니는 선사였고 사상가였고 애국지사였던 한용운의 페르소나와 공교롭게도 일치한다. 2행의 연애 역시 인간의 보편적인 욕망이다. 따라서 이들이 지향하는 중생과 철학과 조국, 그리고 자유는 한용운이 지금껏 추구했던 위대한 가치들이다. 그런데 3행에서는 이들과는 비교도 안되게 연약하고 왜소한 어린 양이 나왔다. 융의 이론대로라면, 해 저문 벌판에서 돌아가는 길을 잃고 헤매는 어린 양은 시인의 마음속에 잠재됐던 아니마다.

그는 시를 쓰면서 이 아니마의 존재를 통해 진정한 자신의 모습을 찾고자 했다. 한용운의 시집 속의 님의 모습이 대부분의 경우 여성의 모습으로 등장하는 것은 바로 이 아니마와 무관하지 않을 것이다. 한용운의 님은 그의 마음속에서 분화한 또 다른 '나'이거니와, 시인 스스로도 님과 자신이 한 몸임을 밝히고 있다.

> 나에게 생명을 주든지 죽음을 주든지 당신의 뜻대로만 하셔요
> 나는 곧 당신이어요
>
> -「당신이 아니더면」 부분

긴 밤을 시쓰기로 보낸 시인은 설악산의 무거운 그림자가 엷어지고 있음을 본다. 여기서 설악산의 무거운 그림자란 그의 마음속에 드리웠던 어둠을 상징한다. 시집을 탈고함과 함께 무의식의 억압된 그림자(shadow)도 해소되고 있음을 알 수 있다. 이는 아니마를 통해 '진정한 나'를 만나고자했던 그의 시적 여정이 성공적으로 끝났음을 시사한다.

한용운은 「독자에게」에서 자신의 시를 독자의 자손에게까지 읽히고 싶은 마음이 없다고 말했다. 만약 그들이 자신의 시를 읽는다면, 그것은 늦은 봄 백화가 만발한 꽃수풀에 앉아서 지난 해 피었다가 시든 마른 국화의 향기를 맡는 것과 같다고 지극히 겸손해 했다. 그러나 그 마른 국화의 향기는 얼마나 깊고 오래 가는가. 현대시사 백여 년 동안 수없이 많은 시들이 봄날의 꽃처럼 피고 또 졌지만, 1920년대 그의 시를 읽고 슬어했던 독자의 자손들은 그의 발자취를 더듬어 여전히 그의 시를 읽고, 이렇게 시 안에서 시인을 만나고 있다. 마른 국화 향기가 참 향기롭기도 하다.

동심에 어린 상심의 그림자

- 윤동주의 동시

1. 착하고 아름다운, 그러나 쓸쓸한

윤동주의 『하늘과 바람과 별과 시』
(정음사, 1948)

윤동주(1917-1945)의 동시는 백여 편의 전
체 시 중에서 35편 가량 된다. 이는 『카톨릭
소년』이나 『소년』 등 윤동주가 시를 발표한
지면에 따라 구분한 것이다. 그러나 윤동주
시 대부분이 순수한 동심의 세계를 바탕으로
하고 있으며, 시인의 분신인 소년 화자가 등
장한다. 이렇게 시와 동시로 딱히 구분하기
모호한 작품들까지 포함하면 윤동주의 동시
는 전체 시에 상당부분을 차지한다. 이 글에
서는 윤동주 시의 가장 큰 특징인 동심의 상상력을 중심으로 시인의 시세계
를 살펴보기로 한다.

    아롱아롱 조개껍데기
    울언니 바닷가에서

주워온 조개껍데기

여긴여긴 북쪽나라요
조개는 귀여운 선물
장난감 조개껍데기

데굴데굴 굴리며 놀다
짝 잃은 조개껍데기
한 짝을 그리워하네

아롱아롱 조개껍데기
나처럼 그리워하네
물소리 바다물소리.

-「조개 껍질」 전문

인용시 「조개 껍질」은 윤동주가 1935년에 쓴 최초의 동시로, 어린이 화자
로 하여 그 눈에 비친 세계를 그리고 있다. 이 시의 화자는 조개껍질 하나를
보며 이야기하고 있다. 아롱아롱한 고운 무늬가 있는 조개껍데기는 언니가
바닷가에서 주워온 귀여운 선물이다. 그런데 이 시의 화자는 조개껍질이 잃
어버린 나머지 한 짝과 바다의 물소리를 '나처럼' 그리워한다고 느낀다. 이
때 조개껍질은 작고 고운 장난감에서 그의 마음이 투사된 쓸쓸한 사물로 새
롭게 태어난다. 시 「조개 껍질」은 윤동주의 그리움의 정서가 상실의 정서와
맞물려져 있음을 잘 보여주는 작품이다.

윤동주의 동시에 나타난 외로움과 그리움은 시 「오줌싸개 지도」의 "꿈에
가본 엄마 계신/별나라 지돈가?/돈 벌러간 아빠 계신/만주 땅 지돈가?" 같
은 구절에서도 찾아볼 수 있다. 이 시의 화자는 더 이상 이 세상 사람이 아닌

어머니와 만주 땅으로 돈 벌러 가신 아버지를 그리워하고 있다. 시 「기왓장 내외」에서는 외아들을 잃고 구슬피 우는 비오는 날의 기왓장 내외가 등장하기도 한다.

이렇게 윤동주는 착하고 아름다운, 그러나 쓸쓸한 시적 대상에 주목한다. 시 「별헤는 밤」에서 아름다운 말 한 마디로 불린 소학교 때 책상을 같이 했던 아이들과 가난한 이웃 사람들, 그리고 비둘기·강아지·토끼·노새·노루 같은 동물들은 윤동주가 즐겨 노래하던 시적 대상들이다. 특히 작고 귀여운 동물로서 '새'는 윤동주의 동시 곳곳에서 행복하고 평화로운 분위기를 연출한다. "안아보고 싶게 귀여운/산비둘기 일곱 마리"(「비둘기」)나, "가을 지난 마당은 하이얀 종이/참새들이 글씨를 공부하지요."(「참새」), "좀 있다가/병아리들은/엄마품 속으로/다 들어 갔지요."(「병아리」)가 그렇다. 시인은 이들의 평화롭고 행복한 모습을 동경하고 있으며, 이는 그가 처한 현실이 평화롭거나 행복하지 않음을 반증한다.

까치가 울어서
산울림,
아무도 못들은
산울림.

까치가 들었다,
산울림,
저혼자 들었다,
산울림.

-「산울림」 전문

인용시 「산울림」은 윤동주가 1938년에 쓴 작품으로 1939년 조선일보사

발행의 『소년』에 발표됐는데, 이 때 처음 원고료를 받았다고 한다. 생전에 '시인'이란 이름을 얻지 못했던 윤동주에게 이 시는 당시 서울이라는 중앙문 단에서 원고료를 받고 발표한 첫 작품으로 그 의미가 남달랐을 터이다.

이 시는 깊은 산 속에서 우는 까치와, 아무도 듣는 이가 없지만 그 소리를 되받아 우는 산울림을 노래하고 있는데, 까치를 '시인'으로 울음을 '시'로 바 꿔 놓으면 그 의미가 보다 명확하게 전달된다. 일반적으로 시인이 새에 비 유됨은 '노래한다'라는 공통점 때문이다. 이러한 알레고리적 비유에 개성을 불어넣는 것이 산울림이라는 장치다. 이 시에서 산울림은 까치가 자신의 울 음소리를 되 듣는 '소리의 거울' 역할을 한다. 우리가 거울로 자신의 모습을 인식하고 나아가 성찰하듯이, 새는 소리의 거울인 산울림을 통해 자신의 노 래를 되돌아본다. 윤동주에게 시쓰기란 아무도 듣지 않는 쓸쓸한 내면의 고 백이자, 자기성찰의 일환이었음을 알 수 있다.

2. 진창길을 헤매다

윤동주 시에서 까치와 더불어, 시인을 표상 하는 새는 종달새다. 셸리가 종달새를 "불처럼 솟아오르는 한 점의 구름"이라고 노래했듯이, 윤동주의 종달새도 하늘 높이 날아올라 지저귄다.

> 종달새는 이른 봄날
> 질디진 거리의 뒷골목이
> 싫더라.
> 명랑한 봄하늘,
> 가벼운 두 나래를 펴서
> 요염한 봄노래가

좋더라,

그러나,

오늘도 구멍 뚫린 구두를 끌고,

훌렁훌렁 뒷거리길로

고기새끼 같은 나는 헤매나니,

나래와 노래가 없음인가

가슴이 답답하구나.

-「종달새」 전문

인용시 「종달새」는 이른 봄날 종달새의 모습과, 이 시의 화자인 '나'의 모습이 두 부분으로 나뉘어 대비되고 있다. 종달새는 하늘에서 가벼운 두 나래를 펴 봄노래를 부르고 있다. 그러나 '나'는 구멍 뚫린 구두를 무겁게 끌고 질디 진 뒷골목을 헤매고 있다. 윤동주는 자신의 현실을 질척거리고 답답한 뒷거리로 인식한다.

이 시에서 '나'는 현실적 자아이며, 종달새는 윤동주의 이상적 자아, 즉 '노래하는 시인'의 모습이다. 여기서 현실적 자아가 갖는 정서는 '답답함'으로 불만과 억압의 징후를 드러낸다. 윤동주 시에서 자주 보이는 현실적 자아의 부정적인 심리상태는 이렇게, 추구하는 이상과 처해있는 현실, 혹은 '보이고 싶은 나'와 '보여지는 나' 사이의 괴리감에서 비롯된다.

한간 계사 그 너머 창공이 깃들어

자유의 향토를 잊은 닭들이

시들은 생활을 주잘대고

생산의 고로(苦勞)를 부르짖었다.

음산(陰酸)한 계사(鷄舍)에서 쏠려나온

외래종 레구홍,

학원(學園)에서 새무리가 밀려나오는

삼월의 맑은 오후도 있다.

닭들은 녹아드는 두엄을 파기에

아담한 두 다리가 분주하고

굶주렸던 주두리가 바지런하다.

두 눈이 붉게 여물도록 -

- 「닭」 전문

닭은 원형적으로 새벽을 알리는 새이며, 그 울음으로 천지가 개벽하고 악귀가 물러갈 정도로 우리의 전통 문화 속에서 신성한 존재로 간주되었다. 그러나 인용시에서 닭은 산란용으로 계사에 가두어 키우는 외래종 레그혼으로, 신성성이 제거된 채 시들은 생활을 주잘대고 생산의 고단함을 부르짖는 비천한 존재로 그려진다. 또 다른 시에서도 닭은 두엄을 파느라 나는 법을 잊어버린, 날개만 커다란 새로 나온다(같은 제목의 시 「닭」).

그런데 시인은 계사에서 쏟아져 나오는 레그혼의 모습에서 '학원에서 새 무리처럼 밀려나오는' 학생들을 연상한다. 그의 시에서 닭은 식민지 학생들에 대한 은유였던 것이다. 윤동주 시에서 고기새끼가 노래와 날개를 잃고 현실에 추락한 종달새의 다른 모습이라면, 닭은 일제에 의해 이른바 '신품종'으로 개량된 충량한 신민(臣民)을 상징한다. 이 닭들은 커다란 날개로 창공을 향해 비상을 시도하는 대신, 아담한 다리와 굶주린 주둥이로 두 눈이 붉게 여물도록 두엄을 파내려 간다. 아예 꿈꾸는 법조차 가르쳐주지 않는 식민지 교육 현실은 시인이 헤매던 진창길보다 한층 더 열악한 두엄더미에 비유되고 있다.

누나의 얼굴은

해바라기 얼굴

해가 금방 뜨자

일터에 간다.

해바라기 얼굴은

누나의 얼굴

얼굴이 숙어들어

집으로 온다.

-「해바라기 얼굴」 전문

인용시 「해바라기 얼굴」은 현실의 고단함이 보다 직접적으로 드러난 작품
이다. 해를 바라보고 피어나는 황금색 해바라기는 뜨거운 열정과 싱싱한 생
명력의 상징이다. 그러나 이 시의 해바라기는 날이 밝자마자 일터로 향하고
늦은 밤에나 귀가하는 누나의 지친 얼굴에 비유된다. 해바라기 닮은 누나는
정작 하루 종일 해 한번 못보고 일하고 있음을 짐작할 수 있다.

3. 평화로움의 이면

윤동주의 동시는 붕괴된 이상과 세속화된 자아에 대한 절망의 다른 표현
이다. 그래서 그의 동시에는 꿈이 좌절되지 않은 과거로의 지향성이 드러난
다. 시인은 동시를 통해 현실의 고난이 없었던 유년 시절의 평화로움을 재현
해 낸다.

아씨처럼 나린다

보슬보슬 해ㅅ비

맞아주자 다같이

　　옥수숫대처럼 크게

　　닷자엿자 자라게

　　햇님이 웃는다

　　나보고 웃는다.

하늘다리 놓였다

알롱달롱 무지개

노래하자 즐겁게

　　동무들아 이리 오나

　　다같이 춤을 추자

　　햇님이 웃는다

　　즐거워 웃는다

－「햇비」 전문

　　인용시 「햇비」는 밝고 맑은 동심의 세계가 잘 나타난 작품으로, 1연에서
는 햇비를 맞고 옥수숫대처럼 크게 자라고 싶은 화자의 마음이, 2연에서는
무지개 아래서 동무들과 노래하고 춤추고 싶은 마음이 천진스럽게 그려져
있다. 햇빛과 보슬비와 무지개가 공존하는 이 시의 공간은 동화적인 상상력
을 불러일으키며, 명랑한 어조와 정돈된 리듬은 유년 시절의 안정되고 평화
스러웠던 기억을 되살려 낸다. 바로 훼손되지 않은 꿈의 세계가 동시를 통해
복원되는 것이다. 다음의 시는 봄날의 한 장면을 노래한 작품으로, 역시 안
정되고 평화로운 분위기를 느낄 수 있다.

　　우리 애기는

아래발치에서 코올코올,

고양이는
부뚜막에서 가릉가릉,

애기 바람이
나무가지에서 소올소올,

아저씨 햇님이
하늘한가운데서 째앵째앵.

-「봄」전문

　인용시「봄」에는 봄날의 평화로움이 아기·고양이·바람·해의 모습을 통해 그려지고 있다. 아기는 귀엽게 잠들고 있고 고양이는 부뚜막에서 졸고 있으며, 바람조차도 작고 부드럽게 불고 있다. 하늘 한 가운데서 내리쬐는 해는 '아저씨 햇님'이라고 친근하게 불린다. 봄날의 따사로움과도 같이 작고 부드러운 이들의 특성은 '코올코올' '가릉가릉' '소올소올' '째앵째앵'과 같은 유음과 양성모음 중심의 의성어·의태어에 의해 한층 더 앙증맞게 부각된다.

　이 시에서 '나'는 그 모습을 드러내지는 않으나, 1연 "우리 애기는/아래발치에서"라는 말에 미루어 아기와 함께 방안에 있다고 보아도 무리가 없다. 그는 방안에서 잠든 아기의 숨소리와 부엌에서 들리는 고양이의 가릉거림을 듣고 있으며, 창 밖 나뭇가지 사이로 부는 솔바람을 바라보고 있다. 하늘 한 가운데서 '째앵째앵' 따갑게 내리쬐는 햇빛도 다만 방안에서 내다보고 있기 때문에 이웃집 아저씨처럼 푸근하게 느껴질 따름이다. 이러한 평화에는 어떠한 절망이나 고통도 틈입할 여지가 없는 것처럼 보인다. 이 속에서 그는 작고 부드러운 시적 대상들과 더불어 나른한 잠 속으로 빠져들고 있을 것이다.

잠은 평화와 더불어 현실과의 단절을 의미한다. 문학작품에서 잠은 과거를 동경하고 현실에 적용할 수 없는 내면의 갈등을 상징하며, 나아가 죽음을 의미하기도 한다. 윤동주의 동시에서 나타나는 잠의 이미지는 표면적으로는 평화의 세계를 나타내고 있으나, 그 이면에는 인간이라면 누구에게나 잠재된 현실도피 욕구를 반영한다.

오양간 당나귀
아─ㅇ 외 마디 울음울고,

당나귀 소리에
으─아 애기 소스라쳐 깨고,

등잔에 불을 다오.

아버지는 당나귀에게
짚을 한키 담아 주고,

어머니는 애기에게
젖을 한모금 먹이고,

밤은 다시 고요히 잠드오.

　　　　　　　　　　　　　　　　　－「밤」 전문

인용시 「밤」에서 배고파 우는 당나귀와, 당나귀의 소리에 잠을 깨는 아기의 울음은 밤의 평화를 깨뜨린다. 그러나 '등잔에 불을 다오'라는 아버지의 낮은 음성과 함께 당나귀에게 짚을 한 키 먹이는 행위, 그리고 아기에게 젖을 한 모금 먹이는 어머니의 행위로 당나귀와 아기는 다시 잠이 든다. 이와 함께 아무 일도 없었다는 듯이 밤은 고요함을 회복한다.

이 시에서 배고픈 당나귀와 아기를 달래는 사람이 각각 아버지와 어머니로 나뉘어져 있다. 당나귀가 잠든다는 것은 내일의 노동을 위한 휴식을 의미한다. 그러나 우는 아기는 어머니, 즉 모성의 원리로 돌보아지며, 이때 어머니의 젖가슴은 세상으로부터 아기를 보호한다. 즉 이 시에서 밤은 궁극적으로 외부 공간으로 다시 나서기 위한 휴식처와, 보다 안전한 공간으로 숨어드는 피난처라는 양면성을 지니고 있다.

4. 어둠은 어린 가슴 짓밟고

모성의 이미지와 함께 상처받은 시인의 모습을 단적으로 보여주는 작품이 시 「어머니」다. 이 시는 윤동주의 두 번째 습작노트 『창(窓)』에 실린 작품인데, 윤동주의 자필 시를 사진으로 찍어 영인한 『윤동주 자필 시고전집』(민음사, 1999)을 보면 시 전체가 여러 개의 ×표로 지워져 있다. 시인 스스로 인정하고 싶지 않았던 작품으로 추정된다.

어머니!
젖을 빨려 이마음을 달래여주시오.
이밤이 작고 설혀 지나이다.

이아이는 턱에 수염자리잡히도록
무엇을 먹고 잘앗나이까?

오날도 흰주먹이
그대로 물려있나이다

어머니
부서진 납인형도 슬혀진지
벌써 오램니다

철비가 후누주군이 나리는 이밤을
주먹이나 빨면서 새우릿가?
어머니! 그어진손으로
이 울음을 달래여주시오.

- 「어머니」 전문

　인용시 「어머니」의 화자인 '나'는 어머니 품에 안기고 싶어한다. 거듭 어
머니를 부르며 자신을 달래 달란다거나, 자꾸 서러워진다는 말에서 우리는
그가 깊이 상심하고 있음을 추측할 수 있다. 그에게 상처를 주는 상황은 '부
서진 납인형'이나 '철비가 후누주군이 내리는 밤'으로 형상화되고 있으며,
그는 젖 대신 주먹을 빨며 상심의 밤을 새우고자 한다.
　절망스러운 외부 공간에 대한 피난처로서 어머니의 품속은 시 「남쪽 하
늘」에서 고향의 이미지와 연계되어 어린 영혼이 절절히 그리워하는 대상으
로 그려지기도 한다. 이 시에서도 '나'는 서리 내리는 저녁에 어머니의 젖가
슴을 그리워한다. 서리의 날카로운 차가움이 어머니 젖가슴의 부드러운 따
뜻함과 대비되면서, 시인의 시의식은 내밀한 공간으로의 지향을 보인다. 그
러나 이 시에서 내밀한 공간으로의 지향성이 향수(鄕愁)라는 그리움의 정서
로 표출되는 것은 그것이 더 이상 존재하지 않음을 시사한다.

어둠은 어린 가슴을 짓밟고

이파리를 흔드는 저녁바람이
쏴- 공포에 떨게 한다.

(…중략…)

나무틈으로 반짝이는 별만이
새날의 희망으로 나를 이끈다.

-「산림」 부분

    우리는 앞에서 윤동주의 최초의 동시 「조개 껍질」이 그리움과 상실의 정서가 맞물려 있음을 살펴보았다. 윤동주의 시에 나타난 동심의 세계는 자아와 외계가 융화된 평화와 행복의 공간을 이루고 있으면서도, 그 기저에는 외로움이나 그리움이라는 결핍의 정서를 깔고 있다. 그는 맑고 밝은 어조로 동심을 노래하고 있지만, 그 영혼 속에는 상심의 그림자가 드리워져 있다.

    인용시 「산림」의 한 구절처럼 암흑기 어둠은 어린 가슴을 짓밟았다. 그것은 일제강점기 누구도 피해갈 수 없었던 불행이었다. 윤동주는 그 공포 속에서 반짝이는 별을 발견하고 새 날의 희망을 노래했다. 그리고 그는 새 날이 되기 불과 몇 달 전인 1945년 2월, 시인 정지용이 말한 대로 '무시무시한 고독' 속에서 세상을 떠났다. 이후 70여 년의 세월이 흘렀다. 윤동주가 노래하던 별은 그를 기리는 우리 모두의 가슴 속에서 쓸쓸하고, 여전히 아름답게 빛나고 있다.

다시 읽는 두 권의 시집

- 조지훈의 『풀잎단장』, 유치환의 『청마시초』

1. 자연과 선(禪), 전통의 품격

조지훈(1920-1968)의 본명은 조동탁이다. 그는 1939년 정지용의 추천으로 『문장』을 통해 등단한 이후, 전통적 서정성을 현대시에 계승·발전시킨 대표적인 시인으로 평가된다. 그는 시의 제재로서 우리 민족의 고유한 문화와 자연, 그리고 선(禪)에 이르기까지 한국적이고 전통적인 것을 선택했으며, 시 형식과 시어에서도 고전적인 품격을 유지했다.

조지훈의 『풀잎단장』(창조사, 1952)

이것은 그를 시인으로 추천해준 정지용의 영향이기도 했다. 조지훈 역시 습작기에는 당시 문단에 풍미하던 서구시의 영향을 받아 이국취향의 시 「화연기(華戀記)」 등과 같은 작품을 썼다. 시 「화연기」는 다양한 이미지들을 떠오르는 대로 나열한, 이른바 초현실주의의 자동기술법에 영향을 받고 쓴 작품이다.

白孔雀이 파르르 날개를 떤다, 파란 電燈이 켜진다, 白蠟같은 손가락을 빤다, 빠알간 피가 솟는다. 피는 孔雀夫人 가슴에 얼굴을 묻고 눈물도 아픈 즐거움에 즐거움을 가슴을 쪼다. 아 흰 꽃이 피는 빈 창밖으로 호로 馬車가 하나 은빛 어둠을 헤치고 北으로 갔다. 나어린 少女에게 義로운 피를 잃고 이름도 모를 屈辱에 값싼 웃음을 파는 賣春婦, 나는 貴族令孃의 淫樂의 奴隷란다.

－「華戀記」 부분

　우리가 알고 있는 시인 조지훈이 쓴 작품이라기에는 너무나 낯선 이 작품을 그는 1939년 4월 『문장』에 투고 한다. 그런데 심사위원이었던 정지용이 응모된 조지훈의 시 「화연기」와 시 「고풍의상(古風衣裳)」 중 후자를 택하면서 "조지훈 군의 「화연기」도 좋기는 하였으나 너무도 앙징스러워서 「고풍의상」을 취한다."라고 하고, "언어의 생략과 시에 연치(年齒)를 보이라."고 충고했다. 조지훈은 그해 11월에 「승무」, 이듬해에 「봉황수(鳳凰愁)」와 같은 전통적인 미감을 살린 시를 발표함으로써 『문장』 추천을 완료한다. 『문장』 추천 이후, 조지훈은 시적 상상력의 근원을 한국적이며 전통적인 세계에 두게 된다.
　시집 『풀잎단장』은 1952년 창조사에서 간행된 시인의 첫 시집으로서, 박목월·박두진과 더불어 공동으로 간행한 『청록집』(1946) 이후 조지훈 초기 시세계를 한 눈에 가늠할 수 있는 귀중한 자료다. 이 시집에는 『청록집』에 실렸던 12편의 작품 중 9편이 재수록돼 있다. 시 「고사(古寺)」 「산방(山房)」 「낙화」 「파초우(芭蕉雨)」 「완화삼(玩花衫)」 「봉황수」 「고풍의상」 「승무」 「율객(律客)」이 그것이다. 시집 『풀잎단장』은 『청록집』에서 보인 전통 지향적 시세계를 심화시키고 있으며, 자연친화적 사상과 불교적 선감각(禪感覺), 그리고 한국적 미의식이 단아한 리듬과 언어로 표현돼 있다.
　시집 『풀잎단장』의 특징은 2행 1연의 형식의 시가 전체 35편 중에서 20편이나 된다는 것이다. 시인은 2행 1연의 시 형식을 통해 감정을 최대한 절제하고 간결하게 표현함으로써 여백의 미를 효과적으로 살리고 있다.

또한 이 시집에서는 시인 스스로가 갈고 닦은 시어가 다수 등장한다. 시 「고풍의상」만 보더라도 "곱아라 고와라 진정 아름다운지고" "환하니 밝도소이다" "살살이 퍼져나린" "호엽(胡蝶)이냥 사풋이"와 같이 운율을 맞추며 우리말의 미묘한 질감을 잘 살린 표현들이 많이 나온다. 이러한 시어들은 시의 분위기과 어우러져 전통적인 멋과 아름다움을 빚어낸다.

시집 『풀잎단장』을 대표하는 시로는 시 「고사」와 「승무」를 들 수 있다. 먼저 「고사」를 살펴보자. 이 시는 시인이 1941년 외전강사(外典講師)로 오대산 월정사에 머무를 때 쓴 작품으로 불교의 선을 주제로 하고 있다.

木魚를 두드리다
졸음에 겨워

고오운 상좌아이도
잠이 들었다.

부처님은 말이 없이
웃으시는데

西域 萬里 길
눈 부신 노을 아래

모란이 진다.

-「古寺」 전문

인용시 「고사」는 1연에서 4연까지 2행 1연의 형식을 취하다가, 마지막 5연에서는 1행 1연으로 형식이 변화한다. 시의 전반부에는 목어를 두드리다 잠이 든 아이의 모습이 고요하게 그려진다. 그런데 그 모습을 보고 부처가 미소를 짓자 그 순간 또 다른 세상이 펼쳐진다. 서역 만 리 길이 눈부신 노을 속에 열린 것이다. 그와 동시에 2행 1연으로 유려하게 흘러가던 시의 호흡은 마치 시간이 정지하듯 잠시 멈춘다. 그리고 1행 1연의 마지막 행 "모란이 진다"에서 환상속의 노을은 현세에서 떨어지는 붉은 꽃잎과 연결되면서 고조된 긴장감이 극적으로 해소된다. 시 「고사」는 시의 형식과 운율, 그리고 내용이 성공적으로 결합한 수작이다.

그런데 이 시를 읽고나면, 부처님이 말없이 웃은 이유가 궁금해진다. 부처는 왜 웃은 걸까? 부처가 목어를 두드린 상좌아이가 잠든 것을 보고 웃은 이유는 바로 목어의 상징성 때문이다. 목어는 물속에 사는 생명체들에게 복음을 전하는 도구이자, '항상 눈을 뜨고 있는 물고기처럼 수행자들도 졸지 말고 불도를 닦으라는 뜻'이 내포돼 있다. 졸지 말고 수행에 정진하라고 목어를 두드리고는 정작 자신은 그 옆에서 아무렇지도 않게 잠이 드는 아이는 천진함으로써 세상의 구분과 경계를 넘어서고 있다. 집착도 욕망도 없이 자연의 이법을 그대로 따르는 이 아이에게서 부처는 진정한 깨달음의 모습을 발견하고 미소 지은 것이다.

조지훈 초기시의 경향을 함축하는 작품이자, 이 시집을 대표하는 또 다른 시로서 「승무」를 들 수 있다. 이 시는 불교적 깨달음을 노래한 시라기 보다는 전통적인 정서와 아름다움을 '승무'라는 민속춤을 통해 표현한 작품이다.

얇은 紗 하이얀 고깔은 고이 접어서 나빌네라

파르라니 깎은 머리 薄紗고깔에 감추오고
두볼에 흐르는 빛이 정작으로 고와서 설어워라

빈臺에 黃燭불이 말없이 녹는 밤에

오동잎 잎새마다 달이 지는데

소매는 길어서 하늘은 넓고

돌아설듯 날아가며 사뿐니 접어올린 외씨보선이여

까만 눈동자 살포시 들어

먼 하늘 한개 별빛에 모도우고

복사꽃 고운 뺨에 아롱질듯 두방울이야

세사에 시달려도 煩惱는 별빛이라

휘여져 감기우고 다시 접어 뺀는 손이

깊은 마음속 거룩한 合掌이냥 하고

이밤사 귀똘이도 울어새는 三更인데

얇은紗 하이얀 고깔은 고이접어서 나빌네라

-「僧舞」 전문

조지훈 시 중에서 가장 널리 알려진 시 「승무」는 1939년 『문장』 추천작품
중에 하나며, 시집 『청록집』에 수록된 시다. 이후 시 「승무」는 띄어쓰기 중
심의 약간의 수정을 거쳐 시집 『풀잎단장』에 재수록된다. 시인의 말에 따르
면, 이 시는 19세에 처음 구상해서 구상한 지 11개월, 집필한 지 7개월 만에
탈고했다고 한다. 그야말로 심혈을 기울여 완성한 작품이었음을 짐작할 수
있다. 조지훈 시인 스스로도 "나는 이 「승무」로써 나의 시세계의 처녀지를
개척하려고 무척 고심했다."고 밝혔다.

이 시 역시 "얇은사 하이얀 고깔은 고이 접어서 나빌네라"라고 시작되는
1연을 제외하고는 2행 1연의 시 형식을 견지하고 있다. 이 시에서 무엇보다
돋보이는 것은 우리말의 아름다움을 잘 살린 언어 감각이다. "하이얀" "파
르라니"와 같은 색채어, "나빌네라" "감추오고" "모도우고" "감기우고"와
같은 서술어, 그리고 "정작으로" "합장이냥" "이밤사"와 같은 조사어의 사
용은 운율을 맞추고 시적 분위기를 고양시킨다. 그러나 유장한 운율과 섬세
한 시어 사용에 지나치게 치중한 나머지, 정작 승무를 통해 보여주고자 한
이미지는 제대로 형상화 되지 못하고 운율과 시어의 질감 그 자체에 묻혀버
렸다.

예컨대, 번뇌의 초월이라고 상투적으로 해석돼 온 "복사꽃 고운 뺨에 아
롱질듯 두방울이야/세사에 시달려도 번뇌는 별빛이라"와 같은 구절은 사실
상 매우 애매하다. 우선, 각 행을 마무리하는 "– 이야"와 "– 이라"가 서술형
어미인지 감탄형 조사인지 구별하기 어렵다. 이미지 전개를 염두에 두고 읽
으면 '아롱질듯 두방울(눈물, 세사에 시달림, 번뇌)은 별빛이다'로 이해할 수 있
는데, 여기서 별빛은 앞 4연의 "먼 하늘 한개 별빛"이 눈물에 아롱진 그저
'맑음' 정도로 해석하는 것이 옳을 듯하다. 그래도 '번뇌가 맑다'는 것이 어
떤 의미인가 라는 문제는 여전히 남는다. 시 「승무」는 조지훈 초기시를 대표
하면서, 그 한계까지 동시에 보여주는 작품이다.

2. 좌절된 순정과 맑고 곧은 이념

청마 유치환(1908-67)은 1931년『문예월간』에 시 「정적(靜寂)」을 발표하여
문단에 등단했다. 그는 김동리가 「신세대 정신」(1940)에서 '생명파적 윤리
경향을 가진 시인' 중 하나로 지칭하고, 서정주가 「한국현대시의 사적 개관」
(1945)에서 『시인부락』 동인들과 함께 '생명파'로 규정한 이래 줄곧 생명파

시인으로 불려왔다. 유치환은 40여 년에 걸친 시작활동 기간 동안 첫 시집 『청마시초(靑馬詩抄)』를 비롯해, 『생명의 서』 『울릉도』 등 십여 권의 시집을 출간했으며, 남성적이면서도 애상적인 어조로 생명과 자연, 삶에 대한 허무와 의지를 노래했다.

시집 『청마시초』는 1939년에 청색지사에서 발간됐다. 1937년 부산에서 유치환이 발행·편집인이었던 동인지 『생리(生理)』가 5집까지 간행된 뒤였다. 시집 제호인 '청마'는 유치환의 아호다. 청마란 글자 그대로 푸른 털의 말을 의미하는데, 일설에 의하면 홍사용이 그와 함께 한 자리에서 필명 이야기가 나오자 "자네가 마면(馬面)이니 청마라 함이 좋지 않을까."라며 지어줬다고 한다.

유치환의 『청마시초』
(청색지사, 1939)

유치환 시인은 이 시집의 자서에서 "시는 나의 출혈이요 발한"이라고 말한다. 시인에게 시란 생명의 표현, 혹은 생명 그 자체라는 의미로 해석할 수 있다. 시에 대한 이와 같은 정의는 생명파의 시적 경향을 스스로 역설한 것이다. 이어서 그는 "시인이 되기 전에 한 사람이 되리라는 이 쉽고 얼마 안된 말이 내게는 갈수록 감당하기 어려움을 깊이 깊이 뉘우쳐 깨달으옵니다."라고 쓰고 있는데, 이러한 신념은 그가 기교를 앞세운 시보다는 삶의 자세가 묻어나는 진지하고도 엄정한 시를 썼던 이유가 된다. 그러나 이러한 시작 태도는 그의 시가 별다른 함의를 갖지 않은 일상의 진술과 크게 다르지 않다는 비판으로 이어지기도 한다.

시와 삶을 동일시하는 시인의 생각은 이후에 쓴 시론 「수공업적 장인」에서 시의 회화적 수법과 감각적 표현에 치중한 모더니즘 시와 언어의 조탁과 리듬에만 관심을 기울인 기교주의 시를 동시에 비판하는 것으로 나타난다.

시를 쓰는데 있어 어떤 부류에 속하는 시인들처럼 한 가지 테에마를 두고 자신의 경험의 저장고에 쌓아둔 많은 '이마주'의 '스톡크' 속에서 필요한 것만을 골라내다가, 마치 영화 편집자가 '필림'을 자르고 붙이고 하듯 그렇게 '몬타쥬'해서 제작할 수도 있으리라만, 나는 그러한 재주를 가지지 못했다.

(…) 현대시는 주지적이어야 되고 주지적인 시는 방법론적(方法論的)으로서 써야한다고 한다. 그런데도 불구하고 나는 아직껏 전세기(前世紀) 수공업시대(手工業時代)의 장인바치처럼 시를 쓰고 있다.

나의 생리가 그래먹지를 못한 것이다. 그러니 내 작품이란 현대시의 범주에도 들어가지 못하는 시도 아닌 것인지도 모른다. 그래서 그까짓 시는 시가 아니라도 판결을 내린다면 나는 그대로 좋은 것이다.

왜냐하면 나는 결코 시라는 것을 쓰겠다고 고집하기 위해서 이 세상에 생겨난 것이 아니요, 나의 시란 내가 말하고 싶은 것을 말한 나의 말인 것 밖에는 아니라고 믿고 있는 때문에서이다.

　　　　　　　　　－「手工業的 匠人」 부분, 『나의 詩 나의 詩論』(1960)

　문학사적으로 볼 때, 시집 『청마시초』는 생명파를 탄생시키는데 큰 역할을 한 시집이다. 이 시집은 1930년대 시문학파의 기교주의와 서구적 모더니티를 추구한 모더니즘에 대립해 시를 삶과 생명을 향한 진솔한 목소리로 환원시켰다는 점에서 그 의의를 찾을 수 있다.

　시집 『청마시초』에는 유치환의 대표작인 「기빨」을 비롯해, 「박쥐」 「일월(日月)」 「그리움」 등 55편의 시가 3부로 나뉘어 수록돼 있다. 이 작품들은 시인이 등단한 1931년부터 약 8년간에 걸쳐 쓴 것으로, 시인의 초기시 경향을 보여준다.

　유치환 초기시의 특징은 한마디로 대립과 모순의 구조로 요약할 수 있다. 그의 대표시 「기빨」에서 바람에 나부끼는 깃발은 순정에 비유되는데, 그것은 맑고 곧은 이념의 푯대에 묶여있다. 그리고 그 푯대 끝에 존재하는 것이 바로 "슬프고도 애닲은 마음"인 애수(哀愁)다. 즉, 시인은 애수로써 좌절된 순정과 맑고 곧은 이념을 동시에 노래한다. 유치환 시에서 애수는 극복해야 할 감상이 아닌, 순정과 이념의 갈등에서 비롯된 궁극의 결과다.

유치환 시에서의 대립과 모순은 비단 이념과 순정의 관계에서뿐만 아니라, 이상과 현실·열애와 애련의 관계에서도 나타난다. 시집 『청마시초』의 첫머리에 실린 시 「박쥐」에서 본래 기는 짐승이었던 박쥐가 날개를 길러 달빛 푸른 밤 몰래 나와 홀로 서러운 춤을 추는 모습이 그려져 있다. 짐승으로서의 한계를 넘어 날개를 가지고 춤을 추려는 의지가 결국 외롭고 서러운 운명을 초래했다는 것이다. 이 시에 나타난 비애감은 이상을 추구하는 의지와 암울한 현실의 절망 사이에서 만들어졌으며, 이는 앞에서 살펴본 애수와 같은 범주의 정서라고 볼 수 있다. 시 「일월」에서는 "생명에 속한 것을 열애하되/삼가 애련에 빠지지 않음을/-그는 치욕임일네라"처럼, 생명에 대한 열애를 찬양함과 동시에 애련에 빠지는 것을 치욕스러워한다. 이렇게 감정에 대립하는 강한 의지를 내보이면서도 한 편으로는 애상에 빠져드는 모순된 태도는 시인의 다음과 같은 자작시 해설에 귀 기울이면 쉽게 이해할 수 있다.

흔히들 나를 의지의 시인이라 일컫는데 그것은 아예 틀린 판단인 것입니다. 왜냐하면 그러한 판단은 나의 작품상에 나타난 경향을 보고 말하는 것 같으나, 작품상의 그러한 경향은 어디까지나 나의 본질이 의지적이 아닌 때문에 그것을 渴求하는 나머지의 虛勢에 불과한 것입니다. 사실은 나같이 흔들리기 쉽고 꾸겨져 쓰러지기 쉬운 非意志的인 나약한 心志의 인간은 드물 것입니다. 예술작품이란 원래 자기가 가지지 않은 것에 대한 希願의 發願인 것이 아니겠습니까.

─「愛憎의 나무」 부분, 『구름에 그린다』(1959)

이 글에 따르면 유치환은 "흔들리기 쉽고 꾸겨져 쓰러지기 쉬운 비의지적인 나약한 심지"가 오히려 시에서 강인한 의지의 목소리로 표현됐다고 했다. 비의지적인 감성과 의지적인 이성은 서로 동떨어진 것이 아니라 유치환 시에서는 표리(表裏)로 존재하고 있음을 알 수 있다.

그러면 시집『청마시초』를 대표하는 시이자, 유치환의 초기시 중 가장 널리 알려진 시「기빨」을 살펴보기로 하자.

> 이것은 소리 없는 아우성
>
> 저 푸른 海原을 向하야 흔드는
>
> 永遠한 노스탈쟈의 손수건
>
> 純情은 물결같이 바람에 나부끼고
>
> 오로지 맑고 곧은 理念의 標ㅅ대 끝에
>
> 哀愁는 白鷺처럼 날개를 펴다.
>
> 아아 누구던가
>
> 이렇게 슬프고도 애닲은 마음을
>
> 맨처음 공중에 달줄을 안 그는.
>
> ─「旗빨」전문

1936년 1월『조선문단』에 발표된 시「기빨」은 대립과 모순의 구조로 유치환 초기시의 경향을 잘 보여준다. 이 시의 화자는 깃발이 바람에 나부끼는 모습을 "이것은 소리없는 아우성"이라고 말한다. '이것'이라는 근칭 지시어로 보아 화자는 깃발과 가까운 거리에 있을 것이다. 깃발은 곧 근거리에 위치한 화자가 자신의 마음을 투사하는 대상이 된다.

다음 행 "저 푸른 해원을 향하야 흔드는"에서 깃발이 지향하는 것이 바다임을 알 수 있다. 이는 화자의 마음이 지향하고 있는 것이기도 한데, 깃발이 "노스탈쟈의 손수건"에 비유되면서 바다는 향수, 즉 그리움의 대상으로 변모한다.

4행에서 깃발은 다시 순정의 물결이 된다. '아우성-노스탈쟈-순정'이라는 이미지의 전개 속에서 깃발은 화자의 순정을 상징하고 있으며, 그리움으로 가득찬 그 마음은 소리 없이 아우성치고 있었음이 드러난다.

해원을 그리워하지만 갈 수 없는 이유는 깃발이 푯대에 묶여있기 때문이다. 푯대는 "맑고 곧은 이념"의 은유다. 푯대가 깃발을 묶어두듯이, 이념은 순정을 제어한다. 여기서 순정과 이념의 대립구조가 나타난다. 깃발이 동적이며 수평적으로 푸른 바다를 지향하고 있는 것처럼 순정은 마치 물결과도 같이 바람이 나부낀다. 푯대가 정적이며 수직적으로 하늘을 지향하고 있는 것처럼 이념은 맑고 곧다. 먼 바다를 향해 끊임없이 펄럭이지만 푯대에 묶여있음으로 인해 더 이상 나아가지 못하는 깃발의 모습은 '백로처럼 날개를 편 애수'로 발전한다. 깃발과 바다의 좁혀질 수 없는 거리가 애수의 정서를 불러일으킨 것이다. 이는 앞에서 살펴 본 시 「박쥐」에서 이상과 현실의 넘을 수 없는 간극 속에서 외롭고 서러운 춤을 추는 박쥐의 비애감과 닮아 있다.

애수는 이념의 푯대와, 그에 반하는 순정의 나부낌이라는 대립 속에서 회의하고 갈등하는 모순된 정서의 표현이다. 이 시의 화자는 맑고 곧은 이념의 푯대를 세웠지만, 끊임없이 나부끼는 순정에 흔들린다. 소리 없는 아우성으로 표현될 만큼 마음의 갈등은 고통스럽다. 결국 그 한계를 인정하고 애수에 젖는 것. 깃발이 등장하는 또 다른 시 「그리움」의 "바람 센 오늘은 더욱 너 그리워/긴종일 헛되이 나의 마음은/공중의 기빨처럼 울고만 있나니"에서 볼 수 있는 것처럼, 애수는 울음의 다른 표현이기도 하다. 이러한 의지와 감정의 모순된 마음과 그 사이를 흐르는 애수의 정서는 시집 『청마시초』의 개성이자, 유치환 초기시의 가장 큰 특징이다.

전쟁과 상실의 시적 극복

– 박봉우의 『휴전선』, 전봉건의 『돌』

1. 분단의 비극을 노래한 불운의 시인

박봉우의 『휴전선』(정음사, 1957)

박봉우(1934-1990)는 1956년 『조선일보』 신춘문예에 시 「휴전선」으로 등단했으며, 시집 『휴전선』 『겨울에도 피는 꽃나무』 등을 출간했다. 그는 치열하고 지속적으로 분단현실을 응시하고 분단극복의 의지를 보여줌으로써 전후시(戰後詩)에 민중의식을 투영시킨 대표적인 시인으로 자리매김 된다.

시인이 등단한 1950년대 문단은 전후문학의 시기였다. 한국의 전후문학은 6.25 전쟁 체험을 소재로 남북분단과 동족상잔의 비극을 형상화했다. 1956년에 분단을 소재로 한 시 「휴전선」으로 등단하고, 이듬해 동명의 시집을 출간한 박봉우 역시 전후 시인으로 분류된다. 그러나 그는 전쟁의 참상을 고발하는 데서 한 걸음 더 나아가 탈 이데올로기를 지향하고, 민족의 동질성 회복을 염원했다. 이러한 사실로 박봉우의 시는 등단 당시부터 문제작으로 거론되었다.

「休戰線」을 一席으로 택한 것은 詩想과 表現이 바로 째여 있는 까닭이
다. 가명인지 本名인지, 수상하다는 느낌을 禁할 수 없으면서도 이 詩는
'휴전선'의 位置에서 있는 사람으로 하여금 새로운 意味를 가지게 하고
새로운 意味를 열어보기 위하여 새로운 形成力을 發揮하고 있다.
(…) 許多한 詩人들이 쓰는 아름다운 이야기는 이 新人에게 있어서는 國
土에 가로놓여 있는 休戰線에서 '아름다운 길은 이것뿐인가' '이런 姿勢
로 꽃이 되어야 쓰는가'라는 죽음의 散華로서 흔히 있는 戰爭詩나 愛國
詩와의 類를 달리하고 있다.

- 김광섭, 「1956년도 신춘문예 심사 선후평」 부분

당시 양주동과 함께 심사위원이었던 김광섭은 선후평에서 박봉우의 시가
"시상과 표현이 바로 째여 있은 까닭에" 1석으로 선하였다고 말하며, 이 때
문에 "휴전선의 위치에서 있는 사람으로 하여금 새로운 의미를 가지게 하고
새로운 의미를 열어보기 위하여 새로운 형성력을 발휘하고 있다."고 상찬했
다. 한 문장에 '새롭다'는 말이 무려 3번이나 들어갈 정도로 박봉우의 시는
당시 문단에 신선한 충격이었음을 짐작할 수 있다.

시 「휴전선」이 새로운 점은 그 다음 문단에서 설명된다. 일반 시인들이 쓰
는 아름다운 이야기가 이 시인에게는 휴전선에서의 이야기로 되어 있다. 이
른바 '현실 참여시'의 시작이다. 나아가 이 시는 기존의 전쟁시와 애국시와
도 차별화된다. 박봉우의 시는 냉전시대에 이데올로기를 넘어서 민족의 동
질성을 찾고자 하는 의지를 보여준다.

박봉우 시인의 첫 시집 『휴전선』에는 표제시 「휴전선」을 비롯해, 「나비와
철조망」 「음악을 죽인 사격수」 「사미인곡」 등 모두 39편의 작품이 수록돼 있
다. 이 작품들은 시 「휴전선」이 열어놓은 새로운 시적 지평을 다양한 각도
에서 형상화한다. 즉, 시인은 이 시집에서 전쟁과 분단의 아픔을 민족의 동
질성 회복이라는 측면에서 극복하고자 한다. 그가 고발하는 것은 시 「음악

을 죽인 사격수」에 나타난 것처럼, "어째서 나같이 비슷하게 생긴, 어머니의 어머니를 아는 놈을 죽여놓고 너털 웃음을 웃게 마련"인 동족상잔의 비극이다. 그래서 그는 이 웃음에 대해 "천치의 미소"라고 분노한다.

시 「나비와 철조망」에서는 이데올로기라는 벽을 넘고자 "피비린내 나게 싸우는 나비 한 마리의 생채기"에 대해 노래한다. 여기서 특이한 것은 벽이 "아방(我方)의 따시하고 슬픈 철조망"으로 인식된다는 사실이다. 이데올로기라는 벽에 갇혀있을 때 철조망은 안온하게까지 느껴진다. 그러나 그것을 넘고자 할 때는 피비린내 나는 상처를 입을 수밖에 없다. "처음으로 나비는 벽이 무엇인가를 알며 피로 적신 날개를 가지고도 날아야만 했다."는 데서 알 수 있듯이, 시인은 그것이 얼마나 치명적인 위험인 줄 알면서도 탈 이데올로기를 향한 투혼을 멈추지 않는다.

시 「사미인곡」에서 벽은 금(線)의 이미지로 변형된다. "너와 나와의 가슴에 이 착각의 금(線)을 누가 만들었는가 금의 비극이 여기서부터 싹튼 것이 요때까지 사랑할 수 없었던가"에서 금은 남북으로 갈린 휴전선임과 동시에, 그로인해 민족의 가슴에 그어진 전쟁의 상처를 상징한다.

이렇게 시집 『휴전선』은 전쟁시와 애국시 일색의 전후 시단에 전쟁의 비극을 새롭게 인식함으로써 분단극복과 민족통일을 향한 의지를 형상화했다는 점에서 문학사로 중요한 의미를 지닌다.

이제 박봉우 시인의 전기적 사실을 살펴보기로 하자. 박봉우 시세계를 논하면서 예외 없이 거론되는 것이 시인의 정신 병력이다. 그의 정신병은 두 번째 시집 『겨울에도 피는 꽃나무』(1959)를 출간한 후 얼마 지나지 않아서인 1960년 초여름 우연한 사고로 시작됐다. 당시 전남신문 기자였던 박봉우는 목포에서 폭력배로부터 폭행을 당한 후 정신병원 신세를 지게 된다. 회복이 되면 퇴원하고 악화되면 다시 입원하기를 수차례, 정신황폐증과 그로인한 주사(酒邪)는 1990년 작고할 때까지 계속되었다고 한다. 그는 생애의 절반 이상을 의식의 불연속성 안에서 살아온 셈이다.

그의 정신병에 대해 "우리 봉우는 미치지 않았다. 미친 것은 나이다. 광기와 살기의 시대에 그 광기와 살기를 이겨내지 못했던 봉우야 말로 비광기와 반살기의 시인이 아니었던가."(김중배, 「직업이 조국이었던 시인 박봉우」), "박봉우 시인이 미친 게 아니라 세상이 미친 것인지 모른다. 미쳐 나자빠지든가 환장할 세상에 멀쩡하게 버티고 있는 사람들, 그 성한 사람들이 어쩌면 더 미쳐있는 사람이라 치부해도 좋을지 모른다. 나는 차라리 정신비옥증이라고 부르고 싶다."(하인두, 「우리 시대의 괴짜 천상병과 박봉우」)라는 증언이 있다. 마치 철조망 속 상처 입은 나비와도 같이, 모진 이 세상을 감당하기엔 그의 감성이 너무도 맑고 여렸음을 반증하는 말이다.

　박봉우 시인은 전쟁으로 인한 분단현실을 데뷔작 「휴전선」에서 다룬 이후, 4·19혁명 뒤에는 타락한 현실에 대한 허무감과 비판의식을 드러내는 데 관심을 두었고, 독재정권에 분노하기도 했다. 그는 30년이 넘는 세월 동안 고통스러운 현실 속에서 시로써 저항하다가 불행하게 사라진 불운의 시인이었다. 그러나 그가 남긴 시는 1990년대 이후 탈 이데올로기와 민족의 동질성회복이 통일의 화두가 되면서 새롭게 조명받기 시작했다. 다음은 그의 대표시 「휴전선」이다.

　　山과 山이 마주 향하고 믿음이 없는 얼굴과 얼굴이 마주 향한 항시 어두
　　움 속에서 꼭 한 번은 천동같은 火山이 일어날것을 알면서 요런 姿勢로
　　꽃이 되어야 쓰는가.

　　저어 서로 응시하는 쌀쌀한 風景. 아름다운 風土는 이미 高句麗같은 정
　　신도 新羅같은 이야기도 없는가. 별들이 차지한 하늘은 끝 끝내 하나인
　　데…… 우리 무엇에 불안한 얼굴의 意味는 여기에 있었던가.
　　모든 流血은 꿈같이 가고 지금도 나무 하나 안심 하고 서있지 못할 廣場.
　　아직도 정맥은 끊어진채 休息인가 야위어 가는 이야기뿐인가.

언제 한번은 불고야말 독사의 혀같이 징그러운 바람이여. 너도 이미 아는 모진 겨우살이를 또한번 겪으라는가 아무런 罪도 없이 피어난 꽃은 시방 의 자리에서 얼마를 더 살아야 하는가 아름다운 길은 이뿐인가.

山과 山이 마주 향하고 믿음이 없는 얼굴과 얼굴이 마주 향한 항시 어두 움 속에서 꼭 한 번은 천동같은 火山이 일어날것을 알면서 요런 姿勢로 꽃이 되어야 쓰는가.

- 박봉우, 「休戰線」 전문

인용시 「휴전선」은 분단 직후의 휴전선을 소재로 하고 있다. 시의 형식은 일반적인 자유시가 아니라 구어체에 가까운 산문적 진술의 형식을 취하고 있다. 1연에서 화자는 다시 전쟁이 일어날 것 같은 불안감을 "꼭 한 번은 천 동같은 화산이 일어날것"이라고 토로하고 있다. 화자는 그 사실을 알면서도 무심한 사람들을 마치 아무 것도 모르는 듯 피어있는 꽃과 같다고 비난한다. 2연에서 화자는 다시 "고구려같은 정신도 신라같은 이야기도 없는" 분단의 참담한 현실을 별들이 차지한 하늘이 하나임과 비교하고 있다. 3연에서 화 자는 전쟁을 벌써 망각하고 있는 사람들을 비판하며 지금의 상황을 "아직도 정맥은 끊어진채 휴식인가 야위어 가는 이야기뿐인가."로 탄식한다. 그리고 4연에서는 이러한 안이한 의식이 전쟁을 다시 불러오고 말리라는 준엄한 경 고로 이어진다. "독사의 혀같이 징그러운 바람"은 전쟁의 광풍을 의미한다. 5연은 1연을 다시 한 번 되풀이함으로써 현재의 상황을 강하게 부각시키고 있다. 시인은 이 시에서 분단현실에 안주하고 있는 안이한 삶을 비판하며 통 일에 대한 간절한 염원을 노래하고 있다.

2. 돌 속에 깃든 눈물빛 별

전봉건(1928-1988)은 1950년 『문예』로 등
단한 이후부터 1988년 타계할 때까지 지속적
으로 전쟁에 대한 상흔을 노래하고 시적 극
복을 모색했다. 그것을 하나의 이미지로 함
축한 것이 '돌'이다. 전봉건의 『돌』은 80년대
들어 발표했던 돌에 대한 연작시를 한 데 모
은 기념비적인 시집이다.

전봉건의 돌은 내면에 불을 지닌 '살아있

전봉건의 『돌』(현대문학사, 1984)

는 돌'로 그려진다. 이 생명의 돌은 씨앗으로
변용되며, 시인은 돌에서 꽃을 피워내는 놀라운 상상력의 세계를 이 시집에
서 보여준다.

비가 들에도 내려서

돌을 적셔 왼몸으로 벙글게 하는 것을

돌로 하여금 꽃 피게 하는 것을

아는 사람은 더욱 많지 않다.

－「돌·43」 부분

인용시에서 돌에 비가 내리자 그 안의 불은 꽃으로 피어난다. 돌 속에서
구심점을 향해 응축되고 굳어진 불이 빗물에 의해 꽃이라는 또 다른 불로 터
져나온 것이다. 따라서 돌은 꽃의 전신인 '불의 씨앗'이며, 빗물은 씨앗에서
꽃으로의 전환을 이뤄주는 매개체가 된다. 전봉건의 돌은 내부에 불을 지닌
또 하나의 불꽃이다.

시인은 이 석화된 불을 '소리'로 풀어내기도 한다. 전봉건의 시에서 돌은

외형적으로 무겁게 침묵하는 모습으로 그려진다.

> 그 수많은 돌로 쌓아올린 커다란 돌무덤의 침묵.
> 말로써 말을 다할 수 없는 말은
> 차라리 입을 다물고 침묵한다. 그리하여
> 마침내 침묵은, 저 불의 각인, 침묵의 말을 한다.
> 오 침묵의 돌무덤은
> 휘딱 스쳐 지나가는
> 일 초 아니면 이 초에 불과한 순식간에
> 내 눈시울 속 가득히 불의 각인을 찍었던 것이던가
>
> -「돌·39」부분

　　인용시 「돌·39」는 일본의 도쿄 한 귀퉁이에 터 잡은 한국인 묘지를 소재로 하여 쓰인 작품이다. 이 묘지들 중에 많은 돌을 쌓아올린 집채만큼이나 큰 돌무덤이 있는데, 이는 일본서 죽은 한국 사람들의 시신을 한 자리에 모아서 묻은 공동묘지이며, 그곳의 돌들은 모두 한국의 여러 지역에서 가져온 것이라고 한다. 위에 인용한 부분은 텔레비전에 소개된 그 돌무덤을 보고 썼다고 한다.

　　이 시에서 돌이 내포하고 있는 무거움의 특성을 "말로써 말을 다 할 수 없는 말은 차라리 입을 다물고 침묵하는 것"으로 암시한다. 즉, 돌이 무거운 것은 그 안에 너무나 많은 말이 쌓여 있으며, 그럼에도 불구하고 그 말을 한 마디도 내보낼 수 없어서다. 침묵의 무거움은 갇혀 있는 소리의 무거움에서 비롯된다.

　　이러한 돌은 불로써 침묵의 말을 하는데, 화자의 눈시울을 가득히 파고드는 '불의 각인'이 그것이다. 이 불의 각인은 돌의 내부에 타고 있는 불길을 한 순간에 표출한 빛의 언어인데, 이 시의 마무리 부분에서 "옛날 우리 나라

사람들이 분명한 듯한 군중이/총칼 든 험상궂은 군사들에 끌려서 배를 타고 있었다./그 얼굴들이 죄다 돌처럼 굳어 있었다."라는 구절로 보아 그것은 분노의 정서를 한순간에 표출한 것으로 짐작할 수 있다. 돌 속에 갇혀있는 말이란 타오르는 분노가 응어리진 불의 언어다.

이 석화된 불은 돌 속에 갇혀 있을 때는 무게를 가지나, 빛으로 빠져나오면 그 무게에서 해방된다. 다음의 시는 돌의 침묵이 소리로 풀리는 과정을 불에서 빛으로 전환되는 이미지의 변용을 통해 보여준다.

> 달밤이면 달빛 같은 색깔의
> 고운 돌 하나가 서서
> 달빛 같은 소리로 운다는
> 소문이 돌았다.
>
> -「돌·2」 부분

인용시에서 침묵의 무거움을 깨고 우는 돌은 달빛 같은 색깔이다. 가벼움의 색인 달빛으로 변신한 돌은 울음소리 또한 달빛과 같은데, 이는 처연하고 한스러운 정서를 환기한다. 이 돌은 하늘을 향해 서서 울고 있다. 바슐라르는 대우주에 있어 직립하고 있는 것, 수직으로 서 있는 것은 모두 불꽃이라고 했다. 인용시의 돌은 침묵이 소리로 풀리면서 그 무게가 가벼워짐과 동시에, 돌 자체가 달빛이라는 차갑게 빛나는 불꽃이 되었다.

돌의 내부에서 타오르는 불의 힘으로 상승하고 확산되는 울음소리는 시 「돌·31」에서 피리소리로 변용된다. 전봉건의 시에서 돌은 내부에 무한한 소리를 지녔다는 점에서 피리와 동일시된다.

> 대나무로 만든
> 피리 구멍은 전부 아홉 개다

사람의 몸에도 아니 뼈에도

아홉 개의 구멍은 날 수가 있다

아홉 개의 구멍 난 돌도 있다

그제는 30년 전 한 이등병이 피 흘린

강원도 깊은 산골짜기 떠도는 피리소리를 들었고

어제는 충청북도 후미진 돌밭을 적시는

강물 속에 떠도는 피리소리를 들었다

오늘 내가 부는 대나무 피리소리는

그제의 피리소리와 어제의 피리소리가

하나로 섞인 소리로 떠돈다.

-「돌·31」전문

인용시에서 이등병이 아홉 개의 총알을 뼈에 맞고 피 흘린 땅에서 만들어
진 돌은 그 죽음의 상흔을 아홉 개의 구멍에 지니고 침묵한다. 그러나 그 돌
이 대나무 피리로 변용되자 30년 동안 유지하고 있었던 돌의 무거운 침묵은
가볍게 떠도는 피리소리로 변모한다. 돌은 피리가 되어 아무에게도 말하지
못했던 이등병의 한 맺힌 죽음을 이 땅의 곳곳에 울려 퍼뜨림으로써 침묵의
무게에서 해방된다.

뼈→돌→대나무라는 상상력의 변용을 통해 만들어진 이 피리는 돌이 지
닌 한을 소리로 풀어주면서, 과거의 시간을 오늘 이 시의 화자가 부는 피리
소리에 연결시켜 준다. 오늘의 피리소리는 한 맺힌 역사의 피울음 소리임과
동시에, 그 상처를 극복하고 새로운 삶의 지평을 열어주는 생명의 소리다.

전봉건은 연작시 「돌」이후 또 다른 연작시 「6·25」를 집필하는 한편, 타계
하기 직전 해인 1987년 『문학사상』 10월호에 시 「눈물 빛 별」을 발표한다.
이 시 역시 전쟁을 소재로 하고 있으며, 연작시 「돌」에서 노래했던 한 맺힌
피울음 소리가 궁극적으로 지향하는 바를 구체적으로 제시한다.

해는 기우는데
굶주리고 눈물조차 마른
어린아이 보듬고
하늘 쳐다보는
이

눈뜬 채
죽은 사람 껴안고
땅거미 지는 벌판에서
다시 하늘 쳐다보는
이

피터지고
뼈는 부러지는 밤 전장에서
작은 꽃송이 움켜잡고
또다시 하늘 쳐다보는
이

어둠에 눌린
이 세상 모든 나무들이
무릎 꺾어지고
등 무너질 때

오
머리 들고
눈을 밝혀

하늘 쳐다보는

이

천년을

하늘 쳐다보는

이

이천년을

하늘 쳐다보는

이

그이

눈엔 비치는

커다란 별 하나

눈물빛 별

하나

－「눈물빛 별」 전문, 『문학사상』, 1987.10.

　인용시 「눈물빛 별」에는 폐허 속에 한 사람이 등장한다. 그는 "십년 이십
년 백년을 칼질하다가 물빛보다 맑은 소리로 땅끝에 선 피리"(「피리」)처럼 폐
허가 된 이 땅 끝에서 천 년 이천 년 동안 하늘을 쳐다보고 있다. 뼈→돌→
대나무 피리로 발전했던 이미지가 다시 전쟁으로 상처받은 이 땅의 사람으
로 환원되고 있는 것이다. 전쟁의 굶주림과 어둠 속에서 모든 나무들이 무릎
꺾이고 무너질 때도 그는 하늘의 별을 바라본다. 그가 지향하는 것은 이 세
상 것 같지 않은 영롱한 별 하나, 바로 '눈물빛 별'이다.

　이 시의 제목이자 중심 이미지이기도 한 눈물빛 별은 전봉건이 40년의 시
작업을 통해 한결같이 추구해온 초월적 생명의식의 표상이다. 시인이 연작

시 「돌」에서 궁극적으로 추구하고자 했던 것이 이 눈물빛 별의 세계가 아니었을까.

"시가 사회라는 바다에 떨어지는 맑은 물방울 하나, 그런 것이 되었으면 하는"(「나의 문학 나의 시작법」) 스스로의 바람과 같이, 분단과 6·25의 상실의식을 시인은 물방울처럼 맑은 눈물빛 별의 세계로 극복하고자 했다. 전봉건의 돌 속에는 눈물빛 별이 깃들여 있다.

오래된 그릇 속의 시

– 이우걸과 문복희의 현대시조

1. 균열의 시학

이우걸의 『나를 운반해온 시간의
발자욱이여』(천년의 시작, 2000)

이우걸(1946-)의 시집 『나를 운반해온 시
간의 발자국이여』에 실린 작품들은 시조다.
그러나 시집을 읽으며 한 눈에 그것이 시조
임을 알아채기란 쉽지 않다. 그만큼 이우걸
의 시조는 내용은 물론 형식적인 면에서도
유연하고 자유로워 보인다. 자연스럽게 행
갈이를 하고 연을 구분하면서도 시조 고유의
정형률을 유지한다는 것, 그러니까 정형률을
효과적으로 운용하여 그 틀을 뛰어넘는 자유
로움을 확보했다는 것은 이우걸 시조의 가장
큰 성과다. 그의 작품은 시조라는 장르가 갖고 있는 최소한의 형식만 계승하
고 그 이외의 관습적인 면에서 벗어난, 그야말로 전통을 현대적으로 변용시
킨 결과다.

그러면 내용과 형식에 있어서 이미 현대시 못지않은 자유로움을 성취한

시인에게 시조의 형식은 어떤 의미가 있을까. 시인이 선택한 시조라는 장르가 그의 상상력의 세계와 어떠한 연관성을 갖는지 살펴보기로 하자.

시계가 눈을 비비며

열두 시를 친다

반쯤 남은 커피잔은 화분 곁에서 졸고 있고

과장은 혀를 차면서 서류를 읽다 만다.

문은 굳게 닫혀 있고

의자들은 말이 없다

창밖엔 클락션 소리 목 쉰 확성기 소리

자세히 들여다보니

벽에도 금이 가 있다.

　　　　　　　　　　　　　　　　　　　－「사무실」전문

　인용시 「사무실」은 시집의 첫머리에 실린 작품이다. 전통적인 시조가 자연을 배경으로 이른바 안빈낙도(安貧樂道)의 삶을 예찬하거나, 님을 향한 절절한 그리움 따위를 노래한 것에 비해 이우걸의 시조에는 이렇게 현대인의 일상적인 삶의 모습이 그냥 그대로 담겨 있다. 이 시에서와 같이 사무실이나, 카니발 뒷좌석·버스종점·건물이 철거된 공터 같은 곳이 작품의 배경이된다. 우리가 일상에서 쉽게 만나는 공간들이다.

드물기는 하지만 전원의 풍경도 나온다. 그러나 전원은 아름다움의 공간이 아닌, '더 이상 아름답지 않은 낯선 곳'으로 그려진다. 복사꽃 핀 마을을 노래한 시「촌락을 지나며」를 보면, 복사꽃 곁에 처녀애들이 보이지 않음을 낯설어 하는 시인의 시선을 느낄 수 있다. 복사꽃이 피고 그 꽃그늘에 처녀애들이 환하게 웃고 있는 세계가 전통시조의 공간이라면, 이우걸의 시조는 그러한 목가적인 공간이 더 이상 존재하지 않음을 역설한다.

시「사무실」은 도시의 한 구석에서 벌어지는 일상의 한 부분을 소재로 했다는 점에서 자연을 노래하고 찬미하는 전통시조와 차별화된다. 이 시의 화자는 사무실 안에 있고 시간은 정오다. 나른한 풍경 속에 과장은 혀를 차면서 서류를 읽다 만다. 사무실은 외부와는 철저하게 단절된 침묵의 공간으로 나온다. 이에 반해 외부공간은 더 빨리 가기 위해 클락션을 누르고, 더 많이 팔기 위해 확성기에 대고 소리치는 소란스러운 공간이다. 이렇게 번잡한 외부공간과 적막하고 안온한 내부공간은 벽으로 나뉘어져 있다. 그러나 벽이라는 질서에 의해 구획된 사무실은 안온하되 행복한 공간으로는 보이지 않는다. 권태로움과 불편함이 사무실 곳곳에 스며들어 있다. 이때 화자는 벽을 자세히 들여다보며, 벽에도 금이 가 있음을 발견한다.

벽에 금이 가 있다는 것은 벽이 낡았거나, 크고 작은 충격을 받았다거나, 아니면 벽 자체가 부실하기 때문이다. 무슨 이유에서건, 분명한 것은 금이란 단단하고 오래 된 것에 간다. 겉보기에 견고하고 매끈할수록 시간이 지나면 균열될 가능성이 크다.

그런데 문제는 금 간 것이 비단 벽뿐만이 아니라는 사실이다. 굳은 자세로 무겁게 침묵하는 사무실의 사물들도 어딘가 갈라져 있을 것이다. 짜증스럽게 혀를 차는 과장의 마음에도 틈새가 생겼을 것이며, 벽을 들여다보고 금이

가 있음을 새삼스럽게 발견하는 화자 자신의 마음에도 이미 균열이 진행되고 있었을 것이다.

군이 면벽참선(面壁參禪)을 거론하지 않더라도, 벽을 들여다보는 행위는 곧 마음을 성찰하는 행위와 맞물린다. 결국 이 작품은 성찰을 통해 자신을 둘러싼 견고한 질서에 금이 가 있음을 깨닫는 '불편한 순간'을 그렸다고 볼 수 있다. 금 간 벽의 틈새는 화자의, 나아가 시인의 마음속으로 향하는 또 다른 문이다.

현대시조는 시조라는 전통 시형식에 어떻게 현대적 상상력을 담아내는가, 즉 내용 면에서 관습적인 상상력에서 벗어나 어떠한 방식으로 현대성을 확보하느냐가 가장 큰 문제임을 고려하면, 일단 이 작품은 도시인의 일상과 자의식을 형상화했다는 점에서 긍정적으로 평가할 수 있다. 형식적인 면에서도 각 연의 초장을 2행으로 나누고 각 행을 한 줄씩 비워 행과 행 사이에 틈새를 만든 점, 2연의 종장을 1연과는 다르게 둘로 나눠 변화를 준 점 등으로 이 작품은 연시조라기보다는 여느 자유시처럼 보인다. 특히 이 작품이 시각적으로 자유시처럼 보이는 것은 비어있는 행간 때문이다.

필자는 이 작품을 되풀이해 읽다가, 문득 시의 행간을 비운 것이 시각적인 여유로움과 느린 호흡을 유도하기 위한 것 이외에 어떤 다른 의도를 숨기고 있을지 모른다는 생각을 했다. 그리고 또 하나. 두 연의 종장이 각각의 마침표(.)로 마무리되고 있다는 사실에 주목했다. 문장이 마침표로 마무리되는 것은 당연하다. 그러나 이 시집에 실린 시조들에서 마침표는 대부분 종장 끝에만 찍혀 있다. 초장이나 중장은 한 개의 문장으로 끝나도 마침표가 없다. 심지어 이 시집에 재수록된 시 「비」의 1연의 경우, 이전 시집 『그대 보내려고 강가에 나온 날은』(2000)에서는 각각 "…않는다."로 끝나는 초장과 중장 말미에 마침표가 찍혔으나, 이 시집에서는 초장과 중장 끝의 마침표는 사라지고 대신 종장 끝 "지워 버리며."에 없던 마침표가 찍혔다. 왜 시인은 이 시집에서 종장 끝에만 마침표를 고집스럽게 찍고 있는 것일까. 이 시집의 두드러진 성과인 형태의 유연함과 종장의 마침표는 무슨 연관이 있을까.

필자는 앞에서 시인이 선택한 시조라는 장르가 그의 상상력의 세계와 어떠한 연관성을 갖는지에 대해 살펴보겠다고 했다. 이제 와서 이우걸 시조의 현대성이라든가 미적인 완성도에 대해 논하는 것은 앞선 연구자들의 논의를 반복하는 것에 지나지 않는다. 시조로써 자유시 못지않은 형식의 유연성을 구현한 이우걸 작품에 대해 전통의 계승과 변용을 논하는 것 또한 마찬가지다. 필자는 시집의 첫머리에 실린 작품 「사무실」을 다시 한 번 더 살펴봄으로써 시조라는 형식과 시적 상상력과의 연관성을 알아보겠다.

시집의 첫머리에 실린 시는 시인이 의도했건, 하지 않았건 일정부분 프롤로그의 역할을 한다. 독자는 시집을 펼치면서 맨 처음 만난 작품을 서시(序詩)로 삼아 시인의 상상력의 세계를 가늠하곤 한다. 필자 역시 그랬으며, 그래서 시 「사무실」에서 발견한 것이 시인의 내면으로 통하는 또 하나의 문으로서 '금 간 벽의 틈새'였다.

융의 분석심리학에 따르면 성찰의 과정, 즉 마음 속 진정한 자기(Self)와 의식적으로 소통하는 일은 인격에 상처를 입히고, 그로 인한 고뇌를 겪음으로써 시작되는 것이라고 한다. 단단한 벽, 혹은 견고한 마음에 생긴 균열이야말로 진정한 자기 자신과 만나기 위한 출발점이 될 것이다. 시 「사무실」과 동일한 상상력의 패턴을 보이고 있는 작품 하나를 더 읽어 보기로 하자.

> 팽팽한 수면이 고요를 이루고 있다
> 받들면 받들수록 가볍지 않은 무게
> 호수는 수련잎처럼
> 따스한 녹색이다.
>
> 나는 창을 열고
> 그 표정을 들여다본다

잊고 있던 상처의 핏빛 울음 같은

내 안의 비밀까지도

거기 엉켜 있다.

-「호수」 전문

　인용시는 호수를 노래하는 것처럼 보이지만, 사실은 시「사무실」에서와 같이 금 간 마음의 틈새를 그리고 있다. 시「사무실」에서 나오는 벽에 간 금의 역할을 이 작품에서는 수련이 하고 있다. 견고한 벽처럼 팽팽한 호수의 수면은 수련 잎과 같은 따스한 녹색이다. 그러한 수면 위에 조화롭게 떠 있는 수련의 녹색 잎은, 그러나 호수의 입장에서는 균열이며 붉은 꽃은 금 간 틈새를 비집고 솟아 오른 이물질이다.

　수련은 상처의 핏빛 울음 같은 '내 안의 비밀'을 품고 있다. 게다가 그 비밀은 한동안 잊고 있었던, 혹은 잊으려 하던 것이다. 상처의 핏빛 울음에 비유되는 잊고 있던 비밀이라면 불편한 진실을 감추고 있기 마련이다. 내심 인정하고 싶지 않았던 마음의 어두운 그림자일 수도 있다.

　이우걸의 시작품에서 마음의 균열은 상처를 만들고, 그 상처는 시간 속에서 지워지지 않는 흉터가 된다. 흉터는 '상처만큼 더 깊숙이 문신을 새기는 꽃'(「꽃」)이나, '상처를 꿰매고 요오드를 바른 가파른 생의 기록'(「흉터」), 혹은 '지울 수 없는 바퀴자국'(「가족사진」)으로 변용되기도 한다.

　시인은 이 흉터로써 상처를 기억한다. 이우걸의 작품에서 벽이나 호수처럼 단단하고 팽팽한 긴장을 유지하는 시적 대상들은 곧 시인 자신을 상징한다. 견고함으로 인해 오히려 금이 간 마음은 시간이 지나도 사라지지 않는 흉터를 남긴다. 그는 흉터를 통해 '망각이 결코 미덕만이 아님'(「흉터」)을 인식하고 설혹 그것이 상처라 하더라도 기억해야만 한다고 역설한다. 이러한 시인의 상상력을 가장 효과적으로 표현할 수 있는 것이 정형화된 율격의 견고한 형식을 갖고 있는 시조다.

다시 인용시 「사무실」로 돌아가 보자. 사무실의 단단한 벽에서 균열을 발견하고 그것에 대해 쓴 이 작품을 읽으며, 독자는 시인이 벽에 간 금을 따라 '의도적으로 벌린' 행간의 틈새를 발견한다. 행과 행 사이의 공간은 금 간 벽의 틈새이자, 균열된 마음의 갈피에서 모습을 드러낸 자의식의 연한 속살이다. 그러나 시인은 정작 상처의 깊은 속내를 드러내지 않는다. 이 시집 어디에서도 "상처의 핏빛 울음 같은 비밀"의 실체를 찾을 수 없다. 독자는 다만 그가 아물린 흉터를 보고, 그가 지내온 "시간의 발자국"을 되짚으며 그 상처의 깊이를 짐작해야 한다.

나를 운반해온 시간의 발자국이여
상처를 꿰매고 요오드를 바르는
가파른 생의 기록을 너는 새겨놓았구나.

서투른 보행으로 걸려 넘어지고
스스로 힘겨워 무릎을 꿇기도 했던
지금은 추억으로만 다가오는 이름 이름들.

망각이 결코 미덕만은 아니다
칠흑이 비춰주는 별빛의 형형함으로
새로운 행로를 위해
나는 너를 읽고 있다.

-「흉터」전문

금 간 마음은 그 모습 그대로 흉터로 아문다. 그것은 인용시 「흉터」에서와 같이 '시간의 발자욱'이자, '가파른 생의 기록'에 비유된다. 그러니까 이우걸의 시조는 균열된 마음의 기록이자, 상처가 만든 흉터 그 자체다.

이 시 역시 각 연이 마침표로 마무리되고 있다. "…미덕만은 아니다"로 끝나는 3연의 초장에는 마침표가 없다. 앞에서 인용한 작품 「호수」에서도 "…이루고 있다" "…들여다본다"로 끝나는 1, 2연의 초장에는 마침표가 없으나, 각 연의 종장인 "…녹색이다." "…엉켜 있다."에는 마침표가 찍혀 있었다.

이우걸 시에서 마침표는 시조와 자유시를 경계 짓는 역할을 한다. 초장 중장 종장 3장 6구로 이루어진 견고한 형태가 아무리 파격적으로 뒤틀리고 벌어져도 종장 마지막에 '딱 여기까지'라고 단호하게 마침표가 찍힘으로써 균열은 정지된다. 바로 거기까지가 시인이 허용하는 파격의 한계다.

"칠흑이 비춰주는 별빛의 형형함", 그러니까 어둠이 없다면 별도 빛나지 않을 것이고, 단단하지 않았다면 균열도 생기지 않았을 것이다. 정해진 형식이 없으면 파격도 없다. 유연함과 자유로움은 역설적으로 견고한 형식에서 출발한다. 필자는 이우걸의 시집을 읽으며 시조에서 자유로움을 지향하지만, 정작 자유시로는 절대 넘어가지 않을 한 시조 시인의 상상력의 세계를 엿보았다.

2. 작고 단단한 그릇

문복희(1959 –)의 『별 이야기』는 『숲으로 가리』 『첫눈이 오면』 『숲속 이야기』 『페루의 숲』에 이은 다섯 번째 시집이다. 아니, 좀 더 정확히 말하면 다섯 번째 시조집이다. 문복희는 남달리 맑고 고운 감성을 전통적인 운율을 빌려 노래했는데, 시조의 형식이야말로 그의 시심을 담아내는 데 가장 적합한 그릇처럼 보인다.

시작품에서 그는 말을 아끼며, 대부분의 경우 속내를 드러내지 않는다. 그는 참 많이 눈물을 흘리고, 또 그리워하지만, 자신이 왜 울고 있는지, 그리워

문복희의 『별 이야기』(형설, 2010)

하는 것이 무엇인지는 알려주지 않는다. 그 래서 그의 시가 가진 단정함은 비밀스러움이 며, 바꾸어 말하면 거리감이다.

문복희는 독자와 일정한 거리를 두고 있을 뿐만 아니라, 그 자신도 시 안에서만큼은 복닥거리는 일상과 어느 정도 거리를 유지하려는 것처럼 보인다. 앞에서 살펴본 이우걸 시와는 다르게, 그의 시에는 사람이 거의 등장하지 않으며, 따라서 골치 아픈 세상살이의 사건 사고도 없다.

문복희 시가 신비로운 풍경화처럼 느껴지는 것은 그 때문이다. 문복희 시의 주인공들은 나무와 꽃, 그리고 별과 같은 자연이다. 그는 인간과 논쟁하는 대신 꽃들과 대화한다. 치자꽃·연꽃·안개꽃·은방울꽃·해바라기·백목련 등등, 시인이 수많은 꽃들에게 '그대'라고 부르며 말을 건네면, 꽃은 화답이라도 하듯이 시 안에서 아름답게 피어난다. 그는 도시의 거리가 아닌 한적한 숲을 거닌다. 비밀의 숲·사랑의 숲·잠자는 숲·은행나무 숲·갈대 숲 등과 같이 제각기 다른 사연을 지닌 수많은 숲들 역시 그만이 알고 있는 내밀한 공간이다.

이렇게 문복희 시인에게 상상력의 원천이 되는 자연은 일상의 맞은편에 존재한다. 우리가 아무 생각 없이 누리는 물질문명과 그 안에서 꼬이고 엮인 인간관계는 문복희에게 시적인 영감을 가져다 줄 수 없다. 그는 인간 세상과 외떨어져 꽃과 대화하고 나무 사이를 홀로 거니는 것을 즐기며, 이러한 자연 친화적인 삶의 태도는 시쓰기와 직접적으로 연결된다. 즉, 자연이란 문복희가 선택한 시적인 것, 그 자체이며 시인은 바로 그 시적인 것을 찾아 일상으로부터의 고립을 감수하고 자연 안에 머물고자 한다.

복닥거리는 일상과 멀찌감치 떨어져, 다만 시를 쓰기 위해 자연 속에 몰입한다는 것이 어디 말처럼 쉬운 일인가. 그래서 그가 차선으로 선택한 것이 여행이다. 문복희 시에서 일상과의 거리두기는 낯선 곳에 자신을 고립시키는 여행의 형태로 나타나기도 한다.

시집 『첫눈이 오면』(2006)에는 몽골에 대한 시편이 있다. "발 닿는 곳마다 천혜의 풍광"(「몽골에서 3」)인 몽골의 초원은 그야말로 순수한 자연이 살아 숨 쉬는 반문명적인 공간을 대표한다. 시집 『숲속 이야기』(2007)에는 순천만·선유도·무창포, 그리고 브라질의 리우에 대한 시들이 나온다. 이 역시 자연과 하나가 된 공간들이다. 그 다음 시집 『페루의 숲』(2008)은 시집 전체가 지구 반대편 나라 페루에서 잉카제국의 흔적을 찾아 여행한 기록들로 채워져 있다. 연작시 「마추픽추」 「나스카 라인」 「쿠스코」가 그러한데, 아마도 시인에게 페루는 시간적으로나 공간적으로 일상에서 가장 멀리 떨어진 곳으로 여겨진 것 같다. 이미 사라진 문명의 흔적은 또 하나의 거대한 자연의 모습으로 시인의 상상력을 자극한다.

> 그림처럼 서 있는
> 페루의 성 지붕 위에
> 하늘로 날지 못한
> 새 한 마리 시인 같다
> 잉카의
> 처음과 끝을
> 찾으려고 남았는가
>
>   -「쿠스코 1」 전문

인용시는 시인이 잉카제국의 수도였던 쿠스코(Cuzco)를 돌아보고 쓴 시다. 쿠스코는 케추아어로 세계의 배꼽이라는 뜻으로, 안데스 산맥 해발 3,399m 지점의 분지에 위치하고 있다. 한때 쿠스코는 1백만 명이 거주했

을 정도로 화려한 잉카문명의 상징이었으나, 지금은 퇴락한 채 성터만 남아있다.

잉카 문명은 어디로 사라졌을까. 문복희 시인은 이 풍경을 성 지붕 위에 앉아있는 한 마리 새의 눈을 통해 바라보고 있다. 잉카의 처음과 끝을 찾으려고 날지도 못하고 성 지붕 위에 앉아있는 '시인' 같은 새의 모습은 문복희 자신의 모습이기도 하다.

옛 영화의 덧없음, 세월의 무상함을 시조의 형식으로 노래한 것은 낯설지 않다. 이미 육백여 년 전에 고려 말 충신 길재(吉再)는 오백 년 도읍지 개성을 돌아보며 인생무상을 노래했었다. 일상을 탈출해서 찾아간 지구 반대편 나라에서 시인이 만난 것은 뜻밖에도 전통적인 정서였다.

필자는 앞에서 시조의 형식이야말로 문복희 시인의 시심을 담아내는 데 가장 적합한 그릇처럼 보인다고 말했다. 시조가 가지고 있는 전통적인 운율은 전통적인 정서와 만날 때 가장 빛이 난다. 전통이란 사라지는 것의 다른 말이다. 사라지는 것에 대한 안타까움의 정서는 문복희 시에서 자연과 반문명적인 것에 대한 각별한 애정으로 나타나며, 그것은 일상으로부터의 거리두기로 실천됐다. 여기가 아닌 저기, 지금이 아닌 과거의 어느 시간을 그리워하는 시인에게 시조의 전통적인 시 형식은 재단이 잘된 맞춤옷과 같다.

시집 『페루의 숲』 이후부터 시인의 시작품은 한층 절제된 모습을 갖는다. 그 이전 시집에서 많은 작품들이 연시조의 형식을 취한 것과는 다르게, 이 시집에서는 맨 앞의 시 「잉카제국의 꿈」을 제외하고는 모두 단시조다. 시집 『별 이야기』에 실린 시 또한 모두 단시조다. 행의 배열은 초장 2행, 중장 2행, 종장은 첫 구를 한 행으로 독립시켜 3행, 앞에서 인용한 시 「쿠스코 1」과 같은 형태들이다. 하나도 예외가 없으니, 이미 정해 놓은 단단한 틀에 맞춰 문장을 줄이거나 늘리고, 시어를 쳐내거나 보태 한 수 한 수 완성시키지 않았나 하는 의심이 들 정도다. 그러나 시집 『별 이야기』를 읽어보면 이 우려가 기우였음을 곧 알게 된다. 『별 이야기』는 그동안 시인이 천착했던 시조에 대한 사랑이 결실을 이룬, 완성도 높은 시집이다.

시집 『별 이야기』에는 50편의 연작시 「별 이야기」와 20편의 연작시 「몽골의 별」, 그리고 20편의 동시 「별을 보면」이 실려 있어, 총 90편의 별에 대한 시가 은하수처럼 빛나고 있다.

필자는 이 시집을 읽기 전, 페루의 쿠스코 마추픽추까지 여행한 시인이 과연 그 다음에는 어디로 갈 것인가 궁금했었다. 지구상에서 더 이상 먼 곳은 없으니, 어쩌면 그는 제자리로 돌아와 그토록 거리를 두고자 했던 일상을 덤덤하게 노래할지도 모른다는 생각을 했다. 중년 여성의 수다까지는 아니더라도, 문복희 시에도 사무실이 나오고 정육점이 등장하고 복정 전철역과 휴·보강 같은 일상적인 시어들을 만날 수 있을지도 모른다고 내심 기대를 했었다. 그러나 틀렸다. 시인은 마추픽추보다 더 먼 곳에 있는 별을 노래하고 있었다.

누가 보더라도 일상과는 확실하게 떨어진 곳에서 맑음의 정수로 타오르는 별. 그러나 특이하게도 문복희의 그 별은 천상과 지상을 연결한다. 수척해진 새벽별은 깊은 산만 바라보다가(「별 이야기3」), 눈이나 꽃잎, 낙엽이나 이슬이 되어 지상으로 내려온다(「별 이야기11·14·28·30·31·34」). 그런가 하면 이별의 눈물이나 잃어버린 고독, 혹은 땀방울이 천상으로 올라가 별이 되기도 하고(「별 이야기17·32·37·46·50」), 그곳에서 새싹이나 하얀 꽃처럼 마치 지상의 식물 같은 모습으로 피어나기도 한다(「별 이야기1·44」). 문복희의 별은 천상과 지상의, 그리고 생물과 무생물의 경계를 거칠 것 없이 넘나드는 존재다.

더 이상 갈 곳 없는
노오란 은행잎이
올라가면 별이 되고
떨어지면 눈(雪)이 된다

바람도

이걸 다 알고

나뭇가지 흔든다

-「별 이야기 31」 전문

    인용시의 대상은 별이 아니라 은행잎이다. 별은 은행잎의 후신(後身)일 따름이다. 여기서 은행잎은 "더 이상 갈 곳 없는", 그러니까 나뭇가지에서 떨어져 바람에 쓸려다닐 만큼 쓸려다닌 이름 그대로 낙엽이다. 그런데 그 은행잎은 갈 데까지 다 갔음에도 불구하고 노란 빛을 잃지 않고 있다. 시인이 '노오란' 은행잎이라고 느낄 정도로 그 빛은 오히려 선명해져 있다. 수평적으로, 이 세상에서 더 이상 갈 곳 없는 은행잎은 지구 반대편 나라 페루까지 다녀온 시인의 모습과도 같다.

    이 시에서 은행잎은 마침내 수직적으로 올라가 별이 되거나, 떨어져서 눈이 된다. 별도 눈도 그 전신은 노오란 은행잎이거니와, 은행잎을 별로도 눈으로도 만든 것은 바로 나뭇가지를 흔드는 바람이다.

    '바람'이라는 시어가 직접적으로 드러나 있지는 않지만, 낙엽이 별이 되는 또 한 편의 시가 있다. 「별 이야기 30」에서는 "떨어지지 않는 것은/별이 될 수 없다"면서, 서리 맞은 이파리가 나무에서 떨어져 별이 된 사연이 소개된다.

    필자는 이 짧은 시들을 읽으며, 어떠한 선입관 없이도 별의 시인 윤동주에 대한 문복희의 남다른 애정을 느낄 수 있었다. 윤동주가 별 하나 하나에 그리움과 사랑을 담아냈듯이, 문복희도 하늘의 별을 마음속의 별로 절절하게 그려냈으며, 여기서 한 걸음 더 나아가 바람의 역할까지 새롭게 해석했다.

    윤동주가 「서시」에서 노래한 '별을 스치는 바람'은 문복희에게 이르러 은행잎을 별로 만드는 바람이 됐다. 더 이상 갈 곳 없는 은행잎을 별로도 만들고, 눈으로도 만드는 바람의 힘. 그것이 존재를 흔드는 부정적인 힘임에는 윤동주의 시에서와 다를 것이 없으나, 그 부정적인 힘은 존재를 전환시키는 더 큰 긍정의 힘을 내포한다. 이런 의미에서 문복희의 별과 바람의 이미지는 윤동주 시의 계승이자 발전이다.

필자는 문복희의 쿠스코에 대한 시를 읽으며 고려 말 충신 길재의 회한이 서린 고시조를 기억했고, 별에 대한 시에서 윤동주를 떠올렸다. 즉, 시인이 페루까지 찾아가 느낀 것은 익숙한 전통의 정서였으며, 그가 다양하게 변주한 별의 이미지 역시 정리해보면 순수와 맑음이라는 전통적인 상징에 바탕을 둔다. 이러한 문복희 시의 정서와 상징은 시조라는 전통적인 형식과 잘 어울리는 내용이 된다.

그가 시작품에서 말을 아끼며, 대부분의 경우 속내를 드러내지 않았던 것은 할 말이 없거나 드러낼 속내가 없어서가 아니었다. 문복희 시인이 극도로 말을 아낄 수밖에 없었던 것은 시조라는 시 형식의 36자로 제한된 글자 수 때문이며, 그가 흘린 눈물과 그리움에 대해 설명을 덧달지 않았던 것은 그것이 우리에게 익숙한 정서와 상징에 잇닿아 있어 따로 설명하지 않아도 충분히 알릴 수 있기 때문이었다. 이런 의미에서 시조는 문복희 시인의 개성을 효과적으로 담아내는 데 가장 적절한 시 형식임을 다시 한 번 확인할 수 있다. 시집 『별 이야기』는 시조의 형식과 문복희 시인의 개성이 행복하게 만난 작고도 아름다운 세상이다.

참고문헌

뱀과 달의 상상력 – 서정주 대표시 「화사」와 「동천」

1. 기본 자료

서정주, 「동천」, 『예술원보』 10호, 예술원, 1966.12.
서정주, 「속 천지유정 2」, 『월간문학』, 1974.3.
서정주, 「속 천지유정 4」, 『월간문학』, 1974.5.
서정주, 『화사집』, 전원출판사, 1991.
서정주, 『미당 자서전 1』, 민음사, 1994.
서정주, 『미당 자서전 2』, 민음사, 1994.
서정주, 『미당 시전집 2』, 민음사, 1995.

2. 논문 및 단행본

김수일 외, 『한국조류생태도감 2』, 한국교원대학교출판부, 2005.
김승종, 「사향의 질곡과 박하의 윤리」, 『서정주』, 글누림, 2011.
김우창, 「한국시와 형이상」, 『미당 연구』, 민음사, 1994.
김윤식, 『미당의 어법과 김동리의 문법』, 서울대학교출판부, 2002.
김재홍, 「미당 서정주-대지적 삶과 생명에의 비상」, 『미당 연구』, 민음사, 1994.
김재홍, 「하늘과 땅의 변증법」, 『월간문학』, 1971.5.
김주연, 「신비주의 속의 여인들…시? 시-서정주 후기시의 세계」, 『작가세계』, 1994. 봄.
김태정, 『한국의 야생화와 자원식물 4』, 서울대학교출판부, 2008.
김학동, 「서정주의 시에 미친 보들레르의 영향」, 박철희 편, 『서정주』, 서강대학교출판부, 1995.
김화영, 『미당 서정주 시에 대하여』, 민음사, 1984.
나도향, 『나도향전집 1』, 집문당, 1988.
뉴턴프레스 편, 『달세계 여행』, 뉴턴코리아, 2010.
박민영, 「사향은 방초다」, 『시안』, 2010. 봄.
박민영, 「겨울 하늘에 뜬 아침 달」, 『초우문학』 제6호, 2015.
박순희, 「미당 서정주 시 연구」, 성신여자대학교 박사논문, 2005.
박호영, 『서정주』, 건국대학교출판부, 2003.
송욱, 「서정주론」, 『미당 연구』, 민음사, 1994.
송하선, 『미당평전-연꽃 만나고 가는 바람같이』, 푸른사상사, 2008.
오탁번, 『현대시의 이해』, 나남출판사, 1998.
육근웅, 『서정주 시 연구』, 국학자료원, 1997.
이광호, 「영원의 시간, 봉인된 시간-서정주 중기시의 '영원성' 문제」, 『작가세계』, 1994. 봄.

이남호, 『서정주의 『화사집』을 읽는다』, 열림원, 2003.

이승수 편역, 『옥같은 너를 어이 묻으랴』, 태학사, 2001.

이승훈, 「서정주의 초기시에 나타난 미적 특성」, 『미당연구』, 민음사, 1994.

이어령, 「피의 해체와 변형 과정」, 『시 다시 읽기』, 문학사상사, 1995.

이은성, 『소설 동의보감 중』, 창작과 비평사, 1990.

이익섭, 『우리말 산책』, 신구문화사, 2010.

이희승 편저, 『국어대사전』, 민중서림, 2010.

장석주, 「뱀의 시학」, 『풍경의 탄생』, 인디북, 2005.

정현종, 「식민지 시대 젊음의 초상-서정주의 초기시 또는 여신으로서의 여자들」, 『작가세계』,
　　　1994. 봄.

채희영 외, 『한국의 맹금류』, 드림미디어, 2009.

천이두, 「지옥과 열반」, 『미당 연구』, 민음사, 1994.

최영전, 『허브 대사전』, 예가, 2008.

최현식, 『서정주 시의 근대와 반근대』, 소명출판사, 2003.

허윤회, 「서정주 시 연구」, 성균관대학교 박사논문, 2001.

허준, 『신대역 동의보감』, 동의문헌연구실 역, 법인문화사, 2009.

황현산, 「서정주, 농경 사회의 모더니즘」, 『미당 연구』, 민음사, 1994.

한국 근대시에 나타난 일본 체험 양상

1. 기본 자료

김재용 편, 『임화 문학예술전집 1. 시』, 소명출판사, 2009.

윤동주, 『하늘과 바람과 별과 시』, 정음사, 1994.

이숭원 편, 『원본 정지용 시집』, 깊은샘, 2003.

2. 논문 및 단행본

권영민, 『정지용 시 126편 다시 읽기』, 민음사, 2004.

권오만, 『윤동주 시 깊이 읽기』, 소명출판사, 2009.

김용직, 『임화 문학연구』, 새미, 1999.

김윤식, 『임화연구』, 문학사상사, 1989.

김윤식, 『청춘의 감각, 조국의 사상-교토(京都) 문학 기행』, 솔, 1999.

김윤식, 『한국근대문학사상사』, 한길사, 1984.

김은자, 『일포스티노와 빈대떡』, 고려대학교출판부, 2009.

김은자, 『현대시의 공간과 구조』, 문학과비평사, 1988.

김학동, 『정지용 연구』, 민음사, 1987.

김현자, 『시와 상상력의 구조』, 문학과 지성사, 1982.

남송우, 「윤동주 시에 나타난 공간 인식의 한 양상-일본 유학 시절의 시를 중심으로」, 『한국문학
논총』 40집, 2008.8.

박호영, 『몽상 속의 산책을 위한 시학』, 푸른사상사, 2002.

박호영, 『무명화를 위한 변명』, 국학자료원, 2008.

사나다 히로꼬(眞田博子), 『최초의 모더니스트 정지용』, 역락, 2002.

심경호, 「정지용과 교토」, 『동서문학』, 2002. 겨울.

심경호, 『자기 책 몰래 고치는 사람』, 문학동네, 2008.

오오무라 마스오(大村益夫), 『윤동주와 한국문학』, 소명출판, 2001.

오탁번, 『한국 현대시사의 대위적 구조』, 민족문화연구소, 1998.

이남호, 「윤동주 시의 의도연구」, 고려대학교 박사논문, 1987.

이명찬, 「윤동주 시에 나타난 '방'의 상징성」, 『국어국문학』 137권, 2004.9.

이부영, 『그림자』, 한길사, 1999.

이사라, 「윤동주 시의 기호론적 연구」, 이화여자대학교 박사논문, 1987.

이숭원, 「윤동주 시에 나타난 자아의 변화양상」, 『국어국문학』 107권, 1992.5.

이숭원, 『정지용 시의 심층적 탐구』, 태학사, 1999.

이숭원, 『한국 현대시 감상론』, 집문당, 1996.

이승훈, 『한국 현대시의 이해』, 집문당, 1999.

이어령, 『시 다시 읽기』, 문학사상사, 1995.

정효구, 『20세기 한국시의 정신과 방법』, 시와 시학사, 1995.

최동호 외, 『다시 읽는 정지용 시』, 월인, 2003.

최미숙, 『한국 모더니즘 시의 글쓰기 방식과 시 해석』, 소명출판사, 2000.

최원식, 「서울 동경 뉴욕」, 『문학동네』, 1998. 겨울.

근대시와 바다의 이미지

1. 기본 자료

김기림, 『김기림 전집 1. 시』, 심설당, 1988.

김재용 편, 『임화 문학예술전집 1. 시』, 소명출판사, 2009.

서정주, 『미당 서정주 전집 1』, 민음사, 1994.

윤동주, 『하늘과 바람과 별과 시』, 정음사, 1994.

이숭원 편, 『원본 정지용 시집』, 깊은샘, 2003.

최남선, 『육당 최남선 전집 1. 문학』, 역락, 2003.

2. 논문 및 단행본

강현국, 「한국 근대시의 '바다' 이미지 연구」, 경북대학교 박사논문, 1988.

김용직, 『김기림: 모더니즘과 시의 길』, 건국대학교출판부, 1997.

김윤식, 『근대한국문학연구』, 일지사, 1973.

김윤식, 『이상연구』, 문학사상사, 1987.

김은자, 『현대시의 공간과 구조』, 문학과 비평사, 1988.

박민영, 「근대시와 바다」, 『시안』, 2011. 여름.

박호영, 「현대시에 나타난 '바다'의 양상」, 『한국시문학의 비평적 탐구』, 삼지원, 1985.

오세영, 「한국 문학에 나타난 '바다'」, 『현대문학』, 1977.7.

오탁번, 『한국현대시사의 대위적 구조』, 고려대학교 민족문화연구소, 1988.

이숭원, 『그들의 문학과 생애: 김기림』, 한길사, 2008.

이어령, 『디지로그』, 생각의 나무, 2006.

이재호, 「육당의 시 '해에게서 소년에게'와 바이런의 시 '대양'의 비교 연구」, 『이대학보』, 1968.3.18.

이창배, 「현대영미시가 한국의 현대시에 미친 영향」, 동국대학교 박사논문, 1974.

천이두, 「지옥과 열반」, 『미당연구』, 민음사, 1994.

김광균 시와 이미지의 조형 양식

1. 기본 자료

김광균, 「작가의 고향-꿈속에 가보는 선죽교」, 『월간조선』, 1988.3.

김학동·이민호 편, 『김광균 전집』, 국학자료원, 2002.

듀비비에르, 〈望鄕(Pépé le Moko)〉, 1937.

2. 논문 및 단행본

구상·정한모 편, 『30년대의 모더니즘』, 범양출판부, 1987.

김기림, 『김기림 전집 2』, 심설당, 1988.

김유중, 『김광균』, 건국대학교출판부, 2000.

김준오, 『시론』, 삼지원, 1997.

김학동 외, 『김광균 연구』, 국학자료원, 2002.

김현자, 『한국시의 감각과 미적 거리』, 문학과 지성사, 1995.

랭보, 『지옥에서 보낸 한 철』, 김현 역, 민음사, 2000.

박현수, 『한국 모더니즘 시학』, 신구문화사, 2007.

서준섭, 『한국 모더니즘 문학연구』, 일지사, 1999.

양왕용, 「30년대의 한국시의 연구」, 『어문학』 제26호, 1972.

최관, 『우리가 모르는 일본인』, 고려대학교출판부, 2007.

칸딘스키, 『예술에 있어서 정신적인 것에 대하여』, 권영필 역, 열화당, 1979.

한영옥, 『한국 현대 이미지스트 시인 연구』, 푸른사상, 2010.

절망에 저항하는 이육사의 시

1. 기본 자료

박현수, 『원전주해 이육사 시전집』, 예옥, 2008.

2. 논문 및 단행본

강창민, 『이육사 시의 연구』, 국학자료원, 2002.
권영민, 「이육사의 「절정」과 〈강철로 된 무지개〉의 의미」, 『새국어생활』 제9권 1호, 1999.
김영무, 「이육사론」, 『창작과 비평』, 1975. 여름.
김옥숙, 「이육사·시연구 여기까지 왔다」, 『문학사상』, 1986.2.
김용직 편, 『이육사』, 서강대학교출판부, 2000.
김용직·박철희 편, 『한국현대시 작품론』, 문장, 1982.
김유중, 「선비 정신과 역사의식의 교차 지점-이육사의 시」, 『한국의 고전을 읽는다 6 현대시』, 휴
　　　머니스트, 2006.
김재홍, 『한국현대시인 연구 1』, 일지사, 2007.
김종길, 「이상화된 시간과 공간」, 『문학사상』, 1986.2.
김준오, 「이육사의 〈절정〉 〈광야〉 〈청포도〉와 알레고리」, 『현대시사상』, 1995. 봄.
김학동, 『이육사 평전』, 새문사, 2012.
김현자, 「'황혼' 속에 자신도 우주화」, 『문학사상』, 1986.2.
김현자, 『한국 현대시 작품연구』, 민음사, 1988.
김현자, 「이육사의 시간·공간 구조」, 『한국시의 감각과 미적 거리』, 문학과지성사, 1997.
김희곤, 『이육사 평전』, 푸른역사, 2013.
동아대학교 석광학술원, 「권경중(權敬中)」, 『국역 고려사: 열전3』, 민족문화출판사, 2006.
박민영, 「고원에 뜬 흰 무지개」, 『시안』, 2009. 겨울.
박호영, 「이육사의 「광야」에 대한 실증적 접근」, 『몽상 속의 산책을 위한 시학』, 푸른사상, 2002.
박훈산, 「항쟁의 시인-이육사 시와 생애」, 『조선일보』, 1926.5.25.
송희복, 「육사시의 환각과 위의」, 『한국문화연구』 제11집, 1988.
신동욱, 「한국 서정시에 있어서 현실의 이해」, 『우리시의 역사적 연구』, 새문사, 1981.
오탁번, 『현대시의 이해』, 나남, 1998.
이남호, 「비극적 황홀의 순간적 묘파」, 『문학사상』, 1986.2.
이숭원, 「이육사 시와 극기의 정신」, 『한국 현대시 감상론』, 집문당, 1996.
이숭원, 「이육사 시의 깊이와 높이」, 『20세기 한국시인론』, 국학자료원, 1997.
이숭원 외, 『시의 아포리아를 넘어서』, 이룸, 2001.
이숭훈, 「'육사 대표시 20편' 이 시를 나는 이렇게 읽는다」, 『문학사상』, 1986.2.
이숭훈, 『한국 현대시 새롭게 읽기』, 세계사, 1996.
이어령, 「광야-이육사: 천지의 여백으로 남아 있는 '비결정적' 공간」, 『언어로 세운 집』, 아르테,
　　　2015.

이원조, 「발(跋)」, 『육사시집』, 서울출판사, 1946.

조창환, 『이육사-투사의 길과 초극의 인간상-』, 건국대학교출판부, 1998.

한국문화상징사전편찬위원회 편, 『한국문화상징사전』, 동아출판사, 1992.

한국지구과학회, 『지구과학사전』, 북스힐, 2009.

이용악 시에 나타난 상호텍스트성의 의미

1. 기본 자료

윤영천 편, 『이용악시전집(증보판)』, 창작과 비평사, 1995.

이용악, 『리용악 시선집』, 조선작가동맹출판사, 1957.

2. 논문 및 단행본

감태준, 『이용악 시연구』, 문학세계사, 1991.

감태준, 「암울한 시대의 방랑자」, 『한국의 고전을 읽는다』, 휴머니스트, 2006.

고형진, 「1920~30년대 시의 서사 지향성과 시적 구조」, 『현대시의 서사 지향성과 미적 구조』, 시
　　　와 시학사, 2003.

곽충구, 「이용악의 시어에 나타난 방언과 시문법의식」, 『문학과 방언』, 역락, 2001.

곽효환, 『한국 근대시의 북방의식』, 서정시학, 2008.

곽효환, 「해방기 이용악 시 연구」, 『한국시학연구』 제41호, 2014.

김광현, 「내가 본 시인-정지용·이용악 편」, 『민성』, 1948.10.

김경숙, 『북한현대시사』, 태학사, 2004.

김도남, 『상호텍스트성과 텍스트 이해 교육』, 박이정, 2003.

김인섭, 「월북 후 이용악의 시세계-『리용악 시선집』을 중심으로-」, 『우리문학연구』 제15집,
　　　2002.

김재홍, 「이용악, 불연속 삶과 비극적 세계관」, 『한국현대시인 연구 2』, 일지사, 2007.

김재홍, 『이용악』, 한길사, 2008.

김종회 편, 『겨울밤의 평양: 북한의 시』, 국한자료원, 2012.

대한성서공회, 『관주·해설 성경전서』, 보진재, 2005.

박호영, 「이용악 연구」, 『한국현대시인논고』, 민지사, 1995.

박호영, 「김동환과 이용악의 비교 연구」, 『국어교육』 제104호, 2001.

안광복, 『소크라테스의 변명, 진리를 위해 죽다』, 사계절, 2004.

유정, 「암울한 시대를 비춘 외로운 시혼」, 『이용악시전집(증보판)』, 창작과비평사, 1995.

유종호, 「식민지 현실의 서정적 재현」, 『다시 읽는 한국 시인』, 문학동네, 2002.

유종호, 「체제 밖에서 체제 안으로」, 『다시 읽는 한국 시인』, 문학동네, 2002.

윤영천, 「민족시의 전진과 좌절」, 『이용악시전집(증보판)』, 창작과비평사, 1995.

이경수, 「월북 이후 이용악 시에 나타난 청년의 표상과 그 의미」, 『한국시학연구』 제35호, 2012.

이경수, 「『이용악 시선집』 재수록 작품의 개작과 그 의미」, 『북한시학의 형성과 사회주의 문학』, 소명출판사, 2013.

이상숙 외 편, 「조선문학통사 하」, 『북한의 시학 연구 5. 시문학사』, 소명출판사, 2013.

이숭원, 「이용악 시의 현실성과 민중성」, 『20세기 한국시인론』, 국학자료원, 1997.

이정애, 「이용악 시 연구」, 서울대학교 석사논문, 1990.

임종국, 『친일문학론』, 평화출판사, 1966.

장덕순, 『한국문학사』, 동화문화사, 1975.

제해만, 「한국 현대시의 고향의식 연구」, 시세계, 1994.

최두석, 「민족현실의 시적 탐구-이용악론」, 『리얼리즘의 시정신(개정판)』, 실천문학, 2010.

최두석, 「이야기시론」, 『리얼리즘의 시정신(개정판)』, 실천문학, 2010.

최원식, 「이용악연보」, 『한국근대문학을 찾아서』, 인하대학교출판부, 1999.

퀼마이어, 『그리스 로마 신화』, 김시형 역, 베텔스만, 2002.

플라톤, 『소크라테스의 변명』, 최현 역, 집문당, 2008.

현대시학회 편, 『한국 서술시의 시학』, 태학사, 1998.

황인교, 「이용악 시의 언술 분석」, 이화여자대학교 박사논문, 1991.

김현승 시와 '요나(Jonah) 원형'

1. 기본 자료

김인섭 편, 『김현승 시전집』, 민음사, 2005.

김현승기념사업회 편, 『다형김현승전집』, 한림, 2012.

2. 논문 및 단행본

곽광수, 「바슐라르와 상징론사」, 『공간의 시학』, 민음사, 1990.

곽광수, 「사라짐의 영원성」, 『김현승 시 논평집』, 숭실대학교출판부, 2007.

김경복, 「김현승 시의 바람과 돌의 상상력 연구」, 부산대학교 석사논문, 1990.

김경복, 「석화중의 꿈과 우주적 자아-김현승 시의 현상학」, 『김현승』, 새미, 2006.

김성민, 『융의 심리학과 종교』, 동명사, 1998.

김영미, 「절정의 수직과 고체성」, 『비평문학』 제23호, 2006.

김인섭, 「김현승 시의 상징체계 연구: '밝음'과 '어둠'의 원형상징을 중심으로」, 숭실대학교 박사논문, 1995.

김인섭, 『김현승 시 논평집』, 숭실대학교출판부, 2007.

김재홍, 「다형 김현승」, 『한국현대시인연구』, 일지사, 1986.

김현, 「바슐라르적 콤플렉스 개념」, 『바슐라르 연구』, 민음사, 1976.

김현자, 『한국현대시 작품 연구』, 민음사, 1989.

김현승, 『한국현대시해설』, 관동출판사, 1975.

김희보,「김현승의 시와 기독교적인 실존」,『한국문학과 기독교』, 현대사상사, 1979.

김희보,『구약 요나·나훔·오바댜 주해』, 총신대학교출판부, 1988.

바슐라르,『공간의 시학』, 곽광수 역, 민음사, 1990.

바슐라르,『대지 그리고 의지의 몽상』, 정영란 역, 문학동네, 2002.

박몽구,「김현승 시 연구–시어를 중심으로」, 한양대학교 박사논문, 2004,『다형 김현승 연구 박 사논문선집』, 한림, 2011.

박민영,「신앙과 고독의 시」,『시와 시학』, 2013. 봄.

박윤기,「김현승 말기 시의 기독교적 상상력 연구」, 부산외국어대학교 석사논문, 1992.

숭실어문학회 편,『다형 김현승 연구』, 보고사, 1996.

손종호,「김현승시에 나타난 구원의 의미」,『어문연구』제25집, 1994.

오세언,「요나서에 대한 문학비평적 연구」, 목원대학교 박사논문, 2003.

유성호,「김현승 시의 분석적 연구」, 연세대학교 박사논문, 1997,『다형 김현승 연구 박사논문선 집』, 한림, 2011.

유성호,「한국현대시에 나타난 종교적 상상력의 의미」,『근대시의 모더니티와 종교적 상상력』, 소명, 2008.

이부영,『분석심리학』, 일조각, 1978.

이부영,『그림자』, 한길사, 1999.

이부영,『자기와 자기실현』, 한길사, 2002.

이승하 편저,『김현승』, 새미, 2006.

이어령,「다시 읽는 한국시–김현승 '가을의 기도'」,『조선일보』, 1996.9.17.

이운용 편저,『지상에서의 마지막 고독』, 문학세계사, 1984.

임동원,『문학비평적 구약성서 연구』, 목원대학교출판부, 1998.

임현순,「김현승 시에 나타난 '고독'의 역설성 연구」,『한국시학연구』제6집, 2002.

정인아,「김현승시의 시간과 공간에 관한 연구」, 이화여자대학교 석사논문, 1987.

조태일,「김현승 시정신 연구–시의 변모과정을 중심으로」, 경희대학교 박사논문, 1991,『다형 김 현승 연구 박사논문선집』, 한림, 2011.

최문자,「김현승 시에 나타난 원형 이미지와 비극성」,『현대시에 나타난 기독교사상의 상징적 해 석』, 태학사, 1999.

클리프트,「융의 심리학과 기독교」, 김기춘·김성민 역, 대한기독교출판사, 1984.

프란츠,「개성화의 과정」,『인간과 상징』, 이윤기 역, 열린책들, 1996.

홍문표,「기독교적 구원의 두 양상 연구–키에르케고르의 신학적 고독과 김현승의 시적 고독을 중심으로」, 서울기독대학교 박사논문, 2004.

서정주 이야기시의 서사전략

1. 기본 자료

서정주,『서정주문학전집 4』, 일지사, 1972.

서정주, 『서정주문학전집 5』, 일지사, 1972.

서정주, 『미당시전집 1』, 민음사, 1994.

서정주, 『미당시전집 2』, 민음사, 1994.

2. 논문 및 단행본

강호정, 「'이야기'의 시적 발화방식 연구」, 『한성어문학』 제26집, 2007.

고형진, 『현대시의 서사지향성과 미적 구조』, 시와시학사, 2003.

권문해, 『대동운부군옥 20』, 남명학연구소 경상한문학연구회 역주, 민속원, 2007.

김영철, 「산문시 · 이야기시란 무엇인가」, 『현대시』, 1993.7.

김우창 외, 『미당연구』, 민음사, 1994.

김은자, 『현대시의 공간과 구조』, 문학과 비평사, 1988.

김주연, 『나의 칼은 나의 작품』, 민음사, 1975.

김준오, 『시론』, 삼지원, 1982.

김학동 외, 『서정주 연구』, 새문사, 2005.

김현자, 『현대시의 서정과 수사』, 문학과 지성, 2009.

노철, 「현대시에서 '이야기'의 층위와 '이야기시'의 형태」, 『한국문학이론과 비평』
        제42집, 2009.

문혜원, 「서술시 논의의 확산과 가능성」, 『민족문학사연구』 제13호, 1998.

박윤우, 「'이야기시'의 화자 분석과 시의 해석 방법」, 『문학교육학』 제21호, 2006.

박은미, 「장르 혼합현상으로 본 이야기시 연구」, 『겨레어문학』 제32집, 2004.

박호영, 『서정주』, 건국대학교출판부, 2003.

엄경희, 「서술시의 개념과 유형의 문제」, 『한국근대문학연구』 제6권, 2005.

오정국, 『시의 탄생, 설화의 재생』, 청동거울, 2002.

오탁번, 『현대시의 이해』, 나남, 1998.

유영희, 「이야기시의 교육적 활용 방안 및 의의」, 『한국시학연구』 제30호, 2011.

이부영, 『분석심리학』, 일조각, 1978.

이상섭, 『아리스토텔레스의 '시학' 연구』, 문학과 지성사, 2002.

이어령, 『이어령의 삼국유사 이야기』, 서정시학, 2006.

일연, 『삼국유사』, 이민수 역, 을유문화사, 1985.

정끝별, 「현대시 화자(persona) 교육에 관한 시학적 연구」, 『한국문예비평연구』 제35집,
        2011.

정효구, 「이야기시의 가능성」, 『존재의 가능성을 위하여』, 청하, 1987.

정효구, 「한국 산문시의 전개양상」, 『현대시』, 1993.7.

조창환, 「산문시의 양상」, 『현대시학』, 1975.2.

헤르나디, 『장르론』, 김준오 역, 문장, 1985.

현대시학회 편, 『한국서술시의 시학』, 태학사, 1998.

황동규, 「두 시인의 시선」, 『문학과 지성』, 1975. 겨울.

황병하, 「라틴 아메리카의 이야기시」, 『시와 사상』, 1996. 여름.

찾아보기